敦煌牧歌

边牧 著

团结出版社
UNITY PRESS

敦煌牧歌

徐祈平书

提起敦煌，知道这个地方的人多，虽说偏远，可它却是独特美丽的一片圣地，笔者祖祖辈辈就生息在这片土地上，六十余年牧放着自己的羊群，牧放着人生，也牧放着梦想，以三部曲的形式、心理路程，漫长而暂短的人生，那些惊心动魄、难以忘怀的往事常在梦萦中缭绕，禁不住用了十余个春秋，墨涌笔端跃然纸上，表达一个农民对家乡的炽热之情！

目 录
CONTENTS

第一部

第二部

第一部

　　小说主要人物为顾晓红，故事从民国中叶至新中国改革开放，时间跨度长达七十余年，其间发生在敦煌边缘乡村的事件与故事，按时间顺序连贯地集散于笔端之下，人世间的悲欢离合、真善美等跃然纸上。

　　笔者细心地观察，描绘出大西北独特、古老、苍凉的荒原景色，原始胡杨林，干涸的古河床深沟险壑，古老神奇的雅丹地貌，红柳、黄羊、狼、罗布麻，汉长城的残壁，碧波荡漾的疏勒河，残缺的烽火台……

主要人物

顾福——马圈滩大户顾大爷的大儿子，外号：顾大头。

杨梅——顾福的续妻。

顾晓红——顾福的养女。

贤能大师——庄浪庙住持。

马长寿——顾福的舅舅。

马有——顾晓红的首任丈夫。

曹天寿——顾晓红的情人。

白大娘——白大伯的老伴。

巴拉图·道尔吉——游牧在北大湖的蒙古族牧民。

索仁高娃——巴拉图·道尔吉的独生女儿。

燕子龚三——河西马车夫，顾晓红的情人。

李弥——山丹兽医，逃荒来敦煌的难民。

李多仁——李弥长子。

李多宽——李弥三子，土塔村主任。

吴宝善——李弥山丹老家邻居之子，顾晓红的丈夫。

赵长龄——字：宝山，赵三爷长子。

慧海——千佛洞和尚。

高老农——土塔农夫。

展咏梅——住土塔土改的工作组组员。

吴雪儿——吴宝善与顾晓红的养女。

席文——新中国成立初从县城到土塔落户的农民。

孟长浩——土塔大户。

秦氏——孟长浩之妻。

孟琴——长浩三女。

道尔顿——祁连山匪首。

乔友谅——土塔葫芦湾六队队长。

乔玉——乔友谅二女。

庄全有——土塔大队副主任，后任革委会主任。

罗一兵——庄全有的好友。

林志——庄全有的好友。

欧阳玉和——吴雪儿的丈夫。

在中国西部有个叫敦煌的地方，地理位置于北纬 40°，东经 92°之间。西北面与新疆维吾尔自治区接壤，西南面连接着青海省，居甘青新三省交界处，是中原通往西域的必经之地。南有祁连山支脉和阿尔金山东段，终年冰雪覆盖的崇山峻岭是座天然的固体水库，每逢春暖夏热之季，冰雪融化向北涌流而下注入平坦肥沃的敦煌盆地。所以，敦煌一直是理想的农牧业区。

敦煌一带很早以前就有人类活动，敦煌城北端的黄墩堡一带发现过 300 万年前打制的石器。

春秋时代，这里是允姓之戎的居地。战国至秦，活动于敦煌地区的主要是月氏、塞种和乌孙等族，其中月氏最强，塞种为月氏所迫，遂往葱岭南奔。到了秦汉月氏又击败了乌孙，迫使乌孙迁往伊犁河流域。

西汉初年，北方的匈奴势强，赶走了月氏，占据了河西及西域的广大地区，汉初国力虚弱，无力抵御匈奴的扰掠，一方面与匈奴和亲修好，另一方面休养生息。到了汉武帝的祖父汉文帝和父亲汉景帝时，励精图治，西汉王朝到了鼎盛时期，随着国力的充实和中央集权的加强，雄才大略的汉武帝拉开了抗击匈奴战争的序幕。

汉军在河南之战（前 127 年）、河西之战（前 121 年）和北漠之战（前 119 年）三次重要的战役中取得了胜利。汉王朝据有了整个河西走廊，先后设立了武威、张掖、酒泉、敦煌四郡，并设置了玉门关、阳关。武帝派张骞凿通西域，张骞返回后对武帝述，西域大宛有良马，喜马的武帝派使者去大宛买马不成，便派李夫人之兄李广利伐大宛，因路途遥远、地理不熟等多种原因，伐大宛失利，损兵折将，十分之八的人马受损，惨败而归。李广利上书武帝：愿且罢兵，益发而复往。武帝大怒，斥责李广利，并下令只得留往敦煌。李广利只用了一年多时间，结集了六万人、牛十万头、马三万匹、骆驼万余，二次一举攻破大宛，获两千良马胜利而归。在两千多年前，能够在敦煌征集数量巨多的人畜财物，可见当时的敦煌是何等富饶啊！

历史的车轮在不停地向前滚动，自汉后魏、晋、南北朝、隋、唐、五代十国、辽、宋、西夏、元、明、清有盛有衰，但敦煌依然是理想的农牧之地。清朝鼎盛时期，雍正皇帝打开了明王朝关闭了二百多年的嘉峪关，向西拓展。雍正四年（1726 年）开始从甘肃、青海、宁夏五十六州县大量向敦煌移民屯垦。那时有支从甘肃东部迁来的移民，由清政府安置在城北端最远的一片绿洲上定居屯垦，那里地广人稀，东达安西、西通罗布泊、北至马鬃山西端与天山余脉间的戈壁。上千平方公里的湖滩，由东而来的疏勒河与由南向北的党河，汇流在这片广袤的荒原上，那里水广草密，成为理想的天然牧场。那片偏远的绿洲上移民们不但开垦荒地，利用独特的地理自然优势，向畜牧业发展，以养马为主，还养牛、羊、驼等家畜。数百年后，养有马匹的大户们，多的有上千匹，少的亦有百十来匹，所以那片地名称"马圈滩"。当时清王朝开拓西域，平定新疆，曾在北地征集军需，大量的良马被征为战马。

斗转星移，改朝换代，历史的车轮转到了民国末年。

第一回 | 马圈滩人杰地灵
顾大头沙河拾婴

顾家是马圈滩的富户之一，有良田三百余亩，马匹一千多，有一座周长八十六丈的大庄院，开一南车门，庄院外围有两人合抱不住的古榆怪柳，绿荫蔽天，人们老远一看便知这家是个大户人家。主人顾长杰、顾长青老兄弟二人同住一庄。长杰有四男三女，长青有四男五女。老兄弟都过六旬，儿女们都已成家并子孙满堂。孙子们吃饱无事，就在大门东十丈开外的涝坝沿戏水，涝坝周围芦草丛生、毛蜡摇摆，风景优美。孩子们戏完水后，就到车门前的老榆树下荡秋千，日子过得富足，其乐无比。

但有一事不顺心，就是顾长杰的老大顾福娶妻已有数年，生了三个都是女儿，更不幸的是三女儿出生后，妻产后大流血离世而去。可他的三个弟弟顾禄、顾寿、顾喜他们的婆姨都生了儿子，就为此事，顾福一直心里有病，怕他那门子断了香火，所以一直闷闷不乐，老爷子顾长杰和老婆也看出了儿子的心病。一天晚饭后，顾老爷子把老大顾福叫入上房，点明了顾福的心思，顾福只管点头，他妈对儿子说："咱家钱财满贯、骡马成群，不愁养不起一个女人，我们给你打问，你自己也看，如有如意的就给你再娶一个。"

顾福生得浓眉大眼，身材魁梧，又是顾家弟兄八个中的老大，所以人们都称他"顾大头"。阴历正月初一，是赶庙会的日子，他从圈里牵出一匹栗色的骟马，跨上马背过了大沙河向西南芭子场他姨妈家驰去。到了他姨妈家，只见大人小孩穿戴一新正准备出门去赶庙会，他把马拴在槽头，随着姨妈去庙上赶会。庙虽不大，可香火旺盛，庙院内穿红挂绿的、焚香拜佛的来回走动着，真是热闹。就在他和姨妈焚香拜佛后向庙外走时，碰见一中年妇女和一个十六七岁的女子正往庙院内走着。顾福眼一亮见那女子相貌端庄、身材苗条而又丰满，面带文雅之态，颇感兴趣，便和姨妈出了庙门，临出庙门时回头又望了一眼。在庙门对面的小戏台右侧的一个黄面饭馆里，买了两盘凉拌黄面吃了起来，边吃边给姨妈说起自己的心事，工夫不大，他们出庙门擦肩而过的那妇人和女儿从庙门而出，顾福对姨妈说："你快看，出庙门的那女子是何处人氏，你可知底？"回到姨妈家，姨妈对顾福说："那是我们芭子场南头杨海琛的三女儿，小名梅梅，大名叫杨梅，她妈杜氏就是你们马圈滩杜家，她外公是个老秀才，教过书，母女都识字，她妈是个佛教信徒，我们在庙会上常碰见，是个好人。杨梅脾气温顺，礼貌也好，人也长得端庄秀丽。俗话说：铁里头的镰刀铁，人里头的三女儿。侄儿你眼力可真好，怎么一眼就看上了？"顾福听后心中甚是高兴，说："还劳姨妈费心。"姨妈说："你回去给你爸妈说明杨家的情况，如两老人没啥，你给姨妈回个信，我给你做媒。"因两家都是北地上的大户，门当户对，经顾福的姨妈从中说媒，这门亲事就订了下来。喜事办得体体面面、热热闹闹……

阴历十一月，杨梅生了一对龙凤胎，满月那天早晨，顾家庄院内院外打扫得干干净净，大人孩子们脸上都挂满了笑容，前来祝贺的亲戚乡邻三个一群，五个一伙，鞭炮声不断，古老的大院内摆着八张方桌宴客，顾大头乐得嘴都合不住，一一给祝贺来的亲朋们敬酒，一直热闹到太阳落山……

可就在满月后的第二天半夜时，两个婴儿又是哭又是闹，整得顾大头两口子坐立不安。杨梅对丈夫说："我娘家那边有座庙，庙里有个老和尚叫贤能，如有谁家的大人小孩有治不好的怪病，他都能手到病除，不如咱到那里让贤能大师看看。"顾大头到车院喊醒车夫，赶忙套上车，拉上杨梅和两个婴儿连夜去了芭子场杨梅娘家。

漆黑的夜里西北风卷着沙尘，刮得树枝枯草发出呜呜怪叫声。四大套马车疾驰在通往芭子场的古道上，工夫不大已进入南北走向的大沙河，这就是党河下游的古河床，只有七八月份发洪水，巨大的洪峰浊浪从这河床向下汹涌而过，别的时间都是干的，东来西往的行人车辆可来回走动，河床里长着零星的胡杨树和丛丛红柳。当离西岸不远处时，驾辕的枣红色儿马（雄马）猛地打起响鼻，抖动着长长的鬃毛，引颈长嘶，骚动不安，儿马的嗅觉是非常敏感的，尤其是嗅到带有荤腥气味时，就出现刚才的现象。漆黑的夜里，又在这旷无人烟的古河道上，车夫感觉怪怪的，有些异常，就甩动长鞭在外套的大青骡子耳旁"叭"的响了一声，只听鞭声如炮震破夜空，大青骡子猛一用力，只听"咯吧"一声，套绳断了，停车后，车夫下车提着马灯在车前拴接套绳。

　　这时，杨梅听见好像有婴儿啼哭之声，连忙掀开斗篷看看自己的孩子，可此时俩孩子闭着眼睛已睡着了。她伸了伸脖子，仔细听着，忽听哭声就在车后不远处，忙推了推丈夫说："你听，车后不远处似有婴儿啼哭之声。"顾福连忙跳下车仔细一听，果然有婴儿哭声从车后不远处传来。此时车夫已挽接好套绳正准备挥鞭赶车，顾福对车夫说："别忙，你随我来。"他俩提着马灯，在漆黑的夜色中向车后婴儿啼哭的方向走去，在离车不远处路旁的一大丛红柳的背面发现一件破棉衣里裹着一个婴儿，想来前阵子，辕马的嘶叫反常，定是嗅到了婴儿的气味，他俩一个提着马灯，一个取开棉衣的一角，只见孩子的脸上已冻成紫色，不过嘴角还在抽动，发出微弱的啼哭。顿时顾福不知如何是好，让车夫看着孩子，连忙返回车旁，对杨梅说："红柳丛后有个婴儿，咋办？"杨梅从小受外公的熏陶，为人正道，又跟母亲信佛，心肠慈悲，是一条命啊！这初冬的后半夜是相当冷的，咱若不救，这孩子就会活活冻死在这红柳丛旁了。于是对丈夫说："赶快去抱来！"

　　夜幕下，车夫提着马灯，顾福抱着破棉衣裹着的婴儿来到车旁，杨梅掀开棉衣的一角，在昏暗的马灯辉映下，婴儿的小嘴一张一合地翕动着，她赶紧对丈夫说："快！快脱下你的棉衣，把孩子包裹严实，赶快赶路！"就在此时，忽听河西芭子场那边村庄里传出狗吠鸡鸣声，回头往后一看，东方天际上空出现了一大片鱼肚白……

　　拂晓的大沙河上鞭声阵阵，马车快速过了大沙河，太阳冒花时车停在杨海琛家的大门前，顾福见到岳母，述说了孩子有病一事，杨氏赶紧来到车旁说："快抱孩子进屋！"杨氏掀开斗篷一看，只见两孩子脸上蜡黄，嘴皮发青。嘴里念叨着："得赶快到庄浪庙请贤能大师来。"杨氏对女儿说："炕上热，你先抱着，我们去请贤能。"车夫调转车头，拉着顾福和杨氏，只听鞭声紧响，马蹄挖着路上的冻土，发出"哒哒哒"的响声。

　　庄浪庙上殿传出木鱼的叩击声和诵经声。杨氏三步并作两步跪倒在上殿门口，口呼："贤能大师，贤能……"贤能出了殿门，问明情况，便随他们乘车来到杨家庄，进屋后，贤能把孩子看了看，在孩子面前做了个道场，而后从袈裟内取出两粒丸药，杨氏用温开水化开，分别让俩婴儿服用。大约半个时辰后，俩婴儿同时啼哭，杨梅解衣让孩子吃奶，俩小家伙一人一个奶头，如饿急的牛犊似的，只管吸吮，一会儿脸上便浮出了红色。贤能说："孩子小，以后你们早晚出门注意点！送我回庙。"

再说拾来的那婴儿，怕是昨夜冻得厉害，这阵子在热炕上睡得正香。圆圆的小脸上紫色褪去，红红的小嘴一张一合。杨氏不解地问："你不是养了两个吗？怎么又多出一个？"杨梅这才把大沙河拾婴之事告诉母亲。杨氏把婴儿仔细看了一遍，圆圆的脸蛋，密密的黑发，是个女孩。她对女儿说："佛经上说，救人一命，胜造七级浮屠。那你就得多操一份心，好生把她养着，不定你啥时遇到难处，会用得上的。"就在这时，那婴儿醒了，睁开小眼哭了，杨氏赶紧调了些温开水，用小勺往嘴里灌，可那小家伙不咽，只管啼哭，就对女儿说："你抱上让吃你的奶，看她吃不吃。"杨梅接过抱在怀里，那小家伙小嘴按在奶头上拼命地吸吮，吸得杨梅奶头生疼，直皱眉……

顾家庄恢复了往日的平静。可就是拾来的这女婴给杨梅添了不少麻烦。原因是和自己生的那俩性格差异太大，好动、好哭，食量也大。好在杨梅性格温柔，不管怎的，她都耐心得照看，再加营养好，奶水足，三个孩子都奶得胖乎乎的。

第二回 ┃ 遇贤能赐名随姓
月牙泉晓红露容

斗转星移，月缺月圆，不觉三年已过。有一天，贤能外出化缘，路过顾家庄，顾老爷子请贤能到上房茶饭素食厚待，其间贤能问起顾福的那俩孩子可好，杨梅到院外涝坝沿唤来三个孩子，进门对孩子们说："快称能爷爷好！"三个孩子幼气稚声地齐声向贤能说："能爷爷好！"贤能望着三个活蹦乱跳的幼儿天真的样子心中甚是高兴。忽然想起三年前治病时是一对孪生姐弟，怎么今天会是三个一般大小的幼童？正在纳闷时，杨梅看出了贤能的意思，开口道："大师有所不知，她就是求你给我孩子治病的后半夜在路过大沙河拾来的……"她指着高一点的那女孩说。

贤能听后方知原委，口中念道："善哉！善哉！阿弥陀佛，救人一命，胜造七级浮屠！吾观你面善心慈，这女娃两眼有神，是个好孩子，你耐心拉养，今后定会解你之忧的。"此时，顾老爷子开口了："贤能大师，烦你给这三个孩儿赐名，都三岁多了，有个名儿以后好呼叫。"贤能把三个孩子端详了阵子说："你们家财丁旺盛，可知书之人甚微，男孩叫学文，女孩叫艳书，知书方能达理，至于你们所述那高点的女娃，据说是在大沙河捡来的，按你们所说捡的前后时辰，正是鸡鸣破晓之时，又加是从红柳丛边捡的，就让她占晓和红二字，姓就随你们，因为谁也不知道她的生身父母，你们看如何？"一家人听后都很高兴，杨梅上前给贤能施礼口称："还是大师知识渊博，给孩子们起的名儿有意思，叫着顺口，听着顺耳。"

光阴似箭，日月如梭，不觉十年已过。顾家的孩子们都已长成半大小伙子和姑娘了。那顾晓红出落得有些似大姑娘的样子，比她同岁的高出一头，乌黑闪亮的秀发编着条大麻花似的独辫，白净的瓜子脸上镶嵌着一对明亮有神的大眼睛，毛茸茸的睫毛一眨一眨的，微微一笑，两个脸蛋上显出浅浅的一对酒窝，特招人喜欢，随了杨梅的性格，温柔平和，从不和兄弟妹妹们闹事，在杨梅的调教下，打扫卫生、去涝坝里抬水……样样都让人满意。

马圈滩那片绿洲上的人多数是从甘肃东部天水地区迁移而来的，算来至今已有一百多年了。天水，属古秦地，他们的先人来时带着农业技术、建筑工艺、文化、艺术，不但农牧业发展得快，并且文化艺术也不落后，尤其年头节下、庙会都要在庙台上演古老的秦腔、眉户和具有敦煌特色的曲子戏，给这离城偏远的农村带来娱乐。

杨梅从小跟母亲赶庙会，爱看戏，对戏曲的爱好情有独钟，留心记了几段精彩的台词，唱得还挺准，嗓音也好。平时有空唱上几段，自娱自乐。

顾晓红自幼受母亲的熏陶，也喜欢跟着杨梅哼哼学唱，她的嗓子发出的音比杨梅还好听，有人时默默细哼，无人时便放声高唱，她的歌声如天籁之音，给古老的顾家庄增添了新的音乐内容。同庄的十多个孩子都属天真无邪的童年时代。顾老爷子出手大方，每月付赵先生八斗麦子的工资，外加一匹良马供老师来回骑乘，自然老师教学严格卖力，十多个顾家小姊妹、小兄弟在老师的教导下不但学会了语文算数，还学会了做人的道德，因为那初学的《三字经》《百家姓》《朱子家训》等都有前人教导后人的德教知识。

一数六年过去了。一天，通往马圈滩的那条弯弯曲曲的古道上，一位年龄较大的长者牵着头灰骡子向北走来。

顾家庄来了一位长者，他是顾福的舅舅，顾福称他大舅，家在城南三里外的高家堡住，姓马名长寿，家有十亩果园，还有十来亩好地，日子过得安逸、舒心。

因是老亲，城南到马圈滩五十多里路，来回不方便，所以几年才来上一回，马长寿一住就是十天半月。其间发现顾家的这伙晚辈都已长大，其中有一女孩体材苗条，比同伙的女孩高出一头，长相可人，有鹤立鸡群之感。想起自己的大孙子马有今年已十二了，不如早点给孩子娶个媳妇，好传宗接代，继承家业。晚饭后，在上房与顾老爷子拉家常期间，马长寿问顾老爷子："你这女娃中那个个儿最高的是哪个的？"顾老爷子说："那娃可不是咱顾家人，是老大顾福从西边大沙河捡来的，今年都十七了！"马长寿笑容可掬地对顾老爷子说："我想把那女娃娶过去给我的孙子有儿当媳妇，你看如何？"

顾老爷子低头深思了一阵子，心想：女孩儿大了就得嫁人，这是亘古不变的规律，谁家都一样，想想与马家又是老姑舅亲，马家日子过得殷实滋润，于是就答应了这门亲事。就这样，顾晓红的婚姻大事就在俩老人的包办下定了下来。

过门后，晓红才知道丈夫是个十二岁的孩子，只知上树摘杏子吃，再就是和邻居孩子们混在一起玩耍，回来土头土脑，夜间还经常尿炕，啥都不懂，说是两口子，如同姐弟，全无夫妻感情。

翌年五月初五是端阳节，鸣沙山脚下的月牙泉雷音寺有庙会，顾晓红随着邻居们向月牙泉走去。盛夏的鸣沙山下热浪滚滚，瓦蓝的天空只有几大朵白云互相追逐着向鸣沙山顶游荡，形如弯月的泉畔稠密的芦苇、毛蜡已有七八尺高，倒映在碧波荡漾的泉水之中，真乃好看，泉边的奇榆古柳虬枝曲劲，荫浓蔽日，古老的神殿前香烟缭绕，庙院内穿红挂绿的善男信女们扶老携幼，手执香表在庙院内走动。庙门外的空地上摆摊的、卖凉拌面的喊声不断，最有泉西南角那棵三人合抱不住的大柳树下人最集中。

　　顾晓红上罢香出得庙门，除了喊卖声，从西边传来悠悠琴弦声和梆子的击撞声，她顺着器乐声向西走去，好大一棵柳树，碗口粗的柳枝伸向四面八方，真乃一棵枝繁叶茂的千年古柳，树下看戏的人在戏场边围了好几层。凭她个儿高，不用往里挤就看到场子中央俩化了妆的正在表演《闹王哥》，随着弦丝和打击乐器的配调，表演者唱词清晰，演技娴熟，周围的观众时而发出笑声和击掌声。此时的顾晓红多么想上场表演一段，可一看表演者都是男的又犹豫起来，后来还是鼓起勇气，顺着侧面人少些的地方向场子中移动，到场子边时，她给自己壮了壮胆，心里想着在他们马圈滩的自乐班演戏时，她也登过两回台子，听着艺人们乐器奏得好，就等一折《小放牛》表演完后，怯生生地走到戏场中央，有一老板鼓师问道："姑娘，你唱啥调？"她回道："《绣荷包》。"接着乐器柔和地响起了前奏，她向前走了两步，放开歌喉："初一到十五，十五的月儿高，那春风摆动杨呀杨柳梢，绣上鸳鸯鸟，紧戏在河边，你依依我，我靠靠你，永远不分开……"清脆悦耳的音调如天籁之音，在鸣沙山怀抱的月牙泉边回响，一曲含情脉脉的《绣荷包》唱得让听众特别满意，随着掌声与喝彩声此起彼伏，她站在场子中央尽情地抒发着自己的感情，所有的人都把目光投在她的头上、脸上、身上……飘拂的刘海下那双大而明亮的眼睛含情脉脉，白净的瓜子脸蛋上泛着红晕，两排白玉般的皓齿闪着耀眼的白光，开口闭口见脸蛋下方露出两个不大不小的酒窝，高耸的胸脯在水红色单衣下随着唱腔不停地颤动……年轻的小媳妇、大姑娘们看着眼热，便产生了嫉妒之心，只怨爹娘无能，怎么把女人的优点都让她占去了，自己却一点不沾边，男人们恨不能把她吸入眼球。待她一曲精彩的《绣荷包》唱完，恭敬地向观众欠身施一礼，挤出人围向雷音寺方向走去，许多人把目光投在那婀娜多姿的身段上，随着一步一步的韵律她那条乌黑闪亮的长辫子在水红色上衣后左右摆动着……

　　敦煌人一年一度的端午节，热热闹闹地已经接近尾声，看看太阳担在西边那座高高的鸣沙山顶，人们都渐渐离开月牙泉、雷音寺，向回家的路上走去。可离开雷音寺山门不远时，路西侧的柳林里传出吵架的声音，声音还挺大的，部分人顺着吵闹声向柳林走去。顾晓红也随之前往，进了柳林一看，只见三个青年围着一个小伙子，那小伙子身材雄壮，浓眉大眼，出手敏捷，左打右挡，使那三个青年无法近身，就在他们斗了有半个时辰时，那三个青年中一人偷着在那小伙子身后施了一个扫荡腿，当时那小伙子便侧身倒地，那三个人一齐上前把那小伙子按倒在地足踢拳打，任围观的人们劝说，可那三个青年就是不理睬，只打得那小伙子爬地不动时才起身，骂骂咧咧地离去，人们也都怕事，纷纷走散。

听人伙里有人说，那三个青年是敦煌城里有名的恶棍、地痞、流氓，从无人敢惹。待人们全都离开柳林时，顾晓红回头望了望趴在地上的那个小伙子还是没动弹一下，便发了善心，回头来到他的身旁，连忙用双手从他的胳膊上搂着翻过，只见满脸青伤，鼻孔里还在流血，赶紧去寺院里端了碗水来，只见他挣扎着往起坐的样子，便放下碗，掏出手帕擦去了他脸上的血迹，慢慢扶他坐起，把那碗水灌上。歇了片刻，只听他长出一口气，使劲站起，一瘸一拐地向北走去，但没走多远，回头望着她："喂！你叫什么名字？家住哪？刚才是你救了我，我很感激，过后如有机会，定会报答你的！"她面带羞容地回道："别客气，你家住哪儿？"她接着问道。"城东朱家堡子。"他回道。她赶紧上前扶着他说："我是马家园子的人，离朱家堡只有二里路，还是顺路，咱一块儿走。"

两人在暮色中朝北面的沙滩上走着……她问道："你是朱家什么人？前阵子柳林里打架是怎么回事？"他说："我是给朱三爷家赶车的，老家是高台人，来敦煌刚两年，今天下午出庙门时，人多拥挤，不慎将身旁的一个撞到，余者二人硬说我是故意的，非和我闹事不成，结果就发生了柳林中你们看到的情景，没想到今儿个让那三个城里娃把我这个外地人打成这样子。""你呢？是谁家的大小姐？泉边的柳树下唱《绣荷包》的可是你？你的曲子唱得可真好听。"他边走边说。顾晓红就把自己的身世也讲给他听。两人边走边聊，顾晓红不时窥视着他那胸背矫健的体格和英俊的面孔，已不觉离朱家堡子不远了，她说："我家到了！"说罢她便顺着岔路朝西的马家庄走去，刚走了几步，便停住脚步，暮色中向他挥手……

第三回 逢情人私下约会
曹天寿大祸降临

　　数月后，初冬下了头一场雪，雪后的天气格外晴朗，敦煌城东大街的市场内，顾晓红的香水梨车停放在别人的摊位旁，雪后的霜气落在她那长长的睫毛上，她站在梨摊后望着市场上来回走动的市民……忽然，从东城门赶进来一辆马车，高高的柴车从东向西大街上驰骋而去，她看到那赶车的车夫不是别人，正是半年前端午节下午在雷音寺对面柳林里挨了打的那个高台小伙子曹天寿，对！就是他！就是这几个月常常思念的那个人。半个时辰后，那辆车空着从西大街过来，他手握长鞭坐在车左侧的月牙板上，她一直盯着，直到她梨摊对直时，竟尖声厉气地喊了声："小曹！"小曹在众多的摊点上扫视着，突然她的身影出现在他的视线之内。是她！正是夏天端午节在月牙泉雷音寺帮救过他的那个顾晓红，他把车赶到前面街道拐弯处停了下来，她从摊上取了两个黄得油亮的香水梨，赶到了拐弯停车的地方，含情脉脉地把梨递了过去，他把梨和那双白皙柔软，冻得冰凉的小手紧紧攥在一起。霎时，两颗心都在咚咚地跳动，两双眼睛对视着喷射出炽热的光芒……

　　数天后的一天夜里，黑咕隆咚的天空飘着硕大的雪花。第二天，田野、村庄到处都被厚厚的白雪覆盖得严严实实的，显得异常静谧。可马家庄内人声杂乱，都说马有的媳妇一夜间不见了，一家人踏着厚厚的积雪到邻庄都打问过，可都说的一句话：没见！马有的老爹骑着头大黑骡子，去了趟五十里外的马圈滩顾家，可顾家人说没来过。从此马有的媳妇顾晓红好像从人间蒸发了似的，但只有一人知道她的去处。

　　百里之外的老北边，敦煌人叫北大湖，有个小地名，人称：清水坑子，顾名思义，在茫茫湖滩中有一淡水湖泊，四周芦苇茂密、红柳丛生，离水泊不远处有片片高低不等的土梁（学名叫雅丹），远处望去酷似一座荒废了多年的残缺城堡，土梁的向阳处挖凿着大小不等的窑洞，住着开车马店的、站湖的、打柴的、种撞田的（即春天疏勒河水漫滩，在低凹的坂滩上种上小麦，夏天如落几场雨，麦子就成了，如种上天不下雨，那麦子就枯死收不上，所以叫种撞田），还有部分顺着党河从南山游牧而来的蒙民也住在清水坑子附近放牧。

雪后的北大湖，到处是白茫茫一片，如同一望无际的雪域平原。清晨，太阳像一个硕大的红球从东面的胡杨林后升起，把金色的阳光洒在雪原上。

清水坑子西头的一座小破窑里钻出一个身影，她站在窑门前，用手把散乱的长发向身后捋了捋，向着太阳吸着湖滩里带着咸味的新鲜空气，向四周望了望，转身钻进窑洞，搭起小铁锅开始做早饭。

她是前天夜里雪大，坐着曹天寿的马车到北大湖的，曹天寿在车上对她说，那个清水坑子可是个好地方，一般人不往那儿去，让她先住下，每次下湖给她偷着带些油盐酱醋，走时放下些干粮和马料（豌豆），让她就住在小窑里，过上一两年挣上些钱，就带她去老家高台。每次下湖到清水坑子都是太阳落山前，曹天寿把车卸在窑前，喂上牲口，就钻进那又破又小的窑洞，这可以说她私奔吧，也算是曹天寿"金屋藏娇"。但没有不透风的墙，顾晓红的行踪去处，马家人还是知道了，但马有的父亲也明知自己的孩子小，不配和顾晓红过在一起，后来也就放弃了追查……

就在他们过着清贫而浪漫的湖滩生活时，不幸的事发生了。有天太阳快落山时，曹天寿赶着车从湖里拉着高高一车稍子（红柳），离朱家堡子的车门只有两三步时，倏然从后面蹿出一只大黑狗，狂吠着向拉外套的大黄骡子扑去，骡子受到突然惊吓，猛力向前冲去，往左裹来，曹天寿没来得及躲过，前面是车门墩子，背后是柴车，被挤在中间，车过后连挤带挂地拖到了当车院，待朱家人出了门一看，他趴在地上不动弹了，朱三爷赶紧到城里德兴隆药铺请来大夫，经大夫诊断，曹天寿的腰部被红柳根戳断了两根脊梁骨，手术无法做，只能中药调理，十天后都翻不过身，后来调理了些日子才能下炕，可腰直不起来，只能拄个棍子慢慢行走，从此落了个残疾。

正巧近些天从高台来了曹天寿的一个亲戚，找到朱三爷家一看，曹天寿病得不像人样，甚为同情，那个亲戚是专门来叫曹天寿的，高台老家曹天寿的老母病重，一定要叫曹天寿回高台。

在朱三爷家人的细心调理和医治下，曹天寿能拄着棍，弓着腰慢慢在车院里行走了，听亲戚说老母病重，一心想回高台，就把想法说给朱三爷，朱三爷听后方知他是个孝子，很同情，就答应了他的要求，付清了两年的工钱，又给足了药费和路上的盘缠，打发出门。曹天寿在亲戚的陪同下启程回了高台，再没来过敦煌，真应了俗语所言："福不双降，祸不单行。"

第四回 ▎为寻夫四野奔波
失靠手孤苦伶仃

三九天的北大湖，三天两头不是风就是雪。顾晓红每夜曲卷着身子在破窑里，耐不住冷，半夜常常冻醒，又加好长一段时间不见曹天寿的车下湖来，留下的那些面早已吃光，每顿只好煮着马料充饥。有天夜里，寒风嗖嗖，那破窑的门侧不知什么年间风蚀雨淋，早已破烂不堪，还是他们初来时曹天寿寻拾了些土块干垒着凑合堵的。风吹在门口发出的嘶吼声，怪吓人的，她把自己曲卷成一团，将那张破被子的四角紧紧裹住身体。尽管这样，她还是冷得瑟瑟发抖睡不着，直到后半夜实在困倦得不行了，才渐入梦乡……梦中的画面是一声闷响，接着好像窑房在抖动，顷刻间窑顶崩裂，从上面掉下一块巨大的土块落在身上，她惊恐地挣扎着用双手推移土块，可怎么也推不动，只是喘着粗气大声呼叫："小曹！小曹！快来救救我……"大呼大叫中自己惊了醒来，满头满脸的汗，浑身湿透了，就好像刚从水中捞出一般。她长长地出了一口气，从被窝里坐起来，定了定神，借着从破窑门映进的月光，环视着四周苍穹似的窑顶，被烟熏得乌黑发亮。夜静得一点响动都没有，她被噩梦惊醒后，再也睡不着了，便穿上衣服，挪开堵在窑门口的那捆野麻，钻出窑洞，抬头望着夜空的繁星，一个个眨着疲惫的眼睛，只有已偏西的三星发着耀眼的亮光，估计已是后半夜了，再看看清水坑子周边的那些高低不等的雅丹群，在夜色中有的像巨象，有的像艨艟、大船……一个个巨大的形象轮廓在夜色中显得那么静谧，偶尔从北边雅丹群后传来蒙古族人牧羊犬发出的吠声……

她回到窑里，燃起火，搭起小锅，抖了抖土布袋里剩余不多的豆瓣子，煮了半碗马料，望着锅底的火苗发呆，马料眼看就完了，这个曹天寿都好多天不下湖来了，一个人整天待在窑洞里，白天还好说，可漫长的冬夜让她寂寞难熬。呜！呜！呜！的鸡鸣声从东头老白的车马店传来，她往窑外一望，东边天际上出现了鱼肚白，天快亮了。她想，待马料煮熟吃过，到滩上去打探小曹的消息。

　　三九的太阳像一个硕大的苞谷面饼子，缓慢地从老东面那座残缺的古烽燧旁滚出地平面，西北风刮得残雪乱舞，吹在红柳上、胡杨树枝上，发出刺耳的怪鸣，她上到一座高大的雅丹顶上，在空旷的湖滩四处张望，希望不论在哪个方向，只要能看到车或者人，她都要前去打听小曹的消息。望着老北面张家梁子滩上有辆车，她下了雅丹，向着老北走去。

　　自从到了清水坑子，从未去过别处，最远也就是在清水坑子那片水泊去提水，可今天要走十里以外去，一路上没正路，不是长满红柳的碱滩，就是遍地丛生的芦苇，最难走的就是那被疏勒河曾流过的干涸河床，河床纵横，深沟险壑，长满了野麻、胡杨、白茨，阴凹里积雪拥塞。她下入深深的谷底，只觉得害怕，拼命地攀上谷顶，向北望去，那辆车已清晰可见，北边的坂滩上停着一辆车，车上站着一人，车下一个用长把叉挑起柴往车上递去。她高兴地快步向前走去，到了车前，礼貌地称了声："二位大哥，你们可知道曹天寿这个人？"两个装柴的人把她瞅了瞅，那个老些的问她是干什么的、哪里人，她回道："他是东门外朱三爷家的马车夫。"那个老些的摇了摇头，操着浓浓的河西口音说："我们是西地上肃州堡的，不走你说的那条路，你问的那个人我们也不知道，你还是到东滩去找吧！东地上的车多时走东路。"她失望地顺着来时的方向一步步踏着长满杂草、红柳的碱滩走去……跑了一天的路，连冻带饿地回到了清水坑子的小破窑，燃起火，搭上小锅煮了些豆瓣子……

　　第二天，她向着东面的滩上走去。过了一大片碱滩，便出现起伏连绵的沙丘地带，沙丘上长着簇簇红柳，她上到一座高大的沙丘上四处张望，发现老北面的滩上有一群羊。她就向着那群羊走去，到离羊群不远时，一只大黑狗迎了来。向她狂吠，她急忙从一棵干枯的胡杨树下捡起一根胡杨树枝，转眼间，狗已离她仅几步远，她举起树枝与狗对峙。不一会儿从羊群边赶来一位老者，喝住狂吠的大黑狗。只见那位大叔五十来岁的样子，身披一件白板子皮袄，黑里透红的脸膛，一双憨厚慈祥的眼睛望着她，操着一口安西腔："姑娘，你是干什么的？"她忙问："请问大叔，你可知道有个敦煌的马车夫，叫曹天寿的这个人？"那牧羊者把她从头到脚打量了一遍，摇了摇头："我们是安西西湖的，你若问这滩上放牧的，我可都知道，但敦煌赶车的，我倒也知道几个，可你问的这个人我没听说过。"一天又过去了。

这一夜她怎么也睡不着，和衣依在窑壁上。心里想着：我对他一片痴情，他却把我扔在这破窑里，成天连一个人都不见，眼看小布袋里的马料就要完了，这么多天他一直不往湖里来，没了吃的，这冷冻寒天的该咋活？弄不好冻死在这破窑里也无人知晓，不行，我明天一早再到东滩上去打听。

清晨，她一直向东走去，走了大约一个时辰，见不远处有段高高的古长城，她便顺着斜坡爬上城墙顶，站在高高的城墙顶上四处寻望，映入眼帘的全都是空旷苍凉，望着望着，发现老东面有一残缺的烽燧，不远处有辆马车正在装柴，她便下了城墙，快步向有车的方向走去。心急脚步快，赶到离车不远时，发现那辆车上套着匹黄骡子，她心里暗暗高兴，因为曹天寿的车上就套有一匹黄骡子。可走到跟前一看，除了那匹黄骡子，其余三个牲口都不是小曹车上的，心里顿时凉了，可不管咋说已经来了，按前天在北滩上那俩装车的河西人说，曹天寿跑的就是这东滩。

她慢慢地向车旁走去，一个小伙子用长把叉给车上站的人递柴，站在车上的那人头上裹着蓝布包巾，腰系一条宽布腰带，看样子是车夫。她试探着问道："这位大哥，你们是哪里人，知不知道有个叫曹天寿的车夫？"那人把她端详了半天说："知道，他是东门上朱三爷雇用的高台车夫，我们是窦家墩的，在一起跑过车，还挺熟的，只可惜前些日子他出了车祸……"她焦急地问道："到底出了什么车祸？他现在怎样了？"车夫说："你别急，听我慢慢给你说……"

听完那车夫把曹天寿出事的前后经过说完，她好像被人在头上打了一闷棍，半晌回不过神，眼眶里噙满了泪水，对那车夫说了声："谢谢大哥！"边说边用手背擦着满脸的泪水。转身向清水坑子方向走去，只觉得两腿像灌了铅似的，怎么也走不动……赶回到破窑时，已到黄昏。钻进冰窖似的破窑，燃起火，望着火苗发呆，回想起前几天夜里做的那个梦，可真有些灵验，小时听娘讲过："墙倒亲，树倒邻。"

小曹不辞而别，事出意外，落下个终身残疾回了高台，自己以后可怎么活？婆家不敢去，娘家不能回，都怪自己命不好，难怪古人说"自古红颜多薄命"。既然已经走到这步田地，总得活啊！可怎么个活法，自己也没个主意。失意、惆怅在脑海里萦绕，总觉得心里空荡荡的……

清水坑子东边住着一家姓白的老两口，靠开车马店、种撞田为生，还养着三头牛、五六十只羊。冬季拉柴的车多，他家窑门口的空地上盘着两个长槽，来往的车就在槽上喂牲口；夏天车很少下湖，他们就在春水下来时，漫滩选上几块平坦的凹地种上麦子，夏天遇上几场雨，麦子就成了，再就是靠那几十只羊过日子，他们的日子过得还算不错。曹天寿与顾晓红的事，老白两口子全知道，因为他家开着车马店，南来北往的人都接触，再说清水坑子附近就住着这么几家人，谁家有事大家都清楚。

白大娘是个热心肠的人，她看着顾晓红每天下午到水泊边提水，总是低着头，愁眉紧蹙，白大娘也就窥透了她的心思。由于昨晚她心事重重没睡好，第二天中午才起身钻出窑洞，提上小木桶向水泊走去，被白大娘瞧见，就老远挥着手喊："闺女，还没吃吧？怎么都中午了才来提水？快来，到我家窑里坐会儿。"她望着白大娘热情的样子，便把小桶放在水泊边朝白大娘走去。她随白大娘进了窑门，一看，这个窑洞可真大，迎门的老里面盘着个大炕，地下宽展，锅头、案板都有。不像自己住的那个破窑，窑门东侧不知啥年间倒塌了好大一块，还是曹天寿拉她下来的那天用干土块垒的，冷风直灌，进门的左侧有一小块地方，只能支个锅，里面也只能睡两个人，只有中间能站直身子，四周都得猫着腰，本来窑洞有冬暖夏凉的好处，可她住的那个小破窑是"冬凉夏也凉"，可能算是全北大湖所有窑洞里最破、最小的一个了。

她看着白大娘的窑洞又宽敞又暖和，对白大娘说："大娘，你们的窑洞可真好。""好个啥，也就凑合着住，闺女，我们刚吃过午饭，炒下的菜在盆里，面也没下完，我给你下饭吃好吗？"她点了点头，坐在锅台前的小木墩上架火……香喷喷的一大盘抒面（拉条子）拌着猪肉炖白菜，她一会儿就吃了个盘底朝天。最近这段日子，她过得真算寒酸，小曹没下湖都好多天了，走时放下的半盆面早已吃完，后来这些日子就靠那点马料，就这样都不敢多吃，每顿只煮半碗，十多天没吃顿面，胃里常常往上泛酸水。刚才吃了白大娘的那盘挢面，又舀着喝了两碗面汤，顿时觉得胃里舒服多了。

白大娘看着她狼吞虎咽的样子，再看看她的面部蜡黄、清瘦的样子说："闺女，你一个人住在老西头那个小破窑里，数九寒天的，这滴水成冰的北大湖，晚上冻得能睡着吗？无事就常来这里坐坐，我们老两口也寂寞，其实，你和那个姓曹的事我们都知道了，如今他走了你怎么活，你想过吗？"

小破窑里一股子浓烟从窑门窜出，她坐在火堆旁思绪杂乱，眼看冬尽春来，这样饥一顿饱一顿的日子可怎么过下去？忽然想起白大娘家养着几头牛，还有耧耙等种地的农具，听说他们每年都种几块撞田，今年雨多，麦子成了，打了十几口袋呢，过上些日子，还套上牛车去老北面四十里外的安西西湖农户那里磨面，又养着几十只羊，日子过得挺好的。耐到春天，自己也种些撞田，自力更生，可又一想，自己没牛，又没有农具、麦种，怎么个种法？再说了，眼下就断了顿，常在白大娘家混着吃也不是个办法，时间一长，他们会讨厌的。

一天，太阳红红的，没刮风，白大娘包着两个白面饼子向西头的小破窑走去，到了窑门口，一听静悄悄的，还以为她不在，可又向窑门口靠了靠，仔细一听，从窑里传出"咯吧咯吧"的声音，走到窑门口一看，她正迎着窑门口射进的阳光捉虱子，发现白大娘后赶忙把那件内衣藏在被子后面，白大娘看她那慌张的眼神，便知她在干什么，因为那时人穷，没有换身的多余衣服，生虱子是常有的事儿。"闺女，吃过早饭了吗？我们今天早晨烙饼吃，这不，我给你带来两个，快趁热吃！"白大娘热情地对她说。白大娘把破窑里看了一遍，麦草上铺着张破烂的山羊皮褥子和一个缀满补丁的破被子，火堆边放着个单耳生铁锅，迎面的小土台上放着个旧布袋，叹了口气："闺女，你这些天都吃着啥？""哎！"她边吃饼边用手指着小土台上的那个旧布袋。"就是布袋里小曹走时留下的那些马料，眼看就没了！"白大娘把手伸向小布袋，从布袋底部抓出一把豆瓣子，一看就知道是马料，当时吸了口冷气，心想她的日子过得真苦啊！临出窑门时对她说："闺女，你明天到我家来，我给你先装上些面，你先凑合着吃，看把一个年纪轻轻的人，靠成个啥样了！"

第五回 | 黑风起牧民折财
燕儿窝羊群收拢

冬天不种撞田，也没多的事可做，白大伯每天早晨吃过早饭就赶着羊群下滩了，白大娘转到北边的窑里，找到蒙古族老牧民巴拉图·道尔吉那里，看到窑门前的空地上巴拉图·道尔吉正在和他的女儿搓羊毛绳。见面后问了几句客套话后便说："老巴，我有个远房侄女，冬天无事，让过来给你帮帮忙，你看行吗？"老巴用生硬的汉语说："好啊！让她来，正好我那姑娘有个伴。"白大娘和蒙古族牧民在清水坑子已好几年了，熟知蒙古族人憨厚、老实，让顾晓红给他们帮忙，肯定亏不了她。

第二天早饭后，白大娘领着顾晓红到了老巴的窑门前，一看他爷俩正在搓绳，说："快叫大伯！"顾晓红称了声："大伯好！"老巴一看这女娃长得紧巴，心里高兴地说："好啊！"开始顾晓红不会搓绳，可她心灵，在老巴的女儿索仁高娃的指教下，很快就学会了搓绳的技术，也和索仁高娃相处得不错，每天下午回时，老巴便送些奶饼、肉干什么的，总算在白大娘的帮助下，找了个能吃肚子的活路。

一个漆黑的夜晚，汪汪汪的狗吠声惊醒了梦中的她，她听着吠声好熟，不就是常跟在索仁高娃身边的那只浑身雪白的雪豹吗？紧接着脚步声已到窑门前，急促惊慌的喊叫声："晓红姐，快！快起来！"她连忙穿上衣服，挪开窑门口堵的那捆野麻。索仁高娃上气不接下气地说："晓红姐，不好了，这都半夜了，我阿爸叫醒我说我家的羊全没了，这半夜忽然起了大风，快帮我找羊，阿爸叫了我们一块两个牧民，已经出发了。他说他们向北去找，让我叫上你向西南方向去寻，碰头地点在燕儿窝干河沿路口。"她说："夜这么黑，风又这么狂，咱怎么去寻？"索仁高娃牵住她的手说："你跟我来！"她跟着索仁高娃高一脚低一脚地绕过清水坑子来到巴拉图·道尔吉大叔家的毡房前。索仁高娃进了毡房取出一件羊皮袄递到她手上说："晓红姐，快穿上！今夜风大。"随后转到毡房后牵来两匹马，将一个缰绳递给她说："快上马！"说话间索仁高娃已翻上马背。

顾晓红虽说自小生长在马圈滩，可从来没骑过马，一手牵着马缰在马旁犹豫，她在想不知怎么能跨上马背。索仁高娃看在眼里，尖声厉气地催着说："别胆怯，左手抓紧命鬃（紧挨马背的那股鬃），右手扳着马背使劲往上一跃就可骑上。"灵敏的顾晓红凭着她固有的大胆性格按照索仁高娃所说很快翻上马背。索仁高娃一看顾晓红跨上马背便催着坐骑向西而去，只听枣红马的蹄声哒哒哒地传来，可转眼一看马背上没人，便勒转马头，黑地里顾晓红坐在沙土上，索仁高娃喊着问："晓红姐，你咋啦？"她呻吟着："我被马颠翻摔在地上，只觉得半边胯子好疼！"索仁高娃翻身下马说："别怕，我被马掀翻过好多次，你没骑过马会胆怯，这次你骑上后任它怎么跑你双手攥紧命鬃，身向前伏，双腿夹紧马肚，胆子放大！"两匹马一前一后地消失在清水坑子那片长着红柳、碱柴、芦苇的坂滩上。

夜阴得一点星光都看不见，风越刮越大，发出呜呜呜的怪叫声，凭感觉是一直向西偏南的方向，也不知走了多长时间，渐渐感觉天色由黑变成灰色，转身一看，东方天际上露出一大片灰蒙蒙的亮光，说明天亮了。风虽说还是那么狂，可眼前的参照物在十五米左右都能看得到。眼前是一片高低不等的土梁，学名叫"雅丹"，这片雅丹群规模还不小，高的有二十米上下，低的也有一房子高，呈东西走向，风从土梁边刮过时发出刺耳的怪叫声，如同进了魔鬼城。索仁高娃在前面，她紧随其后，望着这些奇形怪状的土梁心里特别紧张。走着走着，一个大土梁的南面一孔窑洞出现在眼前，索仁高娃对顾晓红说："晓红姐，咱们下马，把马拴在窑门外的那棵老胡杨树上，进窑避避风，这儿叫大西梁，我来过。"索仁高娃从褡裢取出一个布袋和一个水壶靠在窑壁上，顾晓红望着穹庐似的窑顶，如同一口硕大的黑锅扣在头上。瞅着索仁高娃用袖头把嘴角上的沙土擦去，从布袋里掏出肉干填在嘴里咀嚼，给顾晓红递过一块肉干，顾晓红也学着索仁高娃的样子把嘴角擦了擦，咀嚼着柔软而浓香的牛肉干，喝着水壶内还有余热的清茶。

俩人骑出了这片雅丹群折转向北，眼前是起伏连绵的沙丘，沙丘上长着的红柳在狂风中摇曳，发出呜呜呜的嘶鸣声，一小时左右出了那片深陷马蹄的沙丘地带。眼前是片原始胡杨林，死的多活的少，横七竖八的树干、枯枝挡在路上，她俩只好下马绕着往前行。一个多小时才走出那片古老的胡杨林，索仁高娃对顾晓红说，这一带人们叫"怪树窝"。眼前又是长着红柳、碱柴和稠密的芦苇平滩，这片相当大的草滩人们叫"黄草湖"。

走着走着被一条深约二十米的干涸河床挡住，她俩就顺着弯弯曲曲的河沿向西走着，边走边观察着。忽然，一条古道出现在眼前，顺着古道向前走。这条古道前面拐了个弯，顺南边的河沿在河壁边的一个斜坡向河床底延伸。他俩就顺着这道很陡的斜坡向下走去，下到河底，只见河床上长着密密麻麻的胡杨、红柳，仰起头向河沿望去，陡峭的崖壁足有二十来米深，听不到河沿外的风声。在这狭窄的古河床里犹如下到另一个世界，恐怖感油然而生。

两匹马绕着河床底的红柳、胡杨、芦苇向西走着，忽然索仁高娃翻下马背，在眼前一小片空地上低头弯腰地好像在寻找什么。"晓红姐，这片发现了密密麻麻的羊蹄印，是刚走过不久的，方向是向西的，我判断我们的羊很可能是顺着河底向西去了。"索仁高娃说着跨上马背向西走着，除了马蹄下的红柳、杂草、胡杨，两侧便是陡峭的河壁。

忽然，雪豹向前蹿去，边跑边竖着双耳发出"汪汪汪"的吠声，一会儿"咩咩咩"的羊叫声夹杂着雪豹的吠声传入耳内，索仁高娃对顾晓红说："咱策马快行……"转过一个河湾，一群羊在河床拐弯处围作一团，雪豹在周围跑着。索仁高娃高兴得上前一看，正是她家的羊群。

河床底虽说听不到狂风的呼啸，可抬头望着河床上空弥漫着沙尘，空气中散发着呛人的怪味。她俩策马从羊群周围转了一圈，长长地出了口气，翻下马背把马拴在河床北壁一个天然洞穴前的红柳丛上，从马背取下褡裢猫腰钻入洞穴。

篝火旁炽着水壶，顾晓红望着索仁高娃满脸的土尘说："高娃妹，你的脸都被沙尘填得只见两个眼珠子转动，若眼珠子不动就和庙里的菩萨没啥两样了。"索仁高娃望着顾晓红笑了笑说："这也没个镜子，如果有你自己照照，你说我像菩萨，你肯定就像观音了……"两人"哈哈哈哈"的一串笑声中露出洁白的牙齿。她学着索仁高娃的样子用袖头把嘴角的尘土擦了擦，接过索仁高娃递过的肉干津津有味地咀嚼着。

两人吃饱肚子，喝足了炽热的清茶，背靠着洞壁。顾晓红瞅着满脸红润的索仁高娃："你怎么能知道羊群会在这儿找到？"索仁高娃说："我牧羊多年，已总结了不少经验，就这次刮的是大东风，羊遇见这种天气是轻易不会离开群的，它们顺风跑，所以咱在西面找的方向是正确的。"顾晓红说："别看你比我小两岁，跑湖场你还挺有能耐的。"

索仁高娃不紧不慢地说："我们蒙古族人和你们汉族人生存条件有异，你们是种地的，有固定地方，可我们人称马背上的民族，没有固定的住处，是随水草而栖的，流动性大，祖祖辈辈都是这样的，过惯了这种游牧生活。从我记事起一直都这样，我阿爸就我这么一个宝贝女儿，可他却不把我当作宝贝，什么脏活、危险活全都让我干。在肃北南山时有个叫宾草湖的一个夏季牧场，那草原可真辽阔，宾草湖的西畔有日夜不息的党金果勒河，冬季就迁到南面的深山牧放，深山里虽风小，可那山里雪大，若遇上大雪下上一两天，漫山遍坳全被白雪覆盖，羊找不见草可就受大罪了，老的、瘦的，还有小羊羔耐不了寒冷，就会被冻死。后来我阿爸、阿妈带着我们和羊群随水慢慢地向北移来，到你们这北大湖已两年多还没遇上一次像我们南山那么一场大雪，只不过冬春季风多，但对我们来说还是你们敦煌的北大湖好……"

顾晓红望着索仁高娃那张生动的面孔，听完她的述说，想着人家蒙古族人就是能耐大，眼前这个半大丫头比汉族小伙子都厉害，自己更无法和人家比。她问："你能说上咱们现在在咱们住的清水坑子的什么方位？离清水坑子有多远吗？"顾晓红望着索仁高娃说。索仁高娃头靠在穴壁上沉思了半晌说："有三十多里，咱们前阵子从南岸下到河床底的那个能过大车的斜坡，还能从北边的斜坡上上到干河北岸，那就是这一带滩上唯一从河南到河北的必经之路叫燕儿窝斜路口。今天天阴风大，若晴天，这古河壁上有许多天然风蚀洞穴，那些洞里栖着许多燕子，所以人们把这一带叫燕儿窝。从燕儿窝斜路口上了北岸向北一直到北戈壁沿这片偌大的草场叫大草滩，我们初从南山下来就在那片滩上牧过羊，我们称那片叫北牧滩。昨夜忽然起了东风，羊遇上大风是顺风跑的，所以我判断羊群很有可能跑到这一带，幸运的是它们没有跑散，还摸着从燕儿窝路口下到古河床底避风，别看它们是低级动物，它们还是有灵性的。"

她聆听着索仁高娃的述说心想：他们蒙古人对于放牧还真有经验，眼前这小姑娘还挺泼辣的，不由对她产生敬佩。"汪汪汪"的狗吠声从河畔传来，接着雪豹也仰着头向上吠叫，并能听到岸上传来的吠声。索仁高娃猛地坐起来走出洞穴对顾晓红说："晓红姐，是我阿爸他们在河沿上。"

风渐渐小了，估计这时是中午十二点左右，跑滩道的人掌握了天气的特征。有句话叫"东风晌午端，西风太阳落"，这是风停的规律。三骑顺斜坡下到河床底和索仁高娃她们碰面了，巴拉图·道尔吉大叔说："我们刚从河沿下来，风已小了许多，估计快要停了，东风停后可能西风要来，咱们快赶羊上岸回家。"五骑赶着羊群回到清水坑子时太阳已沉入老西面大西梁的那片雅丹群。

毡房内，索仁高娃的阿妈正在吐鲁哈（支锅的圆形铁架）下架着干牛粪块，羊肉的香味从锅盖缝向外喷，满毡房弥漫着香喷喷的羊肉味。索仁高娃招呼着大伙洗了脸，大木盘里盛满了大块的熟羊肉，巴大叔从小橱柜里取出两瓶青稞酒，索仁高娃端着个小银碗一一给大家敬酒，最后让顾晓红喝，可她从来没喝过酒，推让着说："我不会喝酒。"别看索仁高娃年岁不大，不只是胆大泼辣，而且还会唱蒙古族歌，并且嗓音还特别好，她端着银碗向着顾晓红唱了一曲他们蒙古人的敬酒歌，无奈顾晓红接过银碗仰头喝下，只觉得满腹发烧，头脑发晕。

第二天，太阳刚从小窑门口的野麻孔里射进来，她慢慢睁开惺忪的双眼，回忆着前天半夜被沙布楞叫起骑着那匹没鞍鞍子的马跟着找了半夜又一天的羊，感觉很疲倦。晚上在她家喝了那碗酒好似做了场梦似的，后来是怎么从巴大叔的毡房回到这小破窑的，自己都记不清楚了，往起一坐感觉屁股下很痛，慢慢用手一摸，那块有血，轻轻用手一触，原来那块已破了，慢慢站起往外一走，疼得厉害，又坐在行李旁，想想一定是被马背磨破的。

不一会儿，雪豹的吠声传来，紧接着索仁高娃的声音传进窑内："晓红姐，还没睡醒啊？太阳把屁股都晒焦了！"话音刚落门口的那捆野麻被挪开了。一看顾晓红在行李上依着说："晓红姐，这都晌午了，你咋还没出门？""唉！"她叹了口气望着索仁高娃，有点不好意思地说："昨晚我喝醉了，好像是你扶我回窑的吧？我前一阵子起来过，可觉得屁股下面那块好疼好疼，我试着用手指慢慢一摸，原来是破了。"

"咯咯咯"的一串笑声后，索仁高娃对她说："前天夜里风大，找羊心切，唯一的三副马鞍被我阿爸他们鞍走了，咱俩骑的是铲马（没鞍鞍子的马），我倒无所谓，可苦了姐你啦！前天夜里夜黑风大，我没顾上告诉你，骑铲马上长路不能用屁股。"她听到这儿展开紧皱的眉头瞪大眼睛问："那你说骑马不用屁股还能用啥骑呢？"索仁高娃微微笑了笑说："骑铲马用的是大腿，是用大腿下部，因大腿上肉厚，你没注意骑铲马的人为啥都是斜跨在马背上的？就是用一只大腿骑一阵子，然后再换上另一只，两只换着骑才不会被马背磨破你说的那个部位"，说完咯咯咯地笑了一阵子，她听着索仁高娃的解说不好意思地微微点头。

"好了，我再不细说了，待你的伤好后，我带你再骑一次铲马，你按我说的方法骑，肯定再也不会伤你所说的那儿了！"说罢从背包里掏出两个黄黄的发面大饼和一只熟羊腿。

民国末年，敦煌地面派粮抓兵，人民生活陷入了困境，又加风灾，靠边缘的地带，庄稼被风沙打死，颗粒无收。过了老年，有许多人到北大湖观察地形，准备种撞田。顾晓红也知道了此事，心里产生了种撞田的想法。

第六回 ▌谋生路学种撞田
逢天旱颗粒未收

有天傍晚，白大娘拿着两个白面饼子来到西头那破窑里，一看她脸上红润，精神也比原来好多了，问道："闺女，蒙古族人对你可好？"顾晓红直是点头说："多亏了大娘，帮我找了个能吃饱肚子的地方。"她把白大娘望了望又说："我有件事想请你帮忙，可怕你麻烦……"听后，白大娘说："远亲不如近邻，咱住得不远，只隔这片水泊，你的身世我也知道，别不好意思，我也有个女儿比你大三岁，嫁给了东沙门的吕家，她现在过得还算好，每看见你就如同见了我的女儿，我回去和你大伯说说，再过不了十天疏勒河的开河水下来漫滩，咱们哪天先到北滩看看，选上块低凹、平整的地方，水干后就种，你也看到这些日子，有不少骑牲口的下湖来，都是来看地种撞田的！"她听后笑着说："大娘，你可真是个热心肠的人，种地的事可全靠大娘您了……"

第二天，她叫上白大娘去滩上看地，转了好几个地方，终于在破窑西北两里外找到一片凹地，地质也好，离窑房也不算远，也好看管，她就选了那块大约有三亩的荒滩上。正月十五过后，疏勒河的开河水下来，荒滩上所有的凹地都被漫灌。十天后地干了，她和白大伯他们老两口套着牛开始播种，白大伯摇耧，她牵牛，白大娘套着耙在后面往平里整，用了四天时间，给她种了一块，白大娘种了三块。

半月后，麦苗透土了，苗还出得全，过上两天，她就到地里看看，望着地里的幼苗一片翠绿，心里可真高兴，想着这块麦子如果成了，准能收上四五口袋，还给白大娘一口袋麦种，余下的足够吃上一年。

初夏的北大湖，不知不觉中大自然给它换上新装，灰白色的胡杨树稍长出淡绿色的叶片，红柳枝上吐出锯齿般的叶芽，漫滩遍地有说不上名字的野草、野花都争先恐后地吐出绿色，蓝天白云下的野鹰盘旋在上空。

这北大湖的脾气够干脆的，冬天恨不能把人冻僵，夏天恨不能把人热熟。

小窑洞西北二里外的那块撞田地里，她正猫腰拔草，麦子都一尺多高了，可野草好似和麦苗竞争，一方一方的麦苗间野灰条比麦子还长得高。拔上一阵子就停下擦着满脸的汗水。由于天气炎热，她只好每天早早下地，下午赶黑再拔上一阵子，就这样起早贪黑地拔了半月多，这块三亩多麦地的草被她拔干净了，地里没有草了，麦子齐刷刷地猛长。即便地里没草了，但她还是每天到地边看一圈。有天午休后，白大娘来到西边的小窑对她说："晓红，咱下午天气凉下来到撞田地里转一圈，看有没有黄羊啃麦苗……"

两人从北面白大娘的撞田地转到西面顾晓红的那块地边，白大娘一看顾晓红的麦田里没一根杂草，齐刷刷的麦子招人喜欢，夸道："看来你还是个种田的好手！"顾晓红用手帕擦去了脸上的汗水说："干啥就得务啥，务不好吃啥？"

芒种节快到了，可才落了一场雨，而且还是毛毛小雨。俗话说：硬浇芒种的水，不浇夏至的油。正是麦子抽穗的时候，天气炎热，可就是不下雨，她望着绿油油的麦叶开始卷起、发黄，看着天空火球似的太阳，嘴里念叨着："老天爷，你怎么不下雨啊？如再不下雨，我那块麦子就完了！"

阵阵热风扑面，如同火燎一般，想起小时，赵老师教的那首古诗"赤日炎炎似火烧，野田禾稻半枯焦。农夫心中如汤煮，王孙公子把扇摇"。她紧蹙着眉头来到白大娘家，对白大娘说："大娘，我的麦子从根到顶叶子都干了，咋办？"白大娘两口子也唉声叹气，白大伯说："我们的也一样，别人家的地边我也去过，全一个样。不信明天你到北滩那些地上转转就知道了。

后来一直没下雨，麦穗里的麦籽还没上面就全枯死了。"看来今年的撞田是撞空了。"她失望地自语着。看来种地的人就是命苦啊！

无奈去北窑里的蒙古族大伯家帮他们剪羊毛，善良的蒙古族大伯给她些奶饼、酥油、肉干……时光如流水，转眼夏去秋来，湖里的草木慢慢枯黄，胡杨树叶也由绿变黄，早晨红柳草稞上落满白白的霜层。寒冬已经不远了。她用小木桶从水泊提来水，和上泥，拆去了窑门口干垒的土块，重新用泥把窑门往小里做，用泥和小土块把空隙都堵塞严实，修好窑门后，又到滩里砍了一捆枝叶茂密的野麻背回当门扇，准备度过到湖里来的第二个冬天。

第七回 | 落风尘燕子得志
露真形龚三失踪

初冬的一天夜里，第一场雪落下，夜黑得像口巨大的铁锅扣在天上，只听风夹雪片打在门口那捆野麻上发出沙沙的声响，她看着亲手修好的窑门和那捆密实的野麻，感觉不太冷了，就迷迷糊糊地进入了梦乡……睡得正香时，耳内传来一个声音，惊醒后就看到门口堵的野麻捆子在动，她紧张地正要坐起时，一个黑影已窜进窑门，她惊恐地喊出声："谁？"可就在她话音刚落时，那黑影已钻进了被窝。

他叫龚起，排行老三，绰号叫"燕子龚三"，是给肃州庙许家油坊赶车的，三十岁左右，已给许家赶车好几年了，是个既能偷又能嫖的下三流之徒。他今夜到此是早有预谋的。

说来还是去年冬天，她在西滩上访了小曹一事碰见那两个河西的拉柴者以后，那两个河西人把在北大湖碰见顾晓红的事说与一起的车夫，一传二，二传十，说话的无意，可传到龚三耳里，本来西地上的车是从清水坑子老西的小西梁那儿有条路通往肃州，所以清水坑子这条路是东、北二地车常走的路。那龚三听到清水坑子有个年轻、漂亮的小寡妇，心像猫抓似的。入冬后许家油坊需要大量柴，就让龚三下湖拉柴，色胆包天的龚三第一次下湖便绕道来了趟清水坑子，车卸在老白家的车马店后，窥视着这里的一切。

每天黄昏前，顾晓红都要到水泊畔提水。碰巧龚三给马加料时，隔着水泊看见从西头小破窑出来的顾晓红，他一直盯着她到水畔猫腰提起水桶，乌黑闪亮的长辫子在腰间摆来摆去，返回西头那小破窑。人说"干啥的务啥"，这龚三看得清楚，并打听到顾晓红的一切。第二趟车，他绕道，车马仍停在老白的店里，半夜时分悄悄溜进小窑，就发生了前面的一切。事后，龚三甜言蜜语地说了许多，还说等他挣多了钱娶她回家当老婆……第二天，她发现火堆旁的小土台上放着小半袋豆子和三个黄黄的大锅盔（大饼），还有一瓶清油，她望着那几样东西，心想：这个人还算挺有心的，他怎么知道自己缺这些呢？

半月后的一天夜里，她还未睡着时，听得有人在动门口的野麻捆子，她大声问："谁？"一个声音低声回道："我是小龚，别声张。"第二天天亮，人不知啥时候走的，只见小土台上放着一袋面、两瓶清油、一罐子猪肉炒酸白菜，铺边还有一个花格子包袱鼓鼓的，她取开一看吃了一惊，啊！是一套女式棉衣，并且上面还带外罩，尽是上等绸料，还有内衣、袜子和一双绣花鞋。

她高兴得自语："这还差不多，看来这小龚真有娶我的意思！"燃起火，和上面，做了顿宽板子拌面，拌上猪肉酸白菜，饱饱地吃了顿饭，然后把火架大，窑洞里烧得暖暖的，热了锅热水把头发洗净，又用热水把身上擦了又擦，然后换上包袱里的新衣，顿时觉得舒服多了！再看看换下的那几件生满虱蚍的内外衣，全部抱着扔在窑门外，燃了堆火，一件件往火上扔，只听里面烧死的虱蚍发出"叭叭"的响声，如同爆竹点燃。她照着镜子把洗得乌黑闪亮的秀发梳了又梳，满意地笑了。然后又出了窑门，在门前的坂滩上走了一圈，左看看，右看看，这身鲜艳夺目的纯绸缎衣服，穿着宽窄长短正合体。回到窑里暗自高兴，心想：龚三可真算真心爱自己，这身衣服不知他花了多少钱才买来的绸缎料子，请裁缝给按自己的身材定做的，不然穿着怎么这样合身。

其实她把龚三估得高了。那个龚三在许家油坊赶车几年了，对许家的事大都知晓，那许家老掌柜都快七十的人了，仗着钱多财广，又娶了个三房，许老爷子有时外出几天都不回家，不是进城入赌场，就是进烟馆。那龚三因是许家雇来的车夫，进内院，出前院，渐渐和许老爷子的三姨太眉来眼去，后来便乘许老爷子不在家时，两人勾搭成奸。有次半夜，悄悄溜进二门，推开三姨太虚掩的门……事完后，临下炕时，无意间摸到炕边有一鼓鼓的包袱，便乘着夜黑，顺手牵羊提了出来，放在马料房的一堆乱口袋下面。第二天去给马上料，看看车院无人，很快地取出包袱一看，全是上等料子做的女式服装，便很快包好，压在破口袋下面。不由得想起北大湖清水坑子那漂亮、温柔的小寡妇，和许家三姨太身材、高低、胖瘦都差不多，不如送给那小寡妇讨好她。

有一天，许老爷子让龚三下湖拉柴，龚三往车上装草料时，看看四下无人，便把那个包袱裹在皮袄里抱着扔在车厢里。可许家三姨太发现自己的那包袱新服不翼而飞，断定是龚三偷走的，心怀不悦，每天沉着个脸，暗地里派人窥视龚三的婆姨是否穿她的新衣。见到龚三也吊着个脸，背地里骂龚三不是个好嫖客，连嫖带摸的，但丢了包袱的事又不敢对任何人说，生着一肚子闷气，心想：那些新衣是她进了几趟城特意挑选的料子，请了一个高手裁缝给自己定做的，是准备过年时回安西娘家穿的。

龚三的车每次下湖都绕道去清水坑子，前面是夜里去，后来就白天也去……可好景不长，他在北大湖清水坑子的风流艳事经赶车跑湖的人，传进了他婆姨的耳内，其实他婆姨早有预感，这个冬天很少回家。听别人这么一说，怒气冲天，嘴角边那颗黑痣不停地抖动，气得一句话也不说，她本是西地上有名的母老虎、醋坛子。本知自己的丈夫就不是个安分守己的，没料到他竟然偷了许三姨太的新衣，又送给北大湖清水坑子的小寡妇，他真会倒腾，便亲自去许家油坊，连哭带骂地把龚三叫回家臭骂一通，后又到许家给许老爷子说，不让龚三再给他家赶车，让他回家种地，再也不让他乱跑。

十天后，顾晓红不见龚三下湖来，心里觉得空落落的，又等了些天还是没来，她暗自在想：是不是像那个曹天寿一样，也出了车祸？那天，没刮风，太阳照进窑门暖融融的，她坐在窑里正在给龚三做鞋，白大娘来到窑门前，看到她正在专心地纳鞋底，好奇地问："呦！闺女，你这是给谁做这么大的鞋？"她羞怯地低下头，顿时两脸绯红，慢腾腾地说："就是今冬常来的那个小龚，他待我好，说挣够钱要娶我……""唉！"白大娘长长地叹了口气说，"你和那个河西车夫龚三的事已传到家门上，这儿的人都知道了！前些天，门上来的车夫说你和龚三的那码子事传入他婆姨耳内，他那母老虎似的婆姨和他大闹了一场，车也不让他赶了，还有他婆姨扬言要到湖里来找你算账呢。"

她听着听着，脸上的红云不知飞哪儿去了，由白变青，气得两股子冷气直往鼻孔外喷，咬着牙说："原来他有婆姨，骗我说他是光棍，要娶我回家，原来他是在骗我！"说着把手里快纳成的鞋底撂进火堆里。白大娘说："你真傻，人家把你卖了，你都不知道，还替人家数钱呢！"她低着头在想，就算自己上了当，受了骗，可龚三这几个月待她不薄，每次来的时候都没空过手，吃的、用的都不缺，还给自己拿来这一身值钱的衣服，又在想，龚三再也不会到清水坑子来，可以后的生活靠谁？想着想着，愁绪泛上心头。虽说小龚和她在清水坑子的艳闻四起，闹得沸沸扬扬，对她不利，可也给她又带来新的生机。

第八回 ┃ 图生存实属无奈
为争风险失人命

冬天的清水坑子是最热闹的一季，因为方圆几百平方公里的北大湖，只有清水坑子这片低凹的淡水湖泊，所以，放牧的、跑滩的、打猎的南来北往的轻重车辆都在这里奔水，可称为北大湖的交通枢纽。她那标致的身材、招人喜爱的面孔，又加那套龚三偷来的那身鲜艳夺目的绸缎新衣，每到黄昏前去水泊提水，总是招来白家车马店那些车夫的注意。有眼馋的年轻车夫望着她手提木桶，扭动着柔软的腰肢和乌黑发亮的长辫子在那粉红色的缎棉衣下摆动，心里都痒痒的。俗话说"寡妇门前是非多"，说啥就有啥。

有天半夜时分，她迷迷糊糊的半睡半醒，忽然听到好像窑门口的那捆野麻有人挪动，她连忙坐起，正在摸衣时，那人已钻进了她那焐热的被窝，她用力推搡，说："谁让你进来的？快出去！"那人淫笑着说："你再别假正经，你就开的这个门，招的这个人……"往后的日子，此类事常在夜里发生，不过那些男人们也知道她无依无靠，来时都没空着手，也可说"君子爱财，取之有道；贞妇好色，纳之有理"吧，时间长了，她也就习惯了。

车夫们把车赶到白家车马店喂上牲口，便在店后面的大窑洞里吃饭、休息。赶了一天车的车夫们连冻带饿的，还要自己动手和面做饭吃。有天太阳快落山时，从老北面上来的四辆柴车，卸车后，一个老成些的车夫说："我听说水泊西面那小窑里住着个小寡妇成天无事，不如喊她来给咱做饭！"其余三个都说："好啊！你去喊，看人家来不来！"

正在这时，顾晓红一扭一扭地提着个小木桶向水泊走来，待她到水畔正准备提水时，那老成些的车夫迎了上去："喂！姑娘，你提水做饭呢？"她把那车夫望了望，点头说："是的！"车夫忙说："我们的车刚从滩里上来，肚子饿得不行了，不如你帮我们做饭，咱一块儿吃，行不行？"她想了想，反正这些天也没什么好吃的，不如去给他们做饭，自己也能改善一下伙食，她点了点头，随他来到那孔专供车夫休息的大窑洞。

车夫们正忙着抱柴烧锅，她洗手和面，一会儿窑洞里飘起饭菜的香味，车夫们狼吞虎咽地吃饱，有的躺在铺上休息，有的坐在铺前抽烟，那老成些的是个戏迷，早就听说顾晓红歌喉好，一边抽烟一边说："等晓红姑娘吃过后，请她给咱们唱上几曲解解乏！"其余人都说那太好了。她是最后一个吃罢的，站在案板前洗碗，边洗边思忖着：这些车夫成天和牲口打交道，来到这野毛湖滩里，赶着个车，轻了重了的，赶到店上都弄得灰头土脸的，也真够辛苦的，想听曲子，对自己而言只是启唇之劳。

"洗罢了吗？洗完后快给咱们唱几首，大家都等着听你的曲子呢！"那个老成些的车夫催着说。一曲含情脉脉的《绣荷包》听得车夫们摇头晃脑，如痴似醉，一曲唱完后，大家都在喝彩说："唱得好！"接着四人中的一个说："听说姑娘还会唱蒙古族歌，那就给我们再唱一段蒙古族歌听，好吗？"她给巴拉图·道尔吉剪羊毛时，跟着蒙古族姑娘学了几首蒙古族歌，不过都是按蒙古族语唱的，她谦虚地对大家说："会唱，不过是蒙古族语！""蒙古族语就蒙古族语，我们是想听你的歌喉！"大家都说。一曲《敖包相会》唱出了蒙古人传情优美的情歌，如天籁之音，在苍穹似的窑顶回旋。大家又是阵阵喝彩，那老成些的车夫说："姑娘给咱们做的饭真香，又给咱们唱上优美、动听的歌曲，咱们可不能白白使唤人家！"其余几个都说："那就每次下湖来的时候，给她多带些好吃的！"

她一个人待在窑里也确实寂寞，人勤快，饭做得好，曲子唱得好，人长得更好，车夫们见到她如同茫茫荒野里出现一朵鲜艳夺目的野玫瑰。本走西路、东路的车都绕道来清水坑子投店，这年的后半冬，来清水坑子的车和人特别多，除了车夫们，还有跑滩、打猎、放牧的，异常热闹。来的这些人中属车夫最多，成天人喊马嘶，他们来时带来家门上的大白菜、萝卜、猪肉、黑醋、清油；放牧的带来肉干、野蘑菇；打猎的带来野鸡、黄羊腿子……一来想听听她的歌声，二来目睹她的芳容。

她的美貌和才艺如疾风般刮到了北大湖所有跑滩人的耳内，但也刮到了老北五十里外安西西湖一带和百里之外的敦煌绿洲。这样的日子她已习惯了，心想：自己的好名声传出，但坏名声已落下，再也没脸见娘家人了，反正比种撞田好多了，辛辛苦苦地种了一茬撞田，吃了许多苦，晒了不少太阳，愁着老天爷不下雨，最后颗粒无收，还欠下老白家的人情和一袋麦种，反正再也不种那没保障的撞田了。

后来，隔三岔五的就有人往西头的小破窑走去，俗话说"车夫爱绳，婊子爱人"，这话说得一点也不离谱。她的小破窑内的小土台上堆满了面袋、蔬菜、油瓶、锅盔……

有天黄昏后，来了一个骑着大白马的人，身穿一身海蓝呢褂子，下马后把马拴在窑门前的红柳丛上，进窑后从衣内掏出一沓野鸡红票子放在土台上，完事后又掏出三枚袁大头的白银元放在她的枕边，走了。大约过了十天，还是黄昏后，那骑着白马的汉子又来了。听到马蹄声，她走出窑门一看，他正在拴马，一看马背上，除了鞍子那块，别的地方都湿透了，她想：肯定是从远路来的，她架起锅，做了顿捋面让他吃。走时又放下一沓野鸡红票子和三块袁大头，翻身上马，以后再也没见过那骑白马的来过，她想那人肯定是从远路来的，并且还是个富户人家的子弟。

那是一个漆黑的夜晚，刚黑后，人们都睡觉了，是白大娘瞌睡轻，听到西边那个破窑方向传来叫骂和打斗之声，人们都站在各自的窑门口侧耳听着，工夫不大就听不到任何声音了。第二天天亮，白家店住的几个车夫嚷嚷着问老白，他们的一个车夫咋不见了，老白说："我睡得死，没见人到我窑里来！"那几个车夫分头寻找，其中一个在西头那小破窑后面发现自己的同伴，展展地趴在地上，拉起来一看，鼻青脸肿，嘴角还在冒血泡，赶紧喊来其他几个，抬到车马店的窑里，擦去了满脸的血和土，灌了碗热面汤，大约过了半个时辰才微微睁开眼睛，慢慢地出了口气，过了一会儿才完全苏醒，喘着粗气，有气无力地咬着牙说："让他等着，我非找那个驴日的算账……"可打了他的那个车夫天没亮就套上车走了。

清水坑子这段时间，人来得特别多，非常热闹，但也最乱。白大娘也提高了警惕，时时观察着这里的一切动向。有一天黄昏前，血红的夕阳辉映在清水坑子北边的雅丹壁上，水泊四周稠密的芦苇上，泛出一片金黄，她那合身漂亮的绸缎显得更加显眼。手提木桶一摇一摆地往水畔走来，正弯腰提水时，听到身后牛圈那边传出脚步声，回头一看，发现老白从牛圈墙角猫腰弯背地正窥视水畔边提水的那个人。"哒！"的一声，吓得老白打了个冷战，白大娘怒目圆瞪，向着老白瞪了一眼，突如其来的两声呵斥，吓得老白浑身颤抖，嘴还半张着，耷拉着一股子口水，顺着嘴角半吊在了胸口处，半晌才回过神来。回窑后，白大娘把老白一顿臭骂："你这个老没出息的东西，都快六十的人了，是不是也想凑凑热闹，沾沾腥，告诉你，你敢生那邪念，我敲坏你的腿，你没见前几天夜里，为争风吃醋，小伙子都被人打成那个样子，险些把命丢在那破窑后面……"

老白灰溜溜地钻进被窝，闭上眼睛，想着老伴前阵子的训词，心想：老伴说的也是，自己身边有老婆，何必去冒那个险？白大娘睡在被窝里想：她和老白到清水坑子来，赶着几十只羊落脚，后来又开了个车马店，还种着撞田，日子还算可以，家里也存了些钱财，可自从那个曹天寿把顾晓红拉到这清水坑子后，这里就没有安稳过，接二连三地出事。前两年看着她可怜，还常常照顾她，断顿没吃的，就给她面饼子和菜，后来帮她种撞田，还借给她麦种。可现在，仗着她年轻貌美，胆子越来越大了，啥人都招，一点羞丑脸面都不顾了，穿红挂绿地，把自己打扮得花枝招展，就和敦煌城里的婊子没啥两样。那小破窑里好像有腥鱼，招得那些男人们个个像馋猫一样，嗅到了腥味儿都想到那里解解馋，招得自己的老汉都不安稳了。哼！这还了得，得想个法子把清水坑子这块的治安好好管管，再不管不定哪天闹出人命呢！

第二天，老白吃过早饭就赶羊下滩去了，白大娘绕过水泊向西头那小破窑走去。到窑门口看到她正在用木梳慢慢地梳着那头长而黑的秀发，心想：这骚婊子打扮好又要招人了……白大娘面带笑容地钻进窑门，说了几句奉承话，她心里乐得美滋滋的，笑着问："大娘，你好些日子都没到我这来过，今天咋有工夫过来？你想吃啥，我这就给你做？"

白大娘说："我刚吃过，啥也别做，今日无事，我来和你随便聊聊。大娘想问问你，前几天夜里在你窑背后打伤的那个人是谁？哪里人？"她惊了一下，又故作镇定地说："你也知道，今冬清水坑子的人来得多，我这也常有人来，你问的那个人我没见过，也管不了那么多。""闺女，听大娘给你说几句不中听的话，可这些话对你有好处。那天夜里被打伤的那个人是前半夜来你这的，被人打伤后脸朝下趴着，直到天亮才被我们店里住店的同伴找到，抬到窑里时我都亲眼见过，只有一丝游气，你想想这数九寒天的，在你窑后趴了一夜，他是咋活到天亮的？不管咋说，那可是一条人命啊！他们一路走的那几个车夫把挨了打的那个人抬到店里时，那人冻得成了个硬棍，吓得我直冒冷汗，幸亏他命大，没冻死，终于活了过来，但他缓过气后，问起他们在一个店上卸车的那个秦州车夫（即昨晚打了他的那个人），其他几个同伴都说天亮后就不见了，很可能是半夜套车走的。他喘着气说：'让他等着瞧，以后再找他算账，非把那个驴日哈的呜呼掉（敦煌土话，意思是：干掉），还有那个骚婊子，她若惹怒了老子，要用刀捅了她！'听他说的那些话，我身上都起鸡皮疙瘩，他们几个同伴中一个老成些的劝说：'快吃上些套车赶路，以后就少往那破窑里去，人里有人，马里有马，你若能斗过那人，也不会落得这种下场，以后注意就是了。'"

"你说窑外的事不归你管，这野毛湖滩，天高皇帝远，若真的出了人命，你能脱了干系吗？若牵连进去，可就得蹲大牢，后半生就要在铁门里度过，戏里演的《苏三起解》你是看过的，就是一个例子，风月场上的人命案，哪件和女人无关？今天不是大娘说你不爱听的话，我看你是让那些车夫给的马料把你吃得脱离了人性，把咱们妇女的脸往完了丢呢！再说了，你别想现在头黑脸白的，招得男人们神魂颠倒，总想往你怀里钻，可你想过没，女人就活个年轻，好花能有几日红？待你再过上几年，人老珠黄时，那些男人们还会像现在一样喜欢你吗？再往后老了，孤身一人，谁来管你？我只生了一个女儿，比你大三岁，嫁给了东沙门吕家，女婿是个老实巴交的农民，婆婆待她也好，现在都三个孩子了，一家人过得本分、平安，待我女儿上了岁数，孩子们都能替换她，我心里也踏实。听大娘一句忠告，在那些男人里，选一个真心疼爱你的、能靠得住的跟上去好好过日子，大娘我都五十过了，经的事也不少了，最起码比你经得多，今天我说得好也罢，歹也罢，你可别生我的气。好了，我也该回去给牛添草了！"

夜里，她翻来覆去怎么也睡不着，两眼盯着被烟熏的漆黑的窑顶，白大娘白天说的那些话，常在耳内响起，回忆着往事：马圈滩顾家庄门前大榆树上的秋千，涝坝沿上的芦苇、毛蜡、马莲草……他们十多个年岁大小的孩童，无忧无虑地玩得多开心。后来由老人包办嫁给了城南马家园子的那个娃娃马有，那马有成天玩得灰头土脸的，又可气又可笑。月牙泉庙会上唱的那首她最喜爱的《绣荷包》，和曹天寿私奔，在北大湖种撞田，给蒙古族牧民搓绳、剪羊毛，龚三的出现，骑大白马的汉子、白银元，给车马店的车夫们做饭、唱曲子……这些虽说没遇上大的沟坎，可白大娘的话却让她引起了重视，那个挨了打的车夫说要动刀子，奸情出人命，戏剧中的《苏三起解》想着确实有些害怕。但又在想，人眼前的路是黑的，谁能看得出，原想跟上曹天寿，虽说日子过得清苦点，可总有个依靠，谁知他出了车祸。

她想来想去这也不是常住的地方，于是她想到了跑，逃回敦煌再说，她也不知这荒凉的北大湖离敦煌到底有多远路程（因为她来时坐着曹天寿的马车从敦煌到这清水坑子整整走了一夜）。

她想，她跑快些一夜也能跑到有人烟的地方，听那些车夫和老白，还有蒙古族牧民们喧荒（聊天）时说过，这北大湖狼多，有时还遇上过狼群，夜间万万不能走，只好选择白天，可冬天的日子夜长日短，若按太阳落山前跑不到有人烟的地方，碰上狼就没命了，想来想去还是选择白天。

第二天天黑前，她把剩不多那些马料全部煮上，想着第二天只要能看清路就开始跑。

晚上睡在小破窑里，这边想想，那边想想，想着想着困了，进入了梦乡。就在梦游未断时，从清水坑子对面老白家那片传来了鸡鸣声，她连忙坐起，把火燃着，把煮熟的豆瓣热上，呼哩呼噜地连吃带喝吃光锅里的所有，背上包袱，拿上预先弄好的一根红柳棒执在手里，猫腰出了窑门，抬头往黑蓝色的夜空一看，满天的星星眨着白红色的寒光，一股子西风从窑洞前虐过，刮在红柳上发出刺耳的怪啸，不禁打了个寒战，转过身向着东方瞭望，那亮明星（启明星）还没上来（出来），估计离天亮还得两个多小时。她犹豫了，自语："这还在夜里，出去万一碰上狼，黑咚麻糊的可咋办？"于是又钻进小窑，往火堆上架了几朵干红柳烤着。

大约过了一个小时，她出了窑门，风比前阵子大了，一股子带着碱土味的尘土直钻鼻孔，向着东方天际望去，亮明星刚刚从老东面的地平线上升起。她估计这阵子离亮还有一个多小时，想着身边再没个人出主意，自己对自己说：赶紧走，走迟了按天黑跑不到地沿子上（有人烟的地方），但天亮前这阵子是夜里最黑最冷的一段时间，感觉穿着棉袄就和穿着件单布衫一样，浑身冷飕飕的，这孤身一人衣不遮风寒，弄不好冻死在湖滩都无人知道。

于是回窑后把一件旧衬衣撕成绺子，拧了个布条绳紧勒在腰里，出门在寒风中站了站，人说勒一根腰带比加一件衣裳还热，这话看来不假，当时就有不那么冷的感觉。

她回头把这儿已熟了的原始地貌轮廓望了一圈，头朝南顺着涌满尘土的大轱辘车辙飞快地向前走去。可那深深的车辙内尘土都漫到腿肚子上面了，高一脚低一脚，不时踩空陷入倒窝（暗坑）跌倒、爬起。走着走着防不住又栽倒在深深的塘土倒窝里，很快拄着红柳棒站起，连身上的土都顾不上往下抛，心里只想着赶路。

边走边向东方天际上瞅着，这阵子虽说风又大了，可浑身感觉发了热，觉不着冷了，四周静得无一丝声音，怪害怕的，自己对自己说："别怕，快走……"

终于，东方地平线上呈现出一大坨淡灰色的亮光。她长长地叹了口气："啊！天终于快亮了！"她加快了脚步，渐渐能瞅见路两侧的沙丘、红柳丛、碱滩……

阳光平射在湖滩上，眼前依然是弯弯曲曲的车辙。她出了路辙上到右侧一个小土岗（残缺的独体雅丹）顶上向南望去是一眼望不到边的黑碱滩，转身望去清水坑子那边已影影糊糊，只能看到东西走向有窑洞、牧民住的那块长土梁。看看自己那身鲜艳的绸缎衣裤已分辨不出色泽，好像从土里挖出来的一样，一摸头上、脸上全是塘土，很快从土岗上下来仍然顺路加快了脚步……

忽然好像从前方什么地方传来"叭、叭、叭"的马鞭声，她边向前走边注视着前方，走着、注视着路两侧的地形，这段路除了零星的沙丘，沙丘上长着稀疏的红柳，高低凸凹的黑色碱滩上长着零星的芦草在寒风中摇曳。

"叭、叭、叭"的马鞭声已经好像不远了，可就是看不见车和马。不一会儿三挂马车好像从地阴里冒了出来。她很快撇开路辙从半人深的路槽上到右侧的碱滩上依然向前走。就在这时三挂马车已离她不远了。

真是冤家路窄，那三挂车就是秦州村的，就是有天夜里在小破窑后挨了打那个小伙子他们一块的，三挂空车是下湖拉柴的。

虽说她头戴围巾，腰勒布绳糊得土迷日眼窝（土头土眼）的那个样子，可还是被那三个车夫认出了她的真身（因为时间长，每次下湖都在清水坑子驻店）。

那个头上裹着蓝布包巾碴碴胡子的老车夫说："那不是清水坑子西面小破窑里住的小寡妇吗？"那个挨了打的年轻车夫把长鞭在拉长套的灰骡子耳畔甩了一鞭说："没错，就是那个碎婊子！"

碴碴胡子老车夫"呔"地喊了一声，这时正好车和她在离不远的对直。她驻足向马车这边望了一眼继续往前走着，走在前面的碴碴胡子车夫"吁——"的一声车停了。他喊着："呔！你先站站！"她停住了脚步，可仍然面向南。

碴碴胡子车夫看出她的动机，判断她要回敦煌。大声喊着："姑娘，你是回敦煌去对吧？给你说，前面我们刚过的那儿有一条干河床，河床里红柳、芦苇稠密，是很害怕的，过了干河床向前走七八里那儿叫土门道（实际上是一片东西走向的雅丹群），那个土门道可是个马夹道（有危险的地方），那儿远离人烟，常有狼出没，我们曾经在那个土门道遇着狼群，不过是白天，一块三挂车，狼群没敢下手，我劝你还是倒回头（返回）走，要不你来我拉上你！"

她回敦煌意已决，想着那些车夫们可能在哄（骗）她，都没转眼向马车这边望，继续赶路。

碴碴胡子车夫说："这人还怪犟的呢！"年轻车夫说："让她犟，真遇上狼她就不犟了，咱走咱的！"说着催着碴碴胡子说："赶上走，别管那个闲事！"（因为他为争风吃醋险些让对方打死在破窑后，心怀怨气。）

她向前走了工夫不大，眼前一条宽约十丈、深约三丈、东西走向的干河床横在眼前，她站在北岸向后望去，只是古道上那三挂马车扬起的尘土像一条黄龙向北滚动。她想前一阵子只听马鞭声不见马车，原来他们在这深深的古河床里走着，俯看深深的枯河床里除了一条弯曲的车道，别处全是一人多高的干芦草里夹杂着胡杨、红柳，感觉阴森可怕，可为了逃离那个厌烦、多少不想住的北大湖，自己对自己说："放大胆子过！"

她警惕地望了望河床内路两侧的杂草，鼓足了劲快步顺斜坡下到了河床底，又加快了脚步（甚至是在跑），一气子从古河床斜坡上到对岸，连吓带跑出了一身汗，前方能看到断断续续的土梁，边向前走边想着那个老成些碴碴胡子车夫的话：那个土门道可是个马夹道，有狼出没！她疑惑地想着，若真遇上狼，我这个柔弱女子可咋办？于是脚步不由自主地慢了下来，边往前走边想着咋办。自己给自己壮了壮胆，还是往前走。抬头看看太阳已到了晌午时分，有句口头语叫：晌午端，狼撒欢！这阵子正是晌午，若真的遇上狼可就麻达了，就在她犹豫时倏然从前方的土梁群那边传来"嗷——欧——尔"她心里一惊，这不就是狼的嗷叫声吗？在清水坑子这两年不止一回听见过。可那坨人多，白家和牧民都养着狗，并且牧民养着五六条大狗守着，没见过狼是啥样！

当时心里的怯怕袭来，觉得浑身起了鸡皮疙瘩，头皮都麻嗖嗖的，连忙向四周环视，忽然瞅见干河床沿西面有一群羊，羊群后跟着一个穿白板子皮袄的人，她便快步穿行在芦草、碱柴、红柳的滩上向西面那群羊走去。

"嗷——欧——尔——"她转身向南望去，远处一条灰白色的大麻狼向着她走来。她害怕了，今天不但听到狼的嗷叫声，而且还在这老远看见了狼的身影，连忙摘下那条那条红色的围巾，连向羊群方向跑连挥动着围巾，这时羊群方向蹿出三条大黑狗狂吠着直向大麻狼的方向奔去，她向狼的方向望去，那条狼在三只狗的追赶中向乱土梁方向逃窜。

她腿一软跌倒在干枯的芦苇丛中，一会儿那个穿白板子的牧人来到跟前，那牧人五十岁到六十岁之间，黑红色的脸膛一双憨厚慈善的双眼望着她说："姑娘，你咋一个人敢在滩上走，你要去啥地方？"

她就地给老牧人连叩了三个头，那老牧人上前把她扶起，从背上取下个吊葫芦（装水的器皿）递给她说："先上些水再说！"她接过吊葫芦拔开塞子咕咚咕咚喝了一气子，用手背把嘴角上的泥土擦了擦，由不得哭了。望了望老者如同见了养父顾福，抽泣着说："感谢老伯的救命之恩！"老牧人又从包里掏出了一块锅盔说："吃吧，这都半晌午了，可能饿了吧？"

她还是五更起来吃的那两碗连汤带水的豆瓣子，这阵子肚子咕咕咕地叫，也就没作假（推让）吃了那块锅盔。感动得泪水溢出了眼眶，委屈地把自己的遭遇诉说于老伯。老牧人是个常住湖放羊的。他住的那儿有一口井，羊一直在那片滩上放着，那一带草多、草杂，到麦子割倒才赶上回家门去。

老牧人听她这么一说就明白了，对她说："姑娘，听老伯的话，回头走，我送你一程，就是不想在清水坑子住，再想想别的办法，这儿到敦煌地沿子上有人烟的地方你才走了少一半路，即便我赶着羊群带着狗送你过了土门道，你说啥也上不了地沿子，那上奔不上庄子下奔不上店，不定会出啥事！"

她听了老牧人的话，老牧人把羊拦了个头朝北，这时那三条狗不知把那只大麻狼赶到啥地方去了，这会儿伸着长长的舌头气喘吁吁地回到老牧人身旁，过了前阵子过来的那条枯河床一直向清水坑子方向走去。

走着走着前面的滩上出现了一群牛，那老牧人对她说："我都快六十的人了，经多了，你还年轻，后面的路还长着呢，回清水坑子慢慢想法子离开那儿，我还得返回，路远着呢！"

她看到了牛群，知道放牧的都领着狗，再说清水坑子周围有人烟，再不会有啥事的，为了感谢这老牧人，便从背上取下包袱，从里面掏出一块白银元递给老牧人说："老伯你拿着，我走了！"老牧人拿着白银元望着她快步向牛群方向走去，念叨着："这女子命苦啊！"

晚上她曲卷着身子，听着外面呼呼的风声，想到今天白天的一切自语道："看来一个人是跑不回敦煌的，若不是在干河床那边有那放羊的老伯和那三条狗，可能就让那大麻狼活活给撕着吃了，今天可真悬（险）啊！险些喂了狼！"

在这北大湖，种撞田没农资；牧羊，自己没有羊；打着卖柴，一来没有镢头，二来，一个柔弱女子能甩动那笨重的头吗？在这荒凉的北大湖，自己还有什么能干的营生？民以食为天，人，起码每天都得吃，可眼前已陷入滚滚红尘，无法自拔。白大娘劝着说，找个能靠得住的男人，过个安稳日子，这个我也想过多次，和自己有染的男人，他们甜言蜜语讨好时说，等以后要娶自己，可其实家里有婆姨，好多天来上一回，打个溅水就走了。穷的也的确寒酸，来时带上些炒面、咸菜，身上的衣服破烂不堪，光着腚穿棉裤，连个裤衩都穿不起……但无论是有钱的还是穷的，他们都说着同样的话，口称一定要娶自己回家，让自己过上好日子可都是骗人的鬼话，哄自己开心而已。想着想着由不得气上心头，骂道："这伙嫖客没一个好的……"

阳春天气一天比一天暖，风吹在身上暖融融的，真舒服。她换上单衣，上到窑顶上四处张望，红绸子衣服在微风下摆动，望着淡蓝的天空，群群大雁向北而过，群雁过了很久，已望不到踪影，有只孤雁从头顶飞过，发出声声哀鸣，孤雁过后，想起自己，现在和那只孤雁有啥两样？

春种开始了，跑了一个冬天的北大湖的骡马都套上耧耙，开始春种，湖里几乎没有车马，白家的车马店冷落了，白大娘和白大伯又在滩里收拾着种撞田。清水坑子显得冷落，顾晓红心里也空落落的。

一天晚饭后，白大娘拿着两个发面饼子，来到西头那小破窑里，只见顾晓红脸色黯淡，神色抑郁，说："闺女，吃晚饭了吗？大娘今天烙饼，顺便给你带来两个，快趁热吃！"看着锅底架着火，锅盖缝往出冒着白气，就问："锅里煮的啥好吃的？""还能有啥好吃的，你揭开锅盖看看就知道了！"她愁眉紧蹙地说。白大娘揭开锅盖一看，煮着小半锅豆瓣子，说："真香！煮熟了让大娘也吃一碗。"她满脸愁容地说："香个啥？这马料吃得人胃里只泛酸水，这段日子大娘也没来我这，是不是生我气了？"白大娘满脸堆笑地说："你看你说哪去了，我这么大岁数了，还生什么气？这段日子我们忙着收拾种撞田，没顾上来。"她用那小勺给白大娘舀了一碗煮熟的豆子，双手递给说："请大娘尝尝这煮马料的味儿！"而后矜持地说："大娘，我想求你给我操个心，不知你肯不肯帮帮我？"白大娘望着她那抑郁的神情说："闺女，别难为情，有啥事就直说，只要大娘能办到的！"她说："大娘，你上回来对我说的那些话，我想了好几遍，觉得你的话很有道理，我的身世和眼前的处境你都了解，在清水坑子，你们住了多年，又开着那个车马店，南来北往的你认识的多，给我打听一个知根知底的男人，我想早点离开这是非之地！"白大娘听后，长出了一口气说："你也不早说，你在这也快三年了，这里的情况你也掌握，现在正是种田的季节，家门上忙，牲口更忙，直到今年秋收完，立冬后牲口才能拉着车来湖里拉柴，我们接触的大都是那些车夫，不过，我尽量给你操这个心。"

　　她成天无事，生活来源断了，只好去蒙古族牧民巴拉图·道尔吉大伯那儿，和巴大伯的女儿索仁高娃一起搓绳、剪羊毛、捻毛线……

第九回 ▊ 李弥逃荒窑洞湾
　　　　与狼共舞结善缘

　　土塔是个地名，在县城东北边缘，那里风大沙多，有一座高约七丈的土塔矗立在起伏连绵的沙漠中，不知是什么年间所筑，从体形上来看，表面的白石灰已泛着暗黄色。塔北三里处有一古老的堡子，叫大营堡子，那方人多半居住在堡子里。塔的东北五里外和北面的五圣宫交界处，有一沙滩，沙滩东面有几道土梁，其中最大的土梁向阳处，有人在那挖凿了一孔窑洞，人们把那片荒凉、偏僻的地方叫窑洞湾。

　　民国中叶，从外地来了户逃荒的人，就住在那座荒废了多年的窑洞。那一年，山丹遭了旱灾，庄稼颗粒无收，饿殍遍地。有一户人家姓李，主人李弥两口子有四男二女六个孩子。李弥连饿带愁地对老伴说："我看咱们还是离开这去逃荒吧！"老伴看着四男二女六个饿得皮包骨的孩子，叹着气说："咱们这么多人，往哪儿逃？"她总不想离开这养育她多年的这片热土。李弥语气坚决地说："你不看，附近把多少人饿死了？再不走，怕咱家就得死人！"俗话说"树挪死，人挪活"活人总不能让尿憋死，无奈老两口各背着两个最小的女儿，大些的男孩背着破行李卷，出了门，走过一个山湾，老伴还站住向后望了一阵子，望着自家那座不知住了几辈子人的旧庄院，恋恋不舍。

李弥本是个祖传兽医，走乡串户，接触的人广，听说西面有个叫敦煌的地方，有条河叫党河，庄稼全用河水浇灌，不靠天。他们沿着祁连山北坡一直向西走来，一路讨吃要喝，到玉门一个山湾停留了几天，听说从玉门到安西之间有个戈壁叫高家滩，那个戈壁很大，无人烟，听当地人说："高家滩，一碗凉水三个钱。"李弥怕一家人连饿带累的过不了高家滩，就打听了一户无儿女的家庭，把最小的女孩抱给他们，换了些吃的，上了路……

一路上历尽千辛万苦，两个月后来到敦煌。老两口领着五个子女，转着讨要，边走边看，盘算着找个落脚的地方。有一天，来到土塔，这里地广人稀，就看准了季家梁北面的窑洞湾，上游的水流到那儿地就完了，听放羊的人说，每年春、冬水浇不完，就放到窑洞湾那片荒滩上。李弥和老伴把大土梁下的破窑收拾好，一家人就住在里面，总算有了安身的地方，白天领着孩子讨要，晚上就住在窑里。土塔和五圣宫一带因地属边缘，滩大地广人稀。有些富户养马、牛多，可就是没兽医，牲口有病非到远处十多里外的吕家堡请有位叫桑槐的老兽医，后来得知土塔来了户山丹难民，那当家的是位兽医，如哪家牲口有病，便让李弥前往医治，经李弥医治好几家牲口，他的名气很快传开，每次给人家看好牲口后，主人家便给上些米、面作为谢酬，一家人的日子渐渐有了着落。

李弥和老伴领着大些的孩子，在窑洞后面水能漫上的沙滩边开了两块荒地，从上水的渠尾挖了道引水渠，种了一块高粱和一块谷子。秋后收了二担高粱，一担多谷子。第二年秋后算是有了吃的，再也不领着孩子们讨饭了。由于一家人勤劳，日子有了盼头。窑门前有一亩多的平滩，对面有一南北长的土梁，平整好那片平滩当场使用。

秋后，李弥带着老伴和孩子在附近荒滩上刨骆驼刺，挑到小场对面的土梁下，留着烧锅用。可不知哪天来了一只狼，钻进土梁和刺摞之间的空道里，每天夜间不断地发出嗷嗷的哀叫，太阳出来后，它便从刺堆后爬出，卧在土梁南坡下的向阳处晒太阳，李弥的老伴隔着小场看出是只狼，而且还是个大肚子母狼，原本心底慈善的李大娘，看着那母狼走路都挺费劲的样子和夜间的嗷叫声，觉得它身子很重，行走不便，寻不到食物，只好发出带着哀声的嗷叫，她便发了善心，把些剩饭、剩汤倒在一个破盆里，放在小场中间，那狼似乎明白人的举动，待李大娘转身进窑后，便拖着大大的肚子来到盆前，很快吃完盆里的食水，转身钻进刺堆，于是，李大娘每顿饭后就用盆装着剩饭、剩汤去放在场中间……

李弥让五圣宫高二爷家请去看一个病重的骡马，三天后才回来，看到土崖下卧着的狼，心里惊恐不安，问老伴可知，老伴说已见它三天了。李弥说："那你还不赶走它，防不住把孩子叼走咋办？"李大娘对李弥说："你没看清，那是只怀孕的母狼，肚子大得走路都很艰难，这冷冻寒天的，到处是雪，它上哪儿觅食？就让它住着别赶走，你别怕，都几天了，我看它没有伤人的动机。"在李大娘的关顾下，夜间再也没听到那只母狼的嗷叫了。

有天中午，那只母狼从刺摞下钻了出来，后面跟着五只毛茸茸的小狼崽子，母狼躺在向阳的土崖下，狼崽们争先恐后地趴在母狼的肚子上吸奶，李大娘看到眼前的一幕，长长地出了口气。此后，每天那只母狼后面跟着那五只毛茸茸的小狼崽来到小场中间的那个剩饭盆前吞食着盆里的食物，五只淡褐色的小狼崽在母狼的眼前身后互相追逐、奔腾、戏闹，就这样过了十天左右。有一天早饭后，李大娘仍把那盆放在场中央，可没见那狼从刺堆里钻出，一直到天黑都没见它，从此再没看到那母狼和五个狼崽的影子。

土塔南面五里外有一座何家堡子，堡子里住着何姓一大家族，老掌柜人称"何二麻子"，田产多，牛羊满圈，还有一个油坊。有次，李弥给何家看牲口，何掌柜对李弥说，打听着给他雇一个放牛娃，李弥便把十三岁的老大李多仁送到何家。北面五圣宫高二爷家要雇个放羊娃，李弥又把老二李多义送去，人家不但管饭，还到年终盘给几斗麦子当工钱，叫李弥给牲口看病的人也越来越多了，这样一来，他家的日子才算缓过气。

秋去冬来，不觉又到了冬天。初冬的一个夜晚，天空飘着雪花，半夜时分，忽听窑门外有杂乱的羊群在场上骚动，李弥对老伴说："醒醒，你听外面是啥声音？"老伴被叫醒后侧耳细听，听到羊的咩咩声，两人穿上衣服出了窑门，朦胧的夜色中看到一群长着犄角的长毛山羊紧紧地挤在一起，又仔细一看，羊群的外围不远处站着六只狼，她俩正望着出神，那六只狼一个跟着一个过了西边的大土崖，消失在夜色中。

李弥叫醒了熟睡的几个孩子，把羊圈住，和老伴用叉挑着刺，靠着土梁堵了个圈，把羊赶进后圈住，那时天色已亮，细心一看，羊蹄子都磨出了血迹，据李弥判断，那六只狼就是去年冬天从门前土崖下走的，想来这群羊肯定是它们从远路上赶来的，不然羊蹄子上的血是从哪儿来的？那群山羊在他家的刺圈里圈了好多天，也没人来找，后来来了两个回族收羊的说要买，李弥就连群卖了，还真卖了不少钱。从此李弥发达了，先买回两头牛，后又打听着买了一匹三岁的骡马驹子。李弥是个兽医，懂牲口，打算让这匹骡马下小骡驹子，下余的钱买了些犁耙、锄、铁锹等农具，又在窑洞北边盖了三间房子，此后的日子更好过了，他边种地边给人家看牲口，老大李多仁也得力了，由于干活踏实，何家老掌柜让他赶马车，工资也增加了；老二李多义也成了半大小伙子，给高二爷家干长工活。

第十回 | 宝善投靠李先生
大娘从中领人情

就在李弥的日子过得稍有富余时，从老家山丹来了个人，名叫吴宝善，是老家一个庄上的，找到窑洞湾李家，对李弥说："咱老家又闹灾荒，我爹说让我找到你，让你给我找个挣钱吃饭的地方。"这个吴宝善的父亲和李弥交往甚厚，李弥对吴宝善说："你先住我家，我出去给你打听。"正巧，五圣宫高二爷家的大黑骡马病了，高二爷请李弥去看一看，到高家庄一进车门就见槽边卧着大黑骡马，高二爷来到槽前看看马，又瞅瞅李弥，担心地问："李兽医，快看看这马咋了？这匹骡马肚里有驹，可千万不能出麻达（敦煌土话的意思为问题）！"

李弥把马眼睛掰开望了望，又在肚子上用手按了按，站起来对高二爷说："结症，快取个盆，装上多半盆热水来！"他从包里掏出一瓶石蜡油，倒进水盆里搅匀后用灌角灌进马嘴，然后对高二爷说："让人拉上去溜，见高坡就往上拉。"

大约过了一个时辰，一个长工娃跑进大门，边跑边喊着："二爷！二爷！大黑骒马让我拉到破城子东面的大沙梁上，它拉了好大一堆粪，不肯回来，啃吃路边的野草呢！"高二爷跟着长工娃快步出了车门，看到路旁吃草的大骒马，大骒马前阵子肚子胀得似鼓一般，现在瘪了下来，正在寻草吃，高兴地对李弥说："快进屋，让老伴炒几个菜，咱喝几盅。"喝酒间，李弥对高二爷说出老家来的那个老乡吴宝善的情况，高二爷一听是个下苦的好手，并且在老家赶过马车，就对李弥说："明天你领来让我看看，正有个茬儿，我雇的那个车夫也年龄大了，去年就说他老了，不想赶车了，可不想离开我家，就说让他喂牛。"

第二天，李弥领着吴宝善来到高家，高二爷一看吴宝善有三十出头，大高个子，左眼有点儿斜，就让他牵出骒马套上马车在门前的大场上赶了一圈，一看他是内行，只管点头对李弥说："那就让他给我赶这挂车，工钱和前面的车夫一样。"在李弥的帮助下，吴宝善成了高二爷家的马车夫，铡草、喂马、赶车，总算有了个挣钱吃饭的地方。

有天下雨，吴宝善喂上牲口，来到土塔窑洞湾李家。李弥问："你觉得高二爷待你如何？"吴宝善笑着说："高二爷对我不错，在老家就听人说敦煌是个好地方，我在高家这些日子感觉就是好，不是白面馒头就是干拌捞面，肚子不受亏，气候也比咱山丹好，水果也多。"李弥点着头说："那你就好好干，干不好高老掌柜会怨我的，因为我到敦煌这么些年常给他家看牲口，关系也不错。"吴宝善听后只管点头，又不好意思地说："李大伯，我有个想法想对你说，我看上敦煌这个地方了，想在这里落脚，老家有哥嫂照应二老，我也老大不小了，都三十过了，咱老家肯遭灾，家里穷没钱找媳妇，所以把岁数耽搁大了，你来敦煌年多了，熟人多，还想让你操心给我打听着找个媳妇，要求不高，能过日子就行。"

有天晚饭后，李弥的老大李多仁从何家回来，饭后李弥对老大把吴宝善说的话说给儿子听，李多仁听后对父亲说："现在这兵荒马乱的，农民的税收年年增加，有些人家连肚子都吃不饱，这年头找个女人难呀！"李弥磕着抽败的烟锅对儿子说："难，都知道！可不能看着吴宝善打一辈子光棍吧？在老家他父亲可没少帮过咱李家啊！既然他千里路上投奔咱们，咱就把他当作你的兄弟看待。"

端阳节快到了，安西来了个油商到何家油坊订了五千斤清油，李多仁、付生云、刘孕旦三挂马车按何老掌柜的吩咐到北湖拉干柴。下湖的路上，李多仁在车上想起了清水坑子那个小寡妇，心想去年冬天拉柴住在白家店，还让那个小寡妇给他们做过饭，听过她优美的曲子，印象还不错，只不过名声不太好。不过又想想老乡吴宝善的处境，觉得他俩一个是半斤，一个是八两都差不上多少。

黄昏时车赶到了清水坑子住店，晚饭后，他到老白的窑房里闲聊问起白大娘："西头破窑里的那个小寡妇现在可有下家？""你问的那个小寡妇吗？你也知道，凭着她年岁轻，又有姿色挺傲气的，不过近段时间好像安稳了许多，你问她干啥？"白大娘说。李多仁把他老乡吴宝善的情况给白大娘讲了一遍又说："还得烦你从中给那小寡妇说说。"

破窑里，顾晓红心烦意乱地躺在被窝里胡思乱想着。"哕！太阳把屁股都晒红了，还睡着不起？"白大娘站在窑门口大声叫道。她懒洋洋地从被窝里坐起，把蓬乱的长发用双手往后捋了捋问："大娘，你好多天没到我这儿来，有啥事儿吗？"白大娘说："快起，穿上衣服大娘给你带来几个热包子，吃过随大娘出去走走，散散风，你看你年纪轻轻的，成天钻在这黑黢黢的破窑里把自己糟践成个啥样子了？"

阴历四月的北大湖，各种植物已换上绿装，碧绿的胡杨树叶在微风中摇摆，丛丛红柳枝梢上吐出各色小花，红的、粉的、橘红的、紫的如喷射的火焰招人喜欢，野瓜秧上开着小黄花，低凹沼泽里的芦苇随风起伏，她这儿看看，那儿瞅瞅，忽然发现路边的马莲草墨绿色的叶丛中伸出枝枝马莲花散发出阵阵清香，紫色的花朵迎风摇曳。

她猫下腰随手折了一枝拿到眼前，一股子清香的花味沁入心田，深深地吸了几口清香略带咸味的空气，顺手把它插在浓浓的秀发上，转身问："大娘，你看这马莲花好看吗？"白大娘开玩笑地说："像你这比马莲花还要好看的一枝花却没人来采？"她羞涩地笑了笑说："大娘又拿我开心，说说正话，我求你给我打听的事，有没有合适的？"白大娘叹了口气说："这几个月很少有车下来，但也还是有，我和来的人都提起你所关心的事，可我看没一个合适的，不过前几天东地上何家油坊下来三挂车，车夫头李多仁给我提说了一个，我觉得倒还差不多。"她听着听着焦急地问："大娘你快说说，到底是怎么回事？""别急，待会儿到麦田，咱边拔草边说。"白大娘不紧不慢地说。

　　两人边走边聊，不觉来到白大娘的撞田地边，一看绿油油的麦子让人高兴，一会儿又转到顾晓红去年种过的那块地边（今年老白家种着），看到墨绿色麦田将要抽穗的麦子，微风吹过如同喝醉了的汉子东摇西摆。看来自己没撞上却让白家撞上了。因为麦苗出土后到如今已下了三场雨，而且都是大雨，她望着长得茂盛的麦田心想：如果今年自己种上那该多好啊！怪不得农民们都有句俗话叫"千买卖，万买卖，不如地里翻土块"。

　　白大娘弯着腰在地埂边拔草，她也跟着拔，边拔边问："大娘前阵子你不是说何家车下来那个车夫头给你说起他们老家上来那个人是怎么回事？""哦，我咋把这事给忘了，那车夫李多仁说，他们老家闹饥荒，老家有一个哥和嫂子，两个老人，他一个人打听着到敦煌找到李家，现在在五圣宫高家赶车，他的根底老李知道，人老实憨厚，大高个子赤红脸，三十岁出头，不过一只眼睛有点斜，但不影响视力，因老家穷至今还没讨上个媳妇，我想这个人和你的要求也差不多，只不过比你年龄大了些。"两人边拔草边说话，不觉太阳已到当天，夏天的北大湖热风阵阵，骄阳似火。白大娘看着顾晓红满脸通红，汗流如注，有些耐不住的样子，就说："闺女，你不往滩里来，我看你炎热难熬，咱回家，大娘给你做浆水面条吃。"

　　夜幕降临在清水坑子上空，十五的明月如同一个巨大的银盘从东面的烽火台侧升出地平线，寂静的夜晚只能听见巴拉图·道尔吉蒙古族牧民的牧羊犬发出汪汪汪的吠声。她在窑洞里想着白天在撞田地拔草时，白大娘说的何二麻子的车夫头李多仁说的那个山丹人吴宝善，根底上没啥，可已经三十过了，自己才二十出头，合适吗？是不是自己有些亏，可又想，人家虽比自己年龄大得多，可人家还是个童男子，而自己……据人说和自己掌握，自己的名声已坏，除了清水坑子，安西人和敦煌人有不少都知道自己的事，那个山丹人从老家来敦煌不久，他还不知我的底细，再说这几年在这北大湖过着饥一顿饱一顿的日子，马料把胃都吃坏了，还有断顿的时候，都二十多的人了，也没个啥积蓄，俗话说"男人无妇财无主，女人无夫身无主"，这话一点不假，前思后想，觉得吴宝善那人还可以，但不知人家是咋想的，不管咋说先抓住这根稻草再说。

　　五圣宫高二爷家的车院里，吴宝善正在给马铡苜蓿，从车门口进来一个骑骡子的人，那人就是何二麻子的车夫头李多仁，他下了骡子后对吴宝善说："老弟你出来一下，我有话对你说。"车门外的大榆树下，李多仁边抽着烟锅边对吴宝善说："老弟，你给我爹说的那件事，这两个月我打听了几家，有养丫头的嫌你年龄大，又没钱，还嫌你是外地人。"吴宝善接着说："寡妇也行。""这我都替你考虑过，有家寡妇都四十过了，还有两个孩子；倒有一家小寡妇才二十出头，人也长得不错，有两个孩子还有两个老人，说要招上门的，没一个合适的。我想咱俩既然是老乡，要办就给你办个好点的。"吴宝善听着只管点头问："那咋办？"李多仁装了一锅子旱烟点着抽了几口说："最近何家油坊要柴，我们仨挂车下了趟湖，路过清水坑子住在白家店，晚上把你的事说给老白听，老白和老伴听后对我说，清水坑子住着个年轻寡妇，二十岁出头，人长得还挺不错，没有娃，男的和咱们是同行，出了车祸落了个残疾回了老家照顾他老爹妈去了，这一去几年杳无音信。那小寡妇日子过得难肠，对老白家说过想嫁人，我把你的情况都告诉了老白两口子，她说她愿从中说媒，可不知你咋想的？"吴宝善赔着笑脸听后高兴地说："还是李大哥好，替我着想，出门在外有个老乡就是好，可不知人家愿不愿意？"

　　"羊盼清明马盼夏，老驴老马盼的是四月八。"阴历四月的敦煌绿荫遍地，梨果满枝，刚吃开青草的大牲口最容易得症。一天高二爷家的青骡子有了病，卧槽不起，请去了李兽医。经李弥医治很快就好了，高二爷对李弥非常敬重，请入上房，让老伴炒了几个菜和李弥对饮。其间高二爷对李弥说了几句客套话，当李弥问起老二李多义和吴宝善的情况时，高二爷说："你的老二给我放羊挺踏实的，羊放回来帮我做这做那，是个诚实的好娃娃；你的那个老乡给我喂牲口、赶车也很卖力，他个大不怯力，人也老实憨厚，我准备长期留用。"

李弥听着心里乐呵呵的。

而后又把老大给吴宝善准备成家一事说于高二爷，高二爷高兴地说："如有个女人更好，他就能安心在我这干。"高二奶本是个信佛之人，心慈面善，也笑容满面地在一旁说："如这事能成，就住我家车院西墙根那间装马料的房子，那房里有炕，是原来住过长工的，现在装着马料和些零碎东西，到时把东西转到车门旁的那间房子。我家人多，锅灶上人手紧张，除了自己人还有七八个长工，二十多人吃饭，我那三个儿媳多时忙不过来，如那事成了还能进灶房帮着做饭，工钱照付。"李弥听后笑着说："那先谢谢您二老了。"李弥临走时，高二爷对李弥说："这些事越快越好，夜长梦多，我听说何家车这段日子跑湖，对你老大说下次下湖时从我这过，让吴宝善也跟上他们的车下湖，我正好这些天柴也不多了，顺便拉一趟柴上来。"最后李弥对高二爷说："你给吴宝善说，让他今晚来趟土塔，我还有事对他说。"告别高二爷，李弥骑着红骒马头朝南顺路向土塔走去。

晚饭后，吴宝善来到李家，见到李弥家的尊敬地称了声："大妈，您好！"一家人坐在一起说起吴宝善的事，大家都很高兴。吴宝善问："大伯，你觉得此事能成吗？"李多仁说："我看八九不离十。"李弥从口袋里掏出几张野鸡红票子对吴宝善说："我也知你的工钱还没到领的时候，你先用这些钱去甘家庄商店扯上些花布交给裁缝，先做上一身单衣，再称上二斤红糖，买上两瓶酒，准备过些天随李多仁他们的车下湖去北湖清水坑子。你的事我已给高二爷说了。"

清水坑子的顾晓红无事可干，不是给牧民巴拉图·道尔吉帮着搓绳，就是给白大娘家的撞田地里拔草。晚上夜静时一个人千思万想，世间万物都有他们的生存规律，春发秋实，永无静止地繁衍生息，自己也领悟到这条亘古不变的规律，事实证明自己已卷入滚滚的浊浪红尘之中无法自拔。"苦海无边，回头是岸"这是小时妈妈念佛经时她听过的，自己一定要变个活法，再也不能像以前那样活下去了。

一天午休后，白大娘来叫顾晓红，说是北面有块麦地有些草没拔完，让她帮着去拔。俩人边走边说着话儿，不觉到了老北那块麦田，下地拔了一阵，热风阵阵，夏天的太阳照在身上如同火烤，俩人干得汗流浃背。白大娘说："闺女，咱到北边那棵老胡杨树下歇息乘凉去，这麦田里热得就像下了蒸锅一样，麦子都吐穗了，拔不拔草也没啥关系了。"

高大的胡杨树枝繁叶茂，风从树下过，坐在树荫下凉爽多了。白大娘说："闺女，你的《绣荷包》唱得好，还是在车马店你给那些车夫唱我听过，真好听。"她望了望白大娘，用手撩了一把脸上的汗珠，会心一笑，开口唱了起来："……绣上鸳鸯鸟，紧戏在河边，你依依我靠靠永远不分开……"还没唱完她就哽咽着不唱了。"好了，别再伤心了，都是大娘惹你伤了心。"说着掏出手帕擦着她两颊的泪珠。

顾晓红忽然听到远处隐隐约约的鞭响声传入耳内，她起身上到不远处的一个小土岗上四处张望，发现老北面滩上好像有柴车向前移动，心想：好多天没见到滩上有柴车，是不是何家油坊的车？那个车夫头——李多仁到清水坑子住店，能不能带来白大娘说过的那个吴宝善的消息，她独自猜测着。白大娘喊着问："闺女，快来乘凉，你脖子伸得像个大雁似的看到了啥？"她回道："有几挂柴车向咱这方向来了！"树荫下白大娘说："这段日子只有何家油坊的三挂车下湖拉柴，因为前些日子他们的车下湖住在我们的店里，车夫头说有个安西商人在何家油坊定下五千斤清油，急需干红柳榨油，如果真是何家车，肯定来这清水坑子投店，也正好从李多仁口里打听打听有关给你介绍的那个吴宝善是咋回事。"

马鞭的响声已能听清楚了。白大娘上到那个小土岗上向北望去，离这儿也就二里多路了，并且能看清楚前面的一挂车上驾辕的是一匹枣脒色骟马，拉长套的是一色的三个黑骡子。没错！定是李多仁赶的那挂车，又望了望越来越近的柴车一共四挂。奇怪，何家一共三挂车，今天咋多了一挂？猛地心里一惊，那个李多仁是个干脆人，是不是他约高家车一块下来，那个吴宝善也来了？她猜想着。"哒！闺女快回，你的好事来了！"白大娘高兴地喊着顾晓红，她心里突突乱跳："真的吗？咋会这样快？"

俩人离开撞田很快的往回走去，到水泊畔分手时白大娘说："你回窑去把头洗洗，收拾收拾，如有情况我去告诉你。"

她回窑后把头发洗的黑亮黑亮的，均匀地编了一个长长的独辫，离辫尾三寸处，用一条粉红色的手绢扎了个蝴蝶结，对着小镜子左盼盼右照照，把垂落在眉间的刘海梳了又梳、拢了又拢，看着镜子里的她满意地笑了。

老白的窑里大炕中间摆着个小炕桌，炕桌上放着两包糖、两瓶酒，李多仁边抽着旱烟边对白大娘说："油坊这些天正在榨油急需柴，我也很忙，所以这趟下湖时也挂上高家车"，说着用烟袋敲了一下地下站着的吴宝善，"这是我的老乡吴宝善，你看怎样？若能看得过眼，就麻烦你去把那个小寡妇叫过来让他们互相见个面。若看不上就算了，看得上今晚就定下，明早车走时就拉着回，你也知道湖里到门上一百来里路，来一趟不容易"。白大娘边和面边和李多仁说这件事，不一会面已和好，便绕过水泊向西面的小破窑走去。进窑后，见她还在拿着小圆镜，摆弄着眉间的刘海，满面笑容地对她说："闺女，你的好事可真的来了，我下午在麦田边判断没错，就是何家车来时挂上高家车一道来的，快跟大娘走。"

黄昏的清水坑子凉风送爽，吴宝善迫不及待地站在窑门前隔着水泊向西望着，从老西头的小破窑里钻出两个人向白家店走来，见她们走到水泊畔，绕过水泊转向南边的芦苇丛上坡时，他转身进了窑门。李多仁和他的两个同伙车夫还有老白，老白躺在行李上抽烟，见吴宝善进来，李多仁问："来了没有？"吴宝善说："快了！"话音刚落，白大娘躬身进了窑门，李多仁问："人呢？"白大娘说："她还有些不好意思，在门外站着。"李多仁给吴宝善使个眼色，下巴向上扬了扬说："还不把人家请进来？"此时站在窑门外的顾晓红确实还挺紧张的，毕竟这是名正言顺的相亲，也是她最近反复考虑后做出的决定，不觉羞怯的脸上泛出两朵红云。

吴宝善出了窑门，见她低着头站在窑门口的一侧，他用那只有些斜的眼睛把她瞟了一眼说："白大娘让你进去！"顾晓红顺着话音一看，好大的个子，健壮的身体，只是一只眼睛有点斜，但是望人时的目光是和善的，不由心里产生了好感。白大娘麻利地做了一锅羊肉面片端到炕桌前，每人让了一碗说："大娘也没啥好招待你们的，随便吃饱肚子，就当我是晓红的娘家人……"吃饭间吴宝善不时地斜着眼窥视着低头吃饭的顾晓红，见她那又黑又长的辫子、白净的面孔、妩媚动人的眼睛，心里暗暗喜欢。

饭后，李多仁发话了："你们俩的事通过我和白大娘对你们互相介绍，你们也都基本了解，今天让你们见面互相都看看，若双方都能看上，这事今晚定下来，明早就坐车上去；若一方不愿意也不勉强，我这人办事从来干脆，从现在起我抽两锅子烟，这期间你们都好好看看也想想，若一方不同意可摇头，若同意就点头表示。"生烟叶从烟锅上冒出的蓝色烟雾在苍穹似的窑顶上缭绕。待第二锅子烟抽完后，李多仁把烟锅在炕沿上磕烟灰时，他俩不约而同地向李多仁点了点头。这时白大娘打开酒瓶，取过碗，对他俩说："快给你李大哥敬酒，以后可别忘了你李大哥……"

白大娘送顾晓红出了窑门，把吴宝善带来的那个包袱递到她手里说："明天早点起来梳洗罢，把包袱里的新衣换上准备上路。"

这一夜吴宝善兴奋得没睡着，顾晓红显得更激动彻夜未眠，心想：从此可以远离这是非之地，过上常人的生活了。

翌日，天还没亮吴宝善就起来了，先燃火架锅，后又给骡马上了料。西头那破窑里的顾晓红起得更早，燃火架锅煮马料，一边梳洗换衣。天刚麻亮，白大娘来到窑里，她正端着碗吃豆子，看她头已梳好、衣已换上，催着说："快点吃，人家可等得工夫大了，回家的路一百里呢，走迟了赶黑到不了家。"她听白大娘这么一催，放下碗说："那就不吃了。"然后从衣袋里掏出一沓野鸡红票子塞到白大娘手里说："今天我要走了，还不知啥时再能见上大娘，这些钱你留下，我欠你的那口袋麦种就算还你了，你也知我也没什么值钱的东西，就这破窑里的东西你想用啥拿啥。"白大娘把破窑里用眼扫了一周说："别的啥我都不要，就小土台上放的那个大肚小口的黑油瓶我提上去做个念想，以后看到它就能想起你。"临出窑门时，把那个破被子扔到那破羊皮褥子上，还有龚三偷来的那几件已褪了色的绸缎衣裳，全扔成一堆，放了把火，只见浓浓的白烟从窑门窜出……白大娘和顾晓红一前一后地向着车马店走来，白大娘看着她身穿一件粉底子印有马莲花的上衣，下身穿着一条绿线斜纹布的长裤，脚蹬一双方口青条绒鞋，又长又黑的大辫子在腰间摆动，心里暗暗自语："这碎婊子身段就是好，穿上啥衣裳都是个好看的。"

四挂大轱辘马车里装着满而高的干红柳离开了清水坑子向南行驶在坑坑洼洼的古道上，由于路况不好，车夫们都走在路左侧握着长鞭向前赶着牲口，大轱辘车在古道上向前滚动，不时发出吱吱呀呀的响声。顾晓红坐在最后那挂高高的柴车上，手持大红头巾向白大娘摆动，白大娘也向她挥手，直到车进了土门道，后面扬起的弥漫土尘看不见车影时，白大娘长长地出了口气说："总算把这盆红颜祸水泼出了清水坑子了。"

自从顾晓红离开清水坑子，这里失去了往日的热闹，好像缺了点什么似的。后来下湖的车该走西路的走西路，该走东路的走东路，两群牛、四群羊，他们先后挪到大西梁、北牧滩一带去牧放，蒙古族牧民巴拉图·道尔吉的那两千多只山羊也赶到老北的马鬃山去了。从此清水坑子回复了原来的平静。可给安西人和敦煌人留下了一段难以忘记的故事，人们都流传着这么两句顺口溜"大西梁，小西梁，清水坑子的好姑娘"。

吴宝善的那挂车跟在最后，他一会儿抬头把车上那个围红头巾的人瞅瞅，一会儿用他那只有点斜的眼睛往车上瞄瞄，生怕这个漂亮的女人飞上天去……太阳落山时，柴车进了高家车院，卸车后喂上牲口，由高二奶安排让她俩进了车院西墙根曾装过马料的那间"洞房"。

第十一回 ┃ 夫妻双进高家庄
　　　　　晓红再度显丽容

高家庄坐东面西，由于地理和自然的关系，敦煌人打庄子大部分都坐北面南，因向阳、光线好。可高家庄却偏偏开着西门，但也有一定道理，因为这块绿洲是敦煌东北的边缘，并且还向北凸出着，每年春季老毛头大东风三天一场、五天一场，庄子后墙背风，能阻风沙。据说，这个大庄子还不是高二手里打筑的，是他爷爷的爷爷年轻时，从甘肃东部秦安县移到敦煌时雇人打筑的，到现在已住了好几辈子人了。庄子周围的老榆古柳都水缸般粗了，门前的水渠旁有一个大涝坝，水畔芦苇茂密、杂草丛生，一年四季除冬季结冰，其余三季都有水，附近零散小户人家都靠这涝坝吃水，人们叫高家大涝坝。庄子的东面不远处有一个不大的潮水湖，湖东畔有一座古城堡，墙高三丈余，占地面积有十亩开外，什么年间所筑也无人知晓，东墙被流沙壅到墙顶，顺着东边的沙坡上可到墙顶，西墙可能是离潮水湖近，受到碱水的侵袭，只有西南角还残留着，其余西墙全部倒塌，北墙还完整地存在，正南的城门已荡然无存，门前东西走向的古道依然有车马来往，人们都叫它破城子。

据上了年岁的老人们说，早年有股子土匪来攻此城，城内的官兵和百姓齐心合力，从城内的马道上把石块、砖头、断木等搬上城墙顶，又架了许多口锅烧滚水。厚而高大的城门土匪无法攻开，就架上高梯从别处往上爬，城墙上的人们见哪儿有土匪架高梯，就在哪儿用石块、砖头向下砸，并用滚水往土匪的脖子上倒，直打得土匪们嗷嗷怪叫，喊爷叫娘。经过十天的攻守，土匪伤亡惨重，狡猾的土匪停止了攻城，围城不走，一月后城内口粮断绝、城内能用得上的砖石也所剩无几，趁此机会，城被攻破，残忍的土匪把城内所有的人全部投入城内的几口土井埋了，拿走了所有值钱的东西，临出城时，放了把火把民房全部焚烧。

城废后，那里很少有人去。后来有一人赶着牛车去东湖拉柴，回来时从破城门前的古道路过，正是半夜时分，漆黑的子夜风雨交加，从城内传出刺耳的众多嚎叫声，吓得那车夫赶紧把牛打了几鞭子。

还有一放羊娃说，有一个黄昏后他的羊群从东面滩里回来时，路过破城，听得有一女声从破城内传出，他顺着那连哭带唱的声音向城内望去，不远处有一粉衣绿裤、头顶红围巾的女子坐在废墟之上，手摇纺线车唱着《小寡妇上坟》的曲子……

城被土匪攻破确有其事，那个赶牛车和放羊娃所言只是幻觉，不可轻信，不过胆小的人大白天也不敢靠近那破城一步，但也有胆大的乘着月色在城内的废墟里挖寻着什么。

高家庄西北三里外有座庙叫五圣宫，也不知道供的是哪五个圣，但初一、十五附近的善男信女们都按时去庙里焚香。三月三、端午节、上正月（春节）都要在庙台上唱小戏（眉户剧），尤其上正月，黑明昼夜地唱那么个四五天。

麦子割倒后，紧接着打场、扬场、收秋田，人们忙忙碌碌地把收来的粮食装在仓内，准备着过冬的事儿。

转眼间，到了腊月二十三，人说"腊月二十三，灶妈子上了天"，家家都忙着扫房、洗被单、炸油食、蒸年馍。吴宝善领着顾晓红去甘家庄商店扯了些花布，顺便交给裁缝给女人做了身棉衣上的罩衣（外套），买了袜子等零碎东西。

　　人说混腊月逛正月，转眼间春节到了，大年三十吃过长寿面。俗话说"初三三，月边边"，一弯新月如银钩似的挂在五圣宫庙门外那棵高大的老榆树枝头。上庙台上空的木廊上悬着两盏马灯，台中间一个面施粉墨的披发女子怀抱一小孩，拖着如泣如诉、如怨似恨的唱词悲调，长长的一段唱词唱完后，从怀里取出一条长长的白练，投在廊下的横梁上，转身把孩子放在台后的一角，然后把脖子伸长套在拴好的白练圈内，脚下小凳用脚尖踢倒，瞬间马灯灭了，紧接着从台子上传出呜呜呜的怪哭声，让人听了头皮发麻，浑身紧张。

　　顾晓红是爱凑热闹的人，今晚演的是一场神鬼戏，她在娘家随娘在庄浪庙上看过，戏名叫《大上吊》，她聚精会神地看到散场。回家的路上边走边唱着戏里的唱段："你是妈的乖蛋蛋，妈把你抱上喊乱弹，大上吊李翠莲，刘全进瓜到阴间……"不觉进了高家车门，到西房门前轻轻推开门扇，黑底里只听吴宝善鼾声如雷，吴宝善只知下苦干活，没什么其他爱好，天一黑倒头就睡。此时他睡得正香，忽然婆姨钻进被窝惊了醒来，顺手搂住她的脖子问："今夜唱的啥戏？""大上吊。"她说。他慢腾腾地说："我听人说踩台戏，狗不去。"（踩台戏是第一场）她娇声嗲气地说："你又在编着骂人呢！"说着搂住了他那粗壮的身体……

　　第二天，也就是正月初四，太阳从破城堡东面的大沙坡慢慢地爬上了城墙。晨曦给深褐色的城墙镀上一层浓浓的暗红色，湛蓝的天空上一片云都没有，一丝儿风都不刮，看来今天定是个暖融融的好天气。有人说"不刮风冷得可以，不抽烟（大烟）紧得可以"。早饭后，高二爷一家老小穿戴一新，坐着吴宝善赶的马车向五圣宫庙走去。

　　顾晓红今天特意把长长的秀发洗得乌黑闪亮，在脑后盘起梳了一个圆圆的美人髻，身着一件桃红色花布漂罩衣，由于自跟上吴宝善到高家来，生活条件好，也没啥后顾之忧，自然身体微微发胖，两颊白中泛红，雪一般洁白的脖颈，桃花一样粉艳的脸蛋在乌黑闪亮的秀发和那件桃红色罩衣的衬托下漂亮得如同画中的仙女。伸着白而净的脖子看着台子上的眉户剧《老换少》，粉墨浓妆的演员们精彩的表演、诙谐的对唱逗得台下观众发出阵阵笑声，站在人围后的顾晓红也不由得发出咯咯咯地笑声。不时招来许多人的目光，一些小后生、大男人再加上些半壳子老汉，尽管往她身边挤，好似蜜蜂闻到了花的芬香，更像绿头苍蝇闻到了荤腥。

庙院内西南角有几个老汉边看戏边抽着旱烟叶子。其中一个光头向顾晓红瞄了瞄对他们说："你们看后面站着是谁家的媳妇，长得可真漂亮，那粉红色的脸蛋和那桃红色的罩衣，站在人伙里多像一朵怒放的桃花，我咋还没见过？"一个留着山羊胡子的瘦老汉磕着铜头烟锅慢腾腾地说："那是高二爷雇来的马车夫山丹人从北大湖清水坑子拉来的，现在给马车夫吴宝善当婆姨，她本是个私疙瘩（私生子女的俗称），被她那没结婚的妈生下后没法养活，包着个破棉衣放在马圈滩西面大沙河古道旁的红柳丛边，是马圈滩顾大户家的老大碰见拾回家的，凑合七八岁就给顾家做这干那，她虽姓顾，可其实不是顾家人，一直吃住在顾家，给顾家当蛮丫头（打杂活的），后来长到十七岁时由顾大头的舅舅和顾大头的老子做主嫁给了杨家桥马园户家的一个十二岁的娃娃，那娃太小不懂事，后来和朱家堡子朱三爷雇的高台车夫勾扯上（好上了），随那高台车夫私奔到北大湖清水坑子，住在一座小破窑里，吃喝由那高台车夫下湖时偷着带些，可不到两月时那车夫出了车祸，落了个残疾回了高台，后，断了伙食，幸好那清水坑子开车马店的白大娘接济，凑合生活，日子过得艰辛。后来又和那些住店的车夫、种撞田的、打猎的、放牧的混在一起，实际上就算是个开窑子的，那可是个不简单的女人啊！"

周围几个老汉竖着耳朵听完了那个瘦老汉的述说后，有一个满脸横肉的老汉说："照你讲她还是个名副其实的小窑姐，因为她就住在北大湖清水坑子西边的小破窑洞里，不像敦煌城里的窑姐们都住着平房木楼。"说完眼珠子一转问瘦老汉，"你前几年也不是在北大湖放过牛，是不是和那年轻漂亮的女人也有一拐子（有染）？"那瘦老汉眼珠子一瞪道："别瞎猜，前几年我是给西沙门子朱大户家放过牛，可我的牛群在羊肠子湾那片滩上，离清水坑子还远着呢！她的事是跑滩的和一个六号桥给王大户家赶车马车夫的在羊肠子湾井上过夜时对我说的，她到咱五圣宫我才见上的，她现在己是高二爷家雇的那个马车夫山丹人吴宝善的婆姨，都记住以后可别乱说！"

正月十五过后，离种地的季节已不远了，妇女们都赶着给男人纳底绱鞋。一个晴朗的上午，太阳照在身上暖融融的，几个女人坐在南墙根做针线活。栓子的媳妇一边纳着手里的鞋帮，一边自言自语地说："正月初四去庙院里看戏，人伙里那个穿桃红罩衣的年轻媳妇不知是谁家的，她长得可真叫漂亮，别说那些男人们，我都望着眼馋，赶明年过年让栓子也给我做那么一件桃红罩衣。"

一个正在搓麻绳的婆姨听栓子媳妇这么一说，停下手中的活把她瞟了一眼说："哎哟！我看你想得可真好，你就是穿上比那件更好的罩衣也比不上人家漂亮。你说的那个人我也见过，还仔细看了阵子，你没细看人家那模样和身段，天生就是一个美人坯子，咱这天高皇帝远，如她在古代，说不定早让皇帝选去当了妃子，你要和人家媲美等下辈子吧！"接着满仓妈说："自古红颜多薄命，你们别看她长得漂亮，可她的命不好，她自从生下就没见过她的亲爹妈，是个私生子，被她那没结婚的娘用破棉衣裹着送到马圈滩西面大沙河的古道旁，被那儿顾家老大碰见拾回的，她虽叫顾晓红，可不是顾家人……"

几个婆姨放下手里的活一直静静地听着满仓妈说完顾晓红的经历，栓子媳妇长长地叹了口气说："听人说自古红颜多薄命，这可真有些灵验，人长得好可命不好，民以食为天，咱女人都有一个相同的生存观念'嫁汉嫁汉，穿衣吃饭'，那个把她拉到北大湖清水坑子的高台人曹天寿也不愿忍心把她扔在清水坑子不管，俗话说'天有不测风云，人有旦夕祸福'，他扔下她回高台老家也属无奈。孑然一柔弱女子在那清水坑子生活得十分艰难，为了生存，最后才沦落到那种地步。要我说，人家还算有本事，若是换上我，不是冻死就是饿死在那破窑里了……"

高家庄南面二里外有一南北狭长的潮水湖，湖的中段有一隆起的土梁，土梁把长湖隔为两片，土梁顶有一座不大的庙宇，人们惯称南梁庙，庙以南叫南湾，以北叫北湾。顾晓红自从离开北大湖跟吴宝善落脚高家庄后，成天在高家庄打扫卫生、帮高家三个媳妇下厨做饭，轻易不出大门，除了每天和高家媳妇在大门外的涝坝沿抬水，再远的地方从未去过。自从正月初四在戏场里露面后，招来不少人的青睐，尤其是那些好色的男人们，如同在夜里发现了钻石一样。有一穷书生编了首打油诗"南梁庙，两档子，吴宝善家人样子，头又黑，脸又白，眉毛好像两碇黑，走路如同风摆柳，身段赛过杨贵妃"。

就在那年发现了玉门油矿，政府给敦煌分派了送木料的差事，麦子种上后，西面王家堡子王大户家的四挂马车和高二爷家的车一同，装着木料往玉门油矿送去。可就在车走后没几天，每夜车门外拴的大黄狗都不停地狂吠，高二爷上了些年岁瞌睡轻，每次狗吠就被惊醒，他琢磨着是不是有贼来偷他家的什么东西。一天晚饭后，他领着三个儿子手执棍棒潜伏在大门外五丈开外的草园子里，天黑后大约过了一个多时辰，朦胧的月色中一个黑影从东南方向向前移动，到了庄子东南墙角下，顺着墙拐角往上攀爬，爬了数次都未爬上那一丈多高的土打墙，后又转身向车门口走来，这时大黄狗狂吠不止，那人猫腰捡了个土疙瘩向大黄狗砸去，那大黄狗立刻立起狂吠紧咬。

这些高二爷父子看得真切，就在此刻，众人跃上草园子墙头齐呼："抓贼！"那贼听众人呼喊，吓得连忙转身向东面涝坝沿那片高而密的芦荡里窜去。回屋后，高二爷睡在上房炕上一个人在想：这多少年自家庄上从未来过贼，再说值钱的东西都在内院，每夜都上着二门，车院里就放着犁、耙、铁锨一些农具，又不值啥钱，车门外狗洞边还拴着只大黄狗，这人到底是干啥来的？左思右想，最后想到了外面车院里住着车夫吴宝善两口子，这些天吴宝善赶着车上了玉门油矿，屋里只有吴宝善从北大湖拉来的那个漂亮媳妇，那媳妇的来历他也知道，对！夜里来的那个人十有八九是个胆大的色徒……

一个漆黑的夜里，吴宝善赶着空车从玉门回到了敦煌。就在车进高家车门时，他看见一个人影从大门东面的墙角处一闪眼就消失在夜色中，由于一路劳累赶车站觉得困倦了，卸了牲口添上草料就进屋睡了。

有天中午，高二爷叫上吴宝善去了东边涝坝沿，两人坐在树荫下，高二爷掏出他最喜欢的"老天吉"（黄锅烟锅头），长长的烟杆上套着碧绿的玉石烟嘴，点着满满一锅生烟叶抽了起来，嘴角不停地吐着浓浓的烟雾问道："这次上玉门油矿一路上可顺当？"吴宝善笑着说："多亏了二爷的车好，牲口也得力，又加同路王家那几个车夫互相照顾，没出什么大事，只不过路太远，我赶着车从未上过那么远的路……"高二爷听完吴宝善叙着走玉门的经过后说："那你一路辛苦了！可自从你赶车走后，咱这庄上发生了件怪事，每天夜间车门口的大黄狗狂吠不止，有天晚饭后，我爷儿四个躲在车门外的草园子里……"

听着高二爷的叙说，忽然想起他从玉门回来的那天夜里，车临进车门时庄墙拐角处的那个人影，又想起正月初四庙院里看戏时许多人都把目光投在她的身上，尤其有些男人的目光不时地在她的脸上和身上窥视。听完高二爷的叙说，心里明白了一切，便想起老人们说的话"丑妻家中宝，美妻惹烦恼"，从此心里产生了挪个地方离开高家庄的想法，可往哪儿挪？心里没谱。

高二爷看着他低头不语、心有所思的样子说："你的婆姨你也知底，以后注意点就是了……"

第十二回 | 贾农夫尸骨未寒
天平梁枪声惊天

民国末年，盘踞在祁连山南北的马步芳、马仲英（当地人都叫马家部队）与新疆的军阀盛世为争权夺地相互发生战争，马家部队临进新疆时大量抓兵、征粮草，给敦煌人民带来了巨大的灾难，马家部队走后又来了中央军，抓兵派粮草更是频繁。黑暗、腐败的民国政府贪官污吏只管给百姓增加赋税，人民在统治者疯狂蹂躏和压榨下，生活困苦不堪，催粮要款的保长往家一来，百姓如同看见阎王判官，家里的粮食被他们一次次搜刮已尽，只能找些野菜、树皮充饥，就连高二爷那样殷实富户都用米汤、拌汤糊口，穷人逼得卖儿鬻女，有的实在无法生活就上吊自尽。高二爷家的五匹骟马、四头骡子都被征去，圈棚上的谷草捆子也被要草的派车拉走，三个儿子为躲避抓兵，带上了吃的逃往荒无人烟的东湖，愁得高二爷头发胡子全白了，社会治安乱如麻，怪事时有发生。

南湾潮水湖东面的土窑里住着一小户人家，靠种几块沙地度日，主人贾有才四十岁左右。有天黄昏，他骑着驴从沙地上往回家走，路过一片高粱地时，忽然从高粱丛中蹿出一个人，那人身穿晒得发白的旧军装，身背一支长枪，猛地凑上前把贾有才从驴背上搡下来，自己翻上驴背用缰绳头子打驴，可驴刚起步时，贾有才很快地从地上翻起，快步上前拽住那散兵的枪，用力过猛，枪带被拽断，握枪在手，驴背上那散兵一看枪落入他手，便从驴背上下来皮笑肉不笑地对贾有才说："大哥，你怎么夺我的枪？"气得贾有才两眼直瞪说："那你为啥抢我的驴？"那散兵眼珠子一转满脸堆笑哈哈哈地笑了一串对贾有才说："你不看我是个当兵的吗？我是个骑兵，一直骑马，前几天在一场恶战中我的马在炮声中受惊挣断缰绳跑了，可从来没骑过驴，想试试而已，我还急着找部队去，没闲工夫和你聊了！"说着把缰绳头子往贾有才手上递，到了对面，那散兵又说："大哥，你的驴还是你骑上，把枪还给我，咱俩算扯平了！"贾有才心想：那杆破枪对自己来说还不如个烧火棍，驴可是种地、代步的帮手！待贾有才接过缰绳头，那散兵麻利地从贾有才手中夺过枪，背道而去。老实憨厚的贾有才望望远去的散兵心中自语："我还没见过这么不讲理的人，不是我来得紧把枪拽过来，驴就让那驴日的骑跑了。"见散兵走了就放心地翻上驴背，用缰绳头打着驴往回疾跑，可没跑上几步猛听见脑后传来了"叭"的一声。

自从贾有才被散兵打死后，附近的农户们白天夜晚都不敢出门，提心吊胆地躲在屋里，过了好多天才陆续地走出家门上地。

半月后的一个黄昏，从土塔天平梁方向传出两声清脆的枪声。附近的人们都关门闭户，躲在家里不敢出门了。上着闸板的天平梁闸的西码头上站着十六岁的少年赵长龄，望着闸前的渠水涨得满满的，正向自家的麦田流淌。黑底里一个五大三粗的汉子扛着铁锨从东面的沙坡下向闸上疾步走来，此人名叫马占山，老家湖北人，四十岁左右，大大的脑袋上长着一双八字眉，两只小眼睛，满脸凶相，来敦煌没多长时间，据他自己对人说曾在洪湖苏区参加过洪湖赤卫队，跟着贺龙转战在洪湖彭家墩一带，当时战争频繁，参加过无数次战斗，历经了不少险情，有次险些掉了脑袋，敦煌有他们老乡，后来弃兵务农，来敦煌后投靠老乡，在天平梁闸水尾处的沙湾里开了两块荒地，种着高粱、打瓜（籽瓜）。

赵长龄何人？他是赵三爷的长子，姓赵名长龄，字宝山。赵三爷共有六个儿子，他们原是狄道（现六号桥）人，赵三爷兄弟共九个，后来因六号桥人多地少，就把赵三、赵四和赵六分出安置在土塔大营堡子。赵三爷家种着大营堡子以东到天平梁那两百多亩好地，日子过得还算不错。赵长龄生得虎头豹脑、浓眉大眼，读过私塾，喜欢看书，曾偷偷背着三爷用二斗麦子换了两本旧《三国演义》和一本《说唐》，无事常看。

那年马家队伍抓丁成灾，三爷怕儿子被抓去当兵，就送到人烟罕迹的北大湖的大西梁。大西梁滩上放着赵家一群骡马和一群牛。到大西梁后就和雇来放牧的三个人共住在大西梁土崖下的一孔大窑里。

一个晴朗的下午，从东向西的古道上过来一股部队，步兵在前，后面跟着炮兵，炮车过时黄土蔽天，这条古道很少有车走，坑坑洼洼的古路辄被尘黄土覆盖，笨重的炮车不时陷在深坑，骡马拉不出，士兵就在后面推助，炮车缓慢地行驶在古道上。

一个满脸胡子的军官头戴大顶帽催着胯下的黄马，上在了一个高高的大土梁上观察地形，发现南滩上吃着一群骡马，便催着坐骑向南滩马群方向驰去。

离马群不远时碰到一人问："你们的骡子卖吗？"那牧马人把那军官望了望用手指着远处的一道大土梁说："掌柜的在东面那土崖下的窑洞，你亲自去问，我是给他家放马的！"

窑洞里，赵长龄正躺在铺上看《三国》，听得窑门外有人喊叫，便放书在铺钻出窑门，见一军官模样的人立马窑前，身背一带匣的盒子枪，那军官一看出来一个十五六岁的半大娃娃，操着一口青海话说："尕娃，骡马是不是你家的？"赵长龄望着那军官点了点头。军官说："尕娃，好骡子给抓两个去拖炮车，给你大洋！"赵长龄下巴一扬说："谁稀罕你的大洋，我们家有的是大洋。"

那军官听赵长龄这么一说，口气不小，问道："尕娃，大洋都不要你想要啥？"赵长龄眼珠子一转指着他背上的盒子枪说："把那玩意给我，我就让牧人把马群赶来，任你挑两个拉去！"那军官在马背上想了想，两条骡子的价钱足值一把盒子枪，再说，要上骡子还要拖炮车，军务在身赶路要紧，便顺手取下盒子枪撂了过去，赵长龄接枪在手，上到土崖顶向南滩挥舞了几下，不大一会工夫牧马人把马群赶到窑前的坂滩上，那军官骑着马在马群边转了一圈，看准了两个高大体壮的大黑骡子，让牧马人用套马杆套住，用绳索拴好拴在马鞍桥上，顺着北面的炮车方向去了。赵长龄见那军官练着骡子远去，从枪匣里拔出一看，黑蓝色的枪把上打着他不认识的外国字。

一年后，抓丁的风声渐息，赵长龄从大西梁回到了土塔。一晚，三爷对他说："天平梁渠上着闸，你去看看，水正在咱们地里淌，可别让下水的人把闸撤了，如闸被撤了，咱们的地就不上水了！"

暮色中，他来到天平梁闸，上到闸西码头上，看着闸口上游的水涨得满满当当的正在向西面的麦田里流淌。这时从东面沙坡上来了一个人快步走到闸口猫腰正要撤闸板。赵长龄在暮色中看得真切，心想这人也太不讲理了，明明我在上水，地都没浇上你说都不说一声就把闸板撤了，我们的地不上水咋办？于是喊了声："哒！别撤，我们的地还没浇好。"这声吓得那人猛一惊，黑底里听着是个娃娃声，大着胆子说："我偏要撤，看你能把我咋的？"赵长龄说："你敢！"那人操着浓浓的湖北腔说："我打你个如答哈的（驴日下的）"，说着向掌心吐着唾沫，右手攥着铁锹把，欲跳过闸口打赵长龄，就在他举足欲跃时，赵长龄从黑绸抖裆裤内抽出盒子枪朝天连放两枪。今夜在这么近的距离听到头顶响起那清脆的枪响，使他惊恐，转身掉头向沙坡下逃去，口里自语："哎哟！这如答哈的有枪！"连栽带坎地钻进了高粱地。

在那兵荒马乱的岁月，前半月南湾的贾有才被散兵打死，昨夜天平梁又响起了枪声，人们都提心吊胆地白昼不敢出门。

数年前的马家队伍抓丁，近两年国军又抓兵，青壮年不是钻进南山就是躲在北湖、东湖，家中的粮草被搜集拉走，敦煌地面上老弱病残者在死亡线上苦苦挣扎着。

第十三回 ▍红旗漫卷古沙洲
美丽传说民间流

黎明前的夜是最黑暗的。就在人民在饥饿、困苦、生不如死的那年秋天，共产党领导的人民解放军第一野战军司令彭德怀麾下的解放大军攻破黄河天险，势如破竹顺河西走廊向西横扫顽敌，正收秋田时解放了这片被国民党反动派盘剥压榨了多年的敦煌，从此结束了长达三十八年国民党统治的黑暗岁月。

"解放区的天是明朗的天，解放区的人民好喜欢……"大人小孩们高兴地跳着、唱着、笑着。敦煌城里锣鼓喧天、彩旗飘舞，欢乐的秧歌在大街上跳着、扭着，解放军的队伍从街上走过，街道两旁的人民挥臂高呼着："打倒国民党，解放全中国……"乡下村口路旁的树上张贴着红色的标语："打倒国民党，共产党万岁"，来了一个连的人分别扎住在土塔尔大营堡子和边家庄。

新政权的成立使社会秩序得到了改善，躲进南山、北大湖的那部分青壮年听到敦煌解放的消息后，高兴地回到家里，当时虽说生活艰难，毕竟一家人能团圆，再也不怕抓兵夺丁，在心理上得到了改善。解放后，在党和人民的领导下产生了新政权，村村成立了农民协会，组织民兵配合解放军肃清了南山的土匪，开始了轰轰烈烈的土地改革。土塔尔村农民协会主任是李弥的大儿子李多仁，由于他见多识广、胆大心细，又给何家堡何二麻子拉长工、赶马车，经历多、人际关系好被选为土塔尔村农民协会主任，在解放军和土改工作组的配合指导下，他工作认真负责，很快成了新政权建立后的第一代基层领导人。

土地改革中吴宝善定为"贫雇农"成分。有一天晚饭后，吴宝善来到土塔尔李弥家，对李弥说："李家大伯，我还想求你给我帮个忙，我想挪个地方到土塔尔来。"李弥边抽着烟叶边问："五圣宫那边也是个好地方，你不在那边好好过，为啥要挪地方？"

吴宝善自从上了趟玉门油矿后，回来对婆姨的所见所闻就产生了要挪个地方的想法，可挪往哪儿去，心里一直没个谱，反正他不想在那儿住了。他对李弥一家心里一直有好感，虽说是老乡，求到他家都有求必应，先是给自己找活干，后又没花几个钱找了个心仪的女人。可想到五圣宫那片地方太偏僻，自己的女人长得好，树大招风，怕不定哪天惹出个啥祸来。而土塔尔这边李弥家最小的女儿都出已嫁，嫁在附近一个村里，他家人多威望高。老大李多仁已成家，并且是现在土塔尔村农民协会主任，手里有权，如能求他帮忙迁到土塔尔来，和他们在一起心里才觉得踏实。他对李弥说："那边倒也好，可我一直想到大伯你这边来，心想你对我就像亲生儿子一样看待，再说有多仁大哥还有几个兄弟姊妹，有个啥事也好有个照应。我在那边好像个单表墙（独体墙），遇上个啥事也没个靠手。"李弥听完后边抽烟边想着，说的也是，俗话还说得好呢水往低处流，人往高处走。

夜里，李弥把李多仁叫进自己的房间，把吴宝善想来土塔尔的事说与老大。李多仁听后对父亲说："那五圣宫地方不错，不好好待着又折腾啥呢？"李弥说："他有他的想法，既然他专门来一趟，咱就再帮帮他，咱可不能忘记在山丹老家时，那时你还小不懂事，咱老家连遭三年大旱，那时他们吴家生活比咱们强，断了顿他爹没少周济过咱家。古人说'受人点滴之恩，亦当涌泉相报'，现在解放了，各方面都比解放前好了，人往好处想。"李多仁听了父亲话后一想，这忙非帮不可，而且也是对生产有帮助的正当要求。

翌日，早饭后他骑着骡子去了转渠口，给乡长讲明了他的来意，那乡长是个年轻小伙子，说话痛快利朗，对李多仁说："这事不算大，目前正是搞'土改'时期，你到五圣宫村亲自和村农协会说说。"李多仁出了乡政府，跨上骡背朝东向五圣宫走去。找到五圣宫农协会办公室几个村干部，他们表示同意与支持工作。

土塔尔乃地名一个，在县城东北近三十里，是敦煌绿洲东北的边缘地带，因沙梁之中有一古色古朴的古塔与一庙而得名。它高七丈左右，高大雄伟，那座古塔不知何年何月何人所修筑，据有关资料说是清朝雍正时期所筑，但修筑前那儿就有坍塌的古塔废墟迹象，说明在雍正年间修筑时那里原来就有一塔。可那一塔何时所筑却无从考证。从这些迹象说明这片地带很早以前就有人在这里生存过，这里还有一个美丽的传说。

很久很久以前有两个从东土云游而来的和尚——慧海大师与徒弟多智，跋山涉水历尽艰辛穿越了人烟罕迹的千里河西走廊，在一个盛夏的黄昏终于来到了盼望已久的敦煌千佛山。

如斧劈刀断的山谷里一条小河从南向北蜿蜒而流；两岸杂草丛生古树参天，西边的崖壁上洞窟层层，崖壁下的湖畔上奇榆怪柳绿荫遮天。大小不一的庙宇鼓声，磬声，伴随着诵经声在山谷里回荡。

慧海看出此处真乃佛家宝地，就住在寺中。每日吃斋念佛，一住便是两年。

有一天寺中主持对慧海说："去年秋季，南山发了洪水，冲毁了下寺的山门。你带上你的徒弟下山去到民间化缘，啥时化够山门的建材和资金，再上山见我。"

翌日，万道霞光从东面的三危群峰穿过，照射在千佛洞崖壁上，慧海带着徒弟多智披着艳丽的晨霞出了山谷向北而来。

一天到很远的东沙门去化缘。正是二月初一，天色阴暗、冷风飕飕，行十里左右碰到了一片起伏连绵的沙梁区。走了不远，忽然黄风骤起，霎时天昏地暗，师兄师弟两个便赶紧摸到长有一大丛红柳的背风处避了起来，准备等风小了继续前行。可风偏和他俩作对，不但没小，反而越刮越大。慧海对徒弟说："听当地人说东风是整三破五送两天，看来这场风是一时半会停不住了，咱们还是坚持着往前行吧！"多智点头称是。于是师徒二人离开了沙梁区不知不觉，他们走入了一片草滩，脚下草甸子软绵绵的，不久，出现了一门头高的红柳和芦苇，俩人便在一处芦苇稠密的地方避了起来。"师傅，咱俩今天到了什么地方，怎么这样怕人？"慧海说："今天我也迷失了方向，不过你别怕，待风小点咱们再说。"

风刮得芦苇如海中的波涛此起彼伏，发出震耳的芦涛声。就在他俩头顶袈裟等待风小时，汪汪汪的狗吠声传入耳内，多智说："师傅，听到狗吠声了吗？"慧海点头，拉着徒弟的手，顺着犬声顶风向前走，一会儿离开了草甸子上到了碱梁上，发现脚下有牛羊踏出的小路，顺着小路过了碱梁，犬声越来越近，黄风中迷迷糊糊出现了一座大庄院，三四只大狗迎着他俩扑来，一会儿出来一人挡住了狂吠的群狗，问道："你们是干啥的？"慧海双手合拢，念道："阿弥陀佛，我们是千佛洞来的，今日风太大迷了路，能在你家避一避吗？"那人点点头，把慧海师徒领进院门。

此时已到黄昏，主人燃灯和慧海坐在炕桌前聊了起来。慧海先道明自己的身份和下山化缘一事，并向主人讲述了有关佛教的诸多善事。主人笑着开口道："老夫姓赵名吉，是我们大营堡一带的大户人家，父亲他老人家在世时信佛教，多次给我讲信佛的好处，并留有几本佛经，我闲暇时常常背诵，从中悟出了不少道理，遇到灾荒年，施舍粮食给乡亲们，这一带的人称家父赵老农，现在仍称我赵老农。"

慧海问及他今天遭遇黄风迷路一事，赵老农说："那片沙梁区就在我庄的东南方向，后来被风吹着又到了我庄的西面叫火烧湖的那片牧场。"

慧海问道："我们步入沙梁区之前发现有农田，不知那样大的风沙对周边庄田有没有危害？""有啊！尤其是每年的春季风最多，靠近那片沙梁区的庄稼不是被风沙压住，就是被风沙打枯，前几年千佛山老君堂下来的化缘的道士提说过你问之事，去年从雷音寺来的僧人也提说此事，可谁也没啥良方，唉！"赵吉说完长长地叹了口气。

"阿弥陀佛！这次我下山是受千佛洞住持委托来民间化缘，因下寺山门多年失修，风蚀雨淋面临倒塌，但愿老农给予支持，行善积德，永保平安。"说完之后双手合拢，闭目静坐。

赵吉说："我家几代人信佛，此事我一定大力支持，先施上白银三百两，如果还需要老夫一定尽力支持。"

慧海说："你在这一带很有威望，也信佛，说明咱俩有缘，我对你也很敬重，打算在你家住段日子，每次化来的钱财等物，你代我保管，还望老农不要推辞。"

赵老农面带笑容地说："你尽管放心，一切按你所言而行。"

此后一天两头不见太阳，今日去西面的陇西桥，明日去北面的西沙门，后日又去东面的八户梁……，师徒二人奔走在化缘的路上……

三月后的一个晚上，慧海和赵老农对了账，预计修山门的所有物资已足够。慧海对赵老农说："麻烦你用我们化来的银两在你们这一带雇上手艺最好的工匠，选好日子我们上山。"

三日后，通往千佛洞的大道上，赵老农家的五辆四大套马车上装着木料、粮食等物资。

经过工匠的精心设计和辛苦劳作，下寺的山门在中秋节之前重立而成。住持对慧海非常满意，并让工匠刻一牌匾，赵吉名列首位，捐钱物者也都留名匾上。此后慧海每日吃斋念佛，但脑海里总是想着狄道庙至大营堡之间风沙迷路的那片沙梁区，心想如有良方能使风沙减轻对良田的侵害该有多好啊！

一天他在千佛洞上寺的一座洞窟里发现一幅壁画上绘有许多塔图，形状各异，慢慢细看有一幅塔图右下方有"镇风塔"字样，形状是由一组打击乐器组成，最下面是几组巨鼓，以上是钟钹，直至塔顶，形象艺术，整体雄伟，他取来纸笔把塔图绘了下来。

梦中起伏连绵的沙梁区的中段屹立着一座雄伟壮丽的白塔，沙梁边缘的块块良田里长着一尺多高的麦苗，农户的庄前屋后桃杏树上开着鲜艳夺目的花朵。

翌日清早慧海到寺中找到住持，一一讲述了他在民间所见之事和他的想法，住持听了微微点头，觉得此人可靠，是个有能耐的人，筑镇风塔，造福于民，乃天大的善事，就痛快答应了慧海的请求，并嘱咐道："年轻人，你可想好，沙漠之中能筑起塔身绝非儿戏，困难重重，就看你的恒心和智慧如何，你们去吧，阿弥陀佛！"

晨钟在千佛洞峡谷回荡，慧海师徒二人出了千佛洞口直奔赵庄而去。

赵老农听完慧海的意图，合掌大笑道："英雄所见略同！为民造福乃天大的善事，你也知道我家里啥都不缺，甘愿支持你的计划，不过这次工程更大于千佛洞重立山门的工程，还需慎重考虑。"

慧海说："依老农高见，如何才能实现我的夙愿？"

赵老农说："这一带除了我还有几家殷实大户，众多农户也肯定高兴，可请他们一道商讨。"

大家都赞成赵老农的提议。其间慧海取出他模仿千佛洞上寺洞窟的壁画绘制的塔图，大家看了都很惊讶，慧海问大家："你们看塔的主体用啥材料合适？"有一老泥水匠说："根据图形用土坯合适，不然形状无法形成。"慧海说："土坯从何而来，沙漠之中车辆不能前进，如何运输？"沙梁周边的人们说："土坯我们在自家门前的打麦场上自己动手加工。"几个大户说："我们都有羊群，每只羊一次驮一两块，十万土坯用不上半月就能运到施工现场！"

立夏是传统的好日子，经过多次的实地勘察，塔基就定在沙漠中段二亩地大的一块坂滩上，动工的那天早晨天气格外晴朗，噼里啪啦的鞭炮声震破了沉睡千年的古漠，三天后塔基周围的脚手架高高搭起，北面的三座毡房里冒出袅袅炊烟，毡房门前用柳梢搭的临时凉棚下，工匠们吃着可口的饭菜，做工的除了雇来的工匠，别的都是本地农户的劳力，做饭的都是靠近沙梁区的农户妇女，沙梁西头有户人家姓乔，老乔是不久前从东面天水迁来的，老乔有对双胞胎女儿，姊妹俩每天都来帮灶，烧茶。乌黑的秀发编出长长的辫子甩在均匀的身材上，白净的脸上长着一双动人的大眼睛，更让人喜欢的还是她们有天生的好嗓子，无论在来回的路上还是在伙房，凉棚下有空就唱着家乡的民歌，工地上所有的人都喜欢她俩唱歌，她们给这片沉寂了多年的荒漠建筑工地带来了生机和欢乐。

月缺又圆，斗转星移，转眼已到立秋季节，工匠们头顶烈日，不辞辛苦干了三个月后，拆去脚手架，塔露出了它那雄伟多姿的真面目，庙宇也随之竣工，塔身用白石灰抹面，形状与慧海所绘千佛洞壁画上的镇风塔一模一样，古朴典雅的一座庙宇坐落在塔的东侧，看上去十分和谐。

这座古建筑的落成体现了土塔人的祖先智慧勤劳，朴实憨厚，后来，祖先们用勤劳的双手和智慧，引来党河水在沙梁周围边开渠栽树，渐渐控制了沙丘的移动，年年庄稼获得丰收，过上了梦中的田园生活。

清朝中叶，清政府从东面迁来大批移民，他们带来了高超的种植技术，建筑艺术，民间文化，这座高七丈的镇风塔，成了敦煌地面上唯一的高建筑，给迷路者可指路，庙宇内的佛像前，有祈祷平安的，有祈福求子的善男信女，他们每逢初一十五都去庙里虔诚地焚香拜佛。

每年春节在庙院内耍社火，唱戏，喜庆人们一年到头的丰收与欢乐……

多少年过去了，历史的车轮转到了一九四九年，中华人民共和国成立后，打破了几千年的封建传统，在庙内的西厢房办起了第一座男女共读的土塔小学，给新中国成立初落后的农村培养了一批有文化的人才。

美丽壮观的土塔与庙，它是从莫高窟滋生出的一张图画，它有深厚的古文化底蕴，曾在当时那个年代起着一定作用。

在后来"文化大革命"时期这座存在了几百年的古塔坍毁，在废墟中发现一堆旧文书文字记载名曰"镇风塔"，看了这片地形沙丘起伏，每到春季多风起沙，漫及四野，自从土塔落成，风沙渐渐有所收敛。说明这镇风塔不负此名。塔西北四里外有一堡子，人们都叫它大营堡子。敦煌地面堡子有许多许多座，如梁家堡、郭家堡、席家堡……都是按姓氏所命名。可这座大营堡子却没有按姓氏定名，人们都猜测是不是什么年代驻过兵扎过营的地方。现在堡子里住着民国初年从狄道迁来的赵家油坊赵大户家九个后人中的老三、老四、老六弟兄三个。堡子东南有六百亩好地，土地肥沃、大势平缓，其他耕地都分别分布在周边七高八低的荒凉地形之中，东有季家梁、窑洞湾；西有丁家梁、夹坝湾、褚家湾、西湾、葫芦湾；南面是塔尔庙梁、塔尔庙湾；北有天平梁、苏家湾、马家湾、康家梁，土塔尔地形地貌有五梁八湾之称，顾名思义有高梁就有低湾，东面都是沙面地，西面因靠火烧湖滩多为盐碱地。大营堡东南至塔尔庙湾这片中心地带土质良好又平缓，人称土塔尔小平原，边家庄、王家庄就分别坐落在这小块平原上。

这土塔尔的土地靠从南面六号桥向北流来的河水灌溉，向北流来的那道渠叫"中支渠"，听土塔尔最老的人说过为开那道渠还动过官府。

相传在清朝雍正年间，土塔人高杰被关押捕进县城大牢，每日有人从三十里外的土塔骑着骡、马到县城大牢送饭，一直送了两个月……"老农"这个称呼是当地人对生活殷实、待人和善、有一定威望的人的一种尊称。

高老农高大结实的身体，黝黑透红的脸上，如同霜后的红枣一般，花白的胡须飘在胸前，人人见了都有一种尊重的感觉。他家住在塔尔庙以北大营堡子北墙外的一座独庄大院内，高大而古老的堡子里住着赵家、杜家等多户人。

当时清政府从甘肃东部、青海北部往敦煌移民，大营堡子以西至火烧湖梁一带土地平缓，土质良好，是种植农作物的理想之地，可就是水路不通，所以一直没被开垦。

土塔版图如同一个括号的下部，以南十里外的狄道庙一带形同括号的上部，括号中间有一南北狭长的湖滩，人们称它九户滩。

胆大心细的高杰经深思熟虑反复勘察，决定沿着九户滩的西边缘开挖一道通往"下永丰"主干渠的支渠。

由于上游的人是先迁移来的，狄道庙那一带人稠地狭，要开通支渠必须经过那里，明知会影响上游人的利益，可再无良策，所以只有偷着干。

他暗地里联络本村和邻村的劳力，准备择日偷偷地开挖他所考虑已久的这条引水渠。

在联络人时对参加夜战的人许下愿说："只要能跟着我挖一夜渠的人无论男女，每人赏打锹一张（当时新迁来不久的农民还过着清贫的日子，买一张新打锹得花一斗麦子，好多人一张锹锹用几年了都磨成半截还在凑合着用，也舍不得买张新的）。

人们听说高老农跟他挖一夜渠的人赏新锹一张的消息一传十，十传百，疾风般的传遍了以大营堡子为中心的周边农户。

早春的气候已变暖，正月十五日是二十四节的雨水节，按规律开河水马上就要放下来春灌。正月十七那天黄昏后，前来挖渠的人抗着铁锹，来到大营堡子。在高老农的指挥下，排成了三列横队，一一登记了姓名，男女共一百六十二人。声若洪钟的高杰对大家讲道："今晚的行动大家都知道，一切听我指挥，大家顺我走的地方只管挖，只需要卖力挖渠不许闲聊说话，如发现有违背我的纪律不赏铁锹赶回家去。其他事有我，与你们没有干系。大家听清了没有？"队列中齐声回答："愿听老农的。"

戌时月亮从东面地平线上升起，把银辉洒在了村庄田野，九户滩上。

高老农一手拿着根丈八长的杆子，一只手向南一挥，走在队伍的前面。每人占工一杆，很快一字形拉开了距离，只听挖渠的声音和月色下铁锹上下飞舞的孤影。高老农来回督工，人们挖完一段又一段。

后半夜月亮偏西时，已挖到狄道庙附近，鸡叫头遍时已和上游的主干渠接上。一夜之间能挖出十余里的渠道实属奇迹，上游的人还在梦乡。一百多人跟在高老农后面，顺着新开的渠沿向着北面的大营堡返回，东方泛出鱼肚白的时候已近大营堡子。

高老农好似胜利而归的将军古铜般的脸膛上透出实在的笑容，花白的胡须在晨曦中飘拂。当挖渠的人进入大营堡子里，由高老农安排的妇女们在厨房抬着一笼笼热气腾腾的白面馒头摆在大院内。高老农大声道："大家辛苦了，你们尽管往饱里吃，吃饱喝足，各回各家休息，你们的名字我已造册送给侯铁匠和张铁匠，过后只管去领。"

挖了一夜渠的人们，吃饱了肚子，带着一夜的疲劳，脸上绽放出踏实高兴的笑容四散回家了。

天亮后上游的农户们发现他们的田边新开的渠道都感到惊恐，联名到县上报了案。

没到天黑便来了三个官差，到大营堡子见人便问："通往狄道庙的渠是谁干的？"人们闭口不言只管摇头，一时间堡子里站满了人，高老农还在家熟睡，被家人叫醒，进到堡子大院，只见三个官差手提刑枷铁锁正在大声叫道："到底是谁领着私开渠道的？"高老农从容地走上前去道："是我领着干的，汉子做事汉子当，与他们没相干。"官差上前将笨重的刑枷戴在高老农的脖子上，送进了县衙大牢。

翌日清晨，县官开堂，在衙役的呼喊声中，高老农戴枷跪在大堂口，叭的一声惊堂木响后，高老农惊了一下低下了头。堂案后坐的县官厉声喝道："大胆高杰，你可知罪？"高老农强作镇定地答道："草民不知。"县官问道："你受何人提示私开渠道？"高老农回道："只因我们那里地多水利不通，常为浇水发生冲突，有几次为浇水险遭人命，为了人们的生存，避免矛盾重复，才开出这道引水渠，事已至此，还望青天大老爷明断。"

县官想了想说："你说的虽然有些道理，可上游的农户们已将你告下，你可不知你已犯了水法，按律条本该判你徒刑，不过政府还在大量移民，并奖励移民开荒种地，你的做法与政府没有逆行，所以本县判你坐班房两月，已解民愤，但出去后不能再胡来。"

高老农听后心中暗喜，心想开通水利后众人受益，别说是坐两个月班房，就是一年也值。就连连叩首道："青天大老爷，真乃父母官，断案公正，小人认刑。"退堂后，高老农被押进大牢。随后就是本文开头所述的一节。

正月二十，开河水顺着新开的渠道，水上浮着白沫浊浪，流到了大营堡以西新开垦的土地上，秋后新开垦的农田里，块块齐腰深的小麦翻着金黄色的波浪，紫红色的高粱头如同喝醉的汉子不规则地东倒西歪，在风力的助动中相互碰撞着，盆大的花皮西瓜、枕头般长的麻皮甜瓜好似枯河床里的大卵石均匀地摆在瓜田里。男女老少坐在地埂上吃着处女地里长出的瓜凉爽可口，孩子们吃得只见两个眼珠子转动，满脸的瓜瓤和小嘴边流下的瓜水顺着胸脯往下流。吃饱后，男人们坐在埂边磨镰，大姑娘、小媳妇们站在一边用她们清脆悦耳的歌喉唱着老家的《信天游》，年老者们吸着铜头烟锅里的烟叶，看着眼前人们喜悦的情景，人们多年积在脸上的愁云自然消失了。笑呵呵地捋着胡子称赞道："高老农真有高见，如果不是他，咱们哪有这样的好日子。为了记住他的好处，咱们把这条渠道取名'高支渠'。"后来根据水利部门，对全县的各渠道调整，更名"中支渠"，这道渠至今还叫"中支渠"。

第十四回 ┃ 百姓欢庆新生活
　　　　 ┃ 晓红求子费心结

　　中支渠以西靠碱梁有几片凹地就是前面所述的夹坝湾、褚家湾、西湾、葫芦湾。每逢春夏换装时好似一串绿色的宝石摆在那里。几个湾西面都靠着隆起的碱梁，碱梁以西有一南北狭长的湖滩，远近的人们都叫它"火烧湖"。

　　吴宝善从五圣宫迁往土塔尔了。赵三爷原来和四爷、六爷老弟兄三人同住大营堡子内，后来三爷生产发展得快，日子过得比四爷、六爷强，就雇人在堡子东一里外自己的地上打了一座八十二丈的新庄子，人们都称"赵家新庄子"，在内外院共盖了四十多间房子。解放时，那个"赵家新庄子"被改名"胜利庄子"。"土改"时，赵三爷定为"地主"成分，在内院留了六间房子，其余的均分给那些无房可住的贫雇农。当时胜利庄子成了土塔人口最集中的居民区。

　　吴宝善分到了内院两间耳房，分了康家槽子北头的两块好地和赵三爷家的一匹枣红色骒马。有住处、有地种、有牲口，开始了自己当家作主的新生活，两口子高高兴兴、忙忙碌碌到了秋天，一块地打了三担多麦子，一块地种的打瓜（籽瓜），长得瓦盆般大，卖了厚厚一沓票子，更可喜的是秋收刚结束时，骒马下了一匹红鬃红尾的野鸡红骒驹子，对于给人家赶车喂牲口又喜爱大牲口的吴宝善来说欣喜若狂。瞅着欢蹦乱跳的骒驹子和婆姨商量要请来李弥父子庆贺庆贺。

　　一天晚饭后，赵家耳房里的炕上摆着个炕桌，炕桌上摆着一大盘白菜炒猪肉和两瓶白酒。顾晓红满脸喜悦地招呼着："大伯、大哥你们吃菜。"李弥乐呵呵地说："看来你们的日子是过好了！"边说边吃着盘里的肉块。

　　李多仁看着吴宝善两口子满脸的诚笑说："这下可满意了吧？"两口子笑眯眯地只管点头。顾晓红斟满一碗酒双手递给李弥说："多谢李大伯照顾，不然我们哪有今天的好日子！"李兽医一碗酒进肚，满脸通红将着胡子说："那是我应帮的，你们老人在老家山丹对我不薄，说来也算是你们老人积的德。"

接着又给李多仁斟满一碗说："李大哥，我也敬你一碗，多谢大哥给我们办事，早就想谢谢你，可你也知道我们一直过着颠沛流离的日子，今天有好日子过得感谢你的恩情，你们家人口多，以后还得多照应着我们。"李多仁仰起头喝完酒把嘴擦了擦说："要说谢，还得谢毛主席、共产党，是他们领导得好，推翻了国民党反动派的黑暗统治，建立了新政权，咱们劳苦大众才有今天的好日子过，如不然我现在还在何二麻子家拉长工、赶马车呢！"说完后，吴宝善斟了四碗酒摆在炕桌上，李多仁说："为了你们的生活幸福美满，咱们共饮一碗……"

后来的日子充满了阳光，村上办起了夜校，每天晚饭后都自觉到村委会学识字。从旧社会过来的人有文化的极少，上夜校的很多，兴趣很高。一个大三间房子坐得满满的，每人拿一小本，老师把简单的常用字写在黑板上，学员们照抄照读，肯用心的随身带着小本，第二天地上干活，利用休息时间在地上用小木棍复习、练写。后来，心灵、肯用功的都识了不少字，都能凑合着看书读报了。

顾晓红可算是夜校识字班的尖子学生，由于她记性好，悟性也强，小时在顾家请的那个赵先生的指导下，不但学会了很多字，也学会了数学计算，虽说多年从未动过笔，可基础还在，经老师往黑板上一写，她总能记起，所以每次测验都是第一名，学员们都把羡慕的目光向她投去。

可吴宝善却只上了几天就不去了，他对学文化没什么兴趣，几天过去了只识了五个字，只能认识还写不上，只不过听着新鲜去凑凑热闹，后来干脆不去上那夜校了。但他对牲口却情有独钟，有空就会给马拧个缰绳、给骡驹子挽个笼头、收拾耧、耙什么的。

夜校的老师是个女的叫展咏梅，是城里商业部门抽调的。她不光文化程度高，而且对艺术深有造诣，会演奏多种乐器，每晚上课前都给学员们教唱革命歌曲，闲暇时看看书报、做些文章、编写剧本。半冬的夜校，学员们学了不少文化知识，离春节不远了，上面来了指示让村上搞些文艺活动，过年时演出庆祝解放后的第一个春节。展老师动员、组织起夜校的学员排练新编眉户剧《梁秋燕》《兄妹开荒》《夫妻识字》等小型剧目，还搞了些小合唱、快板、独唱，除了排练剧目的那部分人，还请了几位老艺人排练社火。在展老师和那几个老艺人的精心、认真指导下，演员们热情高涨刻苦排练，赶腊月二十三排练结束，大人们忙着扫房，按老风俗家家烙灶干粮祭灶神，娃娃们都兴高采烈地蹦着、跳着口里喊着："腊月二十三，灶妈子上了天。"

正月初四早饭后，鸣锣震鼓彩旗飘舞，一行五十多人的社火表演队随着锣鼓的节奏，欢天喜地地连走带扭地从村委会大院向军属李弥家的庄上走来（李弥的老二李多义参加了志愿军，上了朝鲜战场），在李家庄门前的小场上社火队的表演表示慰问军属李弥，展老师把一块"光荣军属"匾亲自送到李弥手中。先是一对狮子登场，在紧密的锣鼓点开始后，一对威风凛凛的狮子在两个身着紧身靠行头的年轻人手执红色绣球引逗着狮子左右挪腾、跳跃、奔放让人们看着眼花缭乱、神情激动；高跷上的演员们身穿戏装，面施粉墨装扮着戏剧中多种名角，在锣鼓的节奏中做着各自的动作；丑公丑婆俩各拿一个老笤把欢快地连走带扭，在场子内圈维持着秩序；一对粉红色的旱船内各有一位年轻漂亮的大姑娘浓妆艳抹，手提小船移动着碎步，彩绸飘舞的小船时而平稳速快，时而如在浪峰上颠簸，人们的眼球紧紧随着船移动；大头和尚戏柳翠头戴大头道具在鼓点节奏中相互调戏，滑稽、诙谐的精彩表演给全场观众带来了阵阵笑声和喝彩；三十多个小媳妇、大姑娘身着鲜艳的新衣手舞彩带在锣鼓节奏的配合中不时变换着着步法和动作，如同巨大的五色彩练在飘动。社火节目在李弥家门上表演结束后又向另一家走去。锣鼓震去了一年的疲劳，震醒了封冻的大地，震来了来年的五谷丰登。

晚饭后，人们都提着板凳向村委会院内涌去。临时搭建的戏台上高悬着四盏擦得净亮的马灯。在眉户前奏曲进行中，第一场眉户剧《兄妹开荒》登台了，台下传来阵阵掌声；《夫妻识字》小两口独唱、对唱："黑咕隆咚的天上出呀么出星星，黑板上写字放呀么放光明……"；快板《南山剿匪记》；展老师独唱陕北民歌《兰花花》；小合唱《军民大生产》……节目一场比一场精彩，戏场里的男女老幼高兴地看着，每演完一场都鼓掌欢迎，最后一场压轴戏新编眉户剧《梁秋燕》在欢快的器乐声中由顾晓红扮演戏中女主角，手提着个小竹篮面部微施粉墨，梳着两条黑亮的长辫子移动着小碎步登场了，清脆、流畅的唱段和器乐配合得句句合板、字字清晰，展老师扮演剧中的二嫂子，动作娴熟、扮相可人、唱腔优美，她二人的配合表演把戏场的气氛推向了高潮。台下的观众们不时送去掌声喝彩。

锣鼓散场后，人们还站在原地不想离开。回家的路上一伙老戏迷们议论着："没想到咱土塔尔还真有不少戏剧人才，他们演的现代新编剧要比旧社会庙会上唱的那些老掉牙的《张三吃醋》《老换少》好看得多，让人观后耳目一新，看来以后咱土塔尔可有好戏看了！"这场戏是新中国成立后土塔尔村由文化老师展咏梅精心编排导演并亲自登场演出的第一场戏。当时周边村庄听说土塔有场戏，并且演的都是现代新编戏剧和快板、合唱等精彩节目。就由各村村长联系，邀请到他们村搭台演唱，一时间土塔村的业余剧团唱红了周边村社。后来有人编了几句顺口溜在民间传颂："看了梁秋燕，三天不吃饭……"

新中国成立后的敦煌农民摆脱了旧社会的贫困，渐渐向富裕奔走。翌年，兴起了互助组，每几家互帮互助，他家一头牛和你家一头牛就能套二牛抬杠，拉犁、种田要比前两年各家各户单干好多了。吴宝善加入了李多仁弟兄几个外加李多仁妹夫共六家人的互助组，他们几家都是亲戚，劳力强。加上李弥的那匹红骒马下的四头骡子和吴宝善的骒马和骒驹子、四对牛，真所谓人强马壮，可算得上众多互助组中最强的一个。庄稼连年丰收，如芝麻开花节节高，日子都过到人前头了。

又过了两年，兴起了初级社，就是在互助组的基础上全村的土地合在一起，牲口也合在一起，修了个大圈，农具也收集在一起叫"入社"。听说这样会合理地搭配劳动力，牲口也能搭配利用。农民们听到上面的宣传动员，大家都牵着牲口、扛着农具到村上入社。但也有少部分人对新生事物还不了解的，也不相信，仍旧单干。后来一看大家都在一起热火朝天地搞生产，产量又高，自家单干冷冷清清、孤孤单单，眼热着先后也入了社。

可李弥因病一个月后的一个深夜一命呜呼驾鹤西去了……

土塔社分了六个生产队，每个队都分了李兽医家的一个大牲口，各队的人使唤牲口时习惯叫李家大骡子、李家大青骡子、李家大骒马……入社后时间不长李多仁调往乡上当乡长去了，老二李多义从部队上复原后调到水利局当上了股长，后来分管下永丰渠任了渠长，老三李多宽由村团支部书记升为土塔村村主任。吴宝善还干老本行在三队赶马车，不过不是原来的大轱辘车而是崭新的650型胶轮马车，那胶轮马车内胎是充气的，只不过还是得由牲口拉着，既轻又能负重，他把骒马喂得油光闪亮，长鞭挽得长而顺手，坐在车上长鞭甩得山响。心想：还是这胶轮车赶着好。

顾晓红在社员会上选成了三队的记工员。由互助组发展到初级农业社确实在生产上起了一定的推动力，有它一定的好处。社员们按各自的特长发挥，劳动效果好，有些季节性的比较紧张的活，大伙搞个突击夜战就能很快地干完，牲畜强弱搭配利用效果良好。大伙在一起干活，按时听钟声上下工，干活热情高涨。

当日子逐渐过得富裕时，吴宝善却成天耷拉着个脑袋。

有天吴宝善出车回来喂上牲口往回家走着，正好碰见村主任李多宽，俩人坐在路旁的一棵榆树下乘凉。李多宽望着他那布满愁云的脸问道："吴老哥，现在好过了，你却怎么耷拉着脑袋，好像有什么心事，有啥事给老弟说说。"他把李多宽望了一会儿长长地叹了口气说："也就是你，咱称兄道弟，不瞒你说，我都四十出头的人了，可婆姨还没给我生出个娃来，看着和我岁数差不多的人，他们的孩子都能拉着放驴了，我在想没个孩子老了谁管？"李多宽用手在吴宝善的肩头上拍了拍，用安慰的口气说："你女人还年轻，子女嘛！也有个来得迟与早，现在日子好过了，我想你手头也不缺钱，花上些钱找个好医生看看，病好了再生也不迟，俗话说'人上四十五，儿子老子一齐苦'，还能指望上。"

听人说三危乡大庙村有个专治妇科病的医生，吴宝善骑着马驮上顾晓红去了大庙，那医生给顾晓红把了把脉后说："你胎凉，给你开几副中药你熬着喝上调理调理，再找上两个胎盘焙黄喝上就好了。"可那几副中药喝得顾晓红直皱眉头，胃里往出泛酸水，托人找来六个胎盘都焙黄喝上了，也没见肚子里有什么动静。吴宝善又从老年人口里找了几个偏方，用过还是没起上啥作用。

一天夜里，吴宝善摸着顾晓红软绵绵的肚子没好气地说："咋还是瘪瘪的，好像个跑慢刹气的皮车内胎似的，装不住气一样。"

她怀疑自己怀不上娃，也就忍着气不吭声。

有天夜间，吴宝善又在叨叨："和我岁数不差上下的人家屁股后头都跟着好几个娃喊：大大（爸爸）着呢，前院车门旁住的刘富贵比我才大两岁，他婆姨都给他生了六个女娃，两个娃子，总共八个娃呢。大的两个女子都能跟上大人干活，垫窝子（最后生的）娃都能拉上放驴了，你看你！"

……

她何尝不想生娃，看到同庄内院外院别人家的娃总喜欢上前抱起亲亲，多时做梦都梦见自己生下了娃娃，真是想着要生育，可就是肚子不争气。常常心内空虚，情绪也随之不好。他刚又在提周志江的婆姨一共生了好几个娃，小的都能到商店买酱油了……没等他叨叨完便生气地说："那就让周志江的婆姨给你去生，以后少在我跟前说！"

原先两口子常在一个被窝睡，渐渐各睡一被窝，现在各睡一个墙边，中间那块炕空着放衣服。吴宝善也在想：人家还不到三十，而自己都四十出头了，人家收拾打扮起来还像个新媳妇，只知怨人家，是不是自己不行了。她也在想：同样是女人，别人都生了一堆娃，而自己看医生、熬吃中药又吃胎盘还是怀不上个娃，看着吴宝善蔫头耷脑的样子，成天吊着个脸，心想同样是人，自己何尝不着急呢？人说"不孝有三，无后为大"，她暗自盘算，凭着她的经验只好冒险再搏一次。

有一天下午，吴宝善和喂牛的老张在牛棚下给牲口铡苜蓿，那老张边按着铡刀边对吴宝善说，我听到有几个婆姨在背地里说她们在窑洞湾荒地上打羊草，中午下工后路过季家梁，路旁有两块高粱地，到了地埂边，一个提篮子的女人说这高粱地扯子蔓（一种长茎大叶草）还挺多的，咱们下地拔上一篮子回家喂猪，当她们弓着腰正拔得起劲时，靠着北土埂边的一个婆姨听到离她不远处的高粱叶在摆动，并且传出窸窸窣窣的声响，顺着声音窥视，只见那片高粱叶不停地摆动，心想是不是这高粱地里有了狼。人常说"晌午端，狼撒欢"，前天她们在窑洞湾干活时还看到有两只狼从沙梁边的沙枣树林蹿出向东面的崔家沙梁奔去。

抬头看看正午的太阳叨叨着："六月太阳红似火，天气炎热，是不是狼在高粱地里乘凉。"心里一惊赶快出了地站在埂上喊着其他几个："哒！你们再别拔了，快出地，这地里有狼！"几个婆姨听她这么一喊，吓得连栽带坎地出了地来到她跟前，那婆姨用手指着摇摆的高粱说："那儿肯定有狼，咱几个一起大声吼叫，惊走狼咱再下地，别让狼把谁叼了去！"

几个婆姨大声吼了起来，这么一吼，只见高粱丛中哗啦啦地一溜向北摆动，看到地里蹿出个人，翻过季家梁向北面五圣宫的董家湾方向跑了！一个婆姨望着弓腰疾跑的那个男人，用手指着远去的身影说："哪有什么狼，这高粱地里肯定还有一个人，咱今天晌午不拔草了，快回！遇上这种事会倒霉一年。"

太阳像个烧红的火球挂在当天，照在身上如同火烤，一路上都热得满身是汗，她们几个走到路边的一个小树林时，一个说："咱钻进林子乘乘凉再走，都热死人了！"乘了一会凉，一个说："快回，回去还得做午饭！"就在她们站起时一个说："你们看季家梁那边来了个人！"几双眼睛向北望去，那人顺着她们来的大路上走着，一个说："我咋看是吴宝善家的！"另一个说："你们看那身衣裳和走路的姿势，肯定是她！"几个女人挤眉弄眼地笑着离开了那片小树林……那铡草的老张最后对吴宝善说："咱们在大圈上你喂马赶车，我铡草喂牛都多年了，关系都挺好的，若换上别人，我还不对他说呢，不过往后得注意点，别让他人给你戴上绿帽子！"

太阳快落山时，吴宝善耷拉着个脑袋从大圈上回来，一进门见顾晓红正在案板前和面，闷闷不乐地倒在炕上睡了。一会儿做好饭她叫他起来吃饭。

他没好气地说："气都把人胀饱了，饭往哪里吃呢？"

她听着他晦气的语气觉得弦外有音，心想：高粱地的事是不是有人传进他耳？她故作正经地笑着说："今天是不是又和谁吵架了？快起来吃，吃上两碗再去睡！"吴宝善睡在炕上前思后想，这好端端的婆姨，长得比别的女人还漂亮，和自己一个被窝滚了这些年都不见她生出个娃娃来，别说像周贵的婆姨那样生八个还有双胞胎啥的，哪怕你给我生上一个两个的也行。下午在大圈铡草时老张对他讲的话仍在耳边响起，老张那人从来没在别人面前说过闲话，他也相信老张说的那些……

吴宝善两口子为了生个娃，挖空心思想了许多常人想不到的法子，但还是不能如愿以偿，两人常常发生争吵，闹得两人都不愉快。有天晚上，她做了锅汤面条端上炕桌，见他垂头丧气的样子，心想，哪个烂嘴婆姨又在背后吹了什么风，这样的情景不止一次，但她还是赔着笑脸说："吃吧，饭都快凉了！"

从不发火的吴宝善不由得气从心起，什么也没说，端起炕桌上那碗饭"叭"的一声摔在地上。她哭了，哭得那么凄惶，那么伤心，把头蒙在被子里一直哭到天亮，边哭边想着，自从嫁给他这些年，穿的、吃的都是她亲手所做，哪点对不起他？就算高粱地的事让他知道，可我也是为了他，为了这个家，和他过了快八年了，从来都是互相尊重，从未见过他今晚发这么大的火，看着他这样，和他还怎么过？

第二天早晨，吴宝善刚要出门，她问："你干啥去？""喂马！还能干啥？"

"别去喂马了，咱们上民政局！"

"上那去干啥？"

"离婚！"她果断地说。就在她俩闹得最凶的那段日子，李家妯娌们都分别几次到吴家劝说过他们，可都不顶用，反而越闹越大，闹得土塔全社的人都知道了。

第十五回　心想终有事成日
　　　　　雪中藏婴上天赐

有天晚饭后，社主任李多宽来到吴家，两口子一见李多宽满脸带笑的样子心情随之好了些，因为他是社干部，没事从来不串门。她很快地倒了杯开水双手递给说："三哥今日咋有空来我家？"他们家闹矛盾的内情他全知道，只是不好调节。可正好有个茬儿，他说昨天他从县里开四干会，在会议将结束时，民政局长在会上说有一女婴是被人遗弃的，日后打听着谁家想养就赶快上民政局来。

"我想你俩到现在没娃娃，不如抱来抚养，别嫌弃是个女娃，只要有心，不论男女，说不定你们老了还能指望上，我还有事先走，你们好好商量商量。"

送走李多宽后，他俩各睡一个墙边谁也不吭声，可都在想人家是社干部又是老乡，他说的话对咱有利，也有道理。吴宝善想：李多宽是在替自己着想，知道我们家常闹事，听说顾晓红提出离婚，若真的离了，人家还不到三十，收拾起来还挺漂亮的，肯定有人要，而自己四十出头的人了，又加下过苦的人看上去都有老相了，到哪里去讨个女人呢？真是人们所说的"三个钱买了个油炸鬼，吃着后悔，不吃也后悔"，若把那个娃娃抱来，凭着她勤劳、心细拉个娃娃肯定没问题，可人家是咋想的？肯不肯听李多宽的？

顾晓红在被窝里躺着，想着李多宽的话，心里想：自己都奔三十的人了，为养个娃想了不少办法，还是没如愿以偿，看来这辈子就这命了，再说气头上说要离婚，可想起自己嫁吴宝善之前过的那非常人的日子，嫁给他后这些年，他对自己还不错，那就听李多宽的话，把那个女娃抱来，有个娃娃就有个拉练，以后也许就能好过一些。俗话说"听人劝，吃饱饭"。

第二天她起得比哪天都早，先把火架着后，在箱子里翻出一套新衣、新袜。

他醒来一看她一会儿烧水，一会儿在箱子里翻衣裳，猜想着不知她今天又要干什么，便趴在被窝里抽烟锅，看着炕上堆的新衣，用热水把头发洗了又洗，搓了又搓，然后对着镜子梳头，左边梳梳，右边照照，很快地梳成了两条长辫子，把新衣服换上，一句话也没多说，她究竟是要去离婚还是去民政局抱李多宽说的那个女娃？到底她要干啥？猜不出来，想着但愿是后者。

望着她坐在灶台前端着碗吃剩饭的背影，慢腾腾地用试探的口气问："你今天准备去哪？"她语气坚决地说："进城上民政局！"他又问："上民政局干啥？"她没好气地说："还能干啥，去抱李多宽说的那个娃娃。"听她这么一说心里暗暗高兴，一骨碌翻起，很快从被窝里爬出边穿衣服边说："那你也不跟我商量商量！"她边吃边说："你一夜睡得像个死猪一样，谁知你咋想的？听李多宽说四干会上民政局长说的话全县人都知道了，说不定那娃还在不在民政局，要去就得快点别让人抱走了。""想抱就抱，其实昨晚我和你想到一起了，可就是谁也不开口，那准备咋去？"他问她。她没好气地说："不走着去还能飞着去？"

其实他也想明白了她的苦衷，就赔着笑脸说："咱土塔离城三十华里，几时才能跑到县城，我去给队长说，正好冯会计在我跟前说过，社员们都嚷着入冬好多天了没油吃，让队长派我赶车到城里油店面粉厂拉油，顺便把你拉上，肯定能行。"

今天的吴宝善格外精神，麻利地套上了马车，车后捎着个空油桶，从大圈上出来后到胜利庄门前，早已穿戴好的顾晓红提着个蓝格子包袱在门前等着，很快的上了车。车顺着胜庄门前通往县城的大车道一路向南走去，过了中支渠路口，顾晓红在车里朝四周瞅了瞅，朝着面朝南赶车的吴宝善："哒，你能不能赶快点！"吴善宝说："你急啥。""你没听见多宽说，四干会是全县的干部都参加开的？""如去迟了，那娃让人抱走，咱抱啥？"她气呼呼地说。

他也在想她说得对，长鞭落在拉车套的大青骡子耳旁发出啪啪啪的三声响，牲口都竖起双耳，奋力向前。驾辕的红骟马昂头突突突地打着响鼻，抖动着鬃毛，四匹骡马拉着辆空车，疾驶在弯弯曲曲的古道上，只听马蹄哒哒声，车后扬起一路土尘……

县城县委大院民政局的平房院内打扫得干干净净，他俩隔着玻璃窗户一间一间的向内望。发现西头一间平房内，房里暖融融的，一个年轻的女干部正拿着一个奶瓶给一婴儿喂奶，他们敲开门凑上前一看，孩子头上长着稀疏的黄发，白嫩的小脸蛋和两只炯炯有神的眼睛，边吸着奶瓶里面的奶边望着那女干部的脸，俩人瞅着那可爱的小女孩，脸上绽放出发自内心的笑容。顾晓红对那女干部说："我们是来抱这孩子的。"那女干部把她俩望了望说："你们去东头那间局长办公室给局长去说。"

到了局长办公室，那年轻的民政局长问明了吴宝善的住址，考虑后开了个证明，又把那婴儿的来历说了一遍。

离开民政局，吴宝善的长鞭甩得山响，一路向土塔赶来。太阳快落山时，马车快到村口。吴宝善坐在车上手握长鞭赶着牲口，回头望着顾晓红喜悦的眼神再瞅瞅她怀抱里的孩子，乐得像一朵盛开的牡丹，只听夕阳下的鞭声在太阳的余晖中回响。

自从那孩子抱回家，以往冷清的屋里从未有过的事都来了，哭声、笑声、地上的尿布片子、带着屎的旧棉花疙瘩……

可两口子的吵架声却慢慢地消失了。家里多了个娃娃，顾晓红忙得晕头转向，总觉时间过得快，一个冬天没觉着就过了，春季过后忙忙碌碌地割麦打场时，不觉那女娃都能扶着墙拐着走路了，小嘴里还在牙牙学语。有天夜里吴宝善对顾晓红说："我看这娃娃马上就叫妈妈呢，可还没个名儿，你脑子灵又有文化，给娃起个名儿吧，有个名咱们也好唤她。"

顾晓红和吴宝善在民政局局长那听说，这女孩是在雪后的一个早晨，一个老年人在晨练身体时走到小南街拐角处听见婴儿哭声，周围没发现啥，正在纳闷又听见了哭声，循着声音寻去，只见墙角有一小堆，被一夜的雪盖着，那老者扒开雪发现有一小褥内有一婴儿，他就抱着送到民政局……顾晓红转动着眼球想了半天想这孩子是雪堆里刨出的，一夜没冻过去命真大，就对吴宝善说："那就叫雪儿吧！"

雪儿一天天长大。两年后就跟着顾晓红的屁股在棉花地里跑，一会儿抱着她的腿说："妈妈我要吃！"她一会要吃一会儿要喝，顾晓红就停下手里的活给她喂馍馍灌水，虽说麻烦些，可她还是精心地经佑着（经佑：照看），可心里却是高兴的。自从雪儿到了吴家，随着孩子的成长吴宝善也精神多了，走路也能昂着头了。隔三岔五还领着小孩和顾晓红到李家串门。人说"家有三件宝，鸡叫狗咬娃娃吵"，吴宝善家里传出哭声、笑声才像一个真正的家了。

第十六回 | 炼钢铁热情高涨
吃食堂饭足菜香

那是一个轰轰烈烈的年代，从高级社跨入了全县一个公社——敦煌人民公社。书记李多宽从县上开会回来召集了一个群众大会，他在会上说上面的精神，破除迷信，解放思想，敢想敢干，敢说敢干。争取在十五年内或者更短时期内，在工业产品上赶上英国，超过美国的大炼钢铁运动。

大营堡子东面的园口子高子地上垒了六个土高炉，每个队一个。地埂上的老榆树枝上用绳子扎起三个高高的旗杆，上面飘着三面红色的旗帜，上面分别写着"总路线""大跃进""人民公社"的大字。土炉壁上用白石灰写着斗大的字——"全国人民炼钢铁，十五年超过老英国"。

铁矿石是用马车从千佛洞（莫高窟）的东面的祁连山谷拉来的。吴宝善被六个队的车夫选为车队队长。各队的强壮劳力分成三班轮流守在各自的土炉旁，不分昼夜地往炉里添柴，一时间敦煌地面到处浓烟滚滚，轰轰烈烈的大炼钢铁运动开始了。

各队的牛车拉着从大牛圈上拆下的干梁、檩子、椽子往园口子运去，可那炉灶口如同井口般大小，一根脸盆粗的干梁烧不上半天就烧完了，看来炼钢铁是相当费柴的……停炉取出炼的铁，用铁锤敲着听，没听到一点铁的响声。

李多宽到公社汇报了情况，公社书记坐着一个旧吉普车带着几个人来到园口子炼铁炉前，他们把炼出的铁翻着看了看，一个戴眼镜的白脸瘦人说着一口普通话，据说是专家，那专家上前说："找个大铁锤来，再选个力气大的小伙子！"那个叫大牛的五大三粗的小伙子抡足了铁锤，锤落在"铁"上溅起的破渣乱飞，大家都退得远远地在看，怕碎片溅入眼睛，铁锤在"铁"上连砸了十多锤，那块斗大的"铁"终于砸成两半。

那专家眼睛几乎挨到"铁"剖面上，看了一会儿站起说："去上几个人把刚从山里拉来的铁矿石抬来一块！"被抬来的矿石和"铁"的剖面摆在一块儿对比，"铁"和矿石几乎没啥区别，不同的就是从炉里取出来的"铁"外表一层被烟火熏黑了而已。专家摇了摇头用标准的普通话说："炉温过低，停烧！"然后那公社书记和专家上了吉普车走了，其实大家都看得出，心里也明白那"铁"是被湿树干和麦草烟熏黑的。

一九五六年春节过后从河南三门峡库区及灵宝陕县、鲁山、杞县及上海等地的移民共有近两万人，均分别安置在敦煌地面的各生产队，移民们抱着高度的爱国主义热情，响应党的移民号召，不远万里来到敦煌，参加经济建设。

接着各生产队设一大灶叫食堂。三队的食堂就设在胜利庄子的前院，由一个管理员领导着妇女中挑出的十几个手艺好的做饭，顾晓红也在其中。食堂开伙的第一天早饭是在钟声中集中在赵家庄前院里，人们都拿着各自的碗筷。李多宽说："从今以后吃饭不要钱，尽管往饱里吃，吃饱喝足回家休息！"说罢几个妇女从灶房里抬出一笼笼热气腾腾的白面馒头，社员们争先恐后地往前挤着。李多宽喊着说："大家别挤，多着呢！"有一个外号叫范草包的那人一肚子吃了八个馒头，差点胀死。

午饭是猪肉炖白菜，三个大车头锅下捞面，一口大锅炒菜。吃后人们都高兴地说共产主义就是好！

可后来因自然灾害逐渐加重，粮食歉收短缺。

饭菜吃了不到一个月，渐渐地馒头也不白了，捋面的次数减少了，后来汤面条代替了捋面，再往后那黑面馒头也不见了，汤面条让拌汤代替了。

第十七回 农灾饥饿突来至
晓红雪夜走单骑

"三年自然灾害"，饿魔已悄悄地向人们走来。

就是那年秋收入冬后，农户的生活就谈不上水平了。知道粮食的紧张，要说盼就盼第二年七月份才能吃上新麦子，算来还有十个月多，这么长的时间人吃啥？只有经过挨了饿的人知道，没体验过的人不知道挨饿是什么滋味。

那年是一个格外寒冷的冬天，左一场西风右一场大雪，少得可怜的那点面粉和苞谷面倒在锅里拌上些拌汤，在里面加上些萝卜叶、白菜叶，喝得人走路都抬不起脚，人们为了活命动着脑子在满地上寻找，可寒冬的大地都已封冻，想挖些草根都挖不动，抬头望着光秃秃的树上一片树叶都没有，后来就往湖滩里走去，看到湖滩里碱柴是碱滩上自生的一种野生柴稞，长有一米左右高，上面的碱柴叶已被风吹落，只留碱柴籽一串串还在枝条上，人们便将下用嘴尝，那碱柴籽颜色是黑褐色的，嚼在嘴里苦涩中带有咸味，勉强能咽得下，看来遍地只有它能充饥了，人们便到西边的火烧湖里捋碱柴籽，拿回家用清水泡泡洗净，拌拌汤时在锅里撒上些，这样煮出的拌汤就能稠些，人喝上还耐时些，可那种拌汤喝上几天人就发肿拉不出大便，大便在肛门口内憋得鼓鼓的疼痛难忍，只好脱下裤子让人用小木棍慢慢地往出掏，掏出的大便是又黑又硬的干疙瘩，但掏不出的话会把人憋死。

还有就是在塔尔庙湾的沙梁上打沙迷籽（一种野蓬草），可那些野生植物籽太少，而且籽粒极小，废上半天工夫也只能搞到一勺头那么点，就那些有限的沙迷籽都被周围的人"清扫"干净。凡是能够咽下的都寻来充饥，人们说老鼠那种小动物最脏，不管锅头上还是厕所里到处都窜，还会带来传染病，可那些精明的河南移民们都千方百计地捉上烧着吃。

　　一天中午，胜利庄子前院里住的高老二媳妇进了里院。到吴宝善的耳房见吴宝善躺在行李上，雪儿在吴宝善的腿上趴着，顾晓红给雪儿补件旧衣裳。顾晓红见高老二家进屋，便让着坐下说："你这媳妇子从不串门，今天咋有空来我家？"高老二家说："我嫁到你们土塔时间不长认识的人少，也没处去，今天我来是给你送话的，前天我回了趟娘家马圈滩，去看了看我那年老体弱的爸妈，你没去不知道，那边的人饿死了不少，我看我妈还可以，我爸已肿得挪不动了，我担心这边孩子小，待了两天就回来了，你妈听说我回婆家，我临走时到我家来亲口对我说，你回到土塔要赶紧去给晓红说你妈让你去看看你爸，你爸快不行了！"

　　顾晓红这段日子也常梦见顾福和杨梅两位老人，听高老二媳妇这么一说，由不得吸了口冷气，心想：他们虽说不是亲生父母，可是收养拉扯她长大的恩人啊！高老二家临出门时对顾晓红说："听说你很久没去过马圈滩，咱们那儿前些年新修了居民点，你爸妈他们也住在居民点上，在街西边，门前有棵大白杨树，好了大姐，我就是来给你送话的，你忙着，我该回去看孩子了。"

　　高老二媳妇的话吴宝善全听见了。顾晓红望着吴宝善说："咋办？"吴宝善坐起后把雪儿抱在怀里，在雪儿的头上捋着说："那你就去看看，那可是拉扯了你的恩人。"顾晓红愁眉不展地叹了口气说："你说得轻巧，你也知我自离开马圈滩后一直没回过娘家，就这么空着两只手去看他们多寒酸，人家回娘家都带着孩子和男人，提上糖包、礼当何等风光，唉！"她两眼呆滞地自语道："现在我这个样子咋去？"

　　吴宝善望着怀里的雪儿，想着谁都有老了、病了的时候，又想到自己也一样，语气坚决地说："去！一定要去，你若不去我去！"

　　顾晓红听他这么一说，心想你去谁认你？含在眼眶里的泪水已溢出，边擦泪边在碗橱里、箱子里翻着，把偷偷藏了好长时间的小半袋面分别装开，准备拿上约有五斤的那些。又在箱子里取衣服，准备动身。

　　这些吴宝善都看在眼里，他是从挨饿时过来的，对挨饿深有体会，再说自顾晓红和他过了这些年，衣食都是她，说句心里话，她对自己还算挺不错的。

他下了炕坐在小凳上抽起烟叶，望着她那满脸泪水的样子慢腾腾地说："你就拿上那几碗面去看你爸妈？"顾晓红把脸上的泪水擦了擦抽泣着说："咱家就这点救命的面，我一直藏着没敢吃，以防不测，今天高老二家的话你也听得清楚……"

吴宝善出了耳房门望着阴沉沉的天空，进屋后对顾晓红说："天气阴恐怕有雪，还是我去吧！"

顾晓红语气坚决地说："别说下雪，就是天上下刀子我也一定要去！"

吴宝善听着她的语气想了想说："那好，我看天色不早了，你烧上锅拌上两碗白面拌汤吃上，穿暖和待天黑后我去牵来一匹马送你上路。"

顾晓红听他这么一说心里激动得把他望了望说："难得你有这片心，我原想到明天天亮打捷径跑着去，再说马是集体的。"吴宝善说："这你别怕，车我赶，马我喂，我算着天黑到天亮，来回八十多华里路，你抓紧点可以赶天亮返回。"说罢进了门外一个后来临时修的装零碎的小库房去了。

那是一九五九年阴历腊月十七的傍晚，人都说"黑十七"天黑没月亮，月亮上来就迟了。黄昏前天阴得厉害，抬头只见那黑云像巨大的铅块在天空滚动，云头压得很低很低，好像要掉下来似的。大块的乌云向东移动，待那些云块移过头顶时，刺骨的西北风夹着鹅毛般的雪花随风飘来。吴宝善对顾晓红说："你从后墙根绕过到天平梁等我，我这就去大牛圈。"

天平梁是在北面的一个小沙岗，死了的河南人都埋在那块沙岗上。

顾晓红手里提着五斤的小布袋站在沙岗下，听得有马蹄声传来，不一会儿吴宝善骑着匹大黑马到了跟前，他下马说："你骑上快走，胆子放大别怕，这大黑马脚力好、出路快，胆子也大！"说着扶顾晓红上了马背。她翻上马背总觉得胯下的毛口袋里软绵绵的，夜里雪大她也就没细看，只管催马向前行。

到了火烧湖的下泉湾时，迎面刮来的雪片打得眼睛都难得睁开，大黑马止步不前，她就下马牵着顺路往前走。快出火烧湖时风细了，可雪比前一阵子大了，迎面扑来的雪片，如撕破了的棉絮在眼前乱舞。风却没前阵子那么大了，她想还是骑着走，像这样的走法赶天亮都走不到马圈滩。欲上马背时一只手执着缰绳，一只手去抓马鬃，可那大黑马体形高大，第一次没翻上马背，可发现马背上搭的那坐垫，坐垫原来是个粗毛口袋，里面装有什么？她用手摸了摸好像里面装着豆瓣子，便从马上取下解开，一看真的是半袋豆瓣子。她把手里提的那小半袋面装在里面扎紧口袋搭在马背上，把马牵到路旁的小土崖旁，站在高处跃上马背向前走去。

在马背上她在想这半口袋豆瓣子是怎么回事？想来想去，肯定是她出了门去天平梁等吴宝善，他去圈上牵马时搭在马背上的。可这年月马几乎没上料，到底是咋回事？猜不出来就不猜了，反正带上去是有用的。又想起老爸这会不知是吉是凶，心急如焚，双脚紧扣马肚，那大黑马撒开四蹄顺着大路飞奔起来，她紧抓马鬃伏在马背上向前驰去。工夫不大过了转渠口进入阶州湖，大黑马不时引颈嘶鸣，高高的闸坝梁上的树影映入眼帘。

顺着大路很快到了闸坝梁坡前，只听大黑马"突突突"地打着响鼻，抖动着长长的鬃毛，发出刺耳的嘶鸣。她敏捷地四处寻望，望见路右侧不远处有一已被雪罩成白白的坟堆，堆前插着一细木杆上挑着的引魂幡在风雪中飘动，她不由得打了个冷战。上了高高的闸坝梁，望着四野白天白地，只能辨出被雪覆盖下零星村庄的大概形状。这时乌云散去，天已放晴，雪后的霁月如同一只巨大的银盘高悬在苍穹之上，放出洁白的寒光，满天的星斗眨着明亮的眼睛一闪一闪的。她望着夜空，心情也随之好了许多，双脚紧磕马肚下了闸坝梁背坡，代家墩已看到，她想过了代家墩就是常丰湖了，过了常丰湖不远就是马圈滩。落满白雪的古道上，只听马蹄声发出"哒哒哒"的脆响。

不一会儿过了代家墩进入低凹的常丰湖。大黑马不时地打着响鼻，鼻孔里喷出两股子白气。她想可能是马累了，自己也觉得身上发冷，便下马牵着走，一看大黑马已变成大白马了。她伸手在马脖子上摸去，全让汗水浸透了，耳后还在流汗。

她牵着马顺着常丰湖芦苇荡旁的古道上向北走着，边走边回忆着她小时在马圈滩顾家庄的往事。忽然抬头看见了马圈滩的树影，仿佛看到了老爸和老妈的身影，心里激动得在路旁的一高粱处翻身跃上马背，那大黑马扬头向前奔驰。心想着早点到马圈滩去见爸妈。

可驰了一段忽然觉得胯下怎么不对了，那毛口袋哪去了？便勒马停住，心里紧张起来，那半口袋豆瓣子和几斤面可是救命之物啊！怎么丢了呢？她回忆着前阵子的情景，猛地想起一定在常丰湖芦荡边那段，她牵着马只顾往前走，

第一部
/089

想着心事，那口袋可能溜下马背，她围着头巾没听到掉下时的声音，对！就是那芦荡边。她便勒回马头向芦荡边驰去，用缰绳打着马，只听耳后风声呼呼，离芦荡不远处看到雪中一黑乎乎的东西，到跟前翻身下马，赶快到跟前一看就是那半袋豆瓣子，她抱着口袋长长地叹了口气。

她在马背上想着：可真悬，险些把口袋丢了，那可是救人命的东西啊！这岁月上哪弄那么多豆瓣子去？一个白萝卜都值十元钱，一斤干萝卜叶都卖十元，就这样都难得买上。有些人用一个新绸缎被面才换上一斤面，这半袋子豆瓣不知能值多少钱呢，再说就算有钱上哪买去？这都不说，只要能救下老爸的命，我一定要送到他们手里。

心急马快，不到半个时辰出了常丰湖，马圈滩顾家庄门前的大榆树静静地立在原地，白茫茫的雪落满枝条，到跟前勒马望着往日挽过秋千的那棵枝叶茂密的大榆树，树干都没皮了，干枯的枝条上落着雪，突兀的虬枝在高大的树干上伸向苍穹。古老的庄墙倒塌得只剩下西南角，好像一座古烽燧静静地立在原地，庄园内的房屋一间也没了，只有七高八低的空地被白雪罩着。不堪回首忆往事，苍凉凄楚涌上心头。离开了顾家庄向北望去，月光辉映着白雪茫茫的四野、树木。端北方向的一片房屋出现在视线内。她催马顺着大路向北驰去，看到路西碱梁上的引魂幡在飘动，心里打了个冷战：是不是老爸他……

时间不大，清晰地看出是一个居民点，南北走向的街，进入街口她放慢了速度边走边看，忽然发现街西一家门前的树沟里长着一棵粗壮的大白杨树。对！这就是家。高老二媳妇中午去她家临出门时说的。

她翻身下马，上前敲着破旧的门扇，敲门声被杨梅听见，其实她这半夜就没睡，守在顾福身边盼着女儿回来，只怕人咽了气。听到清脆的敲门声走出耳房，踏着院里白茫茫的雪走到门后问："谁？"虽说多年没回娘家，可杨梅的声音没变，她激动地轻声喊了声："妈，我是晓红！"

杨梅顿时心里一惊，啊！她真的回来了，白天带出去的话说她爸病重，盼望她来看上一眼，这半夜就回来了。四十多华里路她是怎么来的？夜黑风大又加雪狂，是不是我想她出现了幻觉？

又问了声："谁呀？这都大半夜了！"

她隔着门缝亲切地叫了声："妈，我是你女儿晓红，你听不出我的声音吗?"这时杨梅长出了口气念叨着:"看来我们的心还是连着的!"顺手拉开门闩,往外一瞅一白人白马站在门外,她扑上前把杨梅抱住,脸贴在妈的脸上问:"我爸呢?"杨梅说:"快进屋!"她牵着马进了大门,把马拴到院里南棚下的柱子上,瞅着耳房里的灯亮着,快步进入房间。随后一男一女跟着进来。

昏暗的煤油灯下,小炕上横躺着顾福,头肿得瓦盆一样大,两个眼泡像鸡蛋,几乎看不见眼睛。她"哇"的一声像个娃娃似的哭了,杨梅看着也抹泪,哭了阵子哽咽地问杨梅:"给我爸看过病没有?人怎么成这个样子了?"说着用手在肿得发透明的腿上用手摸着,用手指一按一个坑。

杨梅叹了口气说:"哎!病倒没啥病,就是缺吃的,这段日子天气冷,白天抽空去北面湖里捞上些碱柴籽,那碱柴籽虽说苦涩,水里撒一点面或麸子(小麦磨面后剩下的皮和碎屑),再加上些碱柴籽熬的拌汤凑合着喝,最近几天面没了,麸子也完了,只好煮碱柴籽,纯碱柴籽熬的拌汤人喝下就会发肿不说,还拉不出来……"

正说着顾福微弱地哼了声,那声音小得像蚊子叫一样,身子慢慢地挪动了一下,杨梅从炕沿下的墙角取过一个小盆,把顾福往里揉,她也帮着揉着面朝里翻了个身,杨梅对她说:"红儿你往后!"说着拿着筷子般粗细的小棍在顾福胀得凸出的屁股里往出拨着,只听着顾福微弱的呻吟,好大一阵子才拨出又黑又粗的黑蛋蛋,她看着这哪儿是人的粪便,还不如骡马的粪蛋松软。

待杨梅拨完后,她帮着把顾福躺好,望着眼前的这一幕,眼泪无声地顺着脸颊往下流,抽泣着说:"妈,这可咋办啊?"

杨梅只管叹气说:"没吃的,只有那些碱柴籽……"

这时她猛地回过神,快步走出耳房门向院子的南棚下走去,从马背上取下口袋背进屋里给杨梅说:"妈,快架锅。"

杨梅见她背着个口袋进来放在地上,边蹲在灶前架火边问:"红儿,你背的啥?"

她说:"豆瓣子。"杨梅心里一惊,眼前一亮,望着口袋说:"太好了!"

她对杨梅说:"妈,你起来坐在炕沿上歇着我来烧。"边架火边说:"妈,这半口袋豆瓣子还有几碗细面,你会过日子,你把我爸好好照顾,咱先煮上些豆瓣子,那东西容易消化,营养也好,这年月再也没啥好吃的给你二老带来。"

火苗舔着锅底，锅里发出"咕咚咕咚"的闷响，锅盖边喷出团团白气，满屋里弥漫着豆香味，顾福声音小得几乎听不到了，只见肿得厚厚的嘴唇在动。她赶忙到炕沿前侧耳细听，只听微弱的声音在说："什么气味儿，咋得这么香？"

豆瓣煮熟后，她舀了半碗，取过一个小勺，用嘴吹着一勺一勺地往顾福嘴里喂，那半碗喂完后顾福还张着嘴，她去又舀了半碗，杨梅说："好了，再不能让他喝了，过上一阵子再喂，人饿到这种程度肠子薄如纸，一次喂多了人受不了！"这时她望了望地下站的那一男一女问杨梅："他们是谁？"杨梅说："这是你弟，那是你弟媳妇。"她望着面带菜色的两人问："弟弟、弟妹你们可好？"那俩人苦笑着点点头。

她又问杨梅："我还有三个姐姐和一个妹妹她们还好吧？"杨梅长长地叹了口气说："你大姐嫁到肃州了，你二姐和三姐嫁得远都在南湖，唯有你妹子在常丰，她离得近，隔三岔五就抽空来看看我们，原本他们都过得可以，遇上这灾年困月闹饥荒，现在他们都过得不容易，这年月苦啊！幸亏有你弟弟和弟媳常进来看看我们，只要他们弄到点啥能吃的先给你爸吃，若不是他们你爸可能活不到你来了。"她出门站在院子里向天空望了望，三星已平，在西边的天空眨眼，说明这阵子离天亮已经不远了。

进屋后对杨梅说："妈，院子里拴的马是生产队的，是我偷着骑来的，我刚一看天色，觉得离天亮不远了，赶天亮要把马拴到大圈上。"杨梅听她这么一说，心里也理解对她说："红儿你现在的情况我也理解，我也留不住你。"说着舀了一碗豆瓣汤递到她手里说："孩子，你趁热喝上一碗，昨晚下了多半夜的大雪，你出去冰天雪地的。"她望着骨瘦如柴的杨梅那深陷的双眼说："妈，我不饿，你喝！我年轻能扛住！"娘俩把那碗豆瓣汤推来让去，她望着炕上躺着的顾福，由不得酸心泪夺眶而出，把杨梅推让在手里的豆瓣汤又推到弟弟手里，弟弟又推给媳妇，媳妇把那碗豆瓣汤放在锅台上抱住顾晓红，早已噙在眼眶内的泪水泉水般流下。

顾晓红流着泪出了门，从柱子上解开缰绳牵马在手，杨梅跟着出来见她已出了大门，杨梅流着泪望着女儿跨上马背。她勒马向南而去。在马上泪流满面，总觉得顾福的那双病手在自己的心上揪着，便勒马向后望去，只见杨梅还在大门口向南张望，又策马返回到家门口，把马拴在那棵大白杨树上，进到耳房把顾福望了望，对肿得发明光的顾福哽咽着说："爸，你歇缓着，孩儿走了！"可不知是否听得到。

转身出了门解下马缰，抱着杨梅泣不成声，抬头望了望西边天上闪着寒光的三星哽咽着对杨梅说："妈，你们保重，我该走了！"说罢翻上马背头朝南走了，杨梅目送女儿消失在茫茫雪地里，嘴里念叨着："这娃真有心，这年月都是各顾各，她拿来的那半口袋豆瓣子和那些白面按现在来说要值好多钱呢，即便有钱也买不到这么好的东西，看来她爸有救了。"

她返回的路上天晴月朗，湛蓝的夜空群星辉映，雪后的雾月像个巨大的银盘把银辉洒在白茫茫的田野上，洒在顾家庄门前的老榆树上，洒在常丰湖的芦荡上。马背上没了豆瓣子的口袋，跑起来轻快多了。她双腿紧磕马肚，大黑马撒开四蹄，只听得马蹄声敲击着雪下的冻土发出哒哒哒的声响，马后扬起团团白雪。

过了常丰湖望见代家墩，过了代家墩很快上了闸坝梁，只见大黑马鼻孔两股子白气直往外喷，她觉得已走了二十几里路程了，可能大黑马也跑累了，就勒马缓步向前走着。高高的闸坝梁四野寂静、万籁无声，只听得大黑马蹄击着落满白雪的古道，鼻孔里不时"突突"地打着响鼻。缓步下了闸坝梁南坡进入阶州湖，路面两旁的红柳上落满了雪，满湖白茫茫的一片。她在马上看着眼前雪浪似的阶州湖心情好了许多。

催马疾驰，只听耳后两股子风呼呼地吹过。前面转渠口地上的树木、村庄清晰地映入眼帘，她转眼向西面天上看看，三星已快要落下（那时没表，白天看太阳，夜晚观星辰掌握时间），估计天快亮了，边双脚紧磕马肚，用缰绳头子打着马背，那大黑马似乎明白了人的心情，只听马蹄拍击冻土的节奏加快，耳旁的风越来越大，她一只手抓着缰绳一只手紧攥马鬃伏在马背上向前疾驰。很快地进入火烧湖下泉湾，大营堡子就在不远……

她把马拴到马圈里，走出圈门时发现东面天际上鱼肚白的上空启明星眨着眼睛。

回到胜利庄推开自家门，只听得吴宝善拉着长长的鼾声，摸摸雪儿曲卷在被窝里睡得正香，她掀开雪儿的被角搂着雪儿进入梦乡……梦中她在大黑马背上，朦胧的夜色中看到顾家庄残留的那个打墙角后走出一满头白发老者，挂着根木棍向马前走来，马后传来许多似哭似喊的声音，转身一看，一群披头散发、骨瘦嶙峋看不清面目的野鬼向她围来，都喊叫着饿，让给他们吃的，看到这群饿鬼哭声、哀求声不断传入耳畔，看着他们可怜兮兮的样子都伸着手，心一软想给他们每人一点，又一想这么一大群饿鬼怎么给得过来？再说只有这半袋豆瓣是救老爸命的，给了他们老爸的命用啥救？于是心一狠对他们说："我没吃的，快散开放我过去！"这时残墙后出来的那个老者上前抓住马辔头，一手挥着木棍大声喊着："她不给咱们就抢！"霎时众鬼围在马前，伸手在马背上撕了起来。她很快地翻身下马把口袋紧紧地抱在胸前，大声对众鬼说："别抢，都别抢！是我的口袋，是我的……"

雪儿"哇"的一声哭了，吴宝善被这哭喊声惊醒，忙着点灯，一看雪儿伸着两只小手在顾晓红怀里挣扎，又一看她两只胳膊紧紧箍着怀中的雪儿，雪儿的两只小手不停地挥动，吓得直哭，她嘴里还在喊着："别抢，不能抢，是我的……"吴宝善使劲掰开她的手，她被惊醒了，满头大汗，睁眼一看是在自家炕上，把雪儿和吴宝善望了一眼，软软地躺在炕上，闭上疲惫的双眼，轻轻的鼾声响起……

天亮了，吴宝善看着她那疲倦不堪的脸色，想着昨夜那场西风夹雪，雪是啥时候停的他都不知道。就说大黑马脚力好，一夜从土塔到马圈滩来回八九十里路程，她肯定一眼未眨，一路上风雪交加，冷月寒天的肯定困乏了，别打扰，就让她好好地睡上一觉。

他领着雪儿踏着雪向大牛圈走去，给马添草。进了马圈一看，大黑马除了背上骑过人的那块，别的地方结着一层薄薄的冰霜。上前解下拉到马棚下，让它翻了几个滚，站起来抖动着身上的塘土。他从槽头取过扫把把它全身扫干净拴到槽上，拍着它的脖子说："好伙计，辛苦了！"回家的路上雪儿像只弱小的羊羔，边走边玩。吴宝善跟在后面喊着："雪儿，小心别摔倒！"回家后烧上锅，拌了一小锅清清的麸子拌汤，里面下了几片干萝卜叶。吴宝善对雪儿说："快叫醒你妈，让她起来喝拌汤。"顾晓红被雪儿连喊带搡地惊醒，微微睁开惺忪的眼睛，下炕出门一看太阳已到当天。进屋后舀着喝了两碗拌汤后又上炕躺在被子上，望了望屋里的一切。回忆起昨夜所经过的一切，虽说一夜却好似过了几十年。

吴宝善坐在炕头问："你爸咋样了？"她摇了摇头，长长地叹了口气愁眉不展地说："挺危险的。"接着问道："昨晚马背上的那半袋豆瓣子是哪来的？"吴宝善把门顶住悄悄地对她说："还有半袋呢。""啊？真的？"她惊奇又惊喜地望着吴宝善那平静的面孔，她琢磨不透。吴宝善抽了两口烟慢腾腾地说："我啥时候骗过你？"顾晓红说："这年月别说家里有两半袋豆瓣，就连一碗都难搜出，到底是怎么回事？你怎么连我也瞒着？"

吴宝善神秘地向前凑了凑压低声音对她说："我是在老家山丹挨饿饿怕了，所以每次出车回来就把给马磨的豆瓣子在衣服口袋里装上几把，尤其是晚上，只要有机会就偷着装上些来，你想秋收后都几个月了，积少成多就积攒了两半袋子，分别藏在咱门前那装零碎的房梁上，上面盖着乱七八糟的东西。这都大半冬了，尽管缺吃的，我看你想方设法凑合着，我想只要能保住命就不要动它，待到实在不行的时候再告诉你。昨天高老二媳妇带来你娘家老爸病危的消息，我就想到了，不是病得不行了，而是人老了不像年轻人，吃不上能熬过去吗？我看高老二媳妇走后你那表情和行动，就那几碗白面我都不知你在哪藏着，你说你都背着我藏那点儿面，我还没有那点心思？"她悄悄地听他说完后笑了笑说："你真贼！"吴宝善笑着说："你没听人说'十个车夫九个贼，一个不做贼，库房门前溜了七八回'吗？"说罢俩人嘿嘿地笑了。

过了七八天，高老二媳妇又来到内院吴宝善家耳房哽咽地说："我刚从马圈滩回来，我爸他老人家死了，是饿死的！好可怜啊，他今年才五十二岁，若不是饿死还能活好些年呢，我再也见不到我那可怜的爸爸了！"吴宝善和顾晓红说了些安慰的话她才不哭了。顾晓红试探着问："你去了几天，我妈和你妈都在一个居民点住，见到我妈了吗？不知我爸他咋样了？"高老二家说："见了，我爸下葬那天你妈还到我家帮忙，我问过你妈，她说你爸好多了，让我给你捎个话别让你担心，好好顾养雪儿。"听完后，顾晓红才长长地出了口气。

公元一九五九年的腊月，天是那样的寒冷，半阴半晴的天空挂着的太阳像个圆圆的玉米面饼子，照在身上没一丝暖意，西北风呼啸着发出"呜呜呜呜"的怪鸣。刮在脸上如同条子在抽打。田野里只有光秃秃的树枝随风摆动着，路旁埂边凡是榆树不管粗细白森森的树干分外显眼，它们的树皮早就叫人剥下煮着喝了，大路上被风吹起的尘土弥漫着呛人的土腥味。胜利庄门前向西通往火烧湖的大路上，顾晓红、高老二媳妇……一块七八个妇女头围头巾，手提小筐顶着刺骨的西北风步履艰难地向火烧湖方向走着去，是到湖滩找着捋碱菜籽。

可就在这饥寒交迫最难熬的时候，李多宽从县上开会回来，召集了全大队队长以上的干部会议，会上李多宽说："上面有精神要大救命，在不违反法律的原则下，可以想办法自救，大家都动动脑子、出出主意，若再不想办法我看好多人难得熬过年。"各队队长七嘴八舌地提着各自的意见。

最后大多数干部的意见一致，就是把各队仅有的百十来只羊，从中挑上些比较膘好些的，每队挑上十只赶到村委会边家庄车院里集中宰杀，然后按人口分给各家各户，这样用羊肉熬成汤可以缓解人们的饥饿保住命。下午太阳落山前，六十只羊宰杀后就抬进院内的西房摆起，准备第二天天亮叫来全村人分。

可就在当天晚上的前半夜发生了一幕惊心动魄的抢羊事件。

第十八回 ┃ 席文巧布口袋阵
众贼落荒火烧湖

边家庄坐落在大营堡子东南，土塔庙以北这片地势平缓、土壤肥沃的小平原上。北有赵家，西南王家，这三家在新中国成立前都是土塔的三大富户。因边家庄在中心地带，四面八方道路通畅，周长八十二丈的土打庄墙，墙高丈余，开一南车门，车门上筑有门楼。边家只留内院两处房，其余内外院均分给无房住的贫民，村委会就设在内院一间倒座房里。

那天下午各队赶来的羊宰了抬进车院库房上锁后，村主任李多宽把钥匙装进自己口袋，在民兵连连长席文耳旁说了几句什么就各自回家了。席文，原是城里人，新中国成立后和兄弟席勇从城里下乡落户土塔三队种地。席文曾当过兵。敦煌南湖距县城 140 华里之遥，因地处边远，距南山（阿尔金山、祁连山西端的总称）最近有人烟的一片绿洲。在新中国成立前兵荒马乱的年月，南山成了土匪的老巢，南湖经常遭到土匪的抢劫。

1949 年 9 月，敦煌解放不久，人民政府为保护南湖人民的生命财产安全，责成由县政府自卫队基础上改编的县保安队，调两排人马（七十余名战士、指挥员和六十余匹战马）驻防南湖，南湖尽管驻扎了部队，但匪首毕善录为夺取一批枪支弹药、粮食扩充实力，依然勾结对县保安队查抄大烟而怀恨在心的当地大地主孙耀武作为内应。1950 年 6 月中旬的一天，带领一众土匪包围袭击了驻南湖的县保安队，七名官兵在战斗中牺牲，席文思维敏捷，颇有胆量逃出敌围，连夜跑着从南湖回县上告急，可待县保安大队调兵去南湖剿匪时，狡猾的土匪已钻进南山。

席连长把部分民兵召集在一起说："李主任给我交代，今夜要提高警惕，以防贼人抢羊（因为这个阶段人饿急了，偷抢事件常有发生）咱们分成三班轮流站哨，第一班由韩德忠（二队队长）、刘云、冯元龙你们三个，我带几个人接你们的班，一会儿我安排让管理员叫上个做饭的烙上些饼子，肚子吃饱做好应战准备，若真有不测快速派人告知与我。"

高大的车门楼顶有两间房大的硬棚，前沿有半人高的梢墙。席文走后，由韩德忠负责，冯、刘二人从梯子上往车门楼顶上运砖头、瓦块等物。车门楼顶上运上了能拉两车多的砖头堆放在梢墙后。

一天的劳累使他们疲惫至极，各抱着一杆长矛背靠背坐着，一会儿就睡着了。寂静的夜里忽然传来了脚步声，惊醒了老成些的韩德忠，他侧耳细听声音是从西面大路上传来的，好像人还不少，忙推醒了冯元龙和刘云。这时脚步声杂乱，好像已到庄墙北面不远的大路上。三人借着星光仔细向脚步声传来的方向望着，那伙人速度快得惊人，很快到大门口不远处。

韩德忠对其他二人安顿："准备好，我先试着问明，如果真是贼就要狠打，绝不能让他们把车门攻开。"

"呔！你们是干啥的？"韩德忠大声喊着问。

只听人群中一人大声呼叫："少啰唆，快快打开车门，不然我们就不客气了！"说着把手中的木棒一挥对众贼说："冲啊！"那伙贼人蜂拥而上向车门扑来。

韩德忠一看黑压压一片全拿着木棍，足有四十多人。韩德忠说："打！"霎时砖头瓦块向贼人砸去，只听一声尖厉的怪叫，余者远离车门向后撤退，一直退到砖头打不到的地方。

黑底里只听一个说:"快扯些烂衣服给包扎。"

韩德忠听到这句话判断人伙里叫唤者肯定被砖头砸得不轻,但他没放松警惕,仍对冯元龙和刘云说:"这伙人虽说撤去,很可能还要扑来。"

那伙贼人退到场边的草园墙根一摸是土块垒的,众贼人推倒一段墙,打烂土块往前向车门楼顶抛去。

一霎时门楼顶上土块乱如飞蝗。韩德忠他们只好暂且猫腰躲在梢墙后。

这时只听人群中一人大喊:"往前冲!"韩德忠一听这话赶紧对冯元龙和刘云说:"准备打!"每人各执一块砖向扑来的人伙抛去。只听一个声音尖叫:"我的脚啊!"那伙人见门楼顶上的砖头不停地抛来又退后躲避。

这时一人说:"大家都把土块往前抱,站远些往上打!"这样拉开了距离,忽然刘云"哎哟"了一声跌倒在门楼上对韩德忠说:"队长,我的右胳膊被土块击中,疼得抛不动了!"韩德忠说:"你跪着用左手给我往手里递,我打!"贼人人多手稠,一会儿打得门楼顶上的人不敢抬头。这时一部分贼人原地继续往门楼顶上抛土块,一小部分乘机扑到门楼下。韩德忠他们只觉得脚下的门楼在摇动,可抛下的砖头却砸不到贼人,因那车门扇安装的地方从门楼顶墙下凹进六七尺是个死角,贼人站在凹进那片地方只管撞门。车门楼顶的韩德忠对刘云说:"你虽胳膊受伤,可腿脚还好着,快乘黑下了门楼从东墙溜下去给席连长报知,我和冯元龙先顶着。"

门扇前的众贼齐声喊着:"使劲!使劲!"远处的贼人依然向门顶抛土块,车门在不停地抖动,上面的砖瓦已抛尽。韩德忠和冯元龙扳倒一段梢墙,拾着土块向贼人猛烈击去,忽然飞来半截土块击在韩德忠左肩上,他觉得当时那只胳膊就不能用力了,他咬着牙、忍着疼连续往下抛。忽然冯元龙"哎呀"一声倒在门楼上。韩德忠上前问咋了,冯元龙说:"我胸前被半截土块击中,只觉得出气困难。"韩德忠一看局势危急对冯元龙说:"快撤!"

边家庄东北二里外的胜利庄院内,席连长被边家庄那边传来的叫骂声惊起,正集合民兵、部署计划。韩德忠扶着冯元龙来到车院,向席连长汇报紧急情况。据情报判断这伙贼是从西面而来,不是吕家堡就是黄渠的,来势凶猛,而且数量之多,胜利庄只有十来个民兵,去了也不是贼的对手。贼人肯定是来抢羊的，即便撞开车门抢上羊也跑不快，不如来一个欲擒故纵。

当时到来的民兵正等着他的命令，这时席文转身对兄弟席勇说："你带六个人快到大圈上各骑上一匹马，分别通知让六个队的民兵排长快速集合，骑马的骑马，步行的步行向西面火烧湖下泉湾路口集中。"安排完后到大圈上牵出一匹马，翻上马背向西消失在夜色中。

半小时后，他们先到火烧湖下泉湾西边的大碱梁中段一低洼处向西通的路口上，一会儿南北两路的民兵各执棍棒、长矛随后而来。他勒马立在路口上对众人说："今晚一切听我指挥，各队民兵排长率民兵南北摆开，隐藏在碱梁背后的红柳丛中，这低凹路口上由杜孝（外号：杜大汉）、吴宝善、高玉堂等五人守着路口，等待贼人到前面草甸子上，听我呼喊，南北两头向前形成犄角之势把他们包围住，咱们的目的是为羊，不许伤害性命。"

边家庄车门前的众贼见门楼上不再往下抛砖瓦，判断上面抛物已尽，远处向上抛土块的停止了攻击，一头人呼众一拥而上全部集中在车门前猛撞，只听一声巨响，车门扇被撞挤脱臼向内倒下。

众贼踩着车门扇蜂拥而进，一个手执长矛的把车门内东侧门房窗内堵的破被用长矛戳破，用矛在炕上乱戳，两个放羊的早已被前阵子打骂喊叫声惊醒，吓得缩在里面的炕角，窗外执矛者厉声喝道："你们不准出来，否则戳死你们！"当时那放羊娃被喝声吓得尿了裤裆，老者紧缩在墙角瑟瑟发抖。

众贼在车院到处搜找羊只，一贼摸到西墙根锁着的库房门，一摸门上吊一大铁锁，一声呼喊众贼应声前来，两扇小木门哪能挡住他们，只听拥挤到门前，一声喝喊门扇和锁一并推倒，摸到房内木板上摞着的整体冻羊，拽下扛在肩上返身就走，有的还扛着两只，霎时六十只冻羊一抢而空。

就在贼人气喘吁吁向西面窜逃时，迎面来了一伙人，前面一个体形粗壮、大头大脑的人手执木棍。见前面黑压压一伙人向西而来，定眼一看好像肩上扛着什么，那大头人脑子一转，判断出遇上这伙人肯定和自己一样，闻风趁夜里到边家庄抢羊的，心想他们的消息比我们还灵通。于是把手里的木棍向后一挥说："弟兄们，拦住这伙贼！"说话间那伙人已到眼前，那大头人向对方喊道："哪里来的蟊贼，快快放下羊，不然打死你们！"那伙贼哪里听他恐吓，分成两路躲开路上的大头人一伙，离开路到碱梁上向西夺路而逃。大头人对同伙说："抢！谁抢上是谁的！"一时路两旁的人混在一起你夺我抢……

火烧湖下泉湾西边的席连长的人马等得不耐烦了，有人对席连长说："咱都等这么大阵子了，贼还没到，是不是从别处逃走了？"当时席连长也怀疑自己判断有误，忙让骑马者兵分两路，一路向南一路向北在湖上巡视。

过了阵子，两路骑马者都回来向席连长汇报没有发现贼人。碱梁后红柳丛中的八十多民兵静静地埋伏着。正在人们胡乱猜测时，忽然听到东面有了声音，声音渐渐清晰，骂声、喝声、木棍的敲击声混在一起。席连长骑在马背上自语："看来我的判断是准确的。"声音越来越近，借着星光还能看到一伙人，他们像一大团黑云慢慢向下泉湾滚动着。过了一阵便能听清他们相互厮打、叫骂声。

根据他的判断这些贼不是一伙的，他们到下泉湾北边那片草甸子上，由于草甸子上平整，那些贼越打越烈、越抢越猛，并能看到他们抢来夺去的身影。埋伏圈外的人都等不及了，有的蠢蠢欲动想上前争夺，可各队的民兵排长来回巡视，悄悄地对自己人说："没有席连长的命令谁也不许妄动，你们不看这一伙人和咱们的人数差不多，若擅自行动让贼突破一缺口，后果不堪设想。"可就在贼人们闹得不可分交之时，忽听席连长策马上在碱梁高处大声喊道："冲啊！"一刹那埋伏圈外的民兵两头速进将包围圈缩小，霎时喊声、喝声震破夜空，手执长矛、棍棒者奋勇向前。

席连长一马当先，冲入人伙大声喝道："缴枪不杀，我们优待俘虏，如有违者后果自负。"贼人们一听吓得四处乱窜，黑底里一小股贼扔下冻羊准备逃走，正碰上六队民兵——河南小伙子孙福安双手执着个短把两股叉大声喝道："再跑，我开枪了！"黑地里那股贼人看不清那人端的是啥枪，掉头转身钻入贼伙。众贼虽多，但不是一伙的，看到黑压压的民兵越围越近，这时席连长大声喝道："全部放下羊只蹲在地上，如有不听顽抗者后果自负。"众贼只好一个个放羊在地，跪地求饶。

守候在西边碱梁凹处路口上的杜大汉，他们发现从路槽向西蹿来一人肩扛冻羊，飞快地向路口奔来。刚入狭窄之处，杜大汉猛地从侧面冲去，从贼人肩上夺羊在手，那贼人眼尖手快，趁杜大汉双手举羊上肩时夺下杜大汉手中的木棒，向杜大汉左肋猛击一棒，只见杜大汉趴倒在地，那贼拾羊在手扛着就跑，没跑几步被吴宝善追上，那贼发现背后有人追，一手扶羊在肩一手拖棒，转身向吴宝善小腿上抡了一棒，吴宝善应声倒下。

那贼趁机逃过路口向西窜去，高玉堂一看贼已消失在视线内，便大声向下泉湾喊着："席连长快来人追，一贼逃了！"那边席连长听到喊声便派五个骑马的民兵策马向西追去，那贼确实有些耐力和神速，眨眼在夜色中不见了。几个骑马者猛追，可他毕竟是人，肩上还扛着冻羊，哪能跑过马匹。很快五匹骑者前后左右将他围住，他一看难逃，扔下羊只手拖木棍照着马头乱舞，马匹前部直立不敢向前进，看来是个亡命之徒。

骑在大黑马背上的席勇虽说原是城里人，自下乡后多年因思维好且干活利索，又在湖里放过牲口，练就一手驯生马、生牛的特殊本领。今晚他预料和贼搏斗中可能遇到难题，所以在大圈牵马出圈时随手从马车上取了根麻绳带着。他瞅着那亡命之徒凶狠无比的样子，要和这五个马背上的人玩命。马背上的席勇大声喝着："快放下棒，我们优待俘虏！"那贼人语气坚决地说："休想，有本事下马来斗！"真有一夫破命万人莫及之势，这时激怒了黑马背上的席勇，他勒马后退到黑影里，从背上取下绳索盘成圈状，策马上前，只见那贼依然前后左右抡着棒，几匹马惊得止步直立。

被那狂妄之徒激怒了的席勇口里念叨着："马群之中的生马我都能套中驯服，眼前这蟊贼却如此狂妄！"说着把绳圈在头顶绕几圈后向贼人头上抛去，不偏不斜，绳套落在贼人的脖子上，席勇见状迅速勒转马头，两脚猛磕马肚，黑马两耳一竖，快速起步朝东往草甸子狂奔。

这时席连长已安排押送众贼回村委会，五匹马已到跟前，一看大黑马后拖着一人，席文说："解去绳索！"两人正准备解绳时，席勇翻身下马说："大家小心，这可是个亡命之徒，小心吃亏！"待绳索解开时，那贼趴在地上不动了。席文蹲下用手一试鼻孔还在出气，便命那贼伙中的大头人把他背上。众贼除了背羊的，余者受伤的相互扶着，两边民兵执棒持矛押着往边家庄走去，只听受伤者一路上发出痛苦的呻吟。

众贼被押到边家庄圈在车院里，李多宽等几个村干部已在办公室等候多时，他们决定放贼回家。派人在胜利庄叫来七八个妇女开了食堂门做饭。李多宽和几个大队干部从办公室出来，让贼把羊撂进库房后大声喝问："老实说，你们是哪里来的？"贼群中乱嚷嚷的，有的说是陇西桥的，有的说是富强的。李多宽一听是两个地方的，便大声说："陇西桥的靠西墙根站，富强的全站东墙根，只许老实听从发落，不准再生是非，如有不规矩者严肃处理！"很快两伙分开各站一边。李多宽说："你们两伙的头目先出来跟我到办公室去一趟！"黑底里从东边人伙里走出一大头人，西边人伙里走出一个瘦高个。

大队文书李长森对那俩头人说："你们以为我们土塔人有吃的？这是我们按上面大救命的精神，在不触犯法律的原则下，通过干部会决定宰了几十只羊，准备第二天分给村民以救人命，你们把羊抢去是要把我们土塔人饿死不成？"

李多宽说："只要你们把羊还给我们就行，念起咱们是隔着火烧湖的村邻，黑夜里看不清面目，如是白天肯定你们人伙里还有我们土塔人的亲戚呢，好了，咱们都折腾一夜了，双方都有受伤的，幸好没闹出人命，处于这个特殊时期，你们的行为我们也就不追究了！"

这时，顾晓红来到办公室门口说："李主任，饭已做好。"那个瘦高个和大头人望着李多宽慢腾腾地说："能让我们的人吃一碗吗？"李多宽望了望饥色脸面、苦苦哀求的两个头人笑了笑望着席文。

席文说："我在下泉湾就对你们说过，我们优待俘虏，咋会不让你们吃饭呢？放心，大家都饿急了才发生这样的事，我们已安排妇女做饭并做得多，咱三家人加在一起就近二百，让妇女们切了一只羊的肉，做了满满的三车头锅（很深的大锅）羊肉面条，保证咱们都吃饱。"那瘦高个和大头人听完后饥色的面孔上露出笑容说："你们土塔人真好。"

顾晓红她们一伙妇女站在食堂的锅台前给饥者一一舀饭，饥饿的人们都半年多没吃过一顿肉饭，闻到食堂里弥漫着羊肉和面条的香味，如同几十年都没闻过这样的香味。

七八个妇女站在三口车头锅台前用勺子给他们舀都舀不急，有许多人亲自把碗下到锅里舀，只听满食堂连吃带喝唏哩呼噜的声音，无一人说话，不到半小时三车头锅羊肉面条吃得一干二净了。

临出车门时，席文又把那两个头目叫在一起安顿："把伤者照顾好，实在走不动的就背上，以后可别胡来！"

整整一夜的鏖战搏斗，双方人员已疲惫不堪，送贼出了车门时东方天际上已出现大片鱼肚白，群星在黎明前的苍穹上眨着疲惫的眼睛一闪一闪……

事后，刘云的胳膊连医治带休息，半月后才能下地干活，但那只右胳膊还是不得力，队长只好调他干轻活。二队队长韩德忠让贼人打着但没伤骨，吃着药十天后慢慢好了。冯元龙被贼击伤的胸脯一月后才渐渐痊愈。吴宝善腿上的青疙瘩在顾晓红的精心照料下慢慢消下。唯有杜大汉让贼在左肋处一棒抡上，打折了三根肋骨，半年后还都直不起腰。他们为了保护土塔人民的财产而受伤，人们都被他们的精神所感动。土塔群众轮流去看望他们，李多宽对各队队长安顿，因公负伤在养伤其间工分照计。

第十九回 ┃ 六〇年饥饿难熬
饿魔走喜鹊登梢

那几十只羊按人分给了土塔仅有的几百口饥民，一来是救命，二来正赶上过年，总算把死亡线上挣扎的部分饥民拉了回来。

年关过后，李多宽召集各队干部开会，准备春种事宜，又向公社汇报群众仍在忍受饥饿的威胁。时间不长，不知从什么地方运来的红薯干限量地发给饥民暂度春荒。

清明前后，地埂向阳处冒出的苜蓿尖、苦菜尖人们就去连根挖下煮着吃。艰难的日子过得是那样的慢，真有度日如年的感觉。

岁月的霜剑风刀在人们脸上、心里刻下了难忘的记忆。那是一个炎热的中午，五月的太阳晒得人发晕，顾晓红提篮走在前面，雪儿跟着到赵家园子北面的苜蓿地埂上挖野菜。宽大的地埂坡上到处是苦曲菜，锯齿状的叶子趴在地皮上，中间一根长长的茎顶上开着耀眼的金黄色花朵，人们叫它苦菜花。

她只顾拿着铲子挖着苦曲往筐子里放，雪儿把手伸进筐子里取出一朵苦曲叶放在嘴里咬着吃。她忙从雪儿手中夺过说："孩子，这不能吃！"幼稚的雪儿望着面黄如纸的顾晓红说："妈妈，我饿。"她望着瘦弱的雪儿那双饥饿的眼睛说："雪儿乖，别闹，妈回去给你做吃的。"说着顺手摘了棵带茎的苦菜花，摘下后根上滴着白色的乳汁，她放到嘴角一尝苦中带甜的味儿，把茎放进嘴里一嚼是脆而带甜的味，顺手折了一根给雪儿。

这种苦曲草多半出在向阳的地埂和渠边，若发现哪有就是连片的。她边挖边嗅着带有清新香味的野菜，不时回头瞅瞅雪儿，只见她那瘦小的手里攥着花茎放在小嘴里嚼，嘴角沾着花茎上的白汁叫喊着："妈妈，真好吃。"她放下铲子上前用袖头擦去雪儿尖瘦的小下巴上滴下的白汁，望着幼稚天真的样子她不由得一股子泪水流下。她想：多么可爱的小生命，可就是遇上这个饥饿的年成。又想起吴宝善已好多天没喝过一顿饱拌汤了，看看太阳正晌午，四周无人，便下到苜蓿地埂下麻利地拽了碗口粗的一把苜蓿放到筐底，上面盖上苦曲菜，领上雪儿往回走。

原本身高体宽的吴宝善看上去瘦得像一段朽木，两只深陷的眼睛紧闭，她娘俩进门后吴宝善都没睁开眼睛。她把筐子放在案板下，蹲在灶火前烧火，然后洗野菜……很快用家中仅有的一碗粗面和苜蓿揉了一疙瘩，烙了几张饼，又拌着一小锅苦曲菜拌汤。雪儿用稚声幼气的声音连推带揉地喊着爸爸，他睁开眼睛一看炕桌上端好了拌汤和饼子，费了好大劲才坐了起来，饼子的香味钻进了他的鼻孔。

连吃了两张苜蓿饼又喝了满满当当的两大碗拌汤后，顿时精神了许多，长长地出了口气说："已有几个月没吃到馍了，今天烙的虽然是苜蓿饼，吃后当时感觉肚子里实在多了，不知啥时才能吃上新麦子？"

"先凑合着，地埂上的苦曲、茴条还有能吃的野菜一天比一天大了，再说我和雪儿回来路过杜家坑地看到早麦子已经挑旗了（马上抽穗），只要在耐上半月左右就不要紧了。"她安慰着说。

尽管晚上有民兵站哨，可麦田多哪能管过来，人们趁着黑夜用剪子偷着剪上些青麦穗回来用火烤干，搓出刚上的青麦粒煮着吃。总算最难熬的时间过了……

一九六一年元月撤去全县一社的规定，恢复原来的行政单位，以一乡为一公社，村称大队。上面下了政策，分给每口人三分地叫自留地。社员养羊、驴、鸡等都叫自留的。白天在生产队上工，晚上在务自留地。人们起早贪黑，利用中午午休把自留地的麦子务得比队上的好，麦子割倒后又种上白菜、萝卜，把剩余的白菜和萝卜缨子晾干装在筐子里，以防饿魔再来。人们的脸色一天比一天好，总算度过了那个难忘的一九六〇年。

吴宝善成了三队的正队长，顾晓红头脑机灵、文化水平高成了记分员。雪儿送进土塔小学……人们吃饱肚子后干劲大了，连年粮棉增产，几年后集体经济稳步上升。自留地和那些自留的羊、猪、鸡等给人们增加了不少经济来源。有的人家买了飞鸽、永久牌自行车，蜜蜂牌缝纫机，上海牌手表，人们的日子一天比一天好过了。民以食为天，不愁吃穿的日子过得真快。

一九六五年收完麦子后，不知从哪儿刮来一股子体育文艺风，大队干部让木匠做了篮球架栽到麦茬地里，用铁锹把麦茬大概铲了铲，篮球便在球排上碰击、空中飞舞，两个小时后尘土笼罩了整个球场。人们无规则地争夺着球，谁抢着就抱上往篮环里扔，有被撞倒在地的，有的指头碰肿，直到最后太阳落山看不见篮环时才停下。回家的路上一个个面面相视，除了浑身的尘土只有两个眼球在转动。回头望着球场的方向，那团浑浊的尘土久久不散……

可后来那片麦茬地飞扬着尘土的球场，有行家建议放了一股子水漫过球场，上面垫了层麦草，套上骡马碌碡在上面碾打，过后球场得到了改善。席文原来在部队上打过篮球并球艺精湛，赵长龄的四弟参过军，在部队上时常打球，转业后七里镇石油局女子专业球队聘请当过教练。赵老六曾在中学读书时就在校球队，还有个叫黑子的，是球队队员中年纪最小的，他才十六岁，也是在学校时校球队的一员。以上几人加上吴宝善，三队的这支球队算是六个队中最强的。

有一次球赛，吴宝善在篮下跳起抢篮板球，不慎跌倒把腿扭伤，三瘸二倒地回家后让顾晓红嚷着说："你都这把年龄了还逞啥能，以后别去打篮球，有那么大的劲给雪儿洗洗衣服……"

虽然吴宝善不去球场，可那股篮球热风越来越盛，各大队、小队都组织球赛，以三队为主力的带动下涌现出不少年轻的球艺高的队员，每次参加全公社球赛都能夺冠。

随着以篮球为主体的体育热，同时大队组织起业余小剧团，挑选了一批有文艺基础的人排练现代戏剧《三世仇》，顾晓红等有些才艺的人被选入剧团参加排练。过春节一幕现代秦腔全本《三世仇》在大队部的戏台上成功表演给广大观众。人们的生活水平上升了，又有了体育文艺生活的充实，呈现出一派生机盎然的景象。

第二十回 | 葫芦湾美女露形 庄全有梦里相亲

葫芦湾是土塔六个队最远，也是最偏僻的一个生产队。在土塔西北角，三面靠碱梁，一面临火烧湖，只有向东南能过一车宽那么个出口。站在碱梁最高处俯瞰就像个吊葫芦口朝东南，肚在西北摆在碱梁之中。出了口朝东能看见四队，与五队中间隔着一片高低不平长着红柳、碱柴的小碱滩，这南北狭长的火烧湖有一段带有传奇色彩的故事：

千里祁连山的西端，有一泓清澈盘转的河流，滋润着高原牧场，蒙古族牧民给它起名叫"党金果洛"。她常年在奇峰雪域中流转徘徊，如同身居闺阁的大姑娘，不甘寂寞，总想看看外面的世界。

有天深夜她便偷偷地奔出深山腹地，在月光的陪伴下，扭动着婀娜多姿的身段，叮叮咚咚地唱着一首无言的情歌，越过浩瀚的一百四十里戈壁，欢快地向北奔来，可正在无忧无虑地向前奔走时，却被横亘东西的鸣沙山所阻，正好也累了，就在山南坡小憩。

可由于一路尽兴地漂流游舞，觉得睡意蒙眬，就头枕沙山缓坡发出了均匀的鼾声，熟睡中做了个梦。梦到沙岭北面有一平缓的盆地，气候温暖，沃土千顷，是一块天然的画板，正是她梦寐以求的理想之处。高兴地发出咯咯的笑声，笑醒后望着深蓝色的苍穹和群星，问自己，山北面真的有那么好吗？翌日，她瞅准鸣沙山的西端和岩石山交接处，有一低凹谷地，于是她改了个名字叫"党河"。春梦带着激情，在那儿冲开了一段，向山北狂奔而来。在鸣沙山北坡下的这片版图上描绘出一幅美丽的彩图——敦煌绿洲。

绿洲的东北边缘，有一湖滩名叫"清水湖"，湖面辽阔，四周被梧桐、红柳、芦荡环抱，湖中的大草甸子上泉水喷涌，湖光旖旎，百草葳蕤，是理想的天然牧场。湖东有良田千顷，因有一座古塔，那片地名叫"土塔尔"。离湖不远有一座庄院，人称孟家庄，主人叫孟长浩，家有良田二百余亩，牛羊满圈、骡马成群，是土塔尔的殷实富户。长浩性格好强，待人慷慨，遇到灾年困月，施舍家中粮食，让穷人渡过难关，春种秋收时，家无牲畜者求上门来，就借给他们牛马使唤，所以很受人们的敬重。他自幼拜师学武，练就一身拳脚功夫，轻功更甚绝妙，飞檐走壁如履平地，人们都称他孟庄主。孟长浩娶妻秦氏，秦家世代书香，秦氏受家父教导，言行举止样样入格，茶饭女工无人可及，琴棋书画样样精通。秦氏连生三女，取名：虹、婕、琴。

光阴荏苒，日月如梭，不觉孟家姊妹已到七八岁，父亲就给她们教练武功，虹、婕比琴年龄略大，性格和父相近，十岁上下便能跨马弯弓，对父亲教的拳脚路数一听便懂，一练就成，无事时，就在门前的打麦场上苦练。唯独三女琴和父亲性格有异，对武功不太感兴趣。可和母亲性格相同，成天无事，不是写字画画便是弹琴吹笛，在父亲的指点下只学会了轻功。

数年后，姊妹们长到十七八岁时，都学精了她们各自的本领。俗话说，女大十八变，越变越好看。由于经常练功，身材苗条，气质非凡，乌黑闪亮的秀发如同瀑布，飘拂的刘海下，秋水般的大眼睛，白里透红的莲子脸，微微一笑，露出两颊的笑靥，如同仙女一般，亭亭玉立，光彩照人，邻村的男女青年，有空就来孟庄，男的拜孟长浩学练功夫，女孩们和孟琴一块儿学女工、练琴，那时孟庄是相当热闹的。

民勤物阜的日子，人们生活的安逸，每逢岁末年初，冬季农闲时，这一带就有一帮子人耍社火，节目齐全，演技精湛，秧歌、舞狮、旱船、高跷、大头和和尚戏柳翠……欢庆的锣鼓，敲得震天响，震去了一年的疲劳，震醒了沉睡的沃土，震来了开年的期望。孟家三姊妹自然也就是这支社火队团体内的演员。孟虹、孟婕动作敏捷，正好一对狮子由她俩领，每人手中各执一红色绣球，逗得狮子发怒、跳跃、奔放，格外引人注目，观者眼花缭乱，场外喝彩声不断。三妹孟琴，文静端庄，一身鲜艳的服装，扮演船姑，轻盈碎小的脚步，在粉红色的船舱内，镇定自若，随着鼓乐的节奏，时而平稳，时而如船行在浪峰之上。

从正月初二开演，一直演到正月十五，由于邻村都没社火，所以远近的农户们争着邀请，这支社火队就赶着白天、傍晚都演，观众们对他们的表演极为满意，每演完一个节目，都赢得哗哗的掌声和不断的喝彩声，不但整体表演精彩、热闹，最引人注目的还属孟家三姊妹，她们不但演得认真精彩，而且长得标致秀丽，特招人喜欢，成了社火队里亮丽的风景。有许多青年男女，社火耍到哪家就跟到哪家，总觉得看不够似的。

孟家三姊妹的美名传遍了四乡六隅，但也传进了南山匪首道尔顿的耳内，近些年以道尔顿为首的一伙土匪窝藏在一百四戈壁以南的嘎秀山里，每到深秋，草肥牛羊壮的季节，他们总穿过戈壁，越过千佛洞峡谷，到敦煌地面，抢掠老百姓的牛羊、粮食和财物。

敦煌地面上的农户们在组织者的带领下，筑起堡子，如发觉有土匪下山的迹象，便很快地赶上牲畜，带着值钱的东西到堡子里躲避，由于堡子墙高而厚，车门大又牢，那时的土匪没枪没炮，不易攻破，所以避在里面安全。

那个叫道尔顿的匪首，闻听清水湖畔孟家三姊妹的娇容美丽，早已垂涎三尺，暗下派人打探了她们的具体住处和生活规律，和众匪做了一番精心策划，选了一个月黑风高的夜晚，偷偷策马来到清水湖畔的芦荡里潜伏了下来。

天亮后姊妹三人打开圈门，赶着蓄群来到清水湖畔，开始晨牧，可她们哪里知道，从南山下来的魔鬼们躲在芦荡里窥视着她们，正在准备向她们发起袭击。

琴姑娘上在一个小土岗上，取出玉笛，正准备吹奏，突然发现马群中的枣红色儿马子，竖起双耳，抖动着长长的鬃毛，发出惊耳的嘶叫，顿时，马群骚动不安，就地打起了旋转。琴姑娘便惊慌地喊着："虹姐，你们快来看，咱们的马群怎么啦？"孟虹和孟婕听到三妹惊恐的喊叫声，很快向三妹所站的小土岗奔来，上到小土岗上看到马群骚动不安的情景，孟虹对两妹妹说："今天情况反常，咱们赶快下到草甸子上，捉住咱们的坐骑。"待她们跑到马群边，由于群马受惊，怎么也捉不住。就在这关键时刻，二十多个匪徒已策马来到离她们不远的草甸子上，很快形成一个包围圈。个个手举着弯弯的马刀，龇牙咧嘴地吼叫着向她们靠近。

一匹体形高大的黑马背上，骑着一个满脸胡子的土匪大声喊着："弟兄们，捉活的，一定要活捉，谁都不准伤害她们！"在匪首的喊声中，他们的包围圈越来越小。

孟虹明知三妹武功不行，就和孟婕把三妹护在身后，三人面向外站着，用警惕的目光扫视着周围的匪徒，孟虹用手把两个妹妹的手猛捏了一下，暗示瞅准机会反抗。

那个满脸胡子的匪首，看着三个美若天仙的女子，放声淫笑着说："你们已经逃不脱了，快随我们……"边说边向前靠来。

就在离她们两三步时，孟虹猛地把孟婕的手捏了一下，猫腰挖了一团紫泥，敏捷地跃起，一个海底捞月，一团紫泥投向大黑马的左眼，马被这突如其来的袭击吓惊了，发出一声嘶鸣，顿时前部直立，把马背上的匪首掀翻在地。就在那惊马前蹄落地的瞬间，孟虹顺手拖着孟琴，迅速跃上大黑马背，孟婕眼疾手快，学着大姐的样子用同一招数夺得一个匪徒的一匹白马，一黑一白两匹马托着姊妹三人左突右冲，费了好大劲，最后终于冲出包围圈，出了草甸子向东面的孟庄驰去……

岂不知狡猾的匪徒们早已看好了地形，事前就做了安排，就在她们策马疾驰到湖畔芦荡中的路上时，两侧芦荡中埋伏的匪徒，扯起绊马索，将马绊倒，姊妹三人从马背上栽了下来……

可恶的匪首道尔顿命众匪徒趁着烈风四处放火，深秋的清水湖百草枯黄，火借风势，风卷烈焰，一霎时火光冲天，浓烟四处漫延，像乌云似的笼罩了湖面上空。

孟庄主这边发现清水湖上空浓烟蔽天，心想不好，赶紧带着几个仆人往湖里跑，四处寻找人和马群，可虹姑娘她们却不见了影子，在北边湖畔上见一牧羊者上前打问，据牧羊人说是南山土匪所为。

孟长浩到临近村庄叫了三十几个年轻力壮的后生，各执利刀，跨上马背向南追去，可离出事时已有一个多时辰，南面戈壁上黄沙迷眼，一直没看到土匪的踪影。

秦氏得知三个女儿被土匪抢走，惊恐万分，心急火燎，三步并作两步，连

栽带坎地赶到塔尔庙，一进庙院就喘着粗气倒在庙院里。庙内住持闻声出了庙门，发现有人栽倒院内，连忙上前扶起问道为何如此惊慌，孟夫人上气不接下气地给住持诉明原委。住持带秦氏走进上殿，在神像前的供桌上焚香化表。孟夫人双膝跪地，双手合十，口中祈祷着："大慈大悲的佛祖，千佛洞的大佛爷，求求你们啦，快显显你们的神灵，救救我那三个女儿吧！她们是在午时前被南山下来的土匪抢走的，这阵子离千佛洞口不远了，您如能救下我那三个女儿，哪怕我倾家荡产也要集资为您重塑金身……"

申时，可恶的道尔顿这伙恶魔匪徒们正疾行在离千佛洞山口不远的二层台子戈壁滩上，道尔顿贪婪地看着用绳索捆在马背上的孟家姊妹，口里大声喊着："弟兄们，快马加鞭，快要到山口子了，千万别让他们把我们追上！"匪徒们狠狠地抽打着马背，向千佛洞山口驰去。

酉时，他们刚进山口，道尔顿在马背上仰天大笑说："他们追不上咱们了！"可正在他得意时，忽然天色变阴，黑云四起，从南面峡谷里传来隆隆的闷响声，一霎时雷鸣闪电，空中如黑幕降临，倾盆大雨从天而降。此时道尔顿赶紧勒转马头准备逃窜，可已经来不及了，只见山峡里一丈多高的洪水，浊浪卷着柴草乱石翻滚而来，左右两侧尽是怪石嶙峋的峭壁。

匪徒们的马已止步不前，惊恐地发出嘶叫，乱作一团，就地旋转，道尔顿在马背上大呼："完了……"刹那间，洪峰恶浪已到眼前，这伙祸害敦煌人民多年的恶魔被洪峰浊浪吞噬得踪影全无。

戌时，雨过天晴，雾月带着雨珠儿和群星映亮了千佛洞上空，湛蓝的苍穹出现了一大朵五彩祥云，在三危山和鸣沙山上空久久浮游，渐渐地变成了相互缠绕的三条橘红和淡绿的彩绸，飘啊！飘啊！慢慢地向北飘去……

这是天空中从未见过的奇景，因为匪徒们抢走了孟家三姊妹，又纵火焚烧了清水湖，人们心乱如麻，哪有睡意，都站在院子里仰天长叹。忽然发现夜空中有三条彩色巨练向清水湖方向飘来，绕着大草甸子飘了三圈，而后向南北拉开了距离，徐徐下降，在苍茫的夜色中消失了。

斗转星移，冬尽春来，到了万物更新，百草萌芽的季节。别处的各种野生植物在春风里摇曳，枝头上吐着深灰色的嫩芽，向阳坡上的枯草丛中幼芽也开始露尖。唯独清水湖上满目焦土，一片残状，一点动静都不见。常在湖里放牧的人们，每天都到湖畔来看，望着光秃秃、黑沉沉的清水湖，垂头丧气地说，完了，以后再别叫清水湖了，就叫它"火烧湖"吧！后来人们把这个地名一直叫到今天。

湖东丁家梁坡下有一矮小的羊房和一羊圈。羊房里住着一姓米的老牧人，米大伯老两口都已大半辈子过去了，可膝下仍无儿女，就靠圈里七八十只羊过日子。

自从去年深秋南山下来的匪徒焚烧清水湖后，一直发愁羊没草吃，几乎每日每夜都在发愁，有天夜间老米躺在铺上边抽旱烟边对老伴说："该死的南山土匪抢走了孟庄主的三个女儿，又焚烧了湖面，据说在千佛洞峡谷被山水洪浪冲得无踪无影，最终没落下好下场，活该！"

"可满湖找不到一块有草的地方，到处是满目焦土残灰，以后咱们的日子还怎么过？"老伴接着说。米大伯愁眉苦脸的只管摇头。

就在他俩唉声叹气、叨叨不休的时候，从湖里传来叮叮咚咚的声音。先是老伴听见，她对老米说："喂！老头子，你听到什么声音没有？"老米说："我耳朵背，啥声也没听到。"老伴说："我看你长那两片耳朵只是个摆设。"老米不耐烦生气地对老伴说："这半夜三更的，狗都没叫，哪出来的声音？快睡你的觉，再别瞎说。"

急得老伴连忙穿好衣服，出门时顺手拿上了放羊棍，趁着朦胧的月色向西走去，走了一华里多远，上到一个小碱梁子上向着发出声音的地方望去。在月光辉映下，看到了湖中草甸子上出现了明晃晃的一片水面，侧耳细听，听到了泉水喷涌的叮咚声。高兴地转过身，连栽带坎地回到了羊房。进门就喊："喂！老头子，快穿上衣服。"老米望着惊慌的老伴说："半夜三更的不睡你的觉，瞎折腾啥，神经病犯了不是？"说着装了一锅子旱烟抽了起来。老伴站在地上急得直跺脚，对老米说："我并没犯什么神经病，告诉你吧，刚才我去了趟湖里，看到了湖中出现了一弯明晃晃的水，并听到了泉水喷出的响声。你若不信咱俩再去看看。"

老米半信半疑地穿上衣服，跟老伴高一脚低一脚来到老伴前一阵子上的那个碱梁上，向西望去，果真看到湖中明晃晃的水面在月光下闪着银光。老米说："真没想到，咱们的日子可有盼了！"说着高兴得把老伴抱起，就地转了几圈，拉着老伴的手返回了羊房。

回来后就再也没睡，连夜四处奔走，挨门挨户的敲门，叫醒了梦中的人们，告诉了他们发现的奇迹。

天刚蒙蒙亮，湖畔上已聚集了许多人，人们都向湖中的草甸子上望去。

早春的艳阳射出万道金光，在晨霞的辉映中从塔尔庙东边的沙梁背后冉冉升起。

站在湖畔的人们清楚地看到，南北狭长的大草甸子上南北均匀地出现三泓清泉，犹如三星坠地，泉中喷出的水柱高约数尺，洁白晶莹的浪花落时发出叮叮咚咚的悦耳声，好似孟琴拨动着她的瑶琴，演奏着一首优美的牧曲。是的！真是的！孟家的三个女儿并非凡骨俗胎，而是上界仙女下凡，是她们除掉了祸害敦煌百姓的南山土匪，真形已归了上天，草甸子上那三泓清泉就是她们的灵魂再现。

南头的那眼泉，人们称上泉，中间的那眼叫中泉，北边的那眼叫下泉，但有人也叫它们"美女泉"。

泉水日夜不息地喷涌而出，水面逐渐扩大，漫及整个大草甸子，有了水便成了真正的湖。阳春三月，百草吐绿，红柳萌芽，一片春意盎然的生机展现在眼前。男女老幼的脸上绽放出兴奋的笑颜。

横亘在敦煌南部的三危山、鸣沙山在艳阳的辉映下像一道美丽的天然屏障。千佛灵岩的大佛慈祥地俯视着孤悬在大漠戈壁中的这片如翡翠般的绿洲，保佑着勤劳、善良的敦煌儿女，世世平安，代代吉祥！

据说还是清朝雍正移民时，有个高老农领人夜间偷凿的中支渠，从上游六号桥引水而来。土塔的耕地浇不完把剩余的水放到那碱梁低凹的葫芦湾。开始有人开荒种地，当时只有一家住在那湾里垦荒，能种的地只有十亩左右，且因靠碱滩，地里碱大而出苗不全，收成不好。随着时间推移，渐渐地生地变成了熟地，房前房后渠边埂旁的桃、杏、榆、柳也随之拔地而起，有世外桃源之境。如今已有十多户人家，房屋都背靠周围的碱梁，有耕地二百来亩，一九五六年从河南移民到敦煌，那葫芦湾又多了几户河南人。

庄全有在社教运动前一年当了一年的副队长，运动开始时工作组看他年轻、胆子大，敢于提意见，又工作能力强，成了工作组眼中可依靠的对象，又加他是根正苗红的贫下中农，成了运动中的积极分子，是培养年轻干部的苗子。

大队缺一个副主任，工作组决定让庄全有担任大队副主任一职，可工作组非本地人，并不知庄全有的人品和道德，但全大队的人都知庄是伪装积极能干，实则有自己的小九九。

朦胧的月光下，通往葫芦湾碱滩的小路上走着一男一女，女的外号"刀子嘴"，男的叫"玻璃腿"，他们两口子是土塔出名的媒公媒婆。碱滩上的小路坑坑洼洼，他们边走边商量着怎样把事情说成。

乔家上房里，老乔正躺在行李上抽烟叶，老伴在煤油灯下给大丫头补着件花布衫。二丫头乔玉、三丫头乔芳姐妹俩正头对头拿着一页歌谱哼哼叽叽地练唱。大丫头乔英去伙房洗碗了。这时刀子嘴两口子进了上房，老乔见有人进门忙坐起，一看是这两口子便客气地说："今天啥风把你们刮到葫芦湾来了？"

刀子嘴满脸堆笑地说："我们今天有件大事才登你家门的！"说着在屋里看了一圈问："乔英咋不在？"正说着大丫头乔英进屋了，一看是这两口子心里一惊，心想：这俩家伙是土塔好吃懒做的一对，常给人保媒，说不定又要打我的主意。但还是赔着笑脸说："大哥大嫂你们是忙人，今天怎么有空来我家？"

那刀子嘴把乔英上下打量了一番笑着说："英子这丫头越长越漂亮了！我呀无事不登三宝殿，我是给你送喜讯来了！"

玻璃腿接着说："庄全有看上你了，托我们两口子来你家提亲。"刀子嘴说："那可是个打着灯笼也找不到的好人家，庄全有现在应该称庄主任才对！他就一老妈，若嫁了他，等他那老妈一死你就是掌柜的。"

老乔一家人听完他们两口子一唱一和尽拣好听的说，谁也没吭声。最后刀子嘴笑了笑说："天晚了，我俩也该走了，你们全家都考虑考虑，过几天我来要个话。"老乔说："今夜天阴没月亮，你俩过那碱滩时注意点，那路上坑多，小心别摔着。"

乔家三姐妹长得一模一样，尤其二丫头和三丫头是双胞胎，都是鹅蛋形脸盘，齐眉的刘海下那双眼睛如同秋水般清澈、一闪一闪的睫毛把那双美丽的大眼睛显得妩媚动人。白净的脸颊上泛着红色，如同施着胭脂般好看，坐如出水芙蓉，行似杨柳遇风，长长的辫子无论甩在柔软的腰肢上还是摆在高耸的胸前都那么吸引人。

　　眉清目秀的乔家三姐妹虽生长在偏僻的碱梁洼洼里，可她们的美名早已传出葫芦湾，传得很远很远……大姐性格内向，平时少言寡语，如远处三人分别走开，很难辨出她们的长幼。二姐乔玉和三妹乔芳性格开朗，从小就喜欢唱唱跳跳，姐妹俩是大队剧团的演员，嗓音清亮，扮相也好看。同一个角色两人无论谁演都一样，是剧团里年轻演员中最优秀的一对，姐妹俩无论谁有事或有病都不耽误剧目正常演出。当时有人编了几句打油诗："乔开山靠碱滩，生下的女儿当演员，扮相赛过刘长瑜，嗓音入耳心里甜，土塔尔爱唱戏，不演《三世仇》就唱《红灯记》。"从诗中的内容可听出乔家女儿的特色。

　　当时提倡晚婚、计划生育，要求晚生晚育，所以结婚年龄增大，大女儿乔英都已二十五岁了还未出嫁，按情理也该嫁人了。可今晚来的那俩说媒的总说庄全有这好那好，可她不喜欢反而讨厌。老乔当着一家人说："那个庄全有在我眼皮子底下长大的，他啥底细我还能不知道？从小就跟罗家娃和林老二钻在一起，不是偷鸡摸狗就是和人打架，成天游手好闲的尽干些没出息的事。"

　　乔玉和乔芳姐妹俩一唱一和。乔玉说："上学时他学习成绩最差，每次考试都是倒数第一，道德品质恶劣，小学都凑合不出来就被学校开除了。"

　　乔英默默地听着一家人对庄全有的评价，但心里却想着自己的心事，虽说自己年龄大了点，可和自己同岁的丫头在全大队少说也有二十来个，自己也算不上剩女，所以也就没慎重考虑自己的婚事。

　　近两年，远处来提亲的已有好几家，其中一家是闸坝梁她姨家的邻居，她姨从中说媒，人也见过面，心里也满意。只是找哪家也没做决定，更何况本大队就有好多小伙子给自己献过殷勤，都没理过他们。

　　最后老乔和老伴问："英子，前阵子那俩说媒的话你都听见了，行还是不行你得表个态，正低头想啥呢？"乔英摇了摇头慢腾腾地说："我嫁谁都行就是不嫁他那种人！"乔玉和乔芳说："对！就不嫁给他！"老两口深思了半天，老乔说："那就这么定了，可下次那玻璃腿两口子来要话该如何推脱？"乔英说："闸坝梁我姨给我介绍的那家人我见过，有我姨在中间说话准没错，若玻璃腿他俩来要话，你们就推到我头上，就说我已经和闸坝梁的小伙子谈上了，让他到别处去问……"

第二十一回 ┃ 鼓足干劲搞生产
全国山河一片红

　　麦子割倒后，全县各公社的青年劳动力大部分调往沙枣墩梁南边的戈壁上翻修总干渠。以公社为单位各分一段，在大队派到渠上的领导和公社工作组的领导下拆下干渠的旧卵石重新衬砌。土塔分了一百五十米渠并有一座大车桥。全公社四百多人营地就扎在沙枣墩梁南坡下一块平坦的碎石戈壁上，账房下在四周，中间是个大院，大院中立着两个篮球排。虽然工地上劳动强度大，可玩球的人利用午休和下午收工的时间都要痛快地过过篮球瘾。晚饭后还要开会，由工作组教唱革命歌曲。因为渠上各队调来的都是年轻人，所以虽说劳累，可情绪都是相当高的。

　　有一天公社领导说今天干半天，吃过午饭全县民工全部到西面的拦河坝总干渠工程指挥部开会。会场设在拦河坝南的大沙河畔，临时搭建的舞台上坐着县上领导。有一县长讲了段关于总干渠施工事项，然后县革委会主任又讲有关"文化大革命"发展的全国形势。说决定从今天起将带有封建色彩的地名一律换上具有革命意义的新名，各公社负责人上台领旗（除过南湖和这边不是一个水系），已备好的红旗上都印着显目的大字，一时间台上十杆红旗在微风中飘起。郭家堡的负责人把旗举到郭家堡民工队列中，旗上印有东方红人民公社，人们望着红旗兴奋地说："咱们有新名了！"每个公社的纵队头上都飘着同样的红旗，只是名字各异。杨家桥成了卫东公社；肃州成了东风公社；五墩成了曙光公社；孟家桥成了红边公社；三危成了先锋公社；黄渠成了永红公社；吕家堡成了红敦公社；转渠口成了红光公社；党河成了红旗公社。

　　台口上来一个穿草绿色军装戴红袖章的丫头，清脆的声音在扩音里传向台下："辛苦在总干渠工地的全体同志，为了庆贺新名称，下面特邀请东方红公社土塔大队的文艺宣传队给大家表演革命舞蹈、历史歌曲。"李长景、郭炳涛、罗天义等几个人组成的乐队，精彩短小的舞蹈在台子上舞了起来。最后那报幕员对扩音说："下面最后一个节目：二人合唱《见了你们格外亲》，演唱者：东方红公社土塔大队女高音乔玉、乔芳。"

那乔家姐妹还是第一次在全县这么多人前演唱，不过她们凭着嗓音好也没怯场。一曲深情的《见了你们格外亲》唱得非常动人。后来二乔的名声就大了，因为这里聚集着全敦煌县的人。人怕出名猪怕壮。

那年秋天拦河坝总干渠水利工程到了尾声。土塔大队工段上的大车桥浇筑完成，在还未凝结的水泥桥栏上，黑子用拇指般大的白石头镶嵌了显目的字体"东方红公社立新大队修，公元一九六六年秋"。

渠上的人回来后，队里的劳动力增加了。落下的农活开始赶，割谷子、掰苞米、往场上拉运，时不时加夜班、搞夜战，一直忙活到农历十月初一才算把地上的农活忙完。

第二十二回 ┃ 飞鸽伴随雪儿走
　　　　　　　 幸福美满富足日

初冬的第一场雪落下，四野里到处白茫茫一片，葫芦湾四周隆起的碱梁被白雪罩得严严实实，如同起伏连绵的雪山，真乃好看。葫芦湾乔家庄门前的大白杨树上落着两只喜鹊不停地从这枝跳到那枝，喳喳地叫个不停。时间不大一辆四大套马车赶进了葫芦湾口直奔乔家庄而来。骡马笼头上都系着红绫，在马头抖动中真是喜气好看。车夫的长鞭甩得震天响，回声在这碱梁洼洼里回荡。

车停在打扫干净的小乔庄门前。乔英梳洗得油黑发亮的秀发上扎着个红手绢，在阳光中格外显眼。她穿着红缎子嫁妆面带笑容和一英俊的小伙子手牵手向马车走去，到车后转身恭恭敬敬地向街门口的亲戚鞠了三个躬后上了车。那辆马车出了碱梁的路口转向西向火烧湖的古道驰去，马车在高低不平的车道上颠簸着，车上一人挥动着的红头巾如同一团火焰渐渐地消失在密密麻麻的红柳丛中……

吴雪儿升中学那年，中学离家八九公里路程，由于自小就身体羸弱，加上这些年吃粮紧张，营养不良的她看上去像棵小白杨树。刚进中学还没一星期就累倒了，再也不去学校了。吴宝善说："不去就不去了，像她那么大的娃也不少，就在地上干活吧，一天也能挣两个工分。"

顾晓红生气地对吴宝善说："你就知道挣工分，一个劳动日十分工才七毛钱，二分工分上一毛四分钱能干个啥？让娃把学上下，若有出息还能进城干个什么工作，你我种了快大半辈子地，啥也没落下，连个肚子都混不饱。不行，我得问问娃到底为啥不去学校？"

她哄着问："好雪儿，给妈说你为啥不上学了？你不说实话妈可要拿条子打你的屁股了！"

话音刚落雪儿扑在她的身上哭了："不是我不想上学，其实我很爱学习，就是每天放学回家的路上常打软腿，我真怕倒在半路上回不来你们为我担心。"

顾晓红看着瘦弱如病的雪儿两股子眼泪涌出眼眶说："那就想办法借钱买辆自行车。"

吴宝善叹了口气说："一辆自行车一百二十元，咱买得起吗？"顾晓红把平时省下的零钱全部搜来，最大的票面是三张五块的，其余都是些两块、一块的，还有几卷毛毛分分的，合起来总共才六十二块多。（那时的六十元可算是笔巨额了）还缺一半呢从哪里来啊？愁得她直跺脚，转身对抽着烟的吴宝善说："你去李多宽他们兄弟那儿借借，无论如何再借来六十元。"吴宝善到了李家说明了情况，看在老乡的面子上，三家凑了六十元。买了一辆轻便飞鸽自行车。

同年冬天落实"四清"运动中的政策下来了，上面经过调查要对"四清"运动中定的案子进行落实。土塔大队原书记李多宽给予彻底平反，消除一切不实之词，官复原职；三队原队长吴宝善属人民内部矛盾，已退回私分的一袋麦子，取消"四不清"说辞；二队队长平反；顾晓红平反……

李多宽召集了土塔大队干部开会，专门对乔开山（乔曾遭小人陷害遭难）平反做了讨论，结果是撤销关于乔开山的不实之词，恢复了乔开山的名誉。李多宽和几个干部都说让老乔继续任六队队长，这两年换了新队长，对农活计划不周生产搞不上去，粮食严重减产。全大队社员会上，由大队苏主任宣布结果。乔家姐妹站在会场内听到苏主任念完，忙挤出人群一溜小跑回到家把会上的事说给妈，高兴得一家人不知说什么好。乔芳说："这得感谢共产党！"然后对妈说："我到商店买酒去，你和姐烧水杀鸡，等爸回来好好让那受罪的父亲痛痛快快地喝上几杯。"

第二十三回 ┃ 学大寨平田治水
　　　　　　吴雪儿品学兼优

　　接着上面说要掀起农业学大寨运动，土塔去了几个队长和李书记一起随敦煌县赴山西参观团去了山西。回来后全大队召集社员会，会上李书记做了去山西省昔阳县大寨大队的参观报告：大寨大队书记陈永贵和副书记郭凤莲如何带领大寨人大战虎头山平山整地，老石匠贾承让如何带领石匠们炸山凿石、修拦水坝的先进事迹。一时间敦煌地面杆杆农业学大寨的红旗迎风飘扬，土塔大队在李书记的带领下开始了压沙梁、打防风墙的初步战天斗地的行动。

　　县上派育红中学（原敦煌中学）的学生下乡支援土塔大队压沙抗风任务，中学生分散住在贫下中农家里，和全大队社员齐心合力挖土压沙梁。公社大力支持，并在塔尔庙梁畔的一个小场上设立了治沙指挥部，临时搭的一个小舞台，两个临时的篮球排，音响里播放着歌曲："学习大寨呀赶大寨，大寨红旗迎风摆……"隔三岔五地由土塔和育红中学毛泽东思想宣传队联合演出文艺节目，白天不论是社员还是中学生都用抬笆子把深坑里的湿土抬到沙丘上。

　　有天上午，公社领导说要停产半天总结开会。会前安排了一场土塔农民球队和育红中学校球队的一场篮球友谊赛，全大队从各队的球队里挑选了五名球艺最好的农民和中学生开赛。

　　土塔那五个队员都是球艺很不错的却输给了中学生，那是育红中学的劲族：有个叫周伟的四川娃，不高的个儿却异常勇猛，他带球过人的技术相当高，除非两个人，一个人是阻不住他的，他带球的速度快得惊人，常人不可相比；有一个个子最高的叫叶生华，他带球上篮不管是技术还是姿势都是一流的；那个吴建新在三秒区外跳起投篮姿势优美，十投九中；还有个叫赵尔才的是肃北县来敦煌在育红中学就读的，他健壮的身体、白净的模样，弹跳力相当好，如在自己的篮下只要跃起不管是投悬球还是擦板球都很准，姿势更让人羡慕，更让人看中的是他们的队员球风，相互传球配合得相当好。

听说他们的体育老师名叫梁全录，是个相当好的体育教练，怪不得他的学生一个比一个打得好，他们育红中学的校球队在敦煌县，包括驻敦的几个单位中算最强的一支。虽说农民输了，可也不怪，因为遇上了全县一流的中学校球队，那支敦煌中学的校球队在敦煌篮球史上留下了辉煌的一篇。那黑子是个十足的篮球迷，把育红中学球队那几个队员的长处都记下了，平时常模仿他们每个人的技术特长和投篮姿势，经过自我刻苦训练，后来成为郭家堡公社出色的篮球爱好者和一流的篮球健将。

沙梁压完后，中学生由老师带着返回城里去了。紧接着开始搞条田，刚开始以生产队为单位搞，后来全大队集中搞，最后以全公社搞叫"大兵团作战"。全公社几百劳力推着架子车起五更、睡半夜把土塔七梁八湾挖高垫低，在临封冻前基本搞平。块块条田路渠笔直，原来的地形、地貌全无踪迹。这样既能增加耕地面积，又方便拖拉机作业。不过高地的地面被挖走后第二年春天庄稼不长，经过几年的深耕、施磷肥渐渐恢复了原貌，给后来机械化作业打下了有利的基础。

农业学大寨的高潮掀起，同时县水利局派技术员把原来的旧渠重新测量设计，先从总干渠，后东、西二干渠，直到各干渠分叉的支渠。全县各公社、各大队分段重修，并衬砌上预制水泥砖，这样生产队的强壮劳力大部分都转入修渠工地。可忙坏了生产队长，又搞条田又搞生产，又要往渠上调劳力，显得家门上的劳力紧张，秋收时隔三岔五搞夜战，往场上背玉米秆、麻子……

吴宝善自不当队长后，队长知他有喂牲口、赶车的特长，调他赶马车。不当队长倒也省心，每天上工不是铡草喂马就是赶车出差。顾晓红成天跟着一伙妇女，春天在庄稼地薅草，夏天在棉田里打尖、割羊草。秋收后搞条田，整天忙得不可开交，但再怎么忙也按时给雪儿把饭做好，抽空把衣服洗得干干净净，尽量让雪儿吃饱穿干净去上学。雪儿自幼聪明好学，懂事也早，幼小的心灵上烙下了父母那段辛酸的烙印。自进中学后渐渐懂事多了，想着只有认真学好知识才能报答父母的养育之恩，各门功课成绩都名列前茅，加上她性格温顺，从不和任何一个同学生事闹非，老师很喜欢她。同学们选她当班长，是郭家堡中学初一级品学兼优的好学生，同学们都把既敬佩又羡慕的目光向她投去……

第二十四回 ▌林志失运娶惰妇
一兵无奈纳娇妻

　　一个有星无月的漆黑夜晚，庄全有家的炕棹前，坐着庄全有请来的好友林志，庄全有对林志说："老弟，你比我小都找上媳妇了，可老哥我还是光棍一条，你得帮我打听一个！"林志把庄全有望了望，叹了口气说："庄哥，你说你把乔家大丫头找上，我俩一人一个，可乔英远嫁闸坝梁，其余两个现在都已嫁人，而且娃娃都跟着屁股喊妈，就在咱眼皮下专门给咱们胀气，咱弟兄三个一个都没沾边，羊肉没吃上反惹一身骚，让全大队的人都知道了，给我找对象设下许多障碍，挖下许多陷阱，咱大队的丫头都问过了，可没人愿嫁给我，无奈托人在五墩公社的八户梁打听了一个，是他们家四丫头，我和媒人去她家见了一面，人长得也没啥怪相，在媒人的撮合下就做了这门亲。可由于到了穷途末路的境地，也没顾上细打听就娶来了。可谁知晓那伙是个好吃懒做的懒虫，我妈把饭做好她进伙房一吃，连碗都不帮我妈洗就回屋睡了，早晨起来连被子都不叠，下次睡时往进一钻，一个新媳妇头也不梳，脸上糊得五麻六道的，我说她一句她能顶五句，我也说不过她。有次我岳母捎话让我去她娘家干活，路过巴尔湖渴了，在泉边喝了些泉水，泉边放羊的一个老汉和我聊天，从那老汉嘴里得知我的岳母是个出了名的母夜叉，三个女儿都和她一样，都离过婚，就我找的那四丫头都二十八了，就因没家教跟队上的人都吵过嘴，甚至还和几个人打过架，那儿的人都说，谁家小伙子就是打光棍也不能娶她，真所谓：人没运气墙弯子蹲，天爷刮的拐巴子风。可偏偏我这个倒霉鬼就娶了……

我越看她越不是个东西了，我也准备离掉算了，像这样的女人和自己一辈子咋过？"

一天傍晚回葫芦湾的路上，庄全有和罗一兵一起走着，庄全有又向罗一兵提出让帮着找个媳妇的事，罗一兵皱着眉头对庄全有说自己找对象的时候还比林志难：庄哥，不瞒你说，找对象可是件难事，你没经过，为找个媳妇，整整费了两年半的时间……

幸亏我们罗家门户大，雷家墩有我二爷家一门，阶州有我大爷家一门，我妈在所有亲戚家都说了。除了城上丫头没敢问，乡下的几乎都问过了，可一个也没成。最后我姨娘给问了一个，是党河公社秦家湾的，我姨和我妈是亲姐妹，看着我都二十九了没找下对象，她来到我们家提起这事，就毫不顾虑地说了关于那个女子的情况。

说那女子今年才十九，长得标致、漂亮，爱打扮，是个人见人爱的好姑娘，就是心花，今天跟这个小伙子谈恋爱，明天又让那个小伙子用自行车驮着逛城，过几天又和城里娃一起下馆子……跑着跑着肚子隆起来了，几个小伙子都发觉她怀孕了，看着貌美如花的丫头都舍不得丢手，可都怀疑她肚子里的娃不是自己的。于是，谁也没再和她一起跑了。后来她身子重了，不能跟着妇女们下地干活，就躲在家里不敢出门，但她肚子大的事大家都知道。一个漆黑的后半夜她生了一对双胞胎，她倒还有心思，问妈，你看看是男娃还是女娃。她妈顾脸面怕丢人，早就窝着一肚子气，也没看看是男婴还是女婴，气呼呼地一只手提着一个，趁着夜黑撂进他们家北面的总干渠让水漂走了。

听完我姨的解说心里总觉得有说不出的滋味，我姨问找不找？我犹豫着慢吞吞地说："那可是个养过娃的，要是让我们这儿的知道了多丢人啊！"我脑海里回顾起找对象的过程是多么艰难。

就在我犹豫不决时我姨发话了："女人就是养娃的，养娃的和不养娃的差别不大，再说了人家才二十刚出头，你差一岁就三十了，再不找你就等着找寡妇吧，这个总比寡妇强吧？"

我妈也帮着说："你姨说得没错！"

最后我一想，俗话说听人劝吃上饭，若再不听谁还给自己操这份心。后来就随我姨去了趟秦家湾，天黑后带我去了那丫头家，她的漂亮打动了我，这件亲事就在我姨的说合下定下了。

我娶来那丫头后附近的人都很眼热，当面都说我罗老三娶了个好媳妇，长得漂亮。好不好只有自己知道，因为秦家湾在党河公社南面的大沙河畔，紧靠鸣沙山，离土塔几十里路，还隔着敦煌城，所以别人并不知道她的前科。她过门后就经常要钱到城里去看病，问她是害的啥病她也不说，家里所有的钱都让她拿去看病了，家里也没啥可变卖的，就向亲戚们借着让她看。

有天夜里趁她睡着后，我偷着从她衣服口袋里取出一张医院的病历单，拿到妈住的屋里点上煤油灯看，上面写着"甲级盆腔炎"，我也不懂化验单上的医学术语。第二天中午收工回家的路上，走到二嫂子身边，见嫂子提着一筐柴就说："嫂子，来我帮你提！"说着接过柴筐，有意识地和别人拉开距离小声问："嫂子你知不知道啥叫甲级盆腔炎？"二嫂听罢他吃惊地问："你问这个干什么？"我就对二嫂把媳妇的情况一五一十地说给她听。

二嫂听完皱起眉头，叹了口气说："盆腔就是女人怀娃的一个重要器官，甲级说明她的病是很严重的，这种病可是个相当麻烦的妇科病，敦煌县医院设备不全，治不了这病。我娘家有个年轻媳妇也得过这病，在咱们敦煌县医院花了许多钱也没治好，后来到青海西宁医院，是用电烤的，后来才慢慢治好的，咱们和西宁隔着省呢，来回的路费、盘缠就得两千多，再加上医疗费最少也得三四千呢！"

我前前后后仔细一想，自从结婚到现在，家里的钱全让她送进敦煌医院了，而且还借了不少债。这年月，一个劳动日才分几毛钱，一年下来扣去生产队所有费用，一家子能分多少钱啊？劳力多的还能分上二三百，劳力少的还欠账。像我们家也只能分上一二百元钱，还要给一家人零用，现在还欠亲戚家两千多呢！就算西宁能治好，可钱从哪里来？我想：现在找一个媳妇一般彩礼就四五百元，能要八百元就算天价了，所以她瞒着我，我也就装着不知道。又想若看不好病，能不能给我生个娃都是个问题。真应了俗话说的"三个钱买了个油炸鬼，吃上也后悔，不吃也后悔"！庄全有听完了铁哥们罗一兵的诉说，皱起了眉头只管叹气。

第二十五回 | 西干渠黑子显技
| 兰州娃插队落户

那是一个初夏，两干渠水利工地上，麦田里的麦子都齐腰深，绿油油的随风摆动，豆地里的豆花红的、紫的在墨绿色的叶片里露出它们的芳容，湛蓝的天空中飘游着几丝白云，自由自在地向鸣沙山方向游去。

经过一个多月的紧张劳作，各公社大队的工段上土方工程已完成，接着开始衬砌渠底。石料是预先从党河河床上拉运来的鹅卵石，一方方地码在渠两侧的空地上。开挖好的渠底上每十米一个桩号，每个衬砌工发一把一米五长的木制弧形尺，砌出来的渠底绝对要按弧形尺的标准，并要求三面石头六面靠，踢不动、拔不掉，也就是说像盘子般大小的鹅卵石砌出的弧形渠底好似葵花籽一样有规律地镶嵌为一体，在砌石技术上要求相当高，做起来难度也非常大。

土塔工段上八个砌石工中的一个，人们惯称他"黑子"。他自从离开学校凑合着能干个啥，队长便调他搭羊稍子（跟着老羊倌挡羊的），他和他们的老邻居冯大伯在西边的火烧湖放羊，放了一年，又到新店湖（伊塘湖）放了一年，后来又随老羊倌褚大伯到北大湖三个墩子滩上放了一年多，他在敦煌绿洲边缘的几个湖滩都放过羊，由于他脚手勤、嘴乖，那些老羊倌们都喜欢让他当羊稍子。

湖滩的野外生活他也过惯了，自离了学校书没离开过他。那时书的种类少，乡下识字的人不多，他就向那些爱看书的人借，连放羊带看书。那些老羊倌晚上无事就让他讲书上的故事，他也不做谦，把书中的那些经典故事讲给他们听，听后都说：这个娃好记性。

三年多的牧羊生活锻炼了他的身体，并向那些老者学会了做饭、锥鞋，有时老羊倌回家取吃的，他一个人把羊放得饱饱的，晚上睡在羊圈门口，怕狼来叼羊，自小就锻炼出独立生活的习惯。

后来随着年纪的增大，体格也强健了，个子也长高了，队长便调他干各类农活，由于他有文化，悟性也好，学啥会啥，能吃苦耐劳、有乐于助人的品格，人们和他一起外出干活对他都很看重，乐意和他在一起。

队长调配劳力也是根据人的特长、爱好有关，那时出外干活的茬儿多，由于他体格强健、干活操心，调到哪儿都能指出事（能干好活），多时外出他不但干活操心，还有个业余爱好，借了亲戚的一把旧二胡，由于上学时学会了简谱，很快就入了门，后来又学会了吹笛子，和当时稀有的几个乐器爱好者一同演奏，到后来，只要是乐器没他不会玩的，文艺爱好者不论是奏乐的还是唱的都乐于和他一同娱乐。

别看他只有十六岁，可他已有两年的修渠资历，对于桥、闸这样的工程参加过多次。由于他心灵手巧，对于块石衬砌、水泥预制件衬砌，经技术员指导一看就会，砌出的建筑物都是很规范的。这次西干渠第一工段渠底全都是干砌卵石，全工段五公里多长的战线上，同一天开始砌渠底，他一人两天砌出了二十几米。

一个早饭后的上午，渠两侧的渠沿上和渠底上到处都是人，都紧张有序地劳作着。忽然看到一行人顺着渠沿指点着向前移动，到土塔工段停了下来，发现有一头围红头巾的丫头手拿铁爪正在低头挖着衬砌石下的碎石，眼前已砌出二十多米相当规范的弧形渠底。

来检查的那行人全都是西干渠的领导和技术人员，发现这一奇迹立即通知全县各公社、大队派出领导来郭家堡土塔参观学习。参观者们从高高的渠沿上顺渠而来，他们把目光落在渠底那围着红头巾的丫头身上，只见"她"手执铁爪，动作娴熟麻利地砌着卵石，再看看眼前已衬砌出的那二十多米渠底上，规范的卵石渠底让他们吃惊。回去后对他们的民工说："你们要加油，这道渠的渠底衬砌是同天开工的，你们最快的也就十多米，有些手生的才衬砌出不到十米，而且还达不到技术要求，据技术员说必须返工，拆了重砌，我们昨天参观检查时见到郭家堡土塔有一个丫头都比你们强，人家已衬砌出二十多米，而且相当规范，施工要求和速度都让人满意……"

其实土塔工段的民工发现顺渠而来的那行人就肯定是搞技术参观指导的。有一胆大的丫头是给黑子当小工的，他们都是业余文艺爱好者，常在一起学唱歌，她看到渠沿上那伙参观的人后很快下到渠底，把嘴贴近黑子的耳边低语了几句什么，然后把自己的红头巾严实地围在他头上，还特意把他长长的头发用手梳理在眉目间诡秘地笑了笑，然后上了渠沿。待参观指导的人远去，手做喇叭形状对渠底喊着："黑子哥，快把头巾还给我！"土塔工段上的人都笑了，笑得高兴、笑得自豪，都指着那手握红头巾的丫头说："这丫头鬼点子还不少，还会以假乱真……"

在农业学大寨和修渠的高潮中，每年春种后都在继续修西干、北干、东干这三道大干渠，修完一干又修另一干，三道主干渠修完后接着修西干一支、二支……每年修渠都是这伙十六七岁到二十几岁的青年男女，家门上除了赶车的、喂牛的、放羊的，地上干农活的不是些老汉老婆就是有孩子的妇女们，每天按时出工，农活还是一直赶不上季节。队长盼，社员们也盼，盼着国庆节过后渠上的青壮年劳力从渠上回来加班、搞夜战，赶在大地封冻前干完地上所有的农活。

安排毕业生面向农村、面向边疆、面向工矿、面向基层，全国立即掀起了知识青年上山、下乡的高潮。敦煌地面上陆续安排了来自敦煌城、七里镇、兰州的知识青年。

知识青年的到来给队长带来不少麻烦，但也解决了劳力缺乏的部分问题。有个别安排到小学教书、医疗点抓药，别的都跟着社员们上地干活。知青们刚到渠上，无论是挖土方、推车、打夯都显得和农民差别巨大，在领导的合理调配中干一些力所能及的活，就那样，那些城里娃、城里丫头都把细皮嫩肉的手磨起血泡，但他们还是顽强地坚持在修渠工地上。干完第一段后紧接着下一段，到第二段时他们手上的血泡已变成一层硬茧，渐渐适应了体力劳动。

第二年春播后，队长往渠上调人时他们争着要求去水利工地，别看他们年纪轻，可热情很高，因为修渠的活基本整齐，不像农田里的活那么复杂，另一方面，修渠工地上都是年轻人，一块儿好相处。那时期都兴唱革命歌曲，紧接着普及八本样板戏，除了一天紧张的劳作，晚饭后便聚在一起和农民中的文艺爱好者们弹着琴、拉着二胡，吹着笛子。各显自己的艺术才艺。毕竟他们是上过中学的，有一定文化知识，说起话就比没文化的农家子弟水平高，他们给水利工地带来了生机，活跃了劳动气氛。隔三岔五还利用开会前给民工们表演上几段文艺节目，渐渐和周边的人们熟了，劳动锻炼了他们的身体，在劳动中增长了他们在课本里未学过的知识。

他们来的第二年冬天，大队不知从哪里搞来两个剧本，现代京剧《沙家浜》《红灯记》，原有的大队业余剧团懂文艺的人把京剧改成西北人爱看、爱听的秦腔。腊月初，离过年还不到一月时间，剧团吸收部分有艺术天赋的知识青年开排那两本样板戏。有兰州一女知青叫严国娟的，她的才艺是相当好的，导演分什么角色她都能演好，尤其让她扮演《红灯记》里的李铁梅，无论在唱腔还是扮相、动作、表情都表演得非常投入。有个男知青叫尚辉，是七里镇的，他扮演剧中的日本军官鸠山和京剧中出现的鸠山一模一样。剧团注入了知青这股新鲜血液，增添了有生力量，戏里的台词和唱段，他们没用几天就背记得滚瓜烂熟。

春节在大队部的戏台上，两本大型样板戏成功地献给了土塔群众，邻村的戏迷们看过后一传十、十传百，周边的好几个大队都争着邀请土塔的戏去他们那儿演，转渠口公社还邀请去演了三天，一时节土塔的《沙家浜》《红灯记》唱红了敦煌绿洲东北地面。观后许多人都赞誉土塔的戏唱得好，说明知识青年下乡不但学会了劳动，而且把他们的知识和才艺传到了农村，把勃勃生机传播到了偏僻、文化落后的土塔。

第二十六回 | 走鸿运雪儿招干
搞备战动地惊天

吴宝善的女儿吴雪儿是土塔村唯一的中学毕业生。三年初中上完后，她以最优异的成绩考得了郭家堡中学同级学生中的第一名，不但头脑里装上了文化知识，随着年龄增长也学到了为人处事的优良品德。十六岁的吴雪儿已脱离了她刚进中学的羸弱稚气，亭亭玉立的她出落得已有大姑娘的气质，白净的脸上闪着青春的亮光。那时由于人口增多，人们买个生活零用品非得到七八里外的公社商店，大队决定在土塔开个小商店。吴雪儿成分好、学习好、待人和善，说话谦和，是小商店售货员的唯一人选，经大队干部开会讨论，最后李多宽书记说："大家一致认可吴雪儿去当售货员，我也没说的！"

这个小商店可以说是开天辟地在土塔的第一个商店，大队支持把大队部院内的一个大三间房子收拾一新，门口挂了牌子。商店开张后，不但土塔人来买东西，就邻村和转渠口公社的五圣宫大队、秦安大队的人都来光顾。吴雪儿本身爱干净，她把柜台擦得干干净净，来购买者无论年轻老幼，她对顾客们的态度非常和善，这个小商店给人们带来了方便，给土塔增添了一个生活的新内容。她一连两年，商店里从未出现过经济上的差错，许多年轻小伙子暗暗把目光投向吴雪儿。

就在她兢兢业业地干售货员工作时，上面下来一个招干的政策，要招一批有一定文化水平的知识青年，去处是省外贸厅、省旅游局、省粮食厅，土塔分了一个名额。

李多宽到吴宝善家透露了这一消息，让他们两口子和吴雪儿商量商量。顾晓红先征求吴雪儿的意见，吴雪儿高兴地说："若能招上干，我想去省粮食厅。"顾晓红说："那两个单位咋了？不是也挺好的吗？"吴雪儿望着两鬓已有白发的吴宝善，又望了望顾晓红黑发里露出的白丝笑着说："咱们都饿害怕了，所以我选省粮食厅。"说完后一家三口都笑了，笑得顾晓红流出了难以形容的泪水。

第二天李多宽对吴宝善说："经大队研究决定，吴雪儿各方面条件都具备，这个名额是你们女儿的，快说说你们一家的意见，我今天去公社开会顺便报上去！"

顾晓红把行李都拆洗得干干净净，把吴雪儿换身衣服都收拾好对女儿说："你可要珍惜这次机会，到省城不比咱敦煌农村，衣服要常换洗，对人说话要有礼貌，领导分给啥工作都认真做好……"

一个风和日丽的上午，县上开下来一辆中型面包车，拉着吴雪儿和本公社的几个招上干的青年到县上集中送到柳园火车站。

农业学大寨的热潮越来越高，全公社组织了一个专搞条田的大兵团，每年秋收后集中劳力一个大队一个大队地搞。

有部分地在大地封冻前没犁，粮食产量上不去，劳动强度大人的食量也相应增大，按工分分粮和人口带粮，平均每年每人能分到三百六十斤小麦，磨除麸皮每人每天吃不到一斤面粉，食量稍大的人一天的粮一顿就吃了。每年春种前后就有断粮的户，只得写申请通过社员群众会议定，队里会借给有限的粮食暂度饥荒，牲畜的饲料也一减再减，春播时有些老弱病残的牲畜困乏得不能使唤。人们在背后说："不管咋干，能吃上个饱肚子就好了！"可粮食产量增不上去有啥办法？只得活轻些的时候吃淡些，活重的时候吃稠些，在拌汤和饭里多加些萝卜、白菜凑合着吃。

生产队在民兵排长的率领下开始挖地道，从农庄街上挖了个入口一直向西面地上挖，因地道地方窄小，只能容一辆架子车往出运土，所以分三班倒，日夜不停地挖地道。五百多米长的地道从秋收开始，直到元旦节才挖成功，全队的人都能钻进地道躲避。

第二十七回 ┃ 兰州城工作顺利
　　　　　　吴雪儿衣锦回村

定西路北侧的省粮食厅办公大楼门口出来一个人，她就是从土塔出去的吴雪儿。由于那儿的伙食好，环境优越，一年后出落得更加美丽可爱了。原来就白净的皮肤更加白了，两颊白里透出红丝，乌黑的秀发瀑布般地披在肩上，一对漂亮的大眼睛，眉宇间透出青春的气息。高挑的个子配上双高跟鞋，走起路来鞋跟敲着水泥路面发出嘀嘀答答的声响，如同下雨般好听。她的工作是会计，原本上学时偏理科，数学是特长，便很快地熟悉了业务，所管的账行都搞得清清楚楚。她自小在农村吃了许多苦，也受了不少委屈。有位名人说过"经历就是财富"，她童年和少年时代的经历给了她许多教育。到单位后不但业务搞得好，而且为人处事都有分寸，慢慢同办公室的人都很喜欢她，一年后提升为正科级干部。二十岁的她已到了谈婚论嫁的年龄。

有次，上面来了几个干部检查工作，偶尔和另一个副处级领导谈工作，两人一见钟情。过后常在电话里互相交谈、了解各自的情况。那副处级领导叫欧阳玉和，比她大四岁，老家是河北石家庄人，父母都是教师，还有一个妹妹叫欧阳玉蓉，毕业于哈尔滨理工大学，分到广州的一家外企工作。

一年后，他俩登记结了婚，婚后不到两个月赶上春节，雪儿带着欧阳玉和来敦煌看望爸妈。进屋后，吴宝善和顾晓红被两个西装革履干部模样的人惊呆了。两年不见，雪儿都出落得认不出来了。雪儿望着爸妈又老了许多，忙叫了声："爸妈，你们才两年不见就认不出雪儿了吗？"老两口从声音听出是雪儿，连忙应声："认得，认得！"雪儿指着欧阳玉和对爸妈说："这是您的女婿，他叫欧阳玉和。"又对欧阳玉和说："这是我爸妈。"欧阳玉和恭恭敬敬地对着两个老人鞠了三个躬说："祝爸妈身体健康，春节愉快！"老两口高兴地笑了，笑得脸上的几道皱纹都不知跑哪儿去了。

顾晓红望着比雪儿高出半头的欧阳玉和带着个眼镜文质彬彬的样子问："你爸妈他们可好？"

欧阳玉和连声说好。

又问："你是汉族人吗？"

雪儿对顾晓红说："妈，你咋问这话？"顾晓红说："我听着他的名字怎么和咱们不一样。"雪儿说："欧阳是姓，和咱姓吴是一个意思，姓欧阳的咱敦煌没有，你听着就觉得怪怪的，东面有许多复姓，除了姓欧阳的，还有姓司马、夏侯、东郭等，他们和咱们一样是汉族。"

吴宝善边听边泡好了一壶茶，让着女儿女婿坐下，自己坐在锅台前的小凳上掏出烟袋往烟锅里装着旱烟。雪儿看在眼里，记得爸爸一直是那么个样子，往事涌上心头，不由得热泪盈眶，哽咽着说："爸，你以后就再别抽旱烟了！"说着把坐在旁边的欧阳玉和用指头捣了一下。那欧阳玉和在相处的日子里得知她爸有抽烟的嗜好，来时带了几条"工字牌"卷烟，忙拆开一盒取出一支双手递到吴宝善面前说："爸，你以后再别抽那旱烟了，这卷烟老家我爸就抽它，我爸说这烟抽着过瘾、不起痰，还有一股香味，以后你抽的卷烟就包在我身上了。"

顾晓红站在案板前和面，看着这小伙子可真会孝顺人，嘴也甜，一边和面一边不紧不慢地说："你们就知道你爸的嗜好，把我这个当妈的就没人管了。"欧阳被丈母娘不冷不热的话说呆了。雪儿忙到顾晓红跟前把脸蛋挨到妈的脸上娇嗔地说:"好妈妈,怎么会呢?是你把我一把屎一把尿地往大里拉扯,在那挨饿的日子里,那时我才三四岁,你领我挖野菜,让我吃苦菜花的茎秆,我一辈子都忘不了妈的恩情。"说着向欧阳使了个眼色。

精明的欧阳很快地把放在炕头的大帆布包拉开,从里面取出一摞衣服对顾晓红说:"妈,你忙完了来看看,这一套单衣和那套棉衣你喜欢不喜欢?这可是雪儿看着买的,提包下面还有给我爸买的一套,下面还有茶叶和冰糖,全都是孝敬你们二老的,雪儿多次给我说过你们二老为了她受了许多苦,我听后非常感动,本来今年是我俩结婚的第一个春节,是我带她去河北看我爸妈的,可想起你们的苦累,想起雪儿讲述你们为她在艰苦岁月的付出,感动得我退了石家庄的票,买了到柳园的。"

顾晓红让欧阳几句温馨的话说得好似喝了蜂蜜一样,望着欧阳那张诚实而又文雅的面孔,又瞅瞅雪儿那张白净的模样,不由得把自己年轻时初嫁马有时的那个镜头拉近。往事如烟早已云消雾散,可记忆却沉淀在心底是永远不会散去的。想到这些她由不得自己酸楚的泪水顺着脸颊流了下来。刚才都好好的,怎么突然换了另一张面孔,那恍惚的面孔让人猜不透。

雪儿掏出手帕给妈擦着泪说:"妈,大过年的你咋啦?是谁惹你生气了?"

吴宝善取下嘴角的卷烟说:"孩子们大老远从省城来过年看望你,你却一会儿哭一会儿笑的,好了好了,快做饭,孩子们从远路上回来肚子都饿了。"

下午一家人在一起吃了顿香喷喷的臊子面,晚上娘俩聊了一整夜。

第二天是大年初一,雪儿让爸妈换上他们带来的新衣裳,和欧阳提着四瓶酒、两条卷烟到李多宽家去拜年。李多宽一看吴宝善一家都来了,就让儿子到他们几个大伯和叔叔家说都到家里来。上房里一伙爷们都坐在一起拉家常,孩子们都在大门外放炮、玩耍。伙房里一伙女人忙着包饺子,圆桌边围着一圈年轻媳妇和姑娘,手里捏着饺子,说说笑笑挺热闹的。

李多宽的三女儿李艳不时望望雪儿对众姐嫂说:"你们看雪儿姐才两年多没见,变得都让人认不出来了,咋就变得这么漂亮了?又领来那个帅气的姐夫,真让人羡慕。"

李多仁的三儿媳接着说:"你别急,说给你雪儿姐,明年过年回来时也给你领来一个比欧阳更帅气的。"

哗哗哗的笑声满厨房都是，臊得李艳满脸通红，低着头说："你们都要笑我，三嫂拿我开心我自己也知道不是真话，咱家门口长的是一棵老榆树，只能招来麻雀，最大也只能招来只乌鸦，可吴叔家门上有棵梧桐树，凤凰才肯来。我春天就在咱大门口栽上梧桐树苗。"说着叹了口气又说，"到哪个猴年马月梧桐树才能长大，凤凰才肯来？我这一辈子呀，只有在这土塔陪伴众位了……"

　　大人和孩子满满坐了三桌，热腾腾的饺子端上一盘又一盘。雪儿端着酒盘，欧阳给众位长辈们一一敬着年酒。忽听农庄街上锣鸣震鼓的声音传来，不一会儿已到门前。李多宽忙走出大门一看，社火队已到门前，李书记忙喊儿子快拿炮来，老大和老二各提一盘炮放响在门口。六十多人的社火队，舞狮、高桥、秧歌等节目一一表演，一时间李书记家门前的街上围了好几圈人。李多仁的两个儿子端着盘烟给人让着，站在门口的雪儿和欧阳被人看见，有许多媳妇、姑娘们和雪儿一起玩大，又一块儿上学，都跑来向雪儿问好。

　　一个和雪儿上了初中的姑娘调皮地问雪儿："那人是谁？我们咋没见过？快给我们介绍介绍！"

　　雪儿指着那姑娘的鼻子说："你还是那么调皮，那你猜猜他是我的什么人？"几个媳妇异口同声地说："他肯定是你老公！"

　　那个调皮媳妇对欧阳说："还不快报上名来？"欧阳瞅着这伙人不好意思地笑着说："我叫欧阳玉和！"

　　"啊？不对吧？我们咋还从来就没听过这样的名字？"

　　雪儿笑弯了腰，给众姐妹们说："他是河北人，欧阳是个复姓，名叫玉和，看你们把人家问得不好意思了，快进屋吃饺子，后面慢慢说……"

　　初二的早晨，雪儿和欧阳辞别了爸妈说："请你们原谅，我们初六就要上班，还得去趟河北。"顾晓红说："好，我也不留你们了，那边还有两个老人，明年过年早点回来……"

第二十八回 ┃ 全有背运落低谷
　　　　　　　晓红时转迎佳婿

　　庄全有被革职，因名声不好，且年龄太大，找媳妇很成问题。

　　庄全有原想着如花似玉的乔家三个丫头，可到头来一个都没娶上。现在姐妹三个除了大乔远嫁黄渠闸坝梁，其余两个偏偏嫁到本队葫芦湾，如今都已生下孩子，姐妹俩领着孩子今天转到她家，明天转到你家，专门给庄全有胀气。

　　无奈，庄全有把林志和罗一兵叫到他家，对他的两个铁弟兄说："如今你们两好歹还成了个家，可我都三十几的人了还是光棍一条，还得靠二位兄弟出出主意。"林志和罗一兵一唱一和地说了自己找媳妇的难处。最后罗一兵出主意说："庄哥，既然咱是铁哥们，那就实话实说，据我们找了女人的过程和结果，看来大龄女青年没好的，不是长得难看的就是好吃怕动弹、嘴不饶人的泼妇，以我的观点还是找寡妇，不定寡妇还有好的，其实我是过来人，寡妇和丫头差别不大。"庄全有为找女人愁得半夜睡不着，今晚听了林志和罗一兵的高见。据他俩的说法，敦煌地方小，就那些剩下的都有毛病，这可让庄全有作难了，想了几天还是没个主意。

　　后来，他特意请来了几个姨娘和一个教过书的舅舅，让他们出出主意。提起他的婚事，大家都只管叹气。

　　他舅舅是个直脾气，首先把老姐数落了一顿："你看你把娃娃惯成啥样子了？他小时候我就给你说过，你就这么一个儿子，要好好教导，诚实做人，可后来听说他不务正业，成天和林家娃还有罗老三钻在一起尽干些损人利己的事，根本就没学下些做人的起码道德。你说你的媳妇能找成吗？"一席话说得他母子闭口无言。

　　他姨妈对兄弟说："他舅，事到如今再说什么也无用了，既然把咱们老姊妹都请来，咱们都出出主意，总不能让全有打光棍吧？"

　　他三姨说："据我知道，他开始找媳妇都好几年了，都打听的是丫头，年轻的嫌他年龄大了，剩下的大龄丫头都有不同的毛病，何况都试着问过几个都不成，说句大家不爱听的话，打听着有合适的寡妇给办上个，这是我个人意见。"

他二姨妈接着说："我看也是，问问全有啥意见？"庄全有听过舅舅的训斥，又听了姨妈和三姨的话，又想起好朋友林志和罗一兵的高见，回忆起这几年的白忙活，最后慢吞吞地说："那就听三姨的。"

从此，庄全有降了个台阶，丫头决定不找了，开始找寡妇，当场给舅舅和姨妈们说："那就拜托你们四处打听打听……"

胜利庄门前停下了一辆黑色的小轿车，从车里下来两个人，一个是司机小魏，一个是雪儿女婿欧阳玉和。小魏到车后打开后备箱盖，从里面提出一个纸箱子和几个包进了吴宝善的耳房。

顾晓红正在洗脸，一见女婿来了，急忙放下毛巾泡茶，热情地迎了上去。

欧阳一看他俩的衣服全湿透了问："爸妈，你们干什么去了，怎么热成这样了？"

顾晓红说："这些天正在割麦子，天气热就这样。"

欧阳玉和忙从一个包里取出两件的确良衬衫，一件灰的，一件淡蓝色的，还有两件进口凡尔丁的薄料裤子和一条花丝巾，笑着对顾晓红和吴宝善说："爸妈，你们下午上地时就换上，这大热天的别把你们热坏了。"

顾晓红望着欧阳那亲切体贴的样子高兴地说："你们可真会关心我们的热冷，那雪儿咋没和你一块儿来？"

欧阳笑着说："她已有身孕了，都六个月了，不方便，我是出差去乌鲁木齐路过来的……"

顾晓红忙着边和面边对吴宝善说："你把锅架上，咱给孩子做饭！"

吴宝善抱了些柴烟熏火燎地架火，屋里顿时呛得欧阳和小魏直咳嗽。顾晓红说："你俩快去大门口树下凉凉，我做好饭喊你们！"凉爽可口的浆水面条加上油泼的葱花，吃过饭后小魏和欧阳都夸说："妈做的浆水面条有细又长，味儿也香，比兰州城里的牛肉面还香！"乐得顾晓红笑个不停。

欧阳回兰州后把敦煌二老的情况向雪儿述说。雪儿听说大部分人都把房子修到农庄上去了，自家的那两间旧房还是土改时分下赵三爷的，算来比自己年龄都大，不知多少岁了，就和欧阳商量说："咱也给爸妈修个新房住在农庄上，离李家也近，他俩老了也寂寞，那农庄上人多，闲了无事和人聊天也方便，你说行吗？"欧阳笑着说："你的孝心我佩服，谁都有老了的时候，那你说咋个修法？"

雪儿想了想自家墙根除了几棵老桃树，别的都是白杨树，砍倒可担屋顶，就是没土坯和砖。人家盖房都有劳力打土坯，爹那把年纪能打得动土坯吗？可又想了想，李多仁的老大是个木匠，老二是个泥水匠，他们李家弟兄好几个呢，就求他们麦子割倒后打好土坯，把咱爸的房子就靠着李大伯家盖上。"我今晚就写信给李家二哥，先寄去两千元让他们先用，到房子盖好，他算算多少咱给他们多少！"

麦子割倒后，李家老大和老二领着七八个小弟兄和本队的几个朋友开始打土坯、砍树……

第二十九回 ▎庄全有背井离乡
吴宝善搬入新房

庄全有找女人的要求一再降低，很快就有人来他家报信，除了城里的寡妇没敢打听，把乡下所有的寡妇的头上挨着摸了一遍，有部分和他年龄相差太大，二十岁出头的不是离过婚就是死了男人的。媒人一介绍他的情况，都是一句话：嫌他年龄大。有部分女方和他年龄相仿，可孩子都几个了，而且都已做过结扎手术，就这样一听他还有个老母，怕拖累人家，又打听到他心术不正、影响不好，没一个愿嫁的。

可天无绝人之路，有一个远房亲戚给打听了一个，是五墩公社新店台大队的，紧靠新店湖，是那家的老三家，男人是个木匠，前年春天在安敦公路上出了车祸，老三家死了男人孤身带着两个孩子，只有个婆婆，和老四家一块儿吃，两个孩子都是男的，小的都上二年级了。她今年才二十八岁，长得还算顺眼，但她听媒人介绍庄全有的情况后，主意是招他来新店台，做个倒插门给她拉扯两个儿子。

庄全有在众多的寡妇中进行了筛选就觉得这个五墩新店台的寡妇比较合适，就请了两个特别有能耐，而且是曾给他保过媒的媒人玻璃腿和刀子嘴去了趟五墩新店台。

刚开始那个寡妇说嫌他年龄太大，还带着个老妈，有些不情愿。刀子嘴笑着对那寡妇说："老人嘛，能把你们陪到老吗？过几年死后日子还不是你们的，至于庄全有的年龄大是大了点，可人家还是个童男子，你还占人家便宜呢，你好好考虑考虑……"

媒人回来给庄全有一说那边的情况，庄全有说："她都做了结扎手术，再不能生养，我连个后都留不下，老了咋办？"玻璃腿对庄全有说："你可想好，就这样人家还嫌你家里穷，又带着个老妈，又嫌你年龄大，比人家大将近一轮呢！只有人家吃亏，我们两口子这么远跑去，来回五六十里路，腿都跑得酸痛，早上出去，回来都天黑了。好不容易用三寸不烂之舌说得差不多了，人家还在犹豫呢！"

庄全有说："她虽说各方面条件比我好，可结扎了，我留不下后，老了咋办？"

那刀子嘴呱呱呱地笑了一阵说："你都啥岁数了，黄土都壅到胸口上了，还想那么多干啥？过了这个村可就没这个店了，原来我俩给你不知问了多少家，可那时你还是红人，我们给你说话嘴上还有劲，就说给你吹也有个吹头，可现如今你啥官也不是了，这个人人都知道，你的情况你清楚，招不招由你！我俩还得回家吃过饭躺在炕上让腿好好歇歇。"

刀子嘴和玻璃腿走后，庄全有前思后想，他们说得没错。那一夜他把自己走过的路从头到尾回忆了一遍。自己也觉得待在土塔没啥意思了。挪个地方也许在情绪上会好些，又加他想女人心切，最后决定招那个寡妇。

经刀子嘴和玻璃腿两面撮合，最终，双方都勉强同意了。

一天，吃过午饭后，葫芦湾来了辆四大套马车停在庄全有家旧房子门口。庄全有叫来林志和罗一兵，帮着把那两处旧房子的顶棚拆下来，让碱蚀朽的墙就倒了。车上装着些旧木料和几卷行李，还有两只旧箱子……上面坐着庄全有娘俩，在车夫的响鞭声中离开了葫芦湾。

庄全有招亲的事成了土塔的头号新闻。有几个老汉在一起抽烟，一个大个子棒槌头老汉说："庄全有走得越远越好，那家伙点子太多，尽是些害人的点子，这些年咱土塔吃了他的亏的人还真不少。"

一个胖老汉说："听说那个寡妇手里有他死去的男人做木活挣来的钱，那庄全有过去后还有花的钱呢！"

一个瘦老汉把烟锅头子放在鞋底上磕了磕对几个老汉说："钱是那寡妇的，她还得供她的孩子上学，他庄全有根本就花不上人家的钱。"

最后那个胖老汉说："听说那个寡妇年轻而且长得也不错，可惜已经做了结扎手术！"

……

秋去冬来，转眼已到春节，雪儿和欧阳在腊月二十八回到了敦煌。顾晓红去信说新房已经盖好，上面一座三间的大上房，北边盖了两间书房和一个耳房，他们已经搬进了新房。这次还是欧阳和小魏开着小轿车来的，后备箱里装得满满的床单、被面、窗帘等许多东西。车停在新房子的大门前，欧阳和雪儿同时下了车，欧阳走在前面，雪儿抱着一个孩子进了大门，吴宝善两口子迎了上去。欧阳笑着问爸妈好，老两口赶紧让孩子们进屋。

顾晓红一看雪儿脸蛋红红的，斗篷里包着个孩子，高兴地忙揭开斗篷抱在怀里，红扑扑的小脸蛋上两只明溜溜的眼睛盯着她，她激动地对孩子说："快叫外婆！"那小家伙嘴一张笑了。她只顾这儿瞅瞅那儿吻吻，突然觉得胸前热乎乎的，往下一看那胖乎乎的两腿间乒乓球似的卵蛋上架着的小鸡鸡就像没关好的水龙头还在流。

雪儿瞅着眼前的一幕微笑着说："妈，你这外孙给你浇喜呢！"看着孩子还在不停地尿，雪儿不住地咯咯咯地笑，顾晓红也笑了说："这小家伙还知道给人见面礼的！"说罢笑了，笑得那么开心，那么坦荡，满脸都是兴奋的泪水。

雪儿说："妈，你抱着，我和欧阳他们把新门帘和窗帘挂上，还有新被褥什么的都铺上，明天请上李家大伯和那几个叔婶带上他们全家在咱家吃顿饭，也算是贺贺新房子。"

第二天天刚亮，顾晓红就开始和面，欧阳和小魏开着车去城里办伙食。太阳还没到当天，李多仁领着全家，老二提着两盘炮噼里啪啦地响开了。请来的人陆续到齐，人们看着崭新的房子，墙壁白森森的，屋里的铺设全是各色花样的，人们看着露出高兴的笑容。几个媳妇这儿看看，那儿摸摸，都夸雪儿两口子有孝心。一会儿厨房里顾晓红喊着："饭好了，快来上几个端汤的！"

　　顾晓红老早就和好了碱面，揉了又揉，也不知揉了多少遍，擀出的面切得又匀又细，饭桌上大家都夸她把最拿手的绝活拿出来了。饭后，又摆上了鸡、鱼等肉菜，顾晓红高兴地抱着外孙招呼着大家。欧阳和雪儿给男人们敬酒，又给女人们敬上香槟酒，热闹到太阳快要落山时人们才离去。

　　好日子过着总觉得快。两年后的春节，欧阳和雪儿又来到吴家门前，他们从车里下来后，欧阳领着一个，雪儿怀里抱着一个。顾晓红一看又多了一个，高兴得不知说啥好，连忙把他们让进上房。饭后，顾晓红问雪儿："你们城里都兴生一个，怎么又生了一个？"雪儿不好意思地指着欧阳说："是他爸说他们欧阳家人单，再生一个有靠手，是个女娃。"顾晓红笑着说："女娃好，女儿是娘的贴心小棉袄。"一家人听她这么一说都乐得笑了。

第三十回 ┃ 驱病魔雪儿尽孝
　　　　　　去兰州全家热闹

　　天有不测风云，人有旦夕祸福。数年后，吴宝善生病了，而且还不是小病。雪儿带着两个孩子回到敦煌，每日守候在他的身边，给他请来大夫看过说："病在内脏，先吊上几天针观察观察。"

　　雪儿担心着爸的病一直不好转，就叫来县医院的车拉去住在了医院，经过医生详细检查后说得做手术。雪儿忙打电话给欧阳让他带上钱来。医生说病人身体弱需要输血，而且量还不小。雪儿把医生的话告诉了李书记，在李书记的动员下有三十几个小伙子愿意献血。雪儿叫了辆大轿车把他们拉到城里，在大众食堂吃过饭，去百货公司给每人买了一套衣服，到医院经验血有十三个能赔上型，其余的就被送回去了。那十三个人抽完血后，雪儿给他们每人又给了二百块钱作为补偿。吴宝善的手术成功，在护士和雪儿的精心护理中病情好转，在医院住了些日子，医院派车送了回来。

就在吴宝善出院的那年冬天，上面下来政策：土地实行承包制。他家分了五亩地，离农庄不远，就在他们原来住过的旧房子东边。书记李多宽看着把地分完，就向乡上写了辞职报告。有人知道李书记要辞职，见了就问："你干得好好的，怎么要辞职？"李书记说："你们没算算，都干了二十多年了，也把心操够了，政策好了，干部都要年轻化，社会发展的步伐加快了，让年轻人干才能赶上时代的步伐，有个年轻人替我不是很好吗？"

吴宝善由于手术成功，雪儿他们隔三岔五就带来营养品，又加顾晓红照顾得细致周到，身体恢复得快，比原来胖了，也精神多了。入冬后，地上也没啥活可干，每天吃过饭就在南墙根和李书记一伙岁数大的人玩牛九牌、聊天。

有一天，吴宝善正在玩牌，来了辆小轿车停在他家门口。他老远看见就知道是欧阳的那辆黑色轿车。是的，这就是欧阳玉和的小轿车，他去乌鲁木齐出差，回兰州路过敦煌来看岳父岳母的。

吴宝善放下牌回来一看欧阳已进了屋，顾晓红正忙着泡茶。

"爸，您老上哪儿去了？病好些了吗？"欧阳问道。

吴宝善坐在火炉旁掏出卷烟点上吸了两口说："好了，你看我的气色，吃得倒比以前多了，也能睡好，若不是你和雪儿顾我，怕这次你来就见不到我了！"欧阳望着吴宝善闪着红光的脸膛说："怎么会呢？"顾晓红对欧阳说："咱这土地实行了承包制，分了五亩地，这下可好，咱干活就在那一块地里，再也不像大集体时早晨在窑洞湾，下午又到康家梁，一天干不上多少活都把时间跑在路上了。"

欧阳说："上面对农村的这个政策就是英明，农村实行土地承包制后，农民就能很快地富起来，好日子还在后面呢！"

顾晓红说："这下可把我们闲下了，再也不像大集体时每年冬天起五更睡半夜地套车往地里拉沙拉粪，忙到大年三十才放假，初三一过又得上工。"

欧阳想了想微笑着对顾晓红说："妈，冬天闲着可别闲出啥毛病，我想让你到我们那儿看管孩子，过完年到种地时再送你回来行吗？"顾晓红说："我走了谁照顾你爸？他病刚好不久，跟前还需要有人照顾，再说还有几只羊和鸡呢！""那好办，你和我爸都走，羊和鸡交给我李家大伯，让和他们的一块儿养着，过完年你们回来时我给他们买上些好的营养品，我想没问题。"

　　欧阳驾着那辆黑色的轿车头朝东穿越在通往兰州的国道上。路过山丹时吴宝善对顾晓红说："你看路南边不远处，那个小山过去就是我的老家……"到了兰州，欧阳把二老领到楼上。此时雪儿正在厨房炒菜，欧阳推开门，两个小孩正在客厅玩，一看外公外婆来了，高兴地迎来。欧阳到厨房走到雪儿身后用两只手捂住雪儿的眼睛说："你猜猜谁到咱家来了？"这时大的男孩跑进厨房喊着："妈妈，我外婆来了！"雪儿听到心里一惊，忙推开欧阳的手走出厨房一看真的是爸妈到了客厅，高兴地蹦了起来，对欧阳说："你咋不给我提前打个电话？"欧阳笑着说："我就想给你一个惊喜！"雪儿让欧阳赶紧给爸妈泡茶。

　　晚上，雪儿问欧阳："你怎么把爸妈说动的？"欧阳说了敦煌的近况后说："就哄他们说要给咱们带孩子，他们才肯来，其实我是想让他们出来逛逛，你多次说爸妈是从苦日子过来的，都大半辈子了还没出过远门，孩子嘛，大的都上学了，小的送托儿所，咱顾得过来，我想让他们住在兰州逛上些天，再让他们去北京，转回路过石家庄，再去我爸妈家住上些日子，让他们几个老人好好聊聊就离春节不远了，咱今年的春节就在石家庄过，你看咋样？"雪儿听后心里特别高兴说："你可真细心，想得多周到。人都说儿孝不如媳妇孝，我看女儿孝不如女婿孝！"欧阳说："你不看看在农村把你爸妈苦成啥样了，拉扯你容易吗？你又给咱生了一对可爱的孩子，这些都是我应该做的。"

　　第二天，欧阳开着车拉着吴宝善和顾晓红从省城东头到西头转了一圈回来。吃饭间吴宝善问雪儿："这兰州城怎么这么长？都把我转晕了。"雪儿说："这兰州城是沿着黄河沿修的，宽倒不宽，就是座狭长的城市，东西有近百公里呢！""啊？那就和咱土塔到柳园火车站那么远，这么长的城市要是赶上马车三天才能从这头走到那头吧？"吴宝善说。雪儿说："是的！"顾晓红问："这么长的城市多长时间才能转过来？"欧阳说："咱挑有名的名胜古迹看看，要让你们二老走着逛，那不把二老累坏了吗？"

翌日正好是个星期天，雪儿和欧阳领着吴宝善和顾晓红，还有两个孩子一起去了黄河铁桥，吴宝善指着桥北山顶上的白塔对顾晓红说："你看，那座白塔多像咱敦煌家乡的土塔。""像！真像！"顾晓红望着白塔说。看着浑浊的黄河水浩浩荡荡地向东奔流，顾晓红对吴宝善说："人都说不到黄河心不甘，今天才算看到了黄河，心甘了没有？""哈哈哈……"吴宝善点着头笑了。欧阳玉和看他俩那高兴的样子说："爸妈，你们俩站好，依着白塔和黄河铁桥做背景，我给你们照相……"

　　每天吃过饭欧阳和雪儿到单位去上班，两个孩子都去了学校和托儿所，吴宝善和顾晓红就在近处转。火车站、天水路、东方红广场，南关十字、西关十字，人口密集的地方。后来他们认下了路，就坐无轨电车去小西湖、雁滩白塔山那一带转。

　　有一次，他们终于走到兰州最西头。还有一天，他俩竟徒步爬到了兰山公园顶，站在高耸的兰山顶上，背靠着三台阁向下俯视着偌大的城市。顾晓红在密密麻麻的楼群和缩小的街道间，终于发现了天水路中段右侧的兰州大学和定西北路口不远的省粮食厅办公大楼，她用手指着对吴宝善说："你瞅那幢高出的兰州大学的白楼就是雪儿他们的办公楼。"又往北方隐隐地看到黄河铁桥和桥北山顶上的白塔。他俩看够了，转身到兰山最高处的三台阁下的向阳处，吴宝善掏出卷烟点上吸了几口说："省城就是好，咱活了大半辈子了，还从来不知道有这么好的城市。""是啊，就是好！"顾晓红应声道。

　　一个星期天早晨，欧阳问他俩："爸妈，你们转了些天心情可好？""好！好！"他俩连声应着。雪儿说："爸妈，你们觉得哪个地方好，咱今天一块儿出去给你们拍上照片，以后想了拿出来看。"

　　半月后，欧阳对两个老人说："我要出差去趟北京，顺便带上你们二老去那儿转转，回来时路过石家庄，你们就和我爸妈一块儿住些日子，你们亲家还没见过面，去了好好聊聊！"吴宝善惊奇地问："还要去北京，真想不到！"雪儿说："你们没想到的你们的女婿都想到了，你们就放心去好了！"

第三十一回 | 八达岭夫妻赏雪
石家庄亲戚同乐

到北京后，欧阳带着相机逛了三天，领着岳父岳母去了天安门广场、人民英雄纪念碑、毛主席纪念堂，又去了颐和园等名胜古迹。最后那天，天空飘着雪花，上在八达岭长城上给他俩拍了一场雪中的八达岭长城。极目远眺北边起伏连绵的崇山峻岭在雪中迷迷茫茫，顾晓红风趣地说："听人说不到长城非好汉，咱今天算到了长城，咱只听说秦始皇打长城，孟姜女哭长城，那些古老传奇的故事只能在脑海里浮现，今天才算真正地见到了长城！"

八十码的车速行驶在北京到石家庄的公路上。返回的路上，他俩透过车窗观望着路旁的村庄，和敦煌农村差不多，树上光秃秃的，地上也一样，不同的是地块连着地块，村落稠密，不像敦煌碱滩多、沙梁多，人烟稀少。吴宝善问欧阳："还远吗？"欧阳说："不远了！你们看前方那座城市的楼群都已进入视线。"半小时后已进入郊区，欧阳说："前面就是石家庄。"吴宝善说："我还以为你说的石家庄是一个像敦煌地面上那么个土打墙的庄子和我们曾经住过的高家庄差不多，原来是座城市。"欧阳笑着说："石家庄是这个城市的名字，听着也像你想的一个土打墙庄子，其实是座大城市，是河北省的省会，和咱甘肃的兰州市一样。"

说着、走着，车驶进市区。街上的车流量大，只能跟着前面的车慢慢行驶。走着走着向右拐进一条较窄的街道，车走了一程停在一幢楼下，欧阳说："爸妈，到了，我爸他们就住在这幢楼。"

欧阳把吴宝善和顾晓红的情况介绍给他爸妈说："你们慢慢聊，我还赶着回兰州有事。"

欧阳的父亲和母亲都是退休教师，成天在家也没什么事，每天吃过饭就带着他们在街上逛，几天都没逛到城边。吴宝善对亲家说："这个石家庄城好大，我看比兰州城还要大！"男亲家说："是的，这个城市也是个省城，也是个工业城市，人口稠、建筑多。"由于欧阳的爸妈从小在城市中长大，一直在城里，对乡下没啥体会，又加都是知识分子，和吴宝善他们没啥聊的，就是每天给他们做些河北风味的小吃。吴宝善成天嘴角叼着卷烟和顾晓红下楼到附近转，劳动惯了的人闲着不自在。

欧阳的爸妈除过陪亲家吃饭就是看书，客厅里一个大书架上放满了书。

吴宝善两口子又不看书，女亲家看着他俩郁郁寡欢的样子说："你们看不看戏？"这句话使顾晓红高兴了起来问："你们这城里有剧团吗？"

"有啊，好几个剧团呢，离咱这不远就有一个河北梆子剧团，京剧团也有，在市中心，离这儿远点得坐公交车，你们想看哪种戏剧，我领你们去看。"女亲家高兴地对他俩说。

每天吃过早饭，顾晓红和吴宝善去剧院看戏。今天到河北梆子剧团看，明天坐上公交车去京剧团看。这两种戏和秦腔、眉户虽然曲调不同，可内容一样。顾晓红一看就懂，边看边给吴宝善讲，一看懂就觉得有意思、爱看。每天在戏开场前，他俩就坐在剧团的前排等着开场。看着看着上了戏瘾，每天吃饱肚子就上剧院，把敦煌家里的羊呀、鸡呀都忘在脑后，真所谓乐不思蜀。

腊月二十八，雪儿和欧阳带着两个孩子从兰州来到石家庄。雪儿问过了欧阳的父母，又问吴宝善和顾晓红："爸妈，你们在这习惯吗？"

吴宝善说："好，石家庄的戏比敦煌的戏好看，我和你妈都成戏迷了！"

第二天，欧阳玉和的妹妹欧阳玉蓉和女婿来了。玉蓉从哈尔滨理工大学毕业后，工作安排在广州一家外企公司，谈了个对象是昆明人，和她是大学同学，工作在一个单位，结婚刚半年多，她领着个昆明女婿来石家庄给岳父、岳母拜年。欧阳玉蓉毕竟是教师家庭出去的，热情、礼貌地主动给女婿一一介绍向大家问好，忙着给客人泡茶、端水果。一个挨一个地往手里递，看到大家有的喝茶有的吃糖果，从雪儿身边叫着小侄女欧阳雪妮："来，让姑姑亲亲！"

腊月三十顾晓红亲自下厨，调了一锅臊子汤，黄亮劲道的臊子面，两个亲家和玉蓉小两口，连吃带夸说敦煌风味的臊子面真香。

第二天是大年初一，雪儿姑嫂二人下厨房和面，顾晓红给拌饺子馅。一会儿热气腾腾的水饺端上餐桌。欧阳和雪儿、玉蓉小两口一一给四位老人敬酒，边敬边说着祝福的词儿，乐得四个老人喜笑颜开。欧阳玉蓉的女婿说："赶明年过春节，我把我爸妈也接来，和你们这四位老人一块儿在石家庄聚会。"欧阳的爸爸在酒盘里倒满了八杯酒，举杯说："咱们共饮一杯，祝大家新春愉快，合家欢乐，今年是在我家过年人最多的一次，也是最热闹的，我心情非常好，都是自家人，吃好喝好……"最后拍一张照片作留念。

初二的黄昏，吴宝善和顾晓红坐上了直达乌鲁木齐的列车向西驰来，到柳园站下了列车坐上了到敦煌的大轿车。

吴宝善和顾晓红冬游回来了。

第三十二回 回故里清福享尽
千佛山夫妻归天

改革开放后的敦煌，人们的生活正在一天比一天好。正月里，土塔的社火忙着到处表演。二队和三队的农庄十字街口新修的村委会文化大院里，坐北向南的戏台上每天一个午场一个晚场地演戏。随着经济的发展，不光提高了人们的物质生活水平，还提高了精神文化生活水平，虽然这些业务演职人员全部是本村的，但是无论在道具还是服装上都进行了改良、换新。演员们又增加了一些年轻的爱好者，戏剧人才的增加给土塔剧团注入了新的活力。排出眉户剧《十二把镰刀》《屠夫状元》等；秦腔《铡美案》《二进宫》《周仁回府》等历史古装戏，不只在本村演，别的村也请去演，给改革开放后的农村增添了一道靓丽的风景。每天吃过早饭，吴宝善喂上羊就和顾晓红去看戏，到李家老弟兄家串串门，不觉一天就过去了。

晚上，翻出在兰州、北京、石家庄拍下的照片，边看边回忆那照片上的背景。吴宝善拿着一张在兰州五泉山门口和顾晓红两人的合影，专心地瞅着对顾晓红说："你看我站在那活像一个老将军。"

顾晓红说："那我呢？"

吴宝善看了看她说："你像个将军夫人。"乐得顾晓红笑个不停。吴宝善对顾晓红说："我做梦都没梦见过兰州、北京，还有亲家住的那个石家庄，可这次女婿娃把咱带上都逛了逛，那外面的世界可真大，这个冬天是我活了大半辈子最高兴的一个冬天。"

"是啊，我也有一样的感受，这都是托雪儿的福，若不是咱雪儿学习好、工作认真，找上那么个好女婿，咱能到那么好的地方逛吗？"顾晓红说。

吴宝善说："你说的也是实话，怪不得国家提倡计划生育、优生优育，养的不在多，只要是好的，一个就能顶几个，咱虽只有雪儿一个，你想想咱大队享福的就属咱，好多人都在我跟前夸雪儿孝顺老人。农庄南头住的那个周志江的老婆给他一共生了十二个，六〇年就把两个小的饿死了；六个女儿中的三个就闹着离了婚；大娃还算可以，找下的媳妇也算好，管着两个老人；二娃偷了人关进铁门，到现在还没出来；最小的那个老四今年都二十六七了，害得老两口四处打听找媳妇，都好几年了还没着落，愁得老两口头发都白了，别说逛省城、北京，就连柳园都没去过看看火车是个啥样子。"

顾晓红接着说："当初咱没雪儿的前面，你动不动就在我面前夸周志江的老婆给他养了好多娃，今天又怎么说起他们的瞎处。"

吴宝善笑了笑说："此一时彼一时嘛，人眼前的路是黑的，但从事实上说，养得少就是好，养得多不过是当时名气大，在人前气粗一些，可多一个子女得多操一份心，你看周志江老两口操的多少心？操了女儿的心还得操儿子的心，满头的头发全白了，反正他们不如咱们省心，难怪人们都说'人养一子顶千金，猪下一窝拱墙根'。"

"我看你是举起巴掌打自己的脸，前面夸人家好，后面又说不好。"顾晓红揭着吴宝善的短处说。

日子好过了，总觉得过得快，一晃几年就过去了。

数年后，吴宝善死了，李多仁、周志江等几个岁数差不多的都陆续离世了，都活过了七十岁。吴宝善埋在窑洞湾最北头的防沙林边的一小块凹地上。

顾晓红只身孤影，整日闷闷不乐、少言寡语，茶饭了不断减少，身体渐瘦，病了。吴雪儿知道后在单位上请了假带着女儿雪妮回敦煌伺候她妈，雪儿白昼和妈在一起，多好的吃的，只吃几口就不吃了，晚上也睡不踏实，多时都醒着。她瞅着雪儿那白净的面孔，许多许多的往事涌上心头，想着吴宝善病重住院时她勤手勤脚地跑前顾后，领着那么一大轿车小伙子到城里医院去验血……事后许多人都夸雪儿人缘好，出手也大方，是个孝顺的女儿。她又想到六〇年挨饿的那年冬天骑着大黑马驮着那半袋豆瓣子和几碗面，去马圈滩看病危的养父顾福的那个风雪之夜，想起她的童年，顾家庄的那伙小姊妹和小弟兄，北大湖，清水坑子，后来的土地改革演眉户剧、社教、省城、北京、石家庄……一会想到这，一会想到那，脑海里尽是些回忆的镜头。

到后来，顾晓红吃得越来越少，雪儿就给灌些糖水、奶粉什么的。雪儿望着一天天瘦下去的妈心里难受，妈痴呆地倚在被子上闭上眼睛，一会儿就往下流泪，又闭上眼睛，一会儿嘴里发出轻微的笑声……雪儿望着妈那哭笑不定的神情，十分里也就能猜出六七分。

有天早晨，阳春的天气格外晴朗，早起后顾晓红对雪儿说："妈今天早上想吃碗汤面条，调上个韭菜菜花！"雪儿架上锅，很快地做了一小锅汤面条给妈端了一碗，看着她吃得真香。饭后，顾晓红说："今天你做的面条真好吃！"雪儿望着妈今早心情好，脸色也好，笑着说："妈，你想吃啥就说，我给你做！"说话间李家几个婶子领着孙子进了屋子，一个老成的婶子望着顾晓红精神的样子说："她婶子，几天没进来，你今天气色真好，咱老姊妹们好好聊聊……"

吴雪儿早就想抽空到她原来住过的旧地方看看，正好今天屋里人多陪妈说话，便笑着对众婶子们说："你们今天都高兴，我想领着雪妮到外面转转！"说着从箱子里取出糖果让大家吃。顾晓红听后点着头说："自从我病后你就来敦煌侍候我，好多天了连大门都没出过，领好雪妮，去吧！"已经懂了些事的雪妮跟在她后面出了农庄口向西走去。不一会儿到了爸妈的那块承包地埂上，看着刚出土不久的麦苗一片葱绿。吴雪儿指着地里绿油油的麦苗对雪妮说："这块地就是外公、外婆家的，好不好啊？"雪妮拍着小手在地埂上跳着说："外公外婆家的麦田真棒！"

顺着地埂向前到了地埂的西北角，宽宽的地角上还残留着一个土打墙角子，可惜只有三尺多高了。雪儿认得出那小段残墙角，正是赵家庄的西北角，这个墙角的南边就是她曾经住过的赵家西耳房。她凝视着这不到半人高的土打墙残角，望着望着孩童时的记忆在脑海里翻动……

自上小学时爸妈就挨批受斗，回来时满脸的愁云密布。她为了讨爸妈的笑脸，放学后认真地做完老师布置的所有作业，然后打扫干净屋里的卫生，见爸妈还没回来，就去门外抱柴架锅，等着爸妈回来。可盼着、等着，爸妈回来后还是那阴云密布的脸势，由不得酸楚的泪水从心头涌上眼眶。满眼的泪花在眼眶里打转转，望什么都觉得迷迷糊糊，幻觉中她发现睡在身边的妈妈不见了，她赶紧喊醒爸爸……

雪妮望着妈满脸带愁的眼神问："妈妈，你怎么了？"吴雪儿把目光落在女儿的脸上，用手指着眼前这个残留的墙角说："妈妈像你这么大就住在这儿，咱们再往前走走。"她们离开那段残墙角顺着地埂向杜家园子的方向走去，弯弯曲曲的地埂上长着各种野草。想起自己朦胧懂事时，妈领着自己在脚下这道宽宽的地埂上挖野菜，她饿得难受，不管啥草都拔着往嘴里填，不好吃的就咀嚼几下吐出。

现在和当时妈挖吃野菜是同一个季节，地埂上的苦曲菜也是巴掌般大小，中间一根像筷头般粗的绿色茎秆有一尺多高，顶端上开着金黄色的一朵花，真好看！她弯腰折了根苦菜的茎秆，放在嘴里咀嚼着、品尝着，它的味还是那么清新，脆脆甜甜的，带有那么一丝丝苦味儿。雪妮盯眼望着妈妈脸上的表情问："妈妈，好吃吗？"她顺手又折了个茎秆给雪妮说："你自己尝尝。"雪妮把茎秆放在嘴里咀嚼了一会儿，觉得脆脆的、甜甜的，然后皱了皱眉头，抬头望了望妈妈说："有点苦味。"吴雪儿望着天真幼稚的女儿说："你记住，这苦曲菜虽说有点苦味，但在妈妈小时，那个挨饿的岁月里，它可救过好多好多人的命，也包括你外公、外婆和妈妈，在兰州妈妈做梦都常梦见这苦曲菜和闪着金光的苦菜花。"说着顺手摘了两枝带着茎秆的苦菜花递到女儿的手里说："拿着回家让外婆看！"

娘俩边说边看、边看边走，吴雪儿望着女儿手里的苦菜花由不得唱起了电影《苦菜花》中的插曲："苦菜花儿开，遍地黄……"悲凄酸楚的音律和歌词飘荡在田野里，不觉已到农庄口。回到家，雪妮很快地爬上炕，把两枝金黄色的苦菜花送到顾晓红手里。顾晓红瞅着苦菜花，闻了闻花的香味问："哪儿来的？"雪妮摇了摇头，她又望了望雪儿说："你们上哪去了，我知道。"李家婶子们继续聊着那些陈年的谷子、隔年的糜子……

一天深夜，顾晓红突然不对了，出气、吸气相当困难。雪儿忙把她抱在怀里，嘴里喊着："妈，你鼓鼓劲！"只见顾晓红半天才吸了口气对着雪儿说："雪儿，你是个好孩子，妈没白拉扯你，妈不行了，我死后想去南戈壁，走时想和你爸一块儿去，那窑洞湾低凹，怕……被……水……淹……"说完头一偏靠在雪儿胸前闭上了眼睛。雪儿见妈咽了气放声痛哭，跑去叫醒了李家大伯、几个叔婶和小弟兄几个。

欧阳玉和领着儿子欧阳雪子从一架波音 747 飞机上下来，打的来到吴家。雪儿头戴七尺长孝，含着泪水由李多仁的老二手执丧棒领着挨门跪在别人的大门旁，请来了全大队的人。

吴家院内的南墙角支着两口大车头锅煮着羊肉，院子里摆着六张方桌。李家小妯娌和本村的小媳妇、大姑娘她们忙忙碌碌地往桌子上端羊肉粉汤；李家小弟兄和邻居的小伙子们一一给老者们让烟敬酒；雪儿和雪妮跪在大门的右侧，欧阳玉和和雪子跪在左侧，见有人手拿纸张前来悼念者就趴在地上磕头，表示谢意。从早到晚，吴家大门口人出人进络绎不绝，雪儿的两只眼睛都哭肿了。

按照敦煌人的丧葬习惯，人死后的第二天黄昏有个出纸的程序。用一个长长的杆子高悬着一个纸糊的小楼，后辈们一个跟着一个围着纸楼左转三圈右转三圈，边转边口里祈祷着愿亡者早日归天到极乐世界……前面是由雪儿手领欧阳雪子，雪子手举一个长长的引魂幡，后面紧跟着欧阳玉和和雪妮，李家小弟兄姊妹及晚辈三十余人低着头跟在后面，含着悲痛的心情口中念叨着各自对亡者的祷词……

按照顾晓红咽气时给雪儿的托嘱，人死后的第二天李家老大带着一帮人去窑洞的那块凹地上启出了吴宝善的棺木。

人死后的第三天，是送葬。按敦煌人的老风俗，老人埋得要早，最迟也就是太阳冒花子。

翌日五更天，湛蓝的苍穹上寒月闪着微弱的亮光，繁星眨着疲惫的眼睛，吴家院内明灯蜡烛，前来送丧的人们都陆续赶来。上房门口右侧的台子上花棺材旁，鼓儿咚咚，钹声锵锵，唢呐呜咽……东家（司仪）站在上房门上安排着起丧前的琐碎事儿："李家老二叫上几个小伙子把绳索和杠子找来，那几个年轻媳妇子烧锅的烧锅，洗碗的洗碗，他李家小婶子你们几个老成些的准备杏仁、冰糖、饱食罐子……"

就在那东家物色着合适人干合适的事时，倏然，门前的那棵大白杨树梢左右摇摆，紧接着西北风已到，原本晴朗的夜空上的繁星和残月被翻滚而来的乌云遮去，云头压得很低很低，好像要掉在地面上似的，轰隆隆的雷声响得恨不得把天炸破，雷声响处的闪电白得比探照灯还亮，人们惊慌得赶紧往屋里挤，随之而来的强劲的西北风夹着鹅毛般的白雪倾斜而下。霎时，茫茫的雪笼罩了整个世界，可是这样大的雪仅仅只下了不到一小时就倏然而停，雪过天晴，人们都纷纷走出屋外，从上房里出来一伙老成些的人，其中一个胖老汉用手捋着长长的白胡须，望了望明净的夜空说："奇怪，这都啥季节了，麦子都快拔节了咋还打雷下雪？""是啊，就是奇怪！"大伙都说。

"这种现象并非奇怪，亡者生前命运坎坷，她的路已走完，前阵子风雪雷声从头掠过，是从西北方向而来，又朝东南方向而去，大伙想想，土塔的西北方向不就是马圈滩吗？而东南方向恰好就是三危山、王母宫，亡者的墓就修在三危山山脚下的缓坡戈壁上，大伙再想想，亡者出生地在马圈滩，难道她和马圈滩没有相干吗？那边先走的亡灵赶来迎她、接她这都在情理之中，常言道：生死之一理，这一点也不为怪，是件好事。大家都照东家安排的活快去干，再过半个时辰，寅时一过就得启程，从土塔到三危山三四十华里，走路都得多半个时辰，按卯时准时下葬。"上房台子上那阴阳捋着花白的胡须对大家说。

七挂四大套马车坐满了送葬的人们，第一挂车上载着吴宝善和顾晓红的棺木。从土塔到三危山下的古道上，马蹄哒哒哒地挖着戈壁碎石和雪片，车轮轧在雪层上发出吱吱呀呀的声响，悲哀、凄楚的唢呐声伴随着阵阵叭叭的马鞭声一路向着三危山峰的方向驰去。

按敦煌的丧葬程序，人死后的第二天主人家请上和自己关系要好的六个年轻小伙子，加上女婿共七个人，侄女婿、侄儿子都行，主要负责给修茔的人供吃食、烟酒。

半个时辰后，车从距千佛洞八公里的公路上向东岔下公路向着三危山顶的王母宫方向驶去，可麻烦事儿出现了，五更那场骤风暴雪把偌大的戈壁罩得严严实实，无法辨认出车辙，只好听昨天修了莹的人凭感觉指着大方向向前赶，车夫们的长鞭甩得山响，骡马都抖动着鬃毛，鼻孔张得拳头般大，喷出团团白雾奋力向前，车轮碾在白茫茫的雪地上和马蹄挖起的雪片扬起一路白尘。

前面那辆车上坐着修了莹的小伙子，嘴里念叨着："据走过的路和时间应该说就到了，可怎么瞅不见昨天我们挖的坑……"也难怪这偌大的戈壁滩上除了有原始形成的高梁和凹地，还有葬了人的坟堆和筛了石料大小不等的沙坑，高低不等的雪堆和凹地随处可见，就是不见昨天挖的那个墓穴，他说好像还要往东走，你说感觉可能还在西边……

这是那阴阳发话了："无论咋说得尽快找到墓穴，耽误了时辰就麻烦了！"东家望着阴阳那张忧虑焦急的面孔，又把白茫茫的四野扫视了一圈，对车夫说："赶快从每挂车上卸下一匹马，让修了莹的那几个小伙子骑上散开从四面八方去寻。"七匹快马撒开四蹄，挖着带雪的戈壁石向各个方向驶去，人们的目光都投在每匹马上。

大约有抽了两支烟的工夫，东南方向一匹栗色马背上的小伙子手里执着件衣服向着车辆这边的人伙使劲地甩。

东家对车夫们说："快把那把子空着的套绳挽起，快马加鞭往栗色马那边赶。"赶到栗色马站的那块，手里执着衣服的小伙子用手指着眼前一个被雪埋了一半多的合葬墓坑沿，坑里的雪肯定是五更天那场狂风骤雪填去的。

东家说："修了莹的人赶快下坑往上铲雪。"转身对吹鼓手们说："把你们最拿手最动听的曲子奏起。"唢呐曲《窦娥冤》中的《托梦》在鼓儿咚咚，钹声锵锵，唢呐呜咽中响起委婉凄楚，悲哀苍凉的曲调。如啼似怨，打破了荒野隔壁的沉寂。雪儿双膝跪在墓穴前的雪地上，悲痛的哭声和器乐奏出一支感天动地的挽歌。在场的人无不被这戏剧性的场面感动、流泪、哽咽……

两口花棺材平稳地降到挖好的墓穴中，横亘在敦煌绿洲南部青黛色的祁连山和茫茫戈壁被白雪罩着，三危峻峰像一个年长的老人俯瞰着山脚下这场庄重的葬礼。

一个合葬坟修成后，做了一个圆圆的沙石堆，坟前立起一块一米八高，六十公分宽的大理石墓碑，上面庄重秀丽的隶书体镌刻着父母亲大人吴宝善、顾晓红之墓，右下方小点的字样是他俩的生卒日期，左下方刻着女儿女婿：吴雪儿、欧阳玉和，再下面刻着外孙欧阳雪子，外孙女欧阳雪妮，立碑日期就在最下方。

马车离开墓地还不到三十米时，长哭不止的雪儿披头散发地跳下车发疯似的回头向墓地跑去，待欧阳带着两个孩子和李家弟兄姊妹赶到坟前，她已用双手刨挖着坟堆上的沙石。大家把她从坟堆旁拉起时，散乱的长发已和泪水沾在一起，是欧阳把她从坟堆旁背着回到马车上的……

雪后的太阳格外耀眼，像一个巨大的火球缓缓从三危山峰东面的山峦间滚出，耀眼的万道霞光把祁连群峰上空的雾岚驱散，给白色的世界镀上一层金光。山风从千佛山峡谷中吹来，七挂四大套胶轮马车顺着戈壁向北走去，人们回首向后望去，新坟前山水沟沿上那两棵的麻黄（一种戈壁野生植物）在阵阵山风吹动中不停地摇曳……

第二部

小说以主要人物黑子为主蔓，带出当时社会所发生的事件与故事，按时间顺序从二十世纪五十年代开始，一直向后延续着，人世间的真善美全跃然于纸上。

笔者从亲身经历刻画出书中的每个角色，有古老苍凉的荒野描述，有高耸雄伟的祁连山景，有与肃北蒙古族接壤的一百四十里宽广的戈壁，又有农村生活轨迹，字里行间散发着浓郁的乡村气息与泥土的芬芳。

主要人物

吴宝善——五十余岁，敦煌郭家堡土塔村马车夫。

黑子——土塔青年农民，弟兄中排行老二，书中的主蔓。

杜娟——农建十一师西湖垦区的天津支边青年。

高老二——郭家堡乡土塔村，与黑子一个生产队。

丁红梅——与杜娟同期从天津到农十一师的行政干部。

茂尔罕王爷——从肃北高原牧场逐水草而栖的牧主，后牧放在北大湖清水坑子一带。

梅林——王爷手下的小头目乔力腾。

雪莹——王爷家奴的女儿，王爷许配与乔力腾。

达坂格尔——乔力腾与雪莹的儿子。

乌兰丽雅——达坂格尔的孪生妹妹。

柳红——安西西湖的农牧民，老柳的独生女儿。

孙书记——南湖公社阳关大队党支部书记。

席文——郭家堡公社民兵连连长。

刘景——郭家堡公社土塔青年与黑子同修南湖公路。

孙鸿雁——孙书记的三女儿，阳关大队的文艺宣传队队长。

石运祥——兰州知识青年插队在土塔大队。

高峰——兰州知识青年插队在土塔大队。

东山巴特尔——肃北蒙古族牧民，在嘎秀山一带放牧。

乌云其其格——蒙古族姑娘，同胞孪生，巴特尔的女儿。

白云其其格——蒙古族姑娘，同胞孪生，巴特尔的女儿。

贾莉——兰州女知青。

秦茂——郭家堡公社驻党河水库民兵连连长。

芦林——郭家堡公社驻总干渠领导。

米娜——兰州女知青，插队郭家堡前进大队。

表妹——黑子舅舅的女儿。

桃红头巾——地主子女。

岚——五墩姑娘，篮球爱好者。

李多宽——原土塔村主任，后任党支部书记。

高强——郭家堡土塔村西湖硝矿何家梁分矿临时负责人。

李长森——土塔青盐池硝矿会计，说书人。

汪洪亮——最后一批下乡知青，来自敦煌城。

田瑞芳、郝丽蓉、王润芝、蒲红丽——与汪洪亮同期插队，土塔三队知识青年。

司马祥云——玉门饮马农场农建十一师医生。

引子

敦煌的北大湖

　　狭义地说，以敦煌绿洲北端至安西西湖乡，沿红当公路两侧方圆数百公里的荒滩戈壁，敦煌人称北大湖。具体地讲，从东边的安西向西至三个墩这段叫东湖，从三个墩向西跨过红当公路至大西梁这段叫北大湖，再向西直指雅丹罗布泊这段称西湖。南湖在西湖的南缘，两湖之间隔着一个广袤的荒漠戈壁，她不像东、西、北三大湖那样古老苍凉。由南面阿尔金山的暗流河滋润着那片面积不大但美丽富饶的盆地，她似一颗耀眼的玛瑙镶嵌在大漠戈壁之中。

　　敦煌盆地在河西走廊的西端，北有蒙古高原和天山余脉；南有祁连山；西南有阿尔金山。由于三面都是高山，自然就形成了盆地，北山断面上发现有鱼龟化石。据说在远古时代，敦煌盆地曾是一片汪洋大海，后来由于地球气温和地质发生变化，渐渐地水域缩小，最后直至水面消失。海底世界奇形怪状的地貌裸露出来，各种海底自生植物开始在阳光照射下生长，最多的要数耐碱、耐旱极强的红柳、胡杨，还有白茨、青茨、芦苇、罗布麻等各种奇形怪状的野生植物。再后来地质又发生了变化，敦煌南部的祁连山发生火山爆发，南面的肃北境内产生了一条河，蜿蜒曲折地像一条玉带滋润着上游的茫茫草原，灌溉着敦煌的万顷良田，最后在敦煌北部黄墩子一带和疏勒河汇流向西湖流去，最终流进了新疆境内的罗布泊。

疏勒河与党河两条内陆河的下游都在敦煌盆地交汇，给已消失水域的海底世界又注入了新的生机。季节性的洪水浊浪在地面上画上了道道深沟险壑，历经风蚀雨淋形成了各种姿态的雅丹地貌。由于地面水的补充，各种野生植物茂密地生长，又形成了一个天然植物和动物的野生公园。

再后来由于人类的发展，两河上游牧民引水漫牧场；中游农民垦荒灌田；下游逐渐断流，只有每年七八月汛期才有水流入盆地。靠近河沿的植物依然正常生长，成片的红柳和胡杨等给河畔增艳换装。离河床远的高地上，成片的红柳部分已枯死，只有三千年长存的胡杨部分枝干还吐着绿叶。戈壁湖滩上干枯了的胡杨、红柳成了敦煌人冬季可取暖的燃料。这片苍凉、古老的土地上养育了代代敦煌人，党河的水与疏勒河浪也从这里流淌，也流传下了不少感人、难忘的故事……

第三十三回 ｜ 北大湖黑子打柴
疏勒河牧女溺水

　　二十世纪六十年代的一个初冬，乌云像巨大的铅块翻滚在阴霾的天空，西北风裹着雪片纷纷扬扬地飘落在田园、村落、荒野。马车夫吴宝善赶着一挂四大套马车，车上拉着一个打柴的青年来到离敦煌百里之外的疏勒河南岸，在一个名叫黑树窝的一大片茂密的胡杨林边停了下来。

　　他在密林深处选了一片平坦的地方，砍了些小胡杨树干搭了一个面向南，迎面看像个 A 字形的临时小柴房住了下来。他甘于吃苦、乐于助人，极富同情心，无论男女老幼都喜欢和他往来，每五天车下来拉一趟。

　　由于他出身不好，经常被生产队调往水利工地、山场、湖滩外出干活，阳光给他那张青春的脸上早已镀上一层黑里透红、红里泛黑的光泽，人们叫他"黑子"。艰苦的野外生活锻炼了身体，也磨炼了意志，学会了各种农活的技术，是一个风雨无阻的强壮劳力。他有一定的文化知识，喜欢读书、懂音律，外出时常有书籍和一把琴伴随着他。

　　白天抢着笨重的镢头在滩里打柴，夜晚依在篝火旁看小说、弹琴或者唱民歌，用这些消磨漫长的冬夜。待火灭后便睡在冷被子里，阵阵寒风吹进柴墙真够冷啊！透过柴墙能看见天上的疏星和发着寒光的月亮。常常能听见饿狼发出嗷嗷的吼声，有时还能透过柴墙看见它那两只黄绿色贪婪的邪光。他就用棍子敲响脸盆驱逐野狼的侵袭。刚开始几天怪怕人的，后来他把镢头放在手边，多备些柴禾把火架大，尽量让火燃的时间长一些才能入睡。白天虽然打柴很累，可心情还好，最难熬的是那漫漫长夜。

　　黑树窝东南靠着河岸，有许多大沙梁，上面长着一门头高的红柳。他常在那里打柴，原本四天打一车柴，第五天车下来装柴，可他只用三天就打够一车，剩余时间就在小柴房里看小说、弹琴。有时上在河畔的高岗上吼上几段秦腔……每天下午从滩里回来，就得到北边不远的疏勒河里去提水，回来做饭吃。

　　有一天中午，他正在滩里打柴。突然天阴了，西北天际上阴云密布，滚滚向东移来，不一会儿便飘起了雪花，面片大的雪花如同数不清的白色蝴蝶在眼前纷纷扬扬地乱舞。他扛起镢头收工回来，心想若不能把水提回来，雪下大了怎么去提？回房后赶快提着水桶向河边走去，到了河畔正准备猫腰提水时，突然发现深绿色的河中心漂着一个什么东西，随着浪花时隐时现。他便放下水桶盯着那个东西顺着河岸往下游走着，边走边看。由于天阴，空中又漂着雪花，怎么也看不清楚。一直跟到了一个河道的拐弯处，那儿水急浪大，那个东西被浪掀到浪峰上时才看清好像是个人。

　　啊！他大吃一惊自语道："这带着冰块的冷水，人是咋落入河里的？"不管咋说救出来再说。他便很快地脱去棉衣向河心游去，水中的冰块阻着，进度缓慢。他一手拨着冰块，一手使劲向前浮游，好不容易游到离那个"东西"不到两米时，湍急的河水却在一个急转弯处形成了一个大旋涡，眼前的那个"东西"被带着冰块的急流，旋入深水之中不见了。紧接着他也被旋进那个大旋涡去了，接连呛了几大口水，鼓足了劲往上游，浮出水面，发现那个"东西"又在身后不远的浪尖上忽的一飘，接着又随水沉入旋涡里，看不见了。他闭住气一个猛子扎进旋涡之中，去寻那个目标。虽然说河面上层有大小不等的冰块浮游，可水下的深水层却没有一丝冰块，他在清澈的深水下发现了那个"东西"像一件大衣似的随水漂浮，他盯准目标，猛劲向前游去，伸出左手抓住了那"东西"的一头，向水面上浮，浮上水面发现对岸的拐弯不远处有一棵倾斜的胡杨树，树干和树枝在水面上漂浮着，他瞅准水面上漂浮的胡杨枝秆奋力向前游去，离那胡杨枝杆还不到一米时，被旋转的急流和他手拖的那个"东西"被卷入深水里，他仍然往水面上游。第二次浮出水面，目标还是岸边那个水面上漂浮着的那棵倾斜的胡杨树，乘着水的旋转，使劲向胡杨树游去，终于抓住了一根指头般粗的枝条，可惜枝条被拽断，又被卷进深水中。

　　第三次浮出水面，随着水的旋转力，游到那棵斜倾的胡杨树对端时，用尽了全身的力量，猛劲地向前游去，盯准了一根镢头把一般的一根树枝，才没让水冲走。

　　拖上岸后，那确实是个人，只见她面色发青，湿淋淋的长发贴在脸上。很快抱起头朝下让她吐，她张着口大口大口地向外吐着河水。吐完后，上牙和下牙不住地磕碰着，微微睁开眼睛望着他，口里发出细微的声音："你是谁？我怎么会在这儿？"

他说："你先别问我是谁，快说你是怎样掉进河里的？"

她停了停，好像回忆着什么，然后用手向河边的沙丘上指着。他把她很快地放在岸畔上，上到沙丘上四处张望，只见上游北边的河滩上有一群羊，后面跟着只大花狗正在向这边走来。他明白了，她是个牧羊的。他从沙丘上下到岸畔时，她已冻得直打哆嗦，浑身发颤，灰暗的脸上已无血色，嘴唇慢慢地翕动着，发出微弱的声音："火！火！"

她这么一说提醒了他，一摸自己的外衣脱在南岸，现已浑身湿透，哪里还有什么火？抬头看看灰蒙蒙的天空，雪越下越大，四野尽是白茫茫的雪天雪地，连个啥人影都不见，心想：此时若没有火，老天可真的要她的命啦！

正在急得团团转的时候，"汪汪汪"的狗吠声惊吓了他。她用手招着羊群后的那只大花狗。狗好像懂得她的意思，很快地摇着尾巴跑到她面前。她那冻得发青的嘴里发出微弱的声音："火！火！"并用手指着大花狗。

他好像明白了她的意思，他在狗全身扫视着，突然发现狗脖子下面挂着比烟盒稍大的一个小布包。他上前一摸，包里装着一盒火柴。当时他心里亮了起来，想着：这下可有救了。正好河畔上面有一片干枯了的胡杨林，他就在近处扒开雪层找了些干芦苇，把火燃着，只管往火上加着干树枝，顿时火光冲天。

她一看火燃着了，拖着湿透了的棉衣步履艰难地向火堆移来，可没移动几步就栽倒在地上。他飞快地跑到跟前，抱着她来到火堆边。

她口中喃喃自语："我怕不行了，快烤干你自己！"

他说："别怕，你不会有事的！"烤着烤着，见到她发青的脸上出现了红色，自己也能站住了，他又往火堆上架了许多干胡杨树枝，大火又燃了起来。他对她说："你快脱下棉衣棉裤，我帮你烤。"她拿着棉衣，他提着棉裤，翻来覆去地在火上烤。烤了一个小时左右基本干了。

他对她说："天阴不知迟早，我觉得天色不早了，你快穿上棉衣，把羊赶回圈里去，我也该回去了。"说完后，下了岸向南走去。

"喂！你叫什么名字？"她喊着问。

他回过头对她说："天色不早了，你快赶上羊回去，回去后赶快换上一身干衣服，衣服没干透，当心别留下什么病！"说完很快地走到岸边，纵身跳进了深绿色带有冰块的河水向南岸游去。

游到对岸顺着河沿向东走去，到上游河畔找到了棉衣和水桶，那时浑身发颤，上下牙齿不停地磕碰，很快地回到柴房，在门前燃起一堆大火转着身子烤，渐渐的身上不颤了，牙齿也不再磕碰了，穿上棉衣棉裤，去到河边提回一桶水，架上锅做了一锅面片，吃饱后，感觉浑身才暖和起来，便坐在火堆旁翻开看了一半的《创业史》，可怎么也看不进去。脑海里那个落水的女子，从她那身发了白的旧棉衣，判断她肯定放羊也不是一天两天，而是一年两年了，在河边饮羊的次数也不止一回两回了，应该说她是有些经验的牧羊人，可她是怎样掉进河里的？自言自语道，不管咋说今天算她幸运。多亏前几年在伊犁河里学会游泳的本事，今天还用上了。

入冬后，接二连三地下了几场雪，气温天天下降，太阳虽红，可寒气逼人。河水里夹杂着冰块悠悠荡荡地向西流淌着。数天后，滩上的雪已消的不多了，他打柴回来，提着水桶去河边提水，离河岸不远时，看到一群羊向河畔走来。他到河沿时，羊群也到了对岸的河畔喝水，大花狗旁站着一个头戴军用棉帽，身穿一身发白的黄布军装的人正在向南岸张望："喂，你是干什么的？怎么在这里提水？"一个尖声细气的声音传过河来。虽然此处河面宽有三四十米，但那声音却听得清楚。她就是前几天下雪那个下午落水的女子。

"我是敦煌人，在南滩上打柴！"他喊着回答。

她用手把眼睛揉了揉说："你就是前几天救我上岸的那个人吧？当时我冻得厉害，没认清你的面孔，可你的声音我能听得出来，感谢你对我的救命之恩，可河面这么宽，这么荒凉的地方又没有个桥，过不去，可不知怎么感谢你？"

他边喊着说边打着手势："不用感谢，这河面宽，说话太费劲，我可以写封信用布包着再包上一块石头抛到对岸，你可以边放羊边看，你看咋样？"她高兴地点着头赶着羊向北走了。

第三十四回 隔河投石书信归
天津女娃来西北

　　雪后的天气格外晴朗，滩里的雪除了阴坡下的，其余别处都已消完。他在南面一道古河床发现了一房子高的红柳，两天就打够了足足一车。吃完饭后，他就用小学生用过的废本子，在背面写着自己的简单履历。写好后撕下被子上的一块补丁，找了一块苹果般大小的石头，用那块补丁布把写好的信纸和石头包了起来，用细绳捆扎好放在了行李边。

　　第二天下午，他到河边去提水时，老远看见她的羊群正在对岸的河边饮水，他就返回柴房把小包装在衣袋里，来到河边。

　　"喂！你的信写好了吗？"她向着南岸大声喊着。

　　他从衣袋里掏出小包，但没有投，弯腰顺手拾起一块馒头大小的鹅卵石使劲抛了过去。由于河面宽，石头又大，投石失败了，落在了离北岸两三米处溅起了 一团浪花。

　　她一看石头落入水中，急得直跺脚。

　　"喂！别急，真的还在这儿！"他喊着对她说。然后从衣袋里掏出那个用绳子扎着的小布包举起让她看。"喂！别抛啦，我常在河边给羊饮水，西边离这儿不远处，就是前几天你救我上岸烤干我衣服的地方，是河道拐弯处，那儿水面窄！"她边喊边向西走。

　　他也向西走，走了二里左右，到了河拐弯的地方，那儿河面果然窄了许多。他鼓足了劲将小包抛到了对岸的一片红柳丛中，她很快地分开红柳把小包拾起拆着上面的绳子。

　　"别急，带回去慢慢看。先去看你的羊，别让它们跑散！"他喊着对她说。他和她逆水来到他每天提水的岸边。

　　他喊着问："你的羊群能看见吗？""看得见，就在北边的那片滩上。"她回答着。

"快去赶你的羊吧，天色不早了。"他喊着对她说。她向南岸挥着手，慢慢消失在茫茫荒滩上。

西北风呼呼地刮着。刚晴了几天又变得阴沉沉的，说不定哪天又要下雪。据说安西是世界上有名的风库之一，每年三百六十五天只有五天不刮风，还是阴天。有人对安西城的荒凉、风大编了几句顺口溜："风大鸟儿少，姑娘像大嫂，只有两个清洁工，追着垃圾满街跑。"城市都那么可怕，荒野湖滩可想而知。

南滩的古河床上，比房子高的红柳真好打，越打越有劲。他在太阳刚刚偏西就打了好多，足够装一车了，他扛着镢头顺着古河谷向黑树窝走来。隐隐约约的狗吠声从河边传来，他提着水桶出了林子向河畔走去，老远就看见那只花狗立在岸北的一个沙土岗上，她依在岸边的一棵胡杨树干上向对岸张望，羊儿们饮足水后分散在河畔啃着枯黄的杂草。

大西北的天气如同小孩的脸似的说变就变。

待他提着桶到河边时，西北天际上乌云随着凛冽的西北风翻滚而来。他抬头看着阴霾的天空，她站在对岸的岸畔上，手里舞动着一个拳头大小的黄布包向西指着。他明白了，是她写好了信要到西边那个河水拐弯处给他抛信。

他俩一个在河南岸，一个在北岸，顺水向西走去，到了前几天他给她投石的那个河湾停了下来。

她机警地向四周看了看，学着他抛石的样子，先从河畔捡了块拳头大的一块鹅卵石向南岸投来，别看她体单羸弱的样子，还真有那么一股瘦劲呢。石头在她脱手时在河面上划了一道高高的弧线落在南岸上，接着从衣袋里掏出一个黄布小包，一猫腰又投了过来。不知咋的，小包在河上空划了一个比上次高度弧线，离南岸两米左右落入河水中，眼看着黄色的小包被一团白色带着冰块的浪花击入深水之中。

啊！多可惜！对岸的她哭了，双手捂着眼睛不停地哭了起来。

他抬头望着阴沉沉的天空大声向对岸喊着："别哭，再别哭，可能力气小，如果有心再想想别的办法，天气要变脸了，你快把羊收拢，趁雪还没下开，快快赶着羊群回去。"

她抬头看了看天空，带着失意的样子走上岸畔，向对岸望了阵子，渐渐消失在布满阴云的荒滩里……

翌日早饭后，他依然去南面的古河床打柴。中午天气渐晴，打累了就上到河床西边的一个高梁上休息。忽然老南面断断续续隐隐约约的雅丹群映入眼帘，还有胡杨林的影子，至少离此处有十几华里路程。他有个爱好，无论是山里或湖滩，喜欢到人迹罕见的地方游转。

第二天，早上吃过饭后在口袋里装了两个粗面干粮，扛着镢头向着昨天望见的那片胡杨林走去。别看天气晴朗，可数九寒天的西北风刮在脸上如同条子在抽打。大约走了一个小时，翻过了南面那道柴棵稀疏的戈壁滩，看清了昨天老远望见的那个地方，是一道东西走向的风蚀断土梁和胡杨林，可惜活的少，死的多。被风虐去的地面苍凉满目，粗大的树根周围躺着一片一片白森森的枝干，只有少数活着的也是枯枝多，活枝少，一个个突兀的枝干指向苍穹，它们好像对上天诉说着什么……

天阳快要落山时，他扛着镢头回到了他的住地黑树窝，由于一天的劳累，燃起火做了一小锅面片，吃后便如落入梦乡……

汪汪汪的犬吠声把他从梦里惊醒，睁开蒙眬的眼睛，阳光已投进了柴房的东墙。他赶快穿好衣服，向犬吠的方向走去，出了林子向河沿走去，老远就看见对岸的河畔那只大花狗竖着双耳向南望着。来到河畔，只见她的羊群在北岸的水畔，有的喝水，有的啃着枯黄的芦草和胡杨树叶。她望见他很高兴的样子，挥着手向西指着。他明白她的意思，向西顺着河沿走去。

到了前几天投石块的那个河拐弯的地方，她从口袋里掏出一团细绳，双折在一起，折合处有巴掌大的一个绳网，又从另一个口袋里掏出一个用黄布裹着的小包装在绳网中，把绳子的两个头抓在一只手里向南岸抡了起来，越抡越欢，越抡越带劲，最后松开手中绳子的一头，小包在河面上空划了一个很高很高的弧线，落在了对岸十多米的一丛罗布麻中。

由于此处河水拐了个九十度的急弯，水面虽窄却水急浪大，说话难以听清，他从那丛罗布麻中捡起了小黄布包，向她招手，她也看到他捡到了小包，高兴地向他挥了挥手，向着羊吃草的那片胡杨林边走去……

他回到柴房后燃了堆火坐在火旁，拆去了小包上面的黄布和石头，取出里面的信仔细看着。秀丽的钢笔字体一行行映入眼帘：

首先感谢你在冰冷透骨的河水里救了我，给了我重生的机会，让我获得了又一次的生命，不然再也看不到白天的太阳和夜晚的月亮了。那天你救我出水后在河畔上燃烧的篝火旁烤干了我湿透的棉衣，也烤暖了比河水更冰凉的心，你的救命之恩我一辈子也不会忘记，但我也不知道怎样才能报答你的恩情。

自从我读了你给我投过河的那封信后，心里始终没有平静过。我一开始读你的信泪水就不由自主地落下，越读心越酸，直到读完泪水还像涌泉般地流。从你短暂的二十年履历来看，你是一个很不幸的人，我对你很同情、尊敬。可谁知我也活了短短二十年，命运对我的折磨比你更不幸。

我第一次给你投信落水后，回到羊房一整夜都未曾睡着，总想好不容易遇上一个知己的人，用了两个晚上在煤油灯下写的信被无情的恶浪吞噬，难道命就这么苦吗？不！绝不灰心，一定要把心吐出来让知己看看，于是我请教了一个常在滩里放羊的温姓老伯，如何能把石头抛得远，那个姓温的老伯教给了我抛石的方法，第二次抛石的绳网就是他教我的，接下来我告诉你我的履历：我原本是东面海边城市天津过来的第二批支边青年，老家在天津滨海区杜公楼。民国时期我爷爷经营着一个很大的纱厂，到我父亲杜瀚生经营时规模更大了，经济势力在当时的天津城已是相当有地位的富商，有豪华的别墅、昂贵的轿车。

生我的母亲是我爸的第三个老婆，第一个生了两个女儿，也就是我的异母姐姐，第二个没生养。我妈年轻时长得标致、漂亮，在一个彩虹歌舞厅唱歌，她有一张美丽的面孔和清纯亮丽的歌喉，很引人注目，被我爸相中后娶回家做了三姨太，后来生了我。出生后身体就很瘦弱，但爸妈还是很喜欢我的，起了个小名叫娟娟。六年后入学，学名就叫杜娟，上学时聪颖好学，老师讲的课一听就懂，各门功课都很优秀，最喜欢上的是音乐课，歌喉清脆、悦耳动听，不但老师、同学们爱听，自己也觉得好听。也许我身上留有我妈的遗传，渐渐随着年龄增长、级别升高，心中的理想是将来考音乐学院，当一个歌唱家或者舞蹈演员，可原来的理想变成梦想，最终以妄想告终。

六十年代中叶，我初中毕业后，响应了党的号召，和同学们纷纷报名加入了支援开发大西北的行列，坐上了西去的火车咣咣当当地走了多少天也记不清楚了。路途的遥远使人感到十分疲惫，火车顺兰新铁路到柳园站下来又换上了

敦煌牧歌 DUN HUANG MU GE

拖拉机。大家都坐在拖拉机拖斗里的行李上，从柳园向南走了五十多公里，又离开公路向东进入戈壁湖滩地带的便道，路况相当差，拖拉机在坑坑洼洼的沙土路上颠簸着缓慢前进，坐在行李上如同坐在船上一样。满目的荒凉，映入眼帘的尽是沙丘、芦苇、碱滩、红柳、胡杨……走了三四个小时，太阳快落时，拖拉机停在了长满红柳的一座大沙丘前，前面来的同伴们站在沙丘上，每人手里举着一束红柳花向我们挥舞着，表示对我们的欢迎。

停拖拉机的坂滩上，一排排面向南的地窝子（就是坂滩上向下挖一米深，三米多宽的长方形地沟，地面以上再垒七八十厘米的土块墙，然后用胡杨枝干搭上屋架，再用红柳、罗布麻铺在上面，最上面和上草泥上顶的房子）。

看到了眼前的景象，我们立刻明白了，这就是我们的第二个家。当时谁都不愿下车，就用手捂着满脸土尘的双眼哭了起来，回忆着前些天到天津招我们的领导在学校的动员大会上讲的话："同志们，你们是新中国的第一代青年，祖国的大西北需要你们这些热血青年去开发的，那里有一望无际的荒原，是你们为祖国奉献青春的理想之地，种地全是机械化，住的是砖房、玻璃门窗、电灯电话……"可眼前所目睹到的这一切和动员会上领导们讲的是多么遥远啊！

当时领导们就在拖拉机边，一边解释一边劝说："同志们，你们的心情我们能理解，离开繁华的大城市，来到这样的荒凉之地，从心理上讲总是不适应的，咱们现在所处的地名叫红柳檩子，北边有团部、西边有营部，好多连队都分布在南面的疏勒河两岸，先来的都住上了砖房，这儿是后组建的，明年团部就会调来建筑队给咱们盖砖房、拉电线……"

经过领导们苦口婆心地劝导，我们渐渐不哭了，一个个带着行李慢腾腾地下了拖拉机，把我们十多个女学生安排在最东头紧靠沙梁的一个地窝子住下。

第一夜我几乎没睡，两眼望着简陋低矮的柴草屋顶，心里胡思乱想。在天津时住着宽敞明亮、干净舒适的楼房，出门是平整的柏油马路，夜间能看到五光十色的霓虹灯……这里到处是荒凉的感觉，一座像样的建筑物都看不见，夜间躺在这半丘半埋的地窝子里静得连一丝声音都听不见，如同躺在棺材里一样，怪怕人的，想着想着就迷迷糊糊地进入梦乡……

"嘟嘟嘟"的哨声把我从梦中惊醒，同伴们都很快地穿衣，只听门外的坂滩上人声杂乱，爬出地窝子一看，太阳从胡杨林正在升起。我们在那个脖子上挂着口哨的军人指挥下，一百多人很快排好了三列横队，给我们讲话的是一个四十多岁的军人，他操着浓浓的四川口音提高嗓门对我们讲："同志们，我们是分配到这里垦荒种地的支边部队，部队番号名称是甘肃生产建设兵团农业建设第十一师一团三营十一连，简称：农建十一师，经过上级领导们多次勘察，南面这一带地形平缓、土质良好，有大面积土地可开垦，向南七八公里有一条从东向西流淌的疏勒河，水源充足，可以引灌，自然条件相当优越，只要咱们能够克服种种困难，用咱们双手开垦出的土地种上小麦、玉米、西瓜、葵花等适应这里土壤和气候的多种作物，到秋天就能够看到成片的小麦翻着金浪，瓜田里结出像盘子一样大的西瓜，像暖瓶一样长的麻皮子甜瓜，吃起来凉爽可口，还有成片的葵花……"

全连一百多人由连长带领着扛着镢头、坎土镘、铁锨向南走去，在一片望不到边的荒滩上挖红柳、胡杨，开始垦荒。因为我身体瘦弱，抢不动砍土镘、镢头，班长就让我把他们挖下来的大朵连根的红柳往远处拖。

在家时连拖地的拖把都没拿过，粗重的红柳和大朵的胡杨树枝我哪里拖得动，幸亏我们班的班长是和我一起来的女同学，名叫丁红梅，我弱不禁风的瘦弱身体实在干不了那样重的活，勉强干了三天，又加风大太阳晒，气候不服，病倒了，一连三天不想吃、拉肚子，第四天丁班长到我们住的地窝子给我带了些药对我说："小杜，你我都是从天津来的，看见你这个样子我很同情，昨天我去团里开会时，团长说团医院还需要一个护士，回头我找连长说说，若连长没意见，你就去团部医院当护士。"

团部可比这里强多了，坐北面南的一个大院全都是砖房，医院里共有八个人，五个护士，那儿的工作比起连队好多了。可好景不长，只干了还不到半年就调回连队了，班长对我说："小杜，你身体弱，经连里领导会上决定调你到畜牧队牧羊，革命工作分工不同嘛！"

后来才知道，是团里一个领导的亲戚女儿把我从医院挤出来了。

在这片广袤苍凉的荒原上，地形复杂，有成片的胡杨林、起伏连绵的沙丘、断断续续的雅丹群、低凹潮湿的沼泽地带长着比房子还高的芦苇，怕丢了羊，也怕狼吃羊，畜牧队给配备了一只大花狗，我给它起了一个既响亮又威风的名字——花豹。

秋天，实现了连长讲的话，新开垦的土地上麦田翻着金浪，瓜地里结着比篮球还要大的花皮子西瓜，像枕头一样长的麻皮子甜瓜，比脸盆还大的葵花头把秆子都压成了一张弓……看到了希望，增长了信心，心里感觉踏实了许多。

每逢元旦、五一、国庆这些节日，团里都要求每个连队排练文艺节目，在团部大院的舞台上举行汇演庆祝节日。我们十一连的指导员是个女的，也是天津人，就是刚来时我们的班长丁红梅。她是一个很有文化修养的人，对文艺造诣很深，懂音律，会奏很多种乐器，也是我们连队的文艺宣传队队长。我因有能歌善舞的特长，所以就被选入连里的业余文艺宣传队，每逢节日都要在团部、营部、连部演出，给军垦战士们带去欢乐，这就给我日复一日、年复一年的单独牧羊生活增添了新的内容，注入了活力。

第三十五回 ┃ 二次下湖重相逢
杜娟疗伤注真情

"文化大革命"开始了，黑子和杜娟都受到了影响。

大年初一，阴霾的天空西北风卷着面片大的雪花扬落在疏勒河两岸的荒滩、野林中，一连下了两天两夜。初二傍晚雪停了，第二天走出柴房一看，到处都是白茫茫的，胡杨树枝和红柳上都落满了雪。雪后的太阳虽红，却寒气逼人，两天两夜地下雪，他没下滩，再过两天车就要下来，打不下柴，车下来装啥？

他顾不上身上的伤痛和落满雪的柴秸，拄着镢头把拖着一只伤腿踏着积雪到滩里去打柴，镢头落下时红柳枝上的雪抖满全身，一使劲腿就疼，头部也觉得发晕，两眼直冒金星，一跟头栽倒在雪地里，昏迷了一阵子，清醒后拄着镢头把站起拖着那只伤得厉害的右腿一瘸一拉地回到了柴房。

回来后搭上小锅烧了一锅热水，用毛巾蘸着热水在头上和腿上慢慢地擦洗伤处，过后觉得有点轻松。火堆旁他烤着被雪打湿的棉衣，望着火苗发呆，前些天回敦煌在批斗大会上一幕幕清晰地浮现在眼前……他用手轻轻地揉了揉头上的伤处，又摸了摸腿上被踢留下的青疙瘩自言自语地说："不要紧，小伙子家的，过上些天慢慢会好的，日子会慢慢好起来的，一切都会过去。"

太阳从东边的老胡杨林中升起，把沉寂的黑夜驱逐得无影无踪。他烧开了水用黑面拌了两碗拌汤喝过后（因为那时吃粮紧缺，只能用汤面片或拌汤凑合），用手拄着镢头把一瘸一拐地向南滩艰难地走去。

锃亮的镢头在阳光下划动着弧线，一棵棵红柳倒下，干了一个多小时，他已浑身发热、头上冒汗，有点累了，蹲在地上歇了一会儿，站起后那条伤腿不由自主地发颤，慢慢地挪到南面的小土岗下，拾了些干红柳，燃着后坐在火堆旁用火烤腿，一边揉着头上的伤处，慢慢地腿不颤了，头上总觉昏昏沉沉的不清醒。耳内忽听在远处传来隐隐约约的狗吠声，自言自语地说："奇怪，这条疏勒河阻着，牧羊的轻易不过河到南滩上来放牧，哪来的狗吠声？渐渐地吠声越来越近，他拄着镢头把慢慢地上在小土岗上四处环视，忽然发现了北面的滩上有群羊正在向小土梁这儿走来，渐渐地看到一个穿黄大衣的人手持着牧羊鞭在赶着羊向前走来。离小土岗三百多米处，那人离开羊群向小土岗跑来。他想，一定是杜娟吧！初冬我救她出水后，虽有书信来往过，可真没认清她。转眼间，她已到小土岗跟前，把他从头到脚望了好一阵子便跪倒在土岗下阴凹的雪地上，口里说着："感谢你救了我的命！"

他拖着伤腿一瘸一拐地下了小土岗，赶忙上前把跪在雪地上的她扶了起来，只见她头戴一顶发了白的军用棉帽，身穿一身半新黄布棉军装，脚蹬一双土黄色的翻毛皮鞋，身披一件军用旧大衣，虽说冰天雪地天气寒冷，可她红扑扑的脸上却看不出冷意，带着霜珠的眉下一双明亮有神的眼睛里滚动着晶莹的泪花。

他看着她，不是西部女人那种粗犷之美，而是一种蕴藏在柔弱身躯中细腻高贵的美丽。

她一眨一眨的泪眼扫视着他的全身，破旧的棉衣掩不住他那强健的体格，黝黑憔悴、发黄的脸上显出沉着、坚毅，眉宇间隐藏着英气，左眼眶上有一块伤疤。

她开口了："你这些天到哪儿去了？"

"回了趟敦煌！"

"你脸上的伤是哪儿来的？"

"在河边提水时不小心跌倒碰的。"他答道。

"哇"的一声，她哭出了声，盈眶的热泪喷涌而出，从雪地上爬起来，上前扑倒在他的胸前。

他也明白她的心情，慢慢地抚着她的头说："哭吧，放声哭吧，痛痛快快地哭上一场也许能好受些。"

哭声惊破了荒原，由大到小，渐渐地只听抽泣声。

他说："好了，别再这样，让人看见不好！"她口中喃喃自语："这滩上再连一个人影都不见，有啥害怕的？"

他安慰着她说："咱到土梁下的火堆旁烤火去！"

火堆旁，她依在他身旁说："这半月多我到河边饮羊，一直没看见你在河边提水，但有一人提水，隔河看着可不像你，心里就有些纳闷，猜想是不是你病了？不可能，你的身体很强健，回敦煌了吗？怎么离开前没给我打个招呼？没几天便交上了三九，俗话说三九四九冰上走，冰冻一瓦能过车马，这是在西湖那些牧羊人口里得知的，我就试着从河面宽的那儿把羊从冰上赶过了河，到河南那个你经常出来提水的大黑树窝寻找你的柴房，好不容易在那片密林中找到你那四面透风的小柴房，站在门口往里一看没人，只见房顶上挂着琴，想起河水封动前我在河畔饮羊时琴声就从这个方向传出密林，进入我耳畔的，我判断这个小柴房肯定是你的，就在门前大喊，可就是没人应声。我想你可能下滩打柴去了吧！就赶着羊群在南滩上去找，就在咱们现在烤火的老西面发现一个人抡着镢头正在打柴。我高兴地赶快把羊往那儿赶去，到跟前一看不是你，是一个三十多岁的人正在使劲打柴，他见我慌慌张张的样子，便停下手中的镢头问：'你找谁？'我答道：'我是牧羊的，请问北边那黑树窝住的那个年轻人哪儿去了？'

他把我从头到脚看了一遍说：'你是农十一师的吧？'

我说：'是十一连畜牧队牧羊的！''你认识那个年轻人？'

他问我。我向他点点头。

他说：'前几天家门上有事，他回了敦煌，我是下来替换他的！'

'什么事？'我问他。

他摇了摇头说：'我也不清楚什么事。'

我又问：'那个年轻人什么时候能下湖来？'

他说：'你找他有事？'

我忙撒谎：'是他借了我一本书，我是找他要书的！'

他把我又打量了一番说：'他啥时候下来我也说不上。'

从那人的话里我很担心。从那天离开那人时，一块石头就悬在了我的心上。除了前几天那场暴风雪我的羊群没出圈，风停后我每天都趟过冰河到二十多里外的南滩转一回，可老远就看见那个人在打柴。想你，盼你，今天老远就认出你站在高岗上，心里的那块悬石才落下，凭我的感觉和看见你脸上的伤疤和腿，就明白了一切。你说你脸上的伤是河边提水时滑倒碰的，你那皮笑肉不笑的眼神看得出你是极力安慰我的，怕我替你难过、伤心对吧？"他坐在火堆旁一言未发，听着她的述说只是点着头……

他抬头望了望天空，太阳已西斜。他说："娟子，谢谢你对我的惦念，冬天日子短，你离这儿还远着呢，早点赶羊回去，我再打上一阵子就够装一车了，后天车才下来，我明天不下滩，在房子上休息，你明天早些赶羊出圈，我在房子上等着你。"

数九天的气温是那么低，夜间的寒风透过柴墙格外冷，饥饿与寒冷不时侵扰着他。他坐在火堆旁想着白天在南滩的小土岗的那一幕，第一次近距离见到她，杜娟姑娘多么美丽的面孔，更感人的是她那颗赤诚待人的心，能在自己困难的日子里把自己挂念在心上，每天都赶着羊群蹚过冰河，在老远的南滩上寻找自己，人生难得有知己，对她那片热心一定要记在心里。

林子里的风呼呼地响，火堆上的火苗被透过柴墙的风吹得左右摇摆。他又在火上加了些柴，用手摸了摸头上的伤，又搓了搓腿上的伤，手指一触到伤处就隐隐作痛，一天连冻带累的身体感到疲劳至极，就和衣靠在柴墙边睡着了。

第二天早晨，他烧了锅开水，往滚水里下了几片萝卜，烧了两碗黑面拌汤喝过后，正在火堆旁看书，忽然耳边传来了狗的吠声，不大一会儿她领着花豹已到了门前的卸车场子上。他赶快出了柴房门，只见她棉帽子上落满了白森森的霜，白净的脸上冻得发红，长长的睫毛上缀着晶莹的冰珠，出气时嘴里喷出团团白雾。

"快到房里避避寒，看把你冻成这个样子，今天来得可真早啊！"他热情地招呼着她进了柴房，让她在火堆旁烤着。烤热后她站起脱去了大衣，从肩上取下一个黄背包，从里面掏出两瓶高粱酒双手递到他手里说："这么寒冷的气候，你在这四面透风的小柴房里冻得咋睡着？这两瓶高粱酒你每晚睡前喝上几口御寒，还有你回敦煌前就给你买了两盒大肉罐头一直放着，今天也给你带来了。"说着又从背包里掏出了两个铁盒罐头递在他手里，最后从包里掏出一个茶黄色小瓶说："这是我从团部医院买来的药，它能止痛消炎，你按上面的说明吃。"

他双手接过感动地说："谢谢你对我的关心，快请坐吧！你先烤着，我出去给你看看羊。"

她说："没事，你住的这一带我不常来，林子里的胡杨叶和芦苇草好多，又有花豹跟着，你忙你的！"

他从面袋里倒出了一碗面，在小盆里和着。她说："你还没吃早饭？"他说："刚凑合吃了些，这都快中午了，我做午饭，何况你第一次到我这儿，总不能让你饿着吧？"

她环视着柴房里的一切。火堆上三个石头顶着一个小双耳生铁锅，锅盖边冒着热气，靠北墙的地铺下铺着一层麦草，破烂的山羊皮褥子上叠着一床补满补丁的被子，旁边放着厚厚的两本书，西北角的房顶上挂着一把琴。再看看他正在小瓷盆里和着面，她问："你这面怎么这么粗？"他说："吃粮紧，一年生产队每人分三百六十斤麦子，磨去麸皮，平均每天不到一斤粮，磨得扎，所以面就粗，家门上的人就连这么黑的面都舍不得吃饭，只好喝拌汤。"

说话间锅已经沸了，他从铺后面的麦草里摸出一个白萝卜，洗净后用刀削成一指头厚的片子下到了滚水锅里，接着往锅里揪着筷子厚的粗面面片，刚煮了一会儿就把锅从火上端下，然后满满地盛了一碗双手递了过去。

热情地说："娟子，你看这荒滩野林之中，就这么个条件，别客气，先吃上一碗暖暖身子。"

"不，不用，你自己吃，我已在食堂吃过早饭。"

他感到不好意思，条件差她不愿意吃咋办？

"娟子，你嫌我的面黑，可你看就这么个条件，你若不吃我可多心了。"她无奈地说："好，我自己盛。"她用小勺在锅里清清地舀了半碗，紧蹙着眉头慢慢地吃完了那半碗饭，"再吃上些吧！"他让着她。她说："我不吃了，怕吃上胃受不了，你的心意我领了就是。"

她很快用清水洗净了碗筷，坐在火堆旁看着他吃，只见他狼吞虎咽地吃完了锅里所有的面和汤，然后麻利地洗净了锅碗。他从一个黄提包里倒出了一碗红枣和桃皮放在她面前说："娟子，委屈你了，实在没什么好吃的招待你，我心里确实过意不去，只有我来时带了些家里的土特产，你别嫌弃，吃吧！"

她抓了颗红枣放在嘴里品着说："你家的红枣可真甜！"

她边吃着红枣和桃皮边说："你能不能把面片揪得薄一点，那么厚的面当心别把胃吃坏。""薄了吃上不耐实，一会儿又饿了，习惯了，我的胃很好，没事儿的！"他笑着对她说。

她像似有心事一样，手里漫不经心地搓揉着桃皮，眼睛却不时看着他头上的伤。终于她忍不住开了口说："昨天我在南滩上的小土岗上看到你头上的伤和那条瘸腿就明白了多一半，你还瞒着我，今天你能告诉我是怎么回事吗？"他看着她那会说话的眼睛已猜出了大概，在她面前也就没啥隐瞒的了。

他低下头想了想，把回敦煌挨批斗的那一幕幕说给她听。

她听着听着就泣不成声，等他说完后便双手捂着眼睛放声痛哭了起来，哭完后抽泣着说："咱俩的命可真够苦的，怎么就像两棵黄连在同苦豆汤里煮着。"

"别哭了，同是天涯沦落人。"他伤感地劝说。

她停下了哭声，仔细地望着他头上的伤，然后上前用她那纤细柔软的手指在伤处抚摸着说："疼吗？"

"疼，不过比前两天可以多了！"他强装着笑脸回答着。"你腿上的伤严重吗？"她柔声细语地问。

"没事的，不要紧，过些天就会好的！"他慌忙回答。她瞪着双眼说："看你走路吃力的样子肯定伤得不轻，让我看看。"

他不好意思地说："这棉裤这么厚，挽不起来怎么能看到里面的伤，还是算了吧！"

她两眼一瞪，带着生气的口气说："你不会脱了它？"

"啊？那怎么行？"他惊恐地说。

"怎么不行啦？初冬我落水后，你救我上岸后，不也是你让我脱了棉裤在火上烤，今天轮上你咋就不行了？快脱下让我看看，别不好意思了！"

他想了想便拖着瘸腿向门外走去，边走边想：她说得也没错！初冬自己刚下湖没几天，在河边发现她在河里漂浮时救她出水后，在火堆边给她烤湿透的棉衣棉裤时的情景，心想她对自己好，也就不用顾虑了。

门外的右边堆放着每天从滩里捡来的干柴，他抱进房后把火加大，用不好意思的眼神看了她一眼，坐在行李上慢腾腾地脱下了吐着白絮的旧棉裤……

她看到他腿上青一块紫一块的伤和膝盖后面的几个青疙瘩，慢慢地用手指在上面抚摸了一遍紧蹙着眉头，眼眶里噙满了泪花，像个护士似的说："快，快把被子取开先盖住，别受凉，我去烧水。"她便麻利地把小锅架在火头上，热气从锅盖边冒出，取过药瓶看了看说明："按说明一顿只吃三片，你的病痛严重，可你的体格强健，每顿按五片吃会好得快些。"说话间锅里的水已经沸了，她把开水倒在洗脸盆里加了些食盐，用毛巾蘸着热水在伤处轻轻地来回敷动着，冒着热气的毛巾一到哪儿，哪儿就觉得疼痛在减轻。

第二盆热水用凉时，她问："你感觉咋样？"

他望着她关心的眼神满意地点了点头。第三盆热水仍伴着热毛巾在他的伤处慢慢移动，她紧蹙的眉头下那双大而有神的双眼里流露出同情的眼神，泪珠似珍珠般地落在了腿上，晶莹的泪珠落在伤处感觉特别舒服，当每颗泪珠滴落在皮肤上时心里就震颤一次……

她一边敷一边自言自语地说："人都伤成啥样子了，还硬说没事，都二十出头的人了，也不知道关心自己，只知道打柴，下次我去团部再买些红药水带来，药按时吃上，好了，快穿上棉裤，当心着凉！"

三天后的一个清晨，太阳从东面的胡杨林里升起，金色的阳光洒在了荒滩、沙丘、胡杨林、玉带般的疏勒河上。在去装柴的碱土沙石路上，他站在四大套的马车上，手扶着车叉子长鞭甩得震天响，惊得躲在柴稞后的黄羊、野兔四散奔去。车到南滩停住，吴宝善说："你的响鞭打得可真响，比我都强！"一看柴也整齐，满意地说："你打的柴好，路也不难走，往后就在这一带打！"

车走后那天下午，回房后用唯有不多的黑面做了碗抒面（拉条子），拌上了半盒大肉罐头，香香地吃了顿晚饭，也是这一冬吃得最好的一顿饭（因为每天只两顿饭，早饭是拌汤，晚饭是汤面片，有限的那半提包黑面干娘，只有装车那天才吃上两个，而今天是干拌面，而且里面还有肉）。夜间依在火堆旁，摸着头上的伤和腿上的疙瘩，感觉好像轻松多了，他想一定是杜娟给的药吃上起了作用，还有她用热毛巾蘸着盐水一遍遍在伤处敷起了一定的疗效，更有她那颗诚实待人的心安慰着。

临睡前在火堆上加了几根干胡杨枝，起开酒瓶咕咚咕咚地喝了几口高粱酒，很快进入了梦乡……

梦见她清秀的脸上带着微笑，长长的睫毛下，一对明亮的大眼睛一闪一闪地站在铺前，手里握着厚厚的两本书给他递来，他高兴地伸出一只手去接，可怎么也接不到手里，便使了使劲向前去接，最后总算接到手中，可打了个冷战惊醒睁开双眼一看，手在柴墙边上的一根带雪的胡杨树枝上握着，看看门外的老胡杨树梢上挂着一弯残月，西北风呼呼地刮着，发出阵阵刺耳的嘶鸣声。

南滩里柴多好打，由于杜娟给她疗伤，疼痛减轻了不少，他抢着镢头使劲地打柴。忽然耳边隐隐传来吠声，他停下手中的镢头向北望去，羊群正向南移着，她和花豹在小土岗上站着向南望。工夫不大羊群已到东边的古河床里开始吃草了，她握着长长的牧羊鞭来到了他的身旁，面露微笑地问："这两天你的伤还疼吗？"他点着头连忙答道："比原来好多了，谢谢你对我的关心，前面那个小土梁南边有我前阵子燃着的火堆，旁边有柴，你加上些柴快去烤火，今天天气特别冷，我打柴出力还感觉不到冷。"

她说："咱一块儿去烤烤，歇会儿再打好吗？"

他说："你没听人说打柴的别跟放羊的混，人家羊吃饱了，你的柴还没打下咋办？"

"好办，等会儿我烤热了，你打柴我帮你整理，那样就快多了，不会耽误你打柴的。"

羊群在东边河床里埋头吃草，他抢着镢头使劲地砍，只见阳光下镢头闪着道道弧线落在柴根上，她在后面一棵棵捡起整理好。红日西斜时，他出了一身汗，觉得线衣和棉袄都粘在了一起，停下手中的镢头对她说："娟子，你可整理得真快，咱回吧！"

到了柴房，他很快地燃起火堆，把锅架上，取过盆准备和面，她说："今天就别做了，我包里带有馍，把馍烤在火堆旁，咱抓紧把水烧热我给你敷伤，完了你慢慢去吃，我还得赶在太阳落山前回去呢！"

她一边用热气腾腾的毛巾在伤处敷，一边说："给你带了瓶红药水，敷过后再涂上，这样好得更快些，还有给你带来两本小说，闲时去看，我已经看完了，看完后就别还了，留个纪念。"

啊！自己昨晚的梦可真灵啊！他把昨夜梦中取书的情景讲给她听，她手里不停地抚动着冒着热气的毛巾"咯咯咯"地笑了，红扑扑的脸颊上不时地露出两个酒窝说："日有所思，夜有所梦，我就知道你是个嗜书如命的人。"

他急忙说："快掏出让我看看！"他接过一看书名《三家巷》《苦斗》，是欧阳山著的，这是一二卷，还有一卷叫《柳暗花明》，这套长篇小说曾在新华书店见过，可就是身上没钱，但主要内容看了，是一套好书。她今天送来了，多好啊！

"喂，娟子，第三卷你有吗？"他问道。"有，我正在看，看完后给你！"她答道。

她不时地换着盆里的水，用热毛巾在他的伤处敷着。"好了，我给你擦了药水，快穿上棉裤，别着凉！"

他很快穿上棉裤到火堆旁边专心地翻起书来。她那双动人的眼睛一眨一眨地望着他看书入迷的样子笑着问道："你那么爱读书，一见书把什么都忘了！"

他不好意思地望了望她，起身从提包里取出一碗桃皮和红枣放在她面前说："娟子，我这个人多时在外，不是山里就是湖滩，也不知招呼人的，你这么费心给我治病，我心里实在过意不去，你就吃上些桃皮和红枣，表示我谢谢你了！"

她微笑着说："你见外啦！我这条命不还是你从河里捞上来的吗？这点小忙我还是能帮上的。你忘了我在信上给你提到过我曾在团部医院当过几个月护士呢？"

她慢慢地嚼着红枣问道："你曾说你离开学校从未间断过读书，和诗书结下了深深的缘，那你读过的书有五车吗？"

"读书五车是古人所言，古代的书是写在竹片上的，字少竹片多，若把我读过的书也写在竹片上，装不满五车也差不多了！"他自信地回答。

她又问道："你曾说你对体育很爱好，球艺怎样？""是的，我曾在新疆上学时，学校体育设施齐全，就是喜欢玩，可回敦煌农村没有体育设施就中断了，直到六五年秋天，从外面刮来了篮球热风，每个生产队都立起篮球架，大家争着玩，一个生产队能够上五六场人，因我在学校玩过，农民们从来没玩过，所以我当然就比他们熟一些，无论四季有机会就玩，夏天的中午骄阳似火，别人午睡我就一个人在篮下练习；寒冷的冬季起五更套车往地里拉沙、拉粪，家里没闹钟怕迟到，几乎每个五更都起得早，等到别人到齐开始套车时，我已趁着星光或月光练了一个小时左右，最后练得入了迷，球艺也大大提高，可在三秒区外达到十投十准的境界，所以每年春节公社有篮球赛，他们都让我上场。"

他继续说着："我不但篮球玩得好，乒乓球我更喜爱，六二年在新疆伊犁读五年级时，市上办了《伊犁之夏》中小学生的全运会，那时的伊宁市只中学就有十四所，小学更多。那次我代表我们工一师三团子女小学参加了那次运动会的乒乓球赛，并得了第一名，直到现在都想着玩，可农村没球台。"

"哦……怪不得我给你敷伤时发现你腿上的肌肉一块块地隆起，真让人羡慕，听来你对体育的爱好、专心，从你的体格上足能证明一切！"她专心地听着，后来用赞誉的口气说。"还有我从小酷爱文学，语文成绩一直在班上同学的前茅，优秀作文常在校园的橱窗里出现，很受老师和同学们的青睐！"他自信地说。

第三十六回 随母寻父进西域
求学长识游北疆

"我想问问你，你是敦煌人，怎么跑到新疆去读书，能告诉我吗？"
"能啊，怎么不能，你我之间还能有什么隐瞒的？"

"说起可就话长了，还是两岁多时，那时我还不懂事，后来听我妈讲的。"

　　1951年那年春天，我爸远去南疆的焉耆一个农场喂马、赶车，由于我父亲自小就是农民，对农活样样精通，喂牲口、赶车更是内行，后来新疆生产建设兵团新成立了一个工建兵团，番号叫"新疆生产建设兵团工程建筑一师三团"，团址在北疆的乌鲁木齐。工建一师派人到焉耆的劳改农场挑选一部分有技术特长的人员去北疆搞工程建筑，原本我父亲就会木匠活，在焉耆时，领导常派他干木活，所以，焉耆农场的领导给工建一师来找人的领导介绍了我父亲的简历，后来就从焉耆调往乌鲁木齐，随工建一师三团搞工程建筑。父亲能吃苦，手艺也高，劳动表现好，后来领导研究讨论决定任命父亲为工一师三团的一名木工班长，由于是建筑单位，流动性大，今年在石河子搞工程建筑，明年又到了独山子油矿搞工程……

　　那是1957年春节过后，父亲来信说明了情况，团里领导批准了父亲要求家属去新疆的要求，母亲变卖了家中仅有的一头牛和三只羊作为路上的盘缠，辞别了已出嫁的两个姐姐出了远门。一辆很古老的大轱辘车上套着两头牛，由我的两个姐夫赶着，高高的车厢里装着两卷行李和我们娘儿五个，车赶出车门向西一拐顺着西墙跟的大路向火烧湖畔通往县城的古道上走着。车刚上到庄子西北角大路拐弯的路口时，一个白发苍苍的老人手拄木棍出现在路上，她就是我的奶奶。奶奶住在我们北边三里外的苏家湾，和我四叔在一起过，是她听到了我们要上新疆的消息，特意起得早，一手拄着个木棍挪动着旧社会已窝裹了多年的三寸小脚。赶车的姐夫一看路中间站着奶奶就停了车，奶奶对车上坐的娘说："老二家，把润娃（老三的乳名）给我看看！"那时老三最小，只有四岁多。娘就跪在车厢里把老三接到奶奶手里，这时奶奶把脸上红扑扑的老三望了又望，用舌头在老三的脸上舔了又舔，再啥话都没说，抱着头朝北走去，这下人都傻眼了，娘连忙下了车跟上去，要从奶奶怀中抱过老三，可奶奶死活不松手，只见奶奶满眼泪花，银色的头发在晨风中飘舞，她拉着哭腔对娘说："你把我的孙子给我放下！"

　　娘已泣不成声劝着婆婆："妈，还是让我领上，我还年轻有力拉他，你的孙子我一个都不能让他们受罪，你已经老了，我若给你把这最小的留下，会拖累你的……"

娘要从奶奶怀里夺抱老三，奶奶紧紧地抱住老三不松手，怀里的老三稚声幼气地哭了。奶奶、孙子、娘三个人的哭喊声在庄子后面的大路上响成一片。

就在这难舍难分的时候，大姐和二姐赶来，到奶奶面前劝说着奶奶，最后奶奶才松开手。

娘把老三抱着向路上停的大轱辘车走去。上车后，姐夫一声吆喝着牛，大轱辘车在坑坑洼洼的大路上发出吱吱呀呀的声响。

奶奶一只手拄着那根木棍，一只手擦着脸上的泪水，挪动着那双小脚向车后赶来，盯眼望着车上的小孙子，一不小心一只脚踩在路侧的一个坑里，侧身倒下了，她趴在大路上的尘土里向着车后连哭带喊："我的孙子！我的孙子！"

大姐和二姐连忙上前扶起奶奶，用手拍去了奶奶身上的尘土，奶奶盯眼望着车过了中支渠路口，一片毛柳树林挡住了视线，奶奶看不见车了，车上的我们也望不见奶奶和两个姐姐了……

那时没有跑新疆的班车，两个姐夫赶着大轱辘车在满城找有汽车的地方，可那时的敦煌基本上没有车站，问了几辆停在路边的汽车，他们不是走安西就是走酒泉，后来总算看到城西大桥头停着一辆敞篷旧嘎斯车，车厢里装着多半厢磅秤，秤柱和横杠上都缠绕着指头般粗的稻草绳，只听两个姐夫和那两个开车的司机说着什么，最后两个司机向着姐夫点着头……

一共走了几天也记不清楚了，只听娘到每个车站都问大哥："你念念路牌上写的什么地方？"十五岁的大哥在敦煌已上过五年学，念着路旁站口的牌上写着"红柳峡"车站，高大的山口旁有几间旧房子，进入山口后，车行驶在紧靠山崖的一道弯弯曲曲的沙石路上，一侧是流淌着洪水浊浪的河流，浪花碰在河畔脸盆般粗的古老红柳树干上溅成一人多高的浪花，浪花击在靠公路边的岩石上激起的恶浪溅起的水珠都落在车槽里我们的身上和脸上。抬头向上望去，青黛色的山峰高耸入云，坐在汽车上，车显得比大轱辘车还渺小，望望窄狭深谷里翻滚着浊浪，心里特别害怕，就紧紧地贴在娘的身旁……

出了峡谷便是一望无际的沙石戈壁，我在娘身旁睡着了。忽听娘问着大哥："前面出现了一片不高的青石山，那儿不知到了什么地方？"我惊醒后伸长了脖子，盯着那座横挡在公路前的乱石山，一直到山前，车钻进了崎岖的山谷，转过了几个山湾，有不多的几处土坯房坐落在路南的山湾里，路旁立着个木牌，妈让大哥念，大哥说："这个站叫星星峡。"妈对我们说一过星星峡就是新疆。

我高兴得拍着手喊道："爸爸就在新疆，我们马上就能见到爸爸了！"

大哥两眼一瞪说："别瞎叫，这才刚进新疆地界，爸爸住的地方还远着呢，得几天才能到。"

我们从小就怕大哥，他少年英俊的面孔，从来就没见他笑过，我只好乖乖地坐在娘身旁的行李上。

过了星星峡又是一眼望不到边的戈壁。半下午时，路边出现了树木，路旁不时有路牌，大哥给妈念着路牌上的字：天山墩子、骆驼圈……太阳即将落山时到了一座古城，车停了下来，大哥说到哈密城了。古老的城墙有的被沙壅到城墙顶，有段城墙被风雨剥蚀得残缺不全。

娘给司机说："小师傅，这城里有我的一个表妹，妹夫姓薛，在哈密商业局当局长，我想带着娃娃们去她家住一宿，行吗？"

那俩年轻司机说："行，明天吃过早饭咱们再走！"

我的姨娘皮肤很白，可头发是黄色的波纹，姨夫是大高个，梳着分头，那派头真像个局长。姨娘家有两个孩子，大的刚会走路，小的还在炕上爬着玩，姨和妈有好多年没见过面，她们姊妹俩都显得特别亲热。姨给我们做了一顿很讲究的晚餐，是新疆人最爱吃的羊肉胡萝卜大米抓饭，饭后我们都睡在姨的炕上，待我睡了一觉醒来去小解的时候，妈和姨围着被子，背靠着墙还在聊天。

第二天天亮后，姨对我们说："我给你们做早餐，你们去城墙上玩去，待我做好喊你们！"

我兄妹四个从姨家出来向哈密古城墙走去，大哥背着三弟从西面的大沙坡上到高高的城墙顶上俯瞰着城内高低错落的民房和街道，又看到西北方向的一座青黛色的大山，大哥说那就是天山的东头。下了城墙从另一个残破的城墙角过时，我发现眼前的细沙中露出一个明晃晃的半圆形角子，我用手刨开周围的细沙，是一块碗底大小的白银元，上面还有一个人头像，大哥接过里外看了看说是旧社会发行的货币，说着装进了衣袋。

从姨家吃过早饭后，那俩青年的司机正坐在车旁的石头上抽烟，见我们来到车前，笑着对娘说："见到你妹子了没？"我娘笑着直点头："让你们久等了！"

那两个年轻司机对我们说："快上车，下一站路过鄯善是吐鲁番，路很远，争取赶太阳落山住在吐鲁番。"太阳落山前车到了吐鲁番，人说那儿有座火焰山，是唐僧取经的必经之路，那里特别热，路北面不远处的山峦如同火烧过似的，岩石红得耀眼，只觉浑身闷热。

进了吐鲁番城，那两个年轻司机对娘说："你们没出过远门，这吐鲁番维吾尔族人多、汉族人少，我看大姐拖儿带女够辛苦的，你们先在车上等等，我去前面找一家汉族人开的旅馆让你们住一宿，明天天亮咱们再走……"

第二天，出了吐鲁番向西北不远就进了山峡，路不像戈壁滩上那么平坦，起伏连绵的青黑色山岭上面白雪皑皑，银光耀眼，山谷里的路和地形和第一天过红柳峡差不多，可山谷路旁的河水清澈，河畔长的不是红柳树，而是笔直的松树，翠绿的松叶真好看。前面的路牌上写着达坂城，山的拐弯处有很大一块平地上有建筑物，这座大山翻越了足足一天，天黑后才到了乌鲁木齐。

那俩年轻司机一个留在停车场，一个领着我们来到北面，有一座红色岩石山下的街道旁，找了一家汉族人开的旅店住下。妈领着我姊妹们在不远处的临街饭馆吃了面条和薛姨娘给的干粮。

晚上，我问大哥："今天咱们走了一天的山路，爸爸还远吗？""远，今天咱们翻过的这座山叫天山，前几天咱们在山南走，只要到这省城后就算进了北疆，爸还远着呢！咱明天靠着天山北坡再向西走很远很远的路，一直走到乌苏就不远了，快睡！再不许问！"大哥说着把我瞪了一眼。

又一天，路旁出现了农田、树木、房屋、集镇、城市，走上那么一阵就有大桥，桥下流着清澈碧绿的河水。一路上有了看头，每到一站大哥就给我们念着牌子上的地名：昌吉市、呼图壁县、玛纳斯县、石河子县、沙湾县、安集海镇、奎屯市、乌苏……

大哥取出爸爸寄回的信封说："对，就这乌苏，爸信上说到乌苏下车，还有三四十公里是独山子油矿，那咱就在乌苏下车。"

车停在乌苏后，娘对那俩年轻司机说："我们照信上说的从这下车，得另搭车，麻烦你们一路上替我们操心！"说着从衣袋里掏出一沓钱，数了数递到了其中一个司机手里。那司机数了一遍从中抽出了两张五元的给娘说："大姐，你领着四个孩子一路也真不容易，这两张钱你留着路上给娃娃们买吃的喝的，我们在这加足水还要向西到很远很远的伊宁市去送车上的磅秤，从这到独山子戈壁大，又不跑班车，只能坐维吾尔族人的马拉车！"

说着用手向西边树荫下停着的一众马车那指着说："就那。"说完把三弟的脸蛋亲了亲，挥手向他们的嘎斯车走去……

娘抱着三弟，大哥和三姐各背着一卷行李向着司机指的那片树荫下走去。还没到车跟前，就有几个头戴圆顶浅色花绒帽的维吾尔族车夫迎了上来，用不熟练的汉语问娘："你们要去哪里？我拉你们！"

娘说："从乌苏到独山子，就我们五个人，你要多少钱路费？"

有的说一百元，有的说八十元，后来有一个说七十元。娘说："我们虽然是五个人，可除了我全是娃娃，就这么两卷行李，我掏五十元，谁拉我们就上谁的车！"

一个年轻维吾尔族小伙子来到娘面前说："五十就五十，我看你们是从远路上来的，就上我的车，我送你们去独山子。"

他把我们带到老西头树荫下停着的一辆维吾尔族风格的四轮马车旁，车上套着匹大白马，车的四角有木柱，上面有一大片绿色的绸料顶棚。

妈领着我们上了车，只听马蹄挖着戈壁上的石子向南行驶，越往南坡度越大，马拉得很吃力。走着走着我依在娘旁睡着了，后来被颠醒，眼前出现了一个宽宽的河床。

车下到河床里，车轮下全是碗大的卵石，大白马呼呼地打着响鼻，鼻孔里喷着两股子白气，耳旁和脖子上往下滴着汗珠，只听得那维吾尔族小伙手挥马鞭，鞭声在河床里震响。车轮下的卵石由碗大变成了盘子般大小，马实在拉不动了，停了下来。娘看着眼前的情景对那维吾尔族小伙说："让他们都下去跟在后面，我抱着小的在车上，这样能减轻车的重量。"那维吾尔族小伙笑着向娘点了点头。就这样，马车颠簸在河床上，终于过了这条铺遍卵石的大河床，上了河床到对岸，那维吾尔族小伙对娘说："大姐，上了前面这个陡坡就离独山子不远了，快走两小时就能到，你看太阳已不高了，我返回乌苏还有近三十公里，麻烦你下车领着娃娃们走着去，不然我一个人这么大个戈壁，万一碰上狼咋办？"

娘听着他说完，望着南面天山脚下戈壁滩上高大的烟囱冒着浓浓的白烟，隐隐约约高低不等的建筑物，就从衣袋里掏出一沓钱数了数递到那维吾尔族小伙手里。

那小伙接钱在手数了数装进衣袋，他蹲在车旁卷了支莫合烟抽，抬头向西方望了望对娘说："大姐，离太阳落山还有两个小时多，上了这古河床便是上坡戈壁，戈壁中有条河，这是春季，所以水流不大，挽起裤腿便能过去，若是夏秋季水流特别大的时候是绝对过不去的。那条河两岸的漫滩上有松树林子，松林里有狼出没，如果你们走得快，天黑前就过了河走出松树林子，当心领好孩子……"

当我们跟着娘爬上古河床岸，看到了西南方的戈壁深处向隐隐约约的雪山下有好多个高烟囱在冒着浓浓的白烟，娘对我们说："听那个维吾尔族车夫说冒烟的那个地方就是独山子炼油厂！"说着转过身向那条布满乱石的河床里望去，只见那辆四轮马车左右摇摆着向乌苏的方向颠簸着缓缓走去……

走着走着，娘停下把背上的老三放在地上，只见她满脸的汗珠，喘着粗气，是娘累了。大哥把娘望了望对老三两眼一瞪说："自己跑，你不看把娘累成啥样子了？"

四岁多的三弟自幼身体就好，把娘望了望撒开小腿跟着我们跑。

大哥用手指着雪山下冒着白烟的高烟囱对三弟说："快跑，爸爸就在冒烟的那儿！"老三望着那冒烟的方向好像只小羊羔似的跑在最前面。可跑了一阵子就坐在戈壁上不走了，娘瞅着幼小的三弟说："来，我背着你！"

走着走着是个下坡戈壁滩，越走越低，能望见片片绿色的松林。我们加快了步伐，进入松林听到了哗哗哗的流水声，不一会儿宽阔的河床中间有大约三十多米宽的水面，清澈的河水里漂着冰块，翻着白浪向下游流淌。娘望着河水对我们说："这儿水急，咱们顺水往下游走！"

走着走着眼前的水面宽了许多，娘顺手在松树下捡了根木棍递给大哥说："河面宽自然就比较水浅，你挽起裤腿试着先过，若真的水深过不去就退回来，当心！"

我们娘儿四个提心吊胆地瞅着大哥，只见他高挽着裤腿，挂着木棍小心翼翼地向前走着，一会儿蹚过河上到对岸，娘隔岸向大哥招手，大哥返回对娘说："能过，不过河心那儿水深，而且河底全是卵石，你看我的裤子全湿了！"娘望着河水沉思了一会儿对大哥说："你大，少不了你一个一个背着过，不然小的几个到河心被水冲走可就不得了啦！"

大哥干脆脱去裤子一个一个的背着我们过河，娘是最后一个被大哥背过去的。我们娘儿几个被大哥背到对岸时，他被那冰冷的河水冻得瑟瑟发抖，娘喊着我们拾来松枝燃起了火堆，让大哥在火堆旁烤。

我们娘领着我们穿行在密密的松林里，娘不时抬头望着西边的天际对我们说："娃娃们，咱们得快点走，你们看太阳不高了，听送了咱们的维吾尔族车夫说这林子里有狼。"

十五岁的大哥板着个脸从松树下捡了根松木棒攥在手里，我也学着大哥的样子捡了根细些的木棒握在手里，紧跟娘快步向林子外走去……

太阳从高大的天山上落下，晚霞在山顶闪着紫红色的余光，我们已走出那片密密的松林，又是个上坡戈壁滩……

黄昏后，夜幕降临了，望不到天山脚下的高烟囱了，可远方的高烟囱方向明晃晃的电灯连片，娘在前面背着三弟，三姐背着行李卷紧跟着娘，我和大哥手握木棒跟在后边，大哥不时地对我说："老二，快些走，把娘跟紧！"我心里真紧张，心想如果真的狼来了咋办？就试探着问娘："那些冒着与烟高的烟囱咋看不见了？"娘说："鼓劲跑，这阵子天黑了，那高烟囱里冒出的烟自然就看不见了。"

"你没听人说看山跑死马呢！不过别怕，你们听，有电灯的那个方向传出了机器的响声，我估计离独山子已经不远了，你们都鼓鼓劲！"

娘的话刚说罢，从身后戈壁下的河谷里传来"嗷嗷……嗷……欧欧……"刺耳的一种怪叫声。

我问娘："是什么声音？"娘说："快都到我身旁，是狼叫的声音！"我们听娘说是狼的叫声，转过头向后面黑影中的戈壁上望了望，一只手紧紧地抓着娘的衣裳加快了脚步……

一会儿，眼前出现了一条沙石公路，娘对我们说："公路上不会有狼的！"这时我们才松了一口气。顺路盯着那片有电灯的方向走着，一会儿过来辆卡车，一会儿过去辆油罐车，车灯把公路照得通明。走着走着一个贼亮的探照灯把公路和两侧的戈壁照得白亮，让人觉得刺眼。路右侧有几个砖房，左侧立着个大牌子，上面写着"独山子检查站"，两个头戴大顶帽的警察背着枪站在牌子下，娘领着我们走到警察跟前，一个警察问："你们是干什么的？"

娘从衣袋里掏出爸从单位上邮回的公函和敦煌走时开的介绍信递给了那警察，警察仔细把证件看过后问娘："你们怎么走到这阵子了？"娘把从乌苏经过到这儿的过程说给警察后，那警察把风尘满面的我们望了望对娘说："大嫂，你可真不容易啊！"

说话间听到不远处有汽车的马达声，一辆卡车过来了，那警察手一招，车停了下来，驾驶员下了车到警察面前掏出了两个红皮小本本，那警察看了一眼对驾驶员说："这儿有口里（内地）上来的几个人，他们没出过远门，麻烦你顺路带上送到工三团，这都小半夜了，人生地不熟的，他们难得找见个地方。"

上了车心里真高兴，不一会儿大卡车驶到一个大院门口，灯光下门口的牌子上写着"新疆生产建设兵团一师建筑三团"，司机让我们下车，门房出来一个人问："这都半夜了，你们找谁？"娘把介绍信递过去。

那人看后说："你们稍等会儿，这个人我认识！"一会儿那门房的人和爸爸一块来到大门口，那人看样子和爸爸很熟，开着玩笑对爸说："这几个人你认识吗？"

爸点着头对门房那人说："我的家属和子女咋会不认识？"

爸见了我们，把每个人都望了望高兴地抱起三弟，在三弟的脸蛋上亲了亲说："这尕贼娃子，我走时还在你妈肚子里，这几年不见都长这么大了！"

爸离开敦煌时我才三岁，记不清他什么样，见到他那面容就有股子亲近感，当时觉得真的像到了家，有了安全感。

独山子是个炼油厂，它的南面和西面背靠着高耸入云的天山，炼油厂就建在天山脚下的一个三面坏山的山弯里，市区中间有一座三层洋楼，里面住着苏联专家，往北是新疆石油单位和学校，工一师三团在那里承建着炼油厂的工程。我爸所在的单位有一所小学叫"工一师三团子女小学"我们到那后刚开学没几天，爸给团领导说后，我和大哥、三姐就报名入学了，在独山子上了一年级。那独山子背靠着天山，冬天常下雪，而且雪特别大，汽车从街上过把雪压成白冰，春天才会消融。

第二年，爸所在的单位又去北边的塔城地区准格尔盆地的西缘叫克拉玛依的石油矿去搞工程建筑，子女小学随之跟着建筑团搬到了克拉玛依上了两年，那儿风沙特大，从宿舍到学校间拴着一根又粗又长的麻绳，遇到风大的那天，老师领着我们一个个手抓麻绳去上课，风大得能把公路上的汽车掀翻，能把铁皮屋顶掀走……

第四年，爸所在的单位又调到伊宁市修楼，我们子女小学就随着到了伊宁市，那伊宁市可算得上新疆最好的城市了，少年时期的我，除了上课，其余时间不是和一起的男同学拿着弹弓打鸟，就是结伙到市郊外的伊犁河边游泳，河边游泳的人很多，有汉族、维吾尔族、塔吉克族等。还有哈萨克族。开始我们只能在河边的浅水里游浮，后来学会了游泳、踩水多种游法，看着那一伙伙的少数民族小伙子还有和我们大小差不多的孩子，竟能从此岸游到彼岸，就试着游。后来也能像他们一样可游到对岸了，只可惜回到敦煌后再也见不上像伊犁河那样宽大水深的河流，只能在小小的沙坑、涝坝去洗澡。说实话，我连做梦都梦见那条美丽的伊犁河。每逢寒暑假都是团里用大轿子车拉回老基地独山子，过完假期又拉着去学校的。假期我们乘坐着团里的大轿子车从独山子向南到乌苏折向在天山以北的戈壁上走着，路南高峻巍峨的天山连绵不断，高耸入云的山峰顶上长年罩着白雪，在阳光辉映中闪着耀眼的银光。过了精河县，公路旁的赛里木湖映入眼帘，碧绿的湖水一眼望不到边，在蓝天白云的衬映下。真所谓天水一色，还有一座湖心孤岛，鸟儿们忽起忽落，湖畔和南面的山地草原上悠闲地吃着牛群、马群、羊群。

车顺着湖畔的山间峡谷进了果子沟，那山谷两面的坡地上长着茂密的松树、野果子树。

车停在山谷里的路旁，一座圆木修筑的木屋旁。我们上山坡去看到那四五个人合抱不住的巨大松树，横枝层层，树叶密密麻麻蔽天盖日，阳光洒在树下松软的枯枝败叶上，尽是大小不等的圆坨坨，野果子树上的果子挂满枝条红得耀眼，可老师只许我们看不许摘着吃，说是有毒。

车到清水河镇后又转了个一百八十度的盘山公路，头朝东路过霍城县和察布查尔锡伯族自治县才进入伊宁市，那座城市是一座很古老的城市，宽敞的柏油路大街比敦煌城的大街要宽四倍多，市中心有座钟鼓楼（是座古建筑），上面的油漆部分也不知什么年代早已脱落，钟楼顶上吊有一口巨钟，撞钟的设置是在钟的一侧用铁链子吊着一根比碗口粗的横木，撞时一人摆动横木一头撞在钟的侧面发出浑厚响亮的声音，偌大的伊宁市全城都能听得见。

我们学校就设在东西走向的一条宽敞的大街西头，那街道的名称叫"斯大林街"，到了伊宁的第二年三姐跳级了，我三姐比我大三岁，她比我懂事早，学习成绩优秀，跳了一级，跳级后成绩还是很好，她是我们工三团子女学校的大队长。

我那时贪玩，不是打乒乓球就是玩弹弓，不过学习也在同班学生中属前茅。

最后一个暑假，团里几个领导去了伊宁市接我们时，他们带着三大轿车小学生绕道向南一路让我们游看了乌孙山森林草原，乌孙山是古代乌孙人的牧地，至今仍是哈萨克族牧民的牧场，山区内草木繁茂，山坡的草地上绿草如茵、百花盛开，牛羊成群、毡房点点。大轿车在天山深处群峰间回绕，回望来时的天山公路透迤盘旋，像一条回绕的带子。当车回旋上最后一段陡坡登上山巅时，眼前的景色吸引住我们的眼球，一片一眼望不到边的碧绿草原尽收眼底，白色的蒙古包像朵朵雪莲花星罗棋布点缀在草原上，一群群的羊群像朵朵白云在飘荡，牛、马也自然成群徜徉在草原上。

车在草原上向东南方向缓缓行驶，车内的领导赵团长（他的女儿和我同级、同乘一辆车）对我们说："孩子们，你们是祖国的新一代人，今天我们特意绕到天山南边，让你们看看咱们新疆最大的巴音布鲁克草原，这是仅次于内蒙古鄂尔多斯的中国第二大草原，让你们看看咱们新疆最美丽的大草原，将来你们长大后一定要把咱新疆建设得更加美好！"

我们听着赵团长的讲话高兴得欢呼雀跃、拍手欢迎，音乐老师在车内给我们教了新疆民歌《我们新疆好地方》，欢快优美的新疆民歌在车厢内回荡。

车到了一个叫巴仑台镇的地方转向北穿越了天山到一个南面靠山的工业城市停下，车上的领导对我们说："这半年咱们团把基地从独山子搬到了乌鲁木齐市的西面不远处叫头顿河八一钢铁厂，你们的父母和我们办公的地方都在这！"

车停在一个没有围墙的大场子中间，这时我们的爸妈都从房子里出来领我们。

在八钢上完了六年级。那年秋天，也就是一九六二年的玉米熟时，上面下来政策要全国人民大办农业，我爸所在的工一师三团改编成农建兵团，全团去呼图壁种地，但政策也允许老家在外地农村的可以申请回老家种地。那时敦煌的三年饥荒也过了，四叔来信说敦煌已经恢复了挨饿前的平稳状态。当时娘多病，也想念敦煌的外爷外奶，还有两个姐姐和外孙们，就写了份申请呈交团里，团里批准了父亲的申请，开了一张公函，上面盖有一块"新疆生产建设兵团工程建筑一师三团"的大方印章，还发了几百元的路费，我们就上了东来的汽车回到了老家敦煌。

我虽随父母回了敦煌，可新疆在我印象中是神奇而美丽的，我作了一首诗表达对新疆的眷恋："天山的雪，塔城的风，伊犁的风光最迷人，赛里木湖水连云天，果子沟的景色难忘情，巴音布鲁克草原真辽阔，新疆的山山水水绕梦萦。"天山南北是我的第二故乡，我不知何年何月再能去看看我的第二故乡……

她静静地听着他的述说，听完后长长的睫毛下那双明媚动人的大眼睛一闪一闪地盯着他，长长地叹了口气："唉，要我说你们就不该从新疆回到敦煌来，看你刚步入人生就遇上这场困难。"

他把她望了望，平静地说："这都是命运的安排，如果我不从新疆回来，那你可就去了新疆。"

她惊讶瞪着双眼问："此话怎讲？"

他幽默风趣地说："幸好我从新疆回来到北大湖打柴，在这条疏勒河畔提水时发现了你并救你上的岸，不然你就随水去了新疆的罗布泊，那就不成了人们所说的阴差阳错了吗？咱们这辈子绝对没有见面的机会了。"

她听后咯咯咯地笑了，笑得满面泪水点着头说："可真的会开玩笑，不过也是，就这么凑巧，这说明咱们今生有缘。"

他叹了口气说："好了，咱先别提这件事了！再说我还有和你相似的爱好：喜欢唱歌，有天然的男高音嗓子；对于乐器也很感兴趣，乐器是一会百通，各种乐器都会演奏。在伊宁上学时每逢节日、夏令营，老师都会带我们去伊犁河畔唱歌、跳舞。那条伊犁河要比咱林子北边的疏勒河流量大好几倍，但河水颜色和疏勒河很像，深绿深绿的。洁白的浪花拍击着河岸，让人看着有自然的美。我每次去河边提水的时候总要放下水桶顺着河畔看上一阵子，看着看着就好像在伊犁河畔站着，想起我的学生时代是多么美好！可它已过去了，再也回不到童年时代了，它只能留给我永远的回忆……"

"哦！原来你是个认真的人，干什么都专心，才艺满身，怪不得你吃那么多苦眉头都不皱一下，你的胸怀像大地一样宽广！"她认真地说。

"不！娟子，你也别太夸奖我了，其实我也有阴暗的一面，你和我认识不久，所以你还没发现，我的脾气倔强，据说属牛的人都很犟的。"

"哦？怎么你也是属牛的？"她惊奇地问道。

"对！是四九年生的，属牛。"他笑着对她说。

"啊？太巧了，我也是四九年生的，属牛。"她高兴地说。

他问："你是几月生的？"

"八月！你呢？"她说。

他说："农历正月，咱俩都属共和国的同龄人，只不过我比你大生月。"

他接着说："娟子，咱光顾说话，肚子都饿了，天色也不早了，你烧锅，我给咱和面，做一锅萝卜汤面片，咱吃过后我送你出林子你好回去。"

她说："今天天色不早了，我背包还有三个馒头咱烧滚水，泡着吃上些馒头，得赶快赶着羊回畜牧队，不然天黑后迷了路咋办？"

"馒头是你的，我吃了，你路上饿了可咋办？还是我赶快和面。"他说着提起小半袋面要往盆里倒。

她忙上前夺过他手里提着的面袋放在原地，瞪着眼说："我知道你又给我做那鞋底厚的粗面片，这样吧，这三个馒头我吃上一个你吃上两个，先凑合着压压饥。我自从接触你后，就留神过你的饮食，你每天下滩前的早饭是萝卜拌汤，晚饭是萝卜面片，没有吃午饭，我上南滩找你路过黑树窝时在你的柴房里发现屋顶横木上吊着的旧帆布提包里只有十多个黑面干粮，几天后又翻着那个帆布提包，帆布提包里还有那么十来八个黑面干粮。我思量着你是舍不得吃，听你说你们敦煌农村吃粮紧张，我初次到你这吃的那顿又黑又粗的汤面片，那么厚而且煮的时间短，你说吃上耐实，扛饿，这一切我都知道，你是在节省吃的，我很同情你，你说这么大一个小伙子，正是吃饭不饱，干活不累的年龄。这样吧，我每天放羊来时给你带几个白面馒头来。"

"不行，不能，我吃了你一个人成天在这滩上有远没近的放羊，你用啥充饥！"他忙说。

她望着他那饥饿的面孔，笑了笑说："你不了解我的饮食生活，告诉你别忘了我们兵团是国家农垦单位，一个连一百多人种着七八百亩地，在伙食上比你们生产队的伙食要好。我们一天三顿不是馒头就是炒菜干拌面，隔三岔五还改善伙食有大米饭、红烧肉。只有我们几个放羊、放牛、放马的人每天早晚两顿，早饭吃过后还要在灶上装上馒头或者大饼，算是自带午餐，自己装，食堂的大师傅和管理员还对我们说，多装上些，别在滩里饿着，我以后装时，多装上几个带来你吃。"说着从背包掏出三个白面馒头递到他手里。

他说："当真？"她嘿嘿地笑了起来："骗你我是要饿肚子的，当然当真了。"

最后他还是按照她的意思照办着吃完了晚饭。赶着羊出了那个茂密的黑树窝，渐渐消失在茫茫荒野里……

经过杜娟的精心医治，按时吃着药，心情也好了许多，他的伤一天比一天轻，又加每晚睡前喝上几口酒也能睡安稳了，身体比前些日子好多了。他用小圆镜照着，黝黑的脸上出现了深红色的亮光。

冬天的天气只要不刮风就算是好天气，太阳照在身上暖融融的。他今天下滩早，太阳还不到当天就打了好大片子柴。天气格外晴朗，老远就发现北面的河沿有群羊，好像一大团白云向南漂来。她把羊群赶进东边的古河床，河床里草多而杂，羊群埋头啃着干草。她脱了大衣，忙着替他整理那些砍倒的红柳，他放下镢头也整理，一个小时左右就都整理好了。他看着她满头冒着热气，出气时嘴里喷出团团白雾心疼地说："娟子，咱燃上一堆火歇会儿就回，让身上的汗干一干，今天的任务已超额完成，多谢你的帮助！"

她抬头望着红红的太阳咯咯咯地笑了起来，两只会说话的眼睛一眨一眨地望着他说："这就叫打柴放羊都不误！"

南滩上离畜牧队远很少来羊群，古河床的草好，羊爱吃，赶到河边饮过水后，羊肚子就圆圆的！

他们一个扛着镢头一个握着牧羊鞭赶着羊群慢慢地向老北面疏勒河畔的黑树窝走去。

第三十七回 | 踏破铁鞋无觅处
得来全不费工夫

一路上他对她说："娟子，这些天你为我的病费心了，今天回去我做好吃的让你吃！"

"啊？是不是那鞋底厚的面片子？"她幽默地说。

他没吭声，只是笑了笑。

羊进了林子后吃着厚厚的干胡杨叶，他俩走到柴房门口。她发现柴墙上架着一只长着犄角的大黄羊。

"啊！今天真有口福。这滩上的黄羊成群，我见多了，可它们跑起来速度特别快，你是怎样逮住的？"她惊奇地问。

他说："就是今天早上天刚麻麻亮，我去河边提水，离河岸不远时发现每天提水的那个冰窟窿里有一个黄色的东西露在冰外，我在想是不是狼，就放下水桶回到房子上提起镢头来到河边小心翼翼地向前移动，快到跟前时我大吼了几声，可那个东西仍然没动。慢慢近前一看，原来是一只黄羊倒栽在冰窟窿里，我使劲往上拖，可怎么也拖不上来。细心一看，原来它长长的犄角卡在冰层下的凹处，就用镢头在冰窟窿周围砍冰，砍掉了四周的冰块才拖上来。我判断是老南的原始胡杨林里跑来喝水的一只大公羊，它已冻死在冰窟窿里，它可真够沉的，我试着几次都没背起来，后来就从冰上拖到岸畔的小土崖上才背回的！"

她听罢后拍着手高兴地说："这才叫踏破铁鞋无觅处，得来全不费工夫！这下可以给你好好补补受伤的身子了！"

她动手燃起火把锅架在火头上，从背包里掏出六个白面馒头烤在火边上，他麻利地用小刀剥着黄羊皮……小锅里喷出股股白气，她翘着小巧玲珑的鼻子嗅着从锅沿喷出的香味，笑着说："好香的黄羊肉，我在这滩上几年了，只见黄羊跑，还从来没吃过黄羊肉呢！"

"是的，黄羊这种动物很难逮住，不过久长住滩的人他们用铁夹子逮住过，我也吃过，肉就是比咱们养的家羊肉香多了！"他说。

"喂！你说你是四九年生的，今年算来都二十了，农村一般找对象都早，你家里有媳妇吗？"她边烤馍边试探着问道。

他一边专心看着那本《三家巷》一边心不在焉地说："没有，再别提媳妇的事了！"她惊奇地问："那咋不找呢？"

"唉！"他放下手中的书对她说，"在这个唯成分论的年月，找个对象难啊！记得前些日子回敦煌后，每晚很迟的时候妈和爸就说起这事。妈说：'咱托人问一下刘家二女子！'爸说：'刘家二丫头虽说人好，可人家成分低，他们肯和咱们结亲吗？那不等于大风下面吃炒面，枉张嘴呢吗？'妈又说：'那就请人问问西村马家三女子，她家成分和咱家一样！'爸说：'你说得也是，但他们把大丫头和二丫头都嫁给了贫下中农，现在唯成分论，到处都在划清界限，他们能让自己的女儿往火坑里跳吗？'妈叹着气说：'是啊，现在给娃找个媳妇，对方一听说是高成分就只管摇头，难啊！'两位老人的话我听得清清楚楚，他们还以为我睡着了！好了，再别提这烦心事了，我觉得肉熟了！"

他揭开锅盖用筷子在肉上捣着试了试说："熟了！快取盆往出捞！我给咱取盐……"说着从盆里取出一块肥肥的羊肋条肉接到她手上风趣地说："娟子，吃吧！我这可算是打上黄羊敬神——不舍家财！"两人吃了一阵子，她放下手里的肉问："酒还有吗？"

"有！还剩半瓶！"他说。

"快去拿来，这数九寒天的，今天有这么香的黄羊肉，喝完后我再给你去买！"她催着说。

他从铺后取出那半瓶子高粱酒倒在碗里，双手递给她说："喝吧！"她接过碗喝了两口就摇头说："好醇香的酒，可我喝上觉得头晕，还是你喝吧！"

他接过碗一口气喝完，觉得真好喝说："有肉下酒就是好！"只见她脸上泛起了两朵红霞，大口地喘着气说："我头晕，想在铺上歇会儿！"

"好，你去歇吧，我出去看看羊。"他说。

他出门后一看，羊正在往林子西头移动着，前去拦了个头朝北，转回房只见她侧身倒在铺上睡着了，鼻孔里发出阵阵轻微的鼾声。他出来看看太阳已经不高了，畜牧队离这还有十多里路呢，心想：她睡得正香，天色已不早了，怎么办？

　　"喂！娟子，你醒醒！"她慢慢地睁开双眼看了看门外的夕阳照在老胡杨树上，很快起来说："我该走了，怎么睡着了？再迟就回不去了，你快出去把羊收在一起送我过河。"

　　过河后他又送了一段路问道："娟子，这阵还晕吗？"

　　她不好意思地说："不晕了，凉风吹着头脑真清醒，你回去休息吧，别再送了……"

　　十五的月亮十六圆，月亮像个巨大的银盘把清辉洒在胡杨林里，他从房里出来，在卸车的场子上望着东边胡杨林外的明月自言自语地说："她这会儿是不是到家了？以后再到这儿来，无论如何得让她早点走，太迟一路上若碰到狼可咋办？一个女孩子赶着那么大群羊，穿过茫茫荒野，我真替她担心……"

　　他回房后借着篝火的亮光专心地看着那本《三家巷》，看得很晚了，觉得眼睛发困就钻进被子里睡着了……

　　晨曦透过柴墙照在他的脸上，今天怎么睡这么迟了？赶快起来烧水，吃过早饭后下滩。叭叭叭的马鞭声传进黑树窝，是吴叔赶着车下来了。他连忙帮着卸牲口问："吴叔，你今天怎么太阳都出来了才到？"

　　吴宝善说："昨天下午就准备套车时发现左轮胎没气了，叫修车的扒开一看上面扎着颗钉子，就补内胎，耽搁了半天，修好才套上来的。"他问："吴叔，想吃黄羊肉吗？"

　　吴宝善笑着说："想吃，哪儿有？"他说："只要想吃，我就给你煮！"

　　吴宝善吃着刚煮熟的肥羊肉问："你从哪儿弄来的？"他把从冰窟窿里拖上黄羊的经过给吴宝善说了一遍，又对吴宝善说："吴叔，明天你走时我卸下两只后腿你带回去，一只让吴婶和雪儿吃，一只带给我爸，让我爸妈和弟弟尝尝黄羊肉。"

　　当天把柴装好住了一夜，第二天车套好他提着两只黄羊后腿递到吴宝善手里，吴宝善把肥肥的黄羊腿望了望，又用手掂了掂笑着说："这一只后腿足有十斤重，你运气还不错！"

鲜红的太阳照在一丛丛红柳上，红柳的遍身像浸过油一样，显得格外红。他打得正起劲，汪汪汪的犬声从远处传来，他上在身后的沙丘上向北望去，一群白云般的羊群正在向这边的红柳丛中移来。他想肯定是杜娟的羊群，便在沙丘下燃起了火。她把羊依然赶下了东边的古河床，花豹站在河畔上竖着两只耳朵东张西望。

"喂！快来烤火，今天虽然太阳红红的，可寒气逼人，你今天来的可真早啊！"他老远就大声对她说。

她到火堆旁边烤手考边说："昨天从你那走得晚了些，回到羊圈月亮都老高了。"

镢头在阳光下划着弧线，她在后面帮他整理着柴稞……

他抬头看看天空，太阳已过中天，再看看她整理好的那片红柳说："娟子，咱收工吧！我肚子饿了。""我背包里有馒头，你先歇会儿，我给你取来烤上吃，咱再干上阵子再回行吗？你看我的羊吃的多乖！"

锅盖边的热气往外喷着，他把洗净的羊肉一块块往锅里投，她说："今天少煮上些，昨天我吃得太饱，晚上睡觉觉得胃里不好受！"

火苗碰着锅底，只听锅里发出咕咚咕咚的声音。她低头望着锅下的火苗发呆，自言自语地说："唉！多可惜啊！"他坐在一旁专心地看着前几天她送来的长篇小说《三家巷》，听见她的话问道："有什么可惜的？"

她说："你的爱好都是高尚的，但怀才不遇，若得时的话，你很可能成为一名运动健将，或者是一个文学艺术家。"

他听着对自己的评论叹了口气说："哪个庙里没有个屈死鬼？"边说边揭开锅盖用筷子在肉上捣着试着肉熟了没有。

她笑着说："早着呢！刚煮这么一会儿，让它慢慢煮，我给你弹琴，你唱歌让我听好吗？"

他从房顶上取下琴递给她说："你先调好弦！"她问："你要唱什么歌？"他说："你是牧羊的，我就唱首牧歌怎样？"她轻轻地点了点头，芊芊的手指在琴弦上拨动起来。

"对面岸上的姑娘你为谁放着群羊？泪水湿透了你的衣裳，你为何这样伤悲、伤悲，秋风吹得冰凉，草儿是这样的枯黄……"段还未唱完，琴声停了。

他说："你的琴弹得真不错，为啥停了？"

她掏出手绢边擦着顺脸颊流到嘴角的泪水边细声细语地说："你的歌唱得好，可就是太伤感了！""是的，我不该唱那首悲歌，是我在你的愁水里投石，激起了你的悲浪，我看你和《红楼梦》里的林黛玉差不多，总那么多愁善感，好了！把琴给我，我弹你唱让我听听好吗？"他望着她刚刚流过泪的眼睛说。

琴声清脆地响起来，一曲陕北民歌《兰花花》在她的歌喉里活灵活现地把歌中的内容表达得淋漓尽致。锅盖边喷出的香味弥漫小柴房，他揭开锅盖捞出羊肉，给她递了块肥肥的肋条肉说："吃吧！吃饱肚子才能扛得住严寒，才能为咱们的共和国贡献力量，开垦大西北，建设边疆。"他边吃着冒着热气的羊肉边说："你曾经说过，刚到这里来时年龄也小，身体也瘦弱，连朵大点的红柳都拖不动，脸上肯定很白很白的，现在用镜子照照，你那脸上的颜色已被西北姑娘的肤色代替了，白净的脸蛋上透着两朵甘肃红，个子也长高了，干活也有劲了，这几年的牧羊生活经历了不少严寒酷暑，吃了不少苦，也磨炼了你的意志。有位名人说过'经历就是财富'，说明你已经拥有了财富。"

她边啃着肉边说："是的，艰苦的生活是可以磨炼人的意志和性格的！"他说："是的，我也有同感。今天的肉煮得多，你多吃点，下次来我仍然给你煮，这只黄羊大着呢！不过我有个要求，你能答应我吗？"

"什么要求？你尽管说，只要我能做到的决不让你失望！"她望着他那张像深秋被霜染红的高粱色的面孔说。

"据说你自幼喜欢歌舞，曾受过母亲的舞训，到这里来又在文艺宣传队跳过舞，我想你的舞一定跳得不错，下次来能给我跳上一曲看看吗？"她边吃着肉边点了点头。

过了阴历正月十五，天气慢慢变暖，太阳照在身上觉得有了暖气，若在江南的这个季节已是桃红柳绿、遍地春色，可大西北仍沉浸在漫漫冬景中。遍地的各种植物还是那样枯黄，胡杨树稍上的叶芽还是那么小的黑蛋蛋，疏勒河的冰还那么坚硬，丝毫没有融化的迹象。迎着太阳的雪已消尽，只有阴凹处的积雪一块一片的等待着春天的暖流到来。

清晨，浓浓的雾笼罩在胡杨树林上空，太阳出来后慢慢地散去。他从柴房出来深深地吸着清新的空气，放开嗓子唱着一曲陕北民歌："骑白马挎长枪，哥哥吃的是那八路军的粮，有心回家看妹妹，呼儿嘿呦，要打鬼子顾不上……"

从北面河沿上传来汪汪汪的吠声，他取了些干柴进房后燃起了火，自语道："今天这么早她就赶着羊到了河边，一定有什么事！"她挥动着长长的牧羊鞭，把羊赶过河到西边的树林边向柴房走来，军用棉帽上落满了霜，口里吐着团团白雾，长长的睫毛上都成了白色，眼睛一闪一闪地随着带有霜珠的睫毛在跳动。"喂！你今天不下滩？"她问道。

"是的，柴已打得攒下两车，今天天气晴，我休息。"他说。

进屋后她从背上取下背包放在铺上，坐在火堆旁边烤冻得发红的手边说："太阳那么红，可总觉得寒气逼人，大西北的春天来得就是迟！"他热情地给她取下落满雪霜的军用棉帽，用手拂着上面的雪霜说："快到火堆边烤，冻坏了吧？今天怎么这样早就出滩？"

她从背包里取出两瓶高粱酒递了过来说："这些天虽冬寒将尽，可天气依然寒冷，我想你在这四面透风的小柴房晚上一定很冷，这两瓶高粱酒你在睡觉前喝上几口能暖暖身子。"

"娟子，你想得还真周到，谢谢你对我的关心！"他感激地说。

她双手在火上烤着说："你这就见外了，你别忘了我的命都是你捡来的，这点小事算得了什么？"

他盯着鼓鼓的黄背包问："你是不是又给我带来了什么好书？"她笑了笑说："你真是满脑子全是书，书下次给你带！你忘了我答应给你跳舞的事了吗？包里是我换身的衣服！"

他顿时恍然大悟，哦！他连连点头，高兴地说："怪不得今天你比哪次来得都早，看来你是有备而来，那好，我还没吃早饭，你一定也没吃，那咱就一块做早餐，吃过后欣赏你的舞技，你说咱早餐吃什么？"她低头想了想说："吃生烤黄羊腿行吗？"

"行！正好昨天回来的路上拾了一捆干红柳，我这就开始做。"他痛快地回答着。红柳碱大，烤出的羊肉有股子异常的香味。

第三十八回 | 胡杨为帐天做幕
　　　　　　　柴房门前起独舞

　　干透了的红柳在火上发出"叭叭叭"的响声，两只黄羊腿在火上翻动着，黄黄的油滴在火苗上冒着诱人的香气，他取过食盐撒在上面，香味弥漫在柴房上空。

　　他俩在烤熟的羊腿上啃了起来，他吃完一只后在火旁架起小锅烧开水。她只吃了一半说："我觉得快饱了，真香！还想吃，可再不能吃了，因为我今天答应给你跳舞，如果吃得太饱会影响我跳舞的，剩下的你替我吃了，可别嫌弃是我吃过的好吗？""好！都是嘴吃的，有什么嫌弃的！"他笑着回答。

　　水烧开后，他泡了两碗茶，她边喝着浓浓的热茶边说："你喝上点去把外面门前卸车的场子收拾收拾，然后在中间多放些干柴燃起火，那儿就做舞台，尽量把火燃大些，天气冷。我在房内换下衣服，这身笨重的棉衣怎么能跳舞？待我换好衣服后叫你，你再进来取琴行吗？"他点了点头出了房门。

　　他用铁锨刮去了卸车场子上的马粪和柴草，在场子中央抱了干胡杨树枝燃了起来，霎时火光冲天，炽得人离火堆四五米外都热烘烘的。他边等着她的喊声边观察着眼前的场地，心想：她可真有心计，胡杨林做帐，蓝天为幕，场子中间的这堆篝火既能取暖又能当景，真是一座天然舞台……

　　"喂！你准备好了吗？快进来取琴，咱们准备开始！"她在房内喊着说。他进房后见脸盆边的红柳上放着块香皂，她正在拿着个小圆镜梳着额前的刘海，刚洗过的秀发乌黑闪亮，棉衣都放在行李上。只见她脚蹬着一双白色的球鞋，腿上穿着条黑色绵龙花达尼裤子，上身穿着件水红色毛衣，全是崭新的，色泽鲜明。胸前佩戴着一枚耀眼的毛主席纪念章，洗得干净的脸上在小圆镜里反射出平静的神色。动作麻利地梳着发型，很快的梳成了两条辫子，折扎在一起担在肩上。她一手拿着梳子一手执着镜子左照照右盼盼，好像不是去跳舞，而是像去嫁人似的。她斜着眼看了他一眼，脸颊上顿时脸上泛出红云，不好意思地说："就好了，别急！快取琴咱们这就开始！"

他从屋顶的胡杨枝上取下琴出了房门，又在火堆上架了几抱干柴，顿时火光冲天，他坐在准备好的一根粗粗的胡杨树干上正在调弦。她从屋里走出来看到篝火燃得正旺，环视了火堆周边的卸车场收拾得干净、平整，满意地走到他面前说："今天就我一个人，那就只好跳独舞了，就是我曾在文艺宣传队时跳过的舞《草原上的红卫兵见到了毛主席》，这个舞曲我听你弹奏过，你弹得很有节奏感，我跳着肯定没问题，还有你也知道这个舞曲节奏比较快，我连跳带唱可能声乐欠佳，需要你连奏带唱给我配音，可能效果好，行吗？"他说："你也太谦虚了，艺术是不讲国界的，何况你我都喜爱文艺，怎么不行？要不咱在你舞前先合唱一遍，熟悉一下再开始跳你的独舞，你看怎样？"

她听后高兴地说："那太好了，正合我意！"

清脆的琴弦弹奏着前奏曲……前奏曲奏完开始了合唱："我们是毛主席的红卫兵，从草原来到天安门，无边的旗海红似火……"一曲唱完后，她满意地观看着周围的一切，密密的胡杨林、高高的蓝天上浮着几朵白云，眼前燃烧的篝火，然后向他点了点头表示开演。清脆的琴声刚刚演奏完前奏，她做了个扬鞭催马的姿势喊了声："得儿驾"，随之舞步轻快地跳了起来，娴熟的动作与琴声配合得极为协调。琴声时而清脆明快，时而悠扬缓慢，舞步动作随着音符在跳动，篝火在舞场中央喷吐着炽人的火焰，把她那件水红色的毛衣显得更红，黑色的绵龙长裤在火焰的照射下闪着耀眼的亮光，那双白色的球鞋如踏雪的骏马飞快地变换着舞步，时而轻盈飘逸；时而落地有声；时而腾空跃起犹如嫦娥奔月。随着音符的变动，那双短辫在肩头摆动，那缕刘海在微风和火光中不停地飘拂，把那双明媚动人的眼睛显得更加美丽动人。

一曲分三段，她越跳越有劲，好像不是在密林中的卸车场子上跳，也不像在宽敞明亮的礼堂舞台上跳，而好似在辽阔无际的大草原上跳，她跳得那么高兴、欢乐……曲终舞步停后站在原地，舒展了双臂而后双手合在胸前做了个谢幕的鞠躬动作。

他激动地放下琴拍手叫好，连忙上前叫她到火堆旁的胡杨杆上坐下。

只见她红霞般的脸上沁出汗珠。

他说："我进屋取毛巾给你擦汗好吗？"她点了点头说："你觉得我的舞跳

得咋样？"他很满意地说："美哉！妙哉！这场舞是我欣赏过的舞蹈中最优秀的一幕，给了我一种自然的享受，这一幕已深深地录在我的记忆中，永远都不会洗去的。好了，你先进屋去换上棉衣，当心着凉，现在是冬春交季容易感冒，我到林子外面看看羊群，换好了叫我！"

他走出通往林子南缘的大车道，发现羊群在林子的西边啃着枯黄的野草和胡杨树叶，花豹站在南边的小土岗上向南张望。他顺着南望见一群黄羊正在向老南的原始胡杨林狂奔，他回到林中的篝火旁烤着手。

"喂！你可以进屋了，别老在外面待着，羊群还在吗？"进屋后见她已换好了那身又大又旧的棉衣，军用棉帽戴在头上，前阵子舞场上的样子消失得无影无踪，只有那张漂亮美丽的面孔还是一点没变样。

只见她双眉紧蹙，柔声细气地说："不好了，我的一只脚好痛啊！"

"哪一只？快脱了鞋子让我看看！"他连忙说。

"就这只左脚。"说着他帮她脱下那只旧翻毛皮鞋，让她坐在行李上，他细心一看是小脚趾后面有杏核般大小的一块隆了起来，他用手轻轻一触，她说好像就那儿疼。

他说："别怕，脚上这块地方尽是碎骨组成的，很可能是我把场子上的冻马粪没清理干净，你的这只脚跳舞时落在了上面被崴伤，形成碎骨错位，唉！都怪我！"

"再别怨了，你就说咋办？有没办法？好疼啊！"她呻吟着说。"不要紧，别娇气，我会有办法的。你坐在行李上我试着给你治。"他沉着地对她说。

他在她那只软绵绵的脚上慢慢地向小脚趾那块移动说："你可要忍着。"只见她那双柳叶眉已蹙成了八字形，面色苍白。他在她脚上那块隆起的地方慢慢地摸按，终于摸到了一块碎骨凸起，趁她没注意时出惊地说："娟子，你看门口站着一只狼。"她刚抬起头朝门口望的时候，他用大拇指使劲一按，只听咯噔一声，随之她发出了刺耳的尖叫扑倒在他怀中，双手紧紧地搂住他的脖子，大口大口地喘着粗气，半晌后才说："快疼死我了！"

他扶起她说："我给你穿上鞋，你站起慢慢走动，看怎样？"

他在地上挪动着脚步说："已经没前阵子那么疼了，但感觉还是在疼。"

"好！那就说明受伤的那儿凸骨已经还位了，我十五岁时和一个小伙子摔跤时，胳膊上的大关节脱了位，是一个老年人给我还上的，那个老年人给我还位时和今天你的疼痛感觉是同样的，余疼的感觉是肯定有的，因为你也看到了，那块已经红肿，别怕！我想办法给你消肿。"

他从房子出来，很快地到河边捡回两块拳头般大小的鹅卵石拿回烧在火上，又拿出盆子到房后尿了泡尿，把盆放在火上，一会儿盆里冒出了白气，然后折了两个红柳丫杈夹着烧红的鹅卵石放入盆中，顿时冒着白气的尿沸了，很快地撕下被子上的一块补丁放入盆中说："娟子，你坐在行李上，我给你脱鞋。"

她皱着眉头望着他的举动，鼻孔扇动着嗅到刺鼻的尿骚味好奇地问："这行吗？"

"行！错骨还位后的消肿止痛用这种土方医治效果是很管用的，那次我的胳膊大节错位时，还原后的消肿就是用这样的土方子治好的。据上了年龄的老年人说，这样消肿止痛的土方子需用童男子的尿最管用。"他边说边用那块补丁蘸着盆里冒着白气的热尿在她那红肿的脚上轻轻擦拭着问道："感觉咋样？"

她慢慢地舒展了紧蹙的眉头，长长地出了口气说："感觉舒服多了，你给我多擦会好吗？"他把盆放在火堆旁，尿沸了后又擦了阵子说："你先穿上鞋歇会儿，我出去看看羊，回来再给你擦，别让羊跑了。"

他顺着朝南通往南滩的林间大车道出了林子，发现羊已经到了林子西头的那片芦苇滩上，再看看太阳已到老西边三个墩那片雅丹地群的上空，看来太阳快要落了，娟子回家的时间已经紧了。因这儿离她的羊圈还有十几里地路程，她又在跳舞时崴伤了脚，虽然折腾了好大一阵，错位的部分已还原，可还是发肿，肯定走远路不行。他边向老西边的羊群走去边想：为了她的羊能按天黑赶回去，除非自己背着她赶上羊，到离畜牧队不远的那片小胡杨林里放下她，让她慢慢赶着回去。

第三十九回 ┃ 风云变沙尘漫天
　　　　　　避风暴牧女暗恋

　　他边走边想，不觉到了林子西头的羊群边，把羊拦了个头朝东。刚走了不远，林子边的树枝上发出刺耳的怪声，猛抬头向天空一望，看见东边的天空黑紫色的云团像一张巨大的天幕正向西面翻滚而来，他惊恐地自语道："不好，沙尘暴就要来临！"

　　他很快地把羊群拦进通往小柴房门前的卸车场子上，进门取了镢头对她说："娟子，不好了，快跟我来！沙尘暴就要来临！"说着他飞快地跑到卸车场南边的路口旁，抢起镢头砍起了碗口粗的小胡杨，边砍边说："你快拖去把路口挡住。"她拖着那条伤腿一瘸一闪地往路上拖着胡杨树枝。一会儿用树干挡住了路口，还没等他们进柴房门，黑幕已拉下。他牵着她的手进了柴房。

　　一霎时如同黑夜。他俩靠着被子坐下，把大衣盖在腿上闭着眼睛等待着沙尘暴过去。等了一个多小时左右，沙尘暴慢慢地卷着黑浪向西移去，眼前出现了亮光。可狂风卷着荒沙土浪随着大东风在林子里吼叫起来，他走出房门一看，羊群紧紧地围在一起。风越刮越大，像是要把这个林子摧倒似的，他俩背靠行李紧紧地依在一起……

　　她说："估计太阳就要落了，可现在还在你这儿，风这么狂，脚又扭伤，今天我怎么回去？你快出个主意吧！"

　　他叹了口气说："古人说：天有不测风云，人有旦夕祸福。咱们今天遇上沙尘暴是不幸，可面对眼前的现实一定要沉着。我在北大湖打柴断断续续已好几年了，像今天这场沙尘暴遇到过多次，可今天不同的是有你和这群羊，既不能让羊受到损失，更不能让你遇到不测，只有等待。据我掌握，每年冬尽春来的时候是四季风最多，也是最狂的一个季节，咱们现在所处的地方是千里河西走廊的最西端，走廊如同一个长长的喇叭，咱们就处在喇叭口上。听本地人说：东风是整三破五送两天，风是太阳落山前刮起的，你要有个心理准备。不过你也别怕，羊已圈到门前的这片空场上，通往南滩的大车路已被咱们用树枝挡住，周围的林密，羊群不会跑散，咱们有这个小柴房可以避风，可就得让你受委屈了，风停前决不能离开这小柴房！"

她默默地听完后矜持地问："那晚上我睡哪儿？"

"就睡我铺上！"他回答。

她问："那你睡哪儿？"

他说："别管我，你的脚有伤，肿都没消下去，中午你跳舞时出了不少力，平常你肯定没这样活动量大，又加脚上有伤，肯定不舒服。你就放心的拉开被子睡，我守在门口看羊。"

黄昏笼罩着天空，呜——呜——呜——风声发出刺耳的呼啸，夜幕在怒吼的狂风中降临了。他借着忽明忽暗的火光看着她，困倦的脸上带着香甜的微笑，不时发出阵阵轻微的鼾声。

他坐在火堆旁依在墙上的胡杨树干上想着：多么可爱的姑娘，白天那场舞浮现在眼前，好似重播一样。原在古书中读到古代几名出类拔萃的舞女：西施、虞姬、杨玉环、赵飞燕等各有千秋，环肥燕瘦是中国两种审美观点，赵飞燕起舞身轻如燕，据书上记载，能在掌上起舞，我想那只不过是传说，可杜娟的舞是我亲眼所见。她真的是一个舞蹈天才，好一匹千里驹，那么大的农建兵团怎么没一个伯乐？不！不是没有伯乐，而是在这个唯成分论的年代，把她从舞台推向这荒滩野林的！

认识她已快三个月时间，每次见到她的时候都是看着她穿着那身晒得发白笨重又不合体的旧棉衣。今天她稍一打扮，合体的衣服、美妙的舞姿，那场舞虽然曲始舞停仅仅只有不到十分钟，可她表演得认真、完美，好似雾月露容、流星一闪瞬间就消失了……

夜是那么的黑，一颗星星都没有，风是那么狂，不时有刮坏的树枝落下，发出咔嚓咔嚓的断裂声，可她那均匀的鼾声和外面怒吼的狂风形成了鲜明的对比。他在想：自己已到成婚的年龄，由于这个唯成分论的年代，找个对象确实难，而她也是同样，因为她是女的，但相对比自己有优势。她曾在信上给我说过她在婚缘上的经历，由于她清高自持，所以她一直在等待着……

她每次和自己的接触时都流露出真诚、坦荡，能把自己所遇之事不遮不掩地告诉自己，用行动表达她的感情，给自己送酒、送书，给我疗伤，帮着打柴，那些温馨的话语，包括今天给自己献的这场舞……她能在自己面前把一个青春女儿的真情温柔细腻地流露出来，看来她对自己有那份情。

"汪汪汪"的狗吠声打破了他的梦想，他连忙执着镢头走出柴房在羊群周围转了一圈，除了怒吼的风声，可什么动静都没，只有花豹站在南边的路口旁看着自己不停地吠着。他想肯定是饿了，都一天半夜没吃东西了，便到房后的胡杨树丫杈上取下黄羊头拿去喂给它。

他进屋后，坐在余火旁断断续续地想着前面的事……

忽然听见房后传来咔嚓的一声，他很快地转到房后一看，原来是房后那棵老胡杨树的一个比碗口的大枝被狂风吹断落在地上。

他顺便拾了几根干树枝架在火堆上，自语道："你想事别只往好处想，必须先往难处想。"

她们的兵团明文规定：婚嫁只限他们内部！"对！这才想对了，再不能把这黄粱美梦做下去了！"他喃喃自语着。

"喂！你在干吗？半夜三更一个人絮絮叨叨的，是不是因为我睡在了你铺上，鸠占鹊巢了？"

他猛回头，在火光的辉映下，她明亮的眼睛一闪一闪半认真半开玩笑地说。

他连忙说："没那个意思，请原谅！你继续睡，一定再不打扰你！"

他到了铺前把她身上盖的皮大衣往好里压了压。

"好了，再别给我往好里盖，我已睡醒了，这都啥时候了？"她问。

他说："我估计过了半夜！"

"你来睡吧，我觉得你一定也困了，我起来看羊。"她关心地说着从被子里爬出坐在火堆旁。

他钻进被她焐热的被窝里，慢慢地进入梦乡……

她烤了阵子火就到房外的羊群边绕了一圈，看见花豹正在啃着黄羊头。天空一片漆黑，狂风怒卷着带有土腥味的沙尘在林子里碰击着胡杨树枝，不时有被风刮折的树枝落在地面。她坐在火堆旁，用手摸着脚伤的那块，好像肿已消了许多，疼痛也减轻了许多。她想：他真有办法，若不是他给自己还骨，这只脚肯定肿得连鞋都穿不上，还有他用那么简单的土方子，用热尿擦拭，肿能消得这么快？

多么好的小伙子，虽说清苦却很乐观、自信，他的言行多么诚实，干什么都专心，特别是他爱好读书，这点和自己相同；对艺术的追求也和自己相似，还有他的背景和当前处境都很相似，真所谓"同病相怜，同忧相助"。这样的人在丁姐给我介绍的人中从来没碰见过，尤其他在那透骨冰凉的疏勒河水里救了自己，多么让人感动、难忘，他的爱好和品质都是那么的高尚，与常人不同，若能嫁给他，就是比现在更苦我也心甘情愿。妈妈的信中说只要能靠住，自己愿意的事自己做主。我看他对自己也很在意，可他从不表达出来，那只有厚着脸把这层窗户纸捅破，看他是个什么态度。

风虽然不停地刮，可等天亮后毕竟比黑夜亮多了。她走出房门把羊群看了看，漫天的弥尘中羊依然围在柴房周围，花豹还在南边的路口上啃着黄羊头。她顺手拾了一抱被风刮折的干胡杨枝，进门后把火架大，再看看被窝里睡熟的他均匀地打着鼾声。

"喂！天都亮了，咱们还是昨天早上吃的烤羊腿，一场沙尘暴害得什么也没吃，快起来做吃的吧！"她叫醒了熟睡的他。

他很快地钻出被窝，用手揉了揉惺忪的双眼，把锅架在火上，从桶里倒出水问道："娟子，不好意思，前半夜我一直没睡，过阵子到外面看羊，怕狼来把羊叼走，的确是困倦了，这不，一夜过来了，你想吃啥我这就做。"

她说："想吃饭！"他把被子拿到门外抖了抖上面的沙尘，拿进后说："娟子，咱俩把被子顶在头上，我和面，不然沙土和面粘在一起吃了会生病的。"他和她顶着被子，他麻利地和好面，待锅开了后很快地下熟了饭，仍然头顶着被子吃，算是一顿特殊的早餐吧，也算是一顿难忘的早餐。

吃过后他对她说："娟子，让你受委屈了，你还是去睡吧！睡醒了换我，这么狂的风再也干不了啥，咱俩轮换着休息、轮换着看羊，可千万不能让羊受损失，若羊群受到损失你可怎么向你们畜牧队的领导交代？你说是吗？"

"你说得对，可这都天亮了，我也没睡意了！"她很精神地说。他俩依在火堆旁，四只手不停地翻动着、烤着、翻着……

她沉思了好大一阵子，终于开口了："喂！我给你看了个媳妇，不知你满意不满意？"

他心里一惊幽默地说："你是不是昨晚没睡好，在说梦话？"

她说："不是梦话，是真的。"

他说："既然是真的，那人在哪里？"

她沉思了半晌说："近在咫尺，远在天边！"

他想自己的推测没错，怎么就想一块儿了，看来两人都有灵感。

他和气地说："娟子，你真行！怎么和我想到的一模一样，你所想的我在前半夜已想过了，说真话自从咱俩结识后，我一直在喜欢你，几乎做梦都常梦到你，你以为我是个冷血动物吗？但是我也反复考虑过这件事，咱们不能结合！"

她焦急地问："为什么不能？我妈都给我说了，只要自己觉得能靠住，就让我自己做主。其实我这话早就等着让你先说，可你就是不开口，今天我说出来，你说不行，那你把你的心里话说出来，让我听听到底为啥不行？"

"娟子，你先别急，也别生气，听我给你慢慢说。你们农建兵团的婚配只限内部，这项政策我知道你更清楚，再说你还有机会回到天津老家，因为第一批来的支边青年已有返回天津的，我在这个北大湖打柴好几年了，你们农建兵团的情况我听说过，你若留在大西北，那你妈身边一个亲人都没有，她老了靠谁，你想过没有？即便你痴情要和我在一起，手续能办得上吗？"

她语气坚定地说："婚姻是我自己的事，自从你将我从河水中救出后，在每次接触我都用心细细地观察着，直到今天早饭后，我认定你是个正人君子，我的眼光是不会看错的。你说的手续不就是那张结婚证吗？我都想好了，办不上就不办了，大不了我就不再放这群永远也放不饱的羊，你也别再砍这永远砍不完的柴，你也看到我这身旧衣服，穿得再好让谁去看？这几年我省吃俭用存了些钱，还有我妈给我寄来的全部存放着，咱俩到公路上挡个汽车，到柳园后再坐上火车出西口上新疆，找个不认识咱们的地方，凭你的诚实和能吃苦，我现在也不怕苦了，咱们一定能更好地生存！"

他静静地听着她的述说，双手翻来覆去地在火上烤着……

"喂！你听见了吗？怎么不吭声？"她瞪着圆圆的眼睛焦急地问。

他抬头看见她那生气的样子说："你说的不就是人们所说的私奔吗？那怎么行？你想得也太天真了，也不符合现实，你我的父母怎么办？就这样一直逃避下去？"她痛苦地说："你再别说行吗？"说着哭了起来哭了阵子伤心抽泣的自语："看不上的找上门，看上的又不要，我的命怎么这样苦？既然你救了我，你就得要我，难道你让我对你的那份感情付诸东流？"

他安慰着说："娟子别哭！再别说疯话了，你我都老大不小了，况且都是有文化、有知识的人，这么大的事一定要理智，万不可感情用事，咱们读过很多古今中外的书，知书方可达理，像你所想的去办结果能好吗？你仔细想想，在婚姻这件事上一定要谨慎。你妈的话没错，可她怎知你在这离她几千里外的详细情景？任何事都要面对现实，你是一个相当聪敏，又是一个有抱负的人，你的歌喉好，舞更好，身材美、模样漂亮，是个人见人爱的好姑娘，至于出身给你带来的不幸也别怨天怨地，我想千里马总归是千里马，耐心地等待着伯乐出现！"

第四十回 | 领导话儿记心上
矢志不渝建边疆

他接着说："我想咱们要努力进取。去年我在一本《辽宁青年》上看到过一篇文章，内容是写一个和咱们出身一样的女青年，她主动靠近党，后来加入了共青团的事迹；还有《人民日报》上刊登的一九六五年七月五日，周总理、陈毅元帅等国家重要领导人到新疆石河子军垦区视察工作时接见了兵团劳模，其中有一个山东籍的女青年，名叫金茂芳，她是兵团的第一代女拖拉机手，是闻名全国的劳动模范，一元钱的人民币上，那中间的图案上有一剪短头发女青年、驾驶着拖拉机的就是她。

"你一定要任劳任怨，不断学习、锻炼好身体，争取做一个自食其力的劳动者，前途是无量的！至于我，要和你一样，相信党，相信周恩来总理说给咱们的话，咱们是四九年生，和共和国同龄，一定要为新中国的建设尽力，至于眼前的逆境咱们要付出常人做不到的加倍付出，鼓起勇气往前走，我想肯定是有前途的，会有施展咱们才华的领地，你说对吗？"

她点着头说："那本《辽宁青年》和《人民日报》我也看过，你说得对，可我的处境离人家是多么遥远。我是四九年生的，今年都二十了，兵团有部分和我同龄的，她们都有人叫妈了，可如今我还是孑然一人，那你说我该怎么办？我一个女的，能厚着脸皮大胆向你表白，原想就没啥问题，可成了现在这个局面，如果叫别人知道，我这张脸往哪儿放？"说着说着委屈地哭了，哭得那么伤心，让他也不知再怎么劝说，又怎样打破这个尴尬的局面。

他动着脑子苦思冥想，终于想出一个法子，用毛巾给她擦着泪，用安慰的语气说："娟子，再别哭了，这么好的一张面孔让你都哭坏了，将来咋嫁人？别想那么多，你能提出咱俩的事我是能想到的，这证明你的真诚，我很喜欢你的真诚。男大当婚，女大当嫁，这是古来就有的自然规律，看来你我之间只能说有缘无分了，咱这辈子做不成夫妻，做朋友还不行吗？"

"不行！不行！就是不行！难道你就这么不喜欢我吗？"她边擦泪边生气地说。

"好了，再别生气，也别和我斗嘴了！要不我认你做我的干妹子，我有三个姐姐、一个哥哥，还有两个弟弟，正好缺个妹妹，我觉得你正合适，这样我兄弟姐妹就全了，我们一家人一定会好好待你的，以后你就叫我二哥行吗？"

他在一旁劝说着。她渐渐地停止了哭啼，但还在不停地抽泣着，细声细气、喃喃自语："今天我才真正读懂什么叫作落花有意流水无情，什么叫做单相思了，但我对你的那份情仍然还在，绝不会就这样放弃的……"

呜——呜——呜——外面的风依然是那么狂，发出怪怪的呼啸，不时有刮落树枝咔嚓的声音，从门口只看到灰蒙蒙的天空，土尘里带来的土腥味直钻鼻孔。

他出去在羊群周围转了一圈进门后说："娟子，天色不早了！咱们按天黑前把肚子吃饱，这么冷的天，人也要紧，你想吃啥我做！"

她带着情绪地说："啥都不想吃！"

夜幕在漫天弥漫的黄尘中降临了……

"喂！娟子，你去睡吧！都一天了，今晚我看羊，你就放心去睡，天亮后我喊你！"

他打破了沉寂对身边的娟子说。

她什么也没说，就钻进被窝蒙上了头。

其实她没睡着，脑子里就像放电影似的：从小懂事起每天放学回家妈的热情、关爱，爸的喜欢、呵护；坐往西去的火车上；初到荒凉的戈壁湖滩……他把自己救出水，隔河投信，河水封冻后在河南岸的黑树窝次次见面……直到今天。反复回忆着那些难忘的情景一直想了一夜，尤其白天自己表白了对他的那片真情后，他却找了许多理由没接收我的情，自己是多么失落啊！就连吃晚饭前后的表情和语言都表达出自己的不高兴，他肯定也看得出来，这是我和他接触后第一次耍小孩子脾气。是他错还是我错？我得想想清楚。

我和他接触的日子里，对他的言行举止都很满意，找不出任何理由，那么睡觉前给他耍脾气是我的错吗？不！我没错，世间男女爱恋都是很正常的事。既然我没错，那就是他的错了，可是他错在哪里？我也没有理由说服他。又回忆着他谢绝自己时说出的那些话，又觉得他说得有些道理。他和我都在同一个世界生活，我们兵团第一批支边青年中就发生了一起婚恋事件。

有一个兵团的女青年相中了安西西湖的一个青年农民，那个青年农民也看上了她。后来，他们强行结合了。那女青年和那个农民过得也算不错，一年后生了个孩子，丈夫和一家人都待她不错，可那个女青年的老家在上海，由于她的爸爸听说大西北荒凉艰苦，就给自己的女儿在上海找了份特别好的工作，最后那个女青年一咬牙丢下自己生的那不满周岁的孩子，偷偷回到上海。她倒好，可害苦了西湖的那个青年农民，这件事在我们驻安西西湖这些兵团战士中广为流传。

我想他也听说了这件事吧！他每年冬天几乎都在这条疏勒河一带打柴。对了，很可能就是这个原因在他的思想上作怪！但是也不全对，尤其他说过，我俩就算是私奔，跑得再远，也名不正言不顺。

狂风在不停地刮着，一阵猛过一阵，刺耳的呼啸声在林子上空掠过，从林子里不时传来"咔嚓咔嚓"的断枝声，花豹不时地传来吠声。

他提着镢头在羊群周围不停地转着，怕趁着风大会有狼偷袭羊群。

她在被窝里苦思冥想，总想想出个答案，想着想着慢慢地闭上眼睛，觉得很困倦了，就进入了梦乡……

第四十一回 | 柴房内牧女梦游
狂风停大雪降临

漆黑的夜，万籁寂静，他俩一个提着个黄提包，一个提着个花格布的包袱趁着星光在布满红柳、胡杨、白茨、芦苇的荒野上一直向西走着，到了通往柳园的公路上。上柳园火车站的汽车很多，可是一辆都挡不住，最后终于挡了个拖拉机，拖斗里装着高高的麻袋，走得很慢，驾驶员看到他们冻得打哆嗦的样子，他挥着手喊道："师傅！快停车！"

坐在上新疆的火车上，只听到车轮和铁轨的摩擦发出的"咣当"声，到乌鲁木齐下了火车，找了个饭馆问他："你不是说你在新疆上过学，新疆哪儿最好？"他说："最有伊犁好了，那个伊犁盆地气候温润，出产丰富，不过就是太远，隔着河岸隐隐约约能看见苏联境内的树。""那好，咱吃饱肚子，拿定主意，买汽车票去伊犁，越远越好，到那儿谁都不认识咱们……"

到伊犁，看到不远的天山坡上茂密的松林，山坡上野草、香花，草原上牛羊成群，宽阔的伊犁河，深蓝色的河水拍击着河岸，比起疏勒河就大多了。在离河不远处有户人家，在那家暂时住了下来，就说他们家乡遇上了大旱，是出来逃荒的，他们是兄妹。那家主人看他们可怜，就信了他们的谎话，每天赶着个毛驴车给他家往地上运粪。

可有一天，自己路过疏勒河，河里突然起巨大的浪花，将自己卷进了河里。河水大口大口地直往嘴里进，一会儿沉入河底，一会儿让浪卷上水面，当自己在昏迷中被水冲到岸边的一丛红柳旁时，伸出手去拽那丛红柳，嘴里喊着："快快拽住它……"

他在羊群西边执着镢头转，望着漆黑的夜空，不时从林子里发出被风刮断树枝的咔嚓声，听着刮落的树枝落地的声音，自思已两天两夜了，这场风你真的疯了吗？羊都两天两夜没吃草了。杜娟昨天向自己表白了她对自己的那片情，可遭到自己的拒绝，她情绪是多么失落。

风啊，你快停下吧！停下我好送她回去，好让她离开我，让时间慢慢淡忘她对自己的那份痴情……

就在他从羊群边转回房门不远时，忽听到房内传出的喊声。"快、快、快拽住。"

他疾步进入房内大声呼叫："娟子！你怎么了？"只听她在黑暗中大口大口地喘着粗气，微弱地说："没怎么。"他连忙从门外抱了些干柴把火燃着，借着火光一看，只见她坐着，被子都在地上堆着，两只手紧紧攥着一个被角，大口大口出着粗气，苍白的脸上流着汗珠有气无力地说："我好害怕，你能陪我坐会儿吗？"

他惊恐地望着眼前的一切，上前把被子围在她身上，用手擦着满脸的汗珠问道："娟子，你这是怎么了？"

她说："我害怕，你别出去，在我身旁陪着我行吗？"

他俩紧紧地依在一起，她把头靠在他那宽厚的胸前。

她问："羊群怎样？风还是那么大吗？"他说："风还是那么大，羊群依然在。你放心，你刚才到底怎么了？被子都堆在地上。"

"唉……"她长长地叹了口气，不好意思地说："前面我做了个梦，又好笑又可怕……被子被我当成了河边那丛红柳，你进来时我大梦初醒，我的双手紧攥着被角，就是拽到梦中的那簇红柳……"

他说："我听着怎么不明白，什么被角呀，红柳呀？能不能说清楚点？"她慢慢地把她所做的梦从头到尾说了一遍……

"哈哈哈……"他笑了，笑了好大一阵。

"你是不是在取笑我？"她生气地说。

他抚摸着她柔软的秀发认真地说："你可真有意思，看来你的确是动了真情，就连做梦都在想，你梦的尾声是那么惨，就在你将要沉河的前一刻肯定在怨恨着我，在对着苍天大声骂道：'你这个负心汉，我遇难时你到哪儿去了？'对吧？"

"咯咯咯……"的笑声在他胸前震颤，她更紧地靠在他身上……

天亮了，他出去到羊群边转了一圈，羊群依然紧紧围成一团，花豹不停地摇着长长的尾巴，他进屋后取了些骨头扔给它。风已经没有前两天那么狂了，可灰蒙蒙的苍穹上空弥漫着土尘，很可能这场老毛头东风快要停了。

"喂！娟子，饿了吧？昨天你没吃就睡了，今天风细了，你想吃啥我给咱们做！"她说："我可真的饿了，咱们煮黄羊肉吃好吗？"他洗净了落满沙尘的小铁锅，加上水把肉块投进锅里……

吃过后，她说："我看风细了些，咱们到林子外面看看能走吗？"

他俩顺着通往密林处的车道出了林子，一看茫茫荒野被沙尘弥漫着，最远只能看到五六米。他说："不行！你不能走，这样出去羊若跑散，你迷了路是有危险的，还是回林子在房子里待着，等风停稳再走。"

进了林子后，看到羊群已散开去房子周围的胡杨树下啃着落下的树枝、枯叶。

她说："都两天多了，羊一直站着，我真怕饿死！"

他说："羊、牛、骆驼它们都属倒沫动物，它们的胃里能储存许多食物，两三天不会饿死的。"他顺手捡了些干胡杨枝架在火堆上说："娟子，看来风快要停了，停下后我送你回去好吗？"

她说："都两天两夜没回去，畜牧队长不知急成啥样子了，他每天都关注着他的马匹、羊群，见我两天两夜没赶羊进圈，说不定在畜牧队周边找着我和羊群呢！"他说："你别着急，急也没用，待风停下我一定帮你赶羊回畜牧队去的。"她双手在火旁翻动着，低头沉思了半晌说："别，你别送我！让我慢慢赶着羊回去。"

他说："那怎么能行？你的脚伤肿刚消了一半，我一定得护送你回去。"

她瞪着楚楚动人的双眼说："不用了，我自己回去，让别人看见不好。"

他猛地站起向门外走去，跑出林子在黄尘弥漫中向河沿跑去，捡回几块卵石，进了屋放在火堆上，然后拿着盆子走出门外……"娟子，你坐在行李上，把左脚的鞋脱下……"他在滚沸的热尿中蘸着那块补丁在她那只伤脚处轻轻地擦揉着。

她有些不好意思地说："你可真会体贴人，虽然那冒着白气刺鼻的气味，嗅着有些异味，可你的热布每停在伤处就觉得特别舒服。"

"那就好，咱趁风快要停下前抓紧疗伤，风停后我就送你出林子。"他说。

渐渐听不见风声了，但天色还是灰蒙蒙的，好像天上在下土，他俩赶着羊群出了树林向北面的河沿缓慢地走着。刚刚趟过冰河上到对岸时，凛冽的西北风冷飕飕地扑面而来，霎时卷走了眼前弥漫的土尘，感觉特别冷，接着风卷着雪花打在脸上，越下越大，如同一个巨大的白色瀑布倾斜而下，满天的雪花在眼前起舞，迷得人难以睁眼。他很快地跑到羊群东边，牵着她的手说："娟子，不能走了！这按湖场的说法叫'羊粪搅雪'，这样的天气在这北大湖我遇见过多次，这也是很自然的现象，因为东风停后，西面从西伯利亚的寒流很快向东边温暖地带流来，都是在这冬尽春到的这段时间最容易出现。"

她说："那该怎么办？"他镇定地说："只有把羊群收拢，仍然赶着过河，回黑树窝避着。"她点了点头，两人很快地把羊赶回柴房门前的卸车场上，用小树挡住了路口，燃起火坐在旁边烤着……

他边烤着手，边望着她冷的发颤的样子，心想着烤着手心，冻着手背，前胸烤暖和后背却又冻着，小柴房的东墙和屋顶上的柳梢和野麻，已被前两天两夜的狂风撕去许多。只剩下那 A 字形的骨架和挨着地皮不多的粗壮柳梢，在维护着这座小柴房。此时的柴房如同刚刚从惊涛骇浪的大海中"洗礼"过的小木船似的，零零散散的破布条子随风飘荡着，屋顶依稀乱搭着几根木条，破烂不堪的样子让人觉得"寒酸"。

这样的小柴房和在露天的野外有啥区别？大片雪从半露半裸的柴房上空撒落进房内，这如何挺过今晚？如果雪继续下，温度就会继续下降，说不定我俩会冻僵在这个有型无状的柴房内。

这让他想起小学课本学过的一课叫《斧头和皮大衣》的故事，故事里的场景如同现在，故事里的主人公不就是在这样的恶劣环境之下想尽一切办法自保的吗！他似乎有了主意似的喊道："喂！"对低头烤手的她说："你记不记得咱们小学语文课那篇叫《斧头与皮大衣》的故事？"她抖动着发颤的嘴唇说"记得"。她回答完他的问题后似乎明白了点什么，便抬头看向他，就在和他眼神交集的那一刻，他俩会心地笑了起来。

于是，他起身拉着她的手走出了柴房。他用镢头砍下胳膊粗的小胡杨树，她便拖去搭在小柴房裸露处。不大一点工夫，小柴房的四周被树干和树枝圈成了一个堆。远处望去，像个硕大的鸟巢。进房后就有了一种温暖的家的感觉。

他把落满雪花的被褥拿出房门，抖净雪后完璧归赵般地铺好，又从门外抱进干胡杨枝，重新燃起火，毕竟把房子重新用树枝、树干加固加密了许多，基本上能圈住烟了，使柴房内有了暖气。

双耳铁锅里冒出白气，他从房顶上吊的红柳框子里取出黄羊肉，洗干净下入锅中。锅底下的火焰舔着锅底，从锅盖逢里喷出的白气，带着肉香味弥漫着小柴房。

他俩吃饱喝足肉汤，顿时她的脸上泛出红光，再也没有冷得直哆嗦的苍白样了。

她躬身出了房门，把门卸车场子上的羊群望了望，羊群紧紧围作一团，花豹竖着双耳在路口上站着，此时的花豹已成了白豹，一见主人便发出汪汪汪的犬声。

她钻进柴房对他说："花豹肯定饿了，它的犬声我能辨来。"

他把锅里剩余的肉汤和骨头倒进脸盆，端给了花豹，抬头望着倾泻而下的雪片，那雪景如同白色的瀑布，迷得人两眼难睁。躬身钻进小柴房，蹲在火堆旁边烤着冻得发疼的手，边叹着气边说："唉！这老天爷，你东一场风，西一场雪，你是不是有意给我们出难题呢？"他用责怪的语气对着门外飘舞的雪花说。

她看着他笑了笑说："再别怨天怨地了，只要羊不遭损失，你我都还安全，这已经很不错了！前天的那场沙尘暴如果不是这片密林，还有你这个小柴房，再加上你的关护，今天我能否活着都是个未知数呢！我这个人不喜欢风，但很喜欢雪，我在每次下雪时总有一种清新的感觉，我在看着零落的雪花，心里特别愉快！你调准琴弦，我给你唱一曲《白毛女》中的北风吹，算是作为你给我疗脚伤的报答，好吗？""那太好了！"他说。琴声在房内响起，"北风那个吹，雪花那个飘，雪花那个飘飘，年来到……"。

悠扬的琴声和清脆的歌声融进门外纷纷扬扬的雪花之中。

唱完后，她红扑扑的脸上透着亮光的眼睛一闪一闪地说："我在牧羊时作了首诗，你想听吗？"

"啊？你也会作诗？快吟出来让我听听！"他惊奇地说。

她尖声细气的声音半吟半诵着："一年三百六十天，踏遍戈壁与碱滩。春来风吹沙迷眼，骄阳似火炽衣衫。秋高望断雁南归，严冬朔风透骨寒。执鞭牧羊已数载，胡杨红柳结为伴。野兔黄羊也算景，犹如苏武北海边。寂寞孤独苦长熬，何日还我女儿颜？"

听完后他赞叹着说："好，作得好！这首诗表达了你实实在在的牧羊生活，字里行间流露出真实的景和情。文学作品若脱离实际就变得空虚乏味。

"我也在北大湖打柴多年，对胡杨与红柳有着深深的感情，在家时常常梦见这北大湖的古河床和悠悠的疏勒河两岸鲜艳的红柳、古老的胡杨，所以我前段时间打柴回来坐在火堆旁也作了首赞扬红柳的一首诗。"

她高兴地说："快吟出我听！"

"戈壁碱滩是我家，它们盼我我爱它。玲珑娇艳姿万种，铁杆碧叶吐火花。哪管春秋与冬夏，何惧烈日与风沙。任尔东西南北风，迎风挺立最潇洒。"

她听后风趣地说："看来你还挺浪漫的，好，真的好！这就是艺术来源于生活而高于生活的体现。你好好地把它珍藏下来，还有我作的这首《牧羊曲》，到以后再读会更有意义……"

西北风裹着洁白的雪花不停地在空中飘舞，柴房、树林、羊群好像被巨大的白帐罩住……天阴不知迟早，可根据过了的时间和天色估计这阵子可能太阳要落山了，对她说："这都一天了，咱做顿晚饭吃饱耐住寒冷。"他把锅架在火上烧了热水，洗净一块肥肥的羊肉切成片，在锅里添了些清油炒好，加上水做了顿羊肉面片，香香地吃了一顿晚餐。他望着飘雪的天空，夜幕降临了，他说："娟子，你早点去睡，我在门口看着羊。"她钻进被窝，他上前把自己的那个破皮袄盖在她的下半身，把她的旧棉大衣盖在胸前，轻轻地拍着她的头说："你就放心睡，羊群有我呢，你别管！放心地睡吧！"

他怕雪夜天气寒，就抱进粗粗的胡杨把火燃得旺旺的坐在火堆旁，借着火光看那本《三家巷》，外面静得只能听见窸窸窣窣的落雪声，还有房内她发出轻轻的鼾声……

第四十二回 ▎雪停后狼群袭羊
施弹弓众兽逃亡

忽然，"汪汪汪"的犬吠声传了过来，他很快地执着镢头出了房门到羊群周围转了一圈，进屋后取了些骨头给花豹，可花豹还是头朝东狂咬不停。他顺着林间的大车道向南走去，隐隐约约听到了林子外饿狼的嗥叫声，好像不是一只。他想：这几天几夜，风狂又加下雪，狼肯定觅不到食，它们的嗅觉特别灵敏，定是发现了这儿的羊群。不好，快回！

他刚到房门口就听见她在房内喊着："喂！狗咬得那么狂，你上哪儿去了？"

他说："不好了，林子南边来了狼，我在大车道上巡了一趟，听到了狼的吼叫声，而且还不止一只，这不我刚刚到门口，准备把房里的火堆移出去呢！"

她很快地爬出被窝，把房后的干柴往火上扔，一会儿火光在房门口燃了起来，越燃越大。火光冲天，把半面树林都映得通红，狗停止了吠声。他回屋取了两块羊肉扔在花豹面前，嘴里念叨着："吃吧！吃饱了好追狼！今晚可到你出力的时候了。"

风渐渐小了，雪也停了，黑沉沉的苍穹上出现了星光。

她说："我刚睡熟，忽然被狂吠的花豹惊醒，看火还在燃着，可不见你，可把我吓坏了！"

"别怕，有我你就放心！咱们把房后的那堆柴多取些过来，把篝火燃大，再到林间大道那儿敲击脸盆，我再大声吼一阵子，狼准会吓跑。"他安慰着受惊的她。

"不过今夜情况异常特殊，你想这都几天了，不是狂风就是暴雪，狼在滩里寻不到食物，它们饿得发慌，但它们是一种相当有灵性的野生动物，嗅觉特别灵，肯定是嗅到林子里羊群身上的一种气味，所以合伙来这儿。你把火加大，把花豹叫到你身边来，这样就把那条通往外面林子外的大车道路口让开，来一个三十六计中的欲擒故纵。我提上门里的一根木棒，带着弹弓趁着夜黑潜伏在紧靠路口西边的那棵大胡杨树背后。如果我的弹弓起了作用还好，若失手它们猛冲进场子，你就带着花豹向我靠近，哪怕让狼叼走几只羊和我身上的几块肉都行，决不能让你受伤。你就进房取出那根五尺长的红柳棍紧紧攥在手里，胆子放大准备自卫。好了，记住我说的，咱俩一定要协力合作，准备迎接这场冒险的搏斗，我先走了！"他说着出了门。

他趁着火堆外的黑影悄悄地溜到路口边的那棵粗大的胡杨树后潜伏下来。狼看到花豹退倒房门前，路口大开着，慢慢地顺着大车道向前走着。到离路口三十米左右时停了下来，好多只黄绿色大小不一的眼睛如同鬼灯在闪，他打了个寒战，心想：不好！但马上安慰自己沉住气，别慌！

嗷嗷的乱嚎声响彻夜空，但停了一会儿它们又慢慢地向前走动，走到离他十米开外时又停了下来，望着卸车场子北边的篝火和场子中央骚动的羊群，盯眼望着火堆旁的她和花豹吼了起来。

借着银白色的雪光一看，前面两只大的，其中一只比花豹要高大，后面一排站着好几只半大狼崽，全都把长长的舌头吐在嘴外，龇着白森森的牙齿，黄绿色的怪光如同鬼火般闪烁着，很可能它们是一个家族，当时毛骨悚然，不由得吸了口冷气。他想：古人说，打蛇先打头，擒贼先擒王。离路口不到十米，若它们发起猛攻冲进路口扑向羊群可就不好对付了，此时不下手还待何时？

他轻轻地放下手中的红柳棍，左腿跪在雪地上，从口袋里掏出弹弓，装上一粒大拇指大的圆石子。这时狼群慢慢地试探着又开始向前移动，九米……八米……七米……离他已只有五六米了。这时另一个他提醒他此时不下手还待何时啊！他瞄准前面那只高大的领头狼右边像灯泡大的那只闪着怪光的眼睛，拉足了皮条发了出去，当时那块亮光立刻消失了，紧接着第二颗石子又射向狼群，只听它们发出怪怪的杂乱嚎叫，争先恐后地转身向林子外溜去。紧接着花豹向路口疾奔而去，并大声吠咬着。

他很快回到房门前的火堆旁一看，她手里紧攥着那根红柳棒气喘吁吁，脸色苍白，浑身不停地抖动，很快地靠近他说："快吓死我了！"四周一片漆黑，他进房后取了两块黄羊肉领着花豹向路口走去，把肉喂给花豹，拖上小胡杨树把路口重新堵上，对着花豹说："吃吧，吃饱好追狼，保护羊群和我们。"

他回到火堆旁，坐在胡杨树干上长长地叹了口气，只见她豆子般大小的汗珠往下落。

她望着他得意的眼神问："喂！你用的什么方法？那群饿狼怎么后来乱嚎叫了一阵子就消声隐迹了？前阵子可把我吓坏了，都吓得出了身冷汗。"

他从衣袋里掏出弹弓放在她手里，她摸着光滑红亮的红柳弹弓叉和指头宽的两条汽车内胎，还有一块软牛皮做的弹弓说："真好的一个弹弓，你这么大小伙子了，还带着个玩具，真不可思议，刚才你到底打到狼的什么部位了？"

他把前阵子在路口旁潜伏时看清狼的全部和最后发弹的情况给她详细地说了一遍。

她静静地听完后说："你是把那只领头狼的一只眼睛打瞎了，它们的头领受伤后带着它们逃了，它们还会再来吗？"

"我想暂时不会来，因为狼是一种既凶残又聪明的动物，那只被打瞎眼的大狼它从来没吃过这样的亏，它肯定知道猎枪和铁夹子的厉害，但他们却不知道弹弓的威力，他们看到篝火和狗，还有你，所以格外警惕，轻易不敢再冒险的。"她长长地出了口气："你的弹弓玩得可真好，一直玩吗？"

"是的！从上小学三年级开始玩，那年正在新疆的伊犁读书，那儿林子多，鸟儿也杂。我们男学生大部分都有弹弓，礼拜天就三五成群地上林子里打鸟，在有效射程内，可说是百发百中。十四岁那年，用弹弓教训过临庄一只相当凶猛的大黑狗，打落了它的门牙，所以每逢出外我都把这弹弓带在身旁，一来玩玩，二来可防身。谁料今夜就真的发挥了它的威力，这个弹弓算是伴随我发挥威力最大的一次。好了，别再提它了，你还是进屋去睡吧，有我和花豹看羊。"

"我的瞌睡早已被那群饿狼惊到九霄云外去了，这会一点睡意都没有了，为了预防意外，今夜咱俩谁也别睡了，就在篝火旁守着羊群，行吗？"说着向他身边靠了靠。

他说："也好，咱们把门边的那个粗胡杨干抬到火堆旁坐着。"他俩望着红红的火焰，可再也听不到饿狼嚎叫声了。夜幕下的胡杨林万籁寂静，只有篝火上发出燃烧的声音。

她说："这么美丽的夜晚，夜还长呢，你能给我讲个故事听吗？"

他想待着也是待着，就问："你想听喜的还是悲的？"

她说："想听悲的！"他低头想了想说："那我就给你讲个传说故事，虽属传说，可真有其事，而且就发生在咱们所处的北大湖。这个故事在敦煌和安西广为流传，故事的名字叫《三个墩背后的花棺材》。"

她惊恐地向他身边靠了靠说："听着名字好可怕！"

"别怕，我慢慢给你讲……"

第四十三回 ┃ 留传奇蒙汉结缘
柳红儿命归雅丹

一个深秋的黄昏后，突然从祁连山深处窜出一股土匪，偷袭了茂尔罕王爷的牧群。在没有丝毫防备的那天夜里，王爷的部分牲畜被土匪攫去。此后，王爷他担心这片高原牧场虽不错，可离青海太近，担心日后南山土匪再来抢夺，就决定离开那片水肥草美的牧场，沿着党金郭勒河慢慢地随水草而栖，向北面的敦煌方向游牧而来……

数年后，他的牧群游牧到敦煌境内的东北边缘一个叫火烧湖的牧场牧放，毡房扎在湖东畔的边家庄南面的一块空地上，人吃水就在边家庄门前的那口老井里用辘轳往上汲，憨厚诚实的蒙古族人和边家人相处和睦，但由于他们的牧群大，火烧湖的草场小，满足不了他们长期牧放，后来就拔起毡房架在骆驼背上，赶着牲畜向北移去马圈滩、黄墩子……后来移到了敦煌北湖党河与疏勒河交汇处的西决水暂住下来放牧。

疏勒河是河西走廊中比较大的一支，它发源于玉门南面的祁连山雪峰下的大峡谷里，流经玉门、安西，一直向西流淌，而党河是从肃北南山流下的，到了敦煌盆地的西北方向注入了疏勒河，由于那儿地形低，所以水域分布面广，牧草自然就茂密，是个理想的天然牧场。这个北大湖，它处于敦煌绿洲以北，东至安西，西到大西梁，北到咱们现处的疏勒河两岸，这片广袤、荒凉之地有数千平方公里，可以说是个人迹罕见的空旷地区。

据说上古时期，这儿原是个内陆海，南有祁连山和阿尔金山，北有东天山与蒙古高原，两山与高原之间形成了很大的盆地，就是上古时期的内陆海。经历了很多很多年，地质和气候发生了巨大的变化，水域逐渐缩小，直到最后海底世界裸露出来，出现了复杂奇怪的地形，有沙漠、戈壁、沼泽、碱滩、雅丹群体等。雅丹是个学名，可本地人称它"墩"或"梁"。高的有二十多米，低的三五米不等，天然植物有耐碱极强的红柳、胡杨、白茨、芦苇等多种抗风耐碱、耐旱的植物。野生动物有狼、狐狸、黄羊、兔、鹰等多种飞禽走兽，它们长期生存在这荒无人烟的大自然中，也可说北大湖是一个很大很大的天然地质野生公园。靠近党河和疏勒河两岸有成片密集的原始胡杨林。

雅丹是北大湖最壮观的一景，它的体形高大，有各自独特的形状，上到顶上环视四周视野开阔，让人有一种心旷神怡的感觉。后来牧民和打柴的狩猎者为了过冬和度夏，就在土梁下的向阳面挖凿出大小不等的窑洞，窑洞有壁厚的特点，住在里面有冬暖夏凉的好处，所以北大湖的地名用墩、梁和窑取名的多，如小西梁、大西梁、鹰窝梁等，双窑儿、官马窑子……

顺党河游牧而下的南山牧民部落中的一支茂尔罕王爷的牧群离开火烧湖后，又从黄墩子西北游牧到北大湖后，看准了南梁和清水坑子这一带水源和草场，就把毡房扎到清水坑子北边，蒙古族牧民叫沁水淖尔不远的坂滩上，开始了新的牧放生活。

清水坑子是片比较低凹的地方，有一平方公里左右的水域，是个淡水湖泊，四周有断断续续的土梁，土梁周围的红柳、白茨、罗布麻遍地丛生，有天然植物和土梁的自然防护，风沙轻易不会侵入湖泊。天然的草原湖泊是牧民的理想之地，紧靠湖畔北边的坂滩上有一座东西走向长三四十米，高十几米的土梁，从远处的红柳丛中望去，好像荒废了多年的古城堡，在土梁的向阳处，不知什么时期、什么人挖凿下两孔宽大的窑洞，茂尔罕王爷的临时王府就设在那儿，他有上千只羊、几百匹马、一百多峰骆驼，奴隶们就赶着牧群在这片辽阔的牧场上牧放。

二十年前，茂尔罕王爷在南山经营牲畜时比现在多，由于那次被南山土匪攫后，牲畜就剩下现在这些了。在南山时，茂尔罕王爷也算众多部落中一支比较强大的部落，当时他手下有个年轻的梅林（王爷手下的小头目）名叫乔力腾，他家世代为王爷为奴。由于乔力腾忠实于王爷，给王爷护家驯马有功，王爷就把一个年轻漂亮的女奴雪莹嫁给了他。

一年后，雪莹有了身孕，但王爷有个规矩，不允许奴隶在他们王府附近生孩子。于是乔力腾就遵照王爷的旨意，驼背上驮着毡房、被褥、吐鲁哈（支锅的铁架子），带上雪莹赶着羊群顺着河谷向南牧放。数天后，来到一个名叫乌兰达坂下的草场。盛夏的乌兰达坂下的绿草如茵、山花烂漫，河谷里、草原上羊群自由自在地吃着鲜嫩的青草，他们把毡房扎在高高的乌兰达坂旁边住了下来。

数月后，一个月色皎洁的夜里，婴儿的啼哭声惊破了夜空的沉静。

雪莹生下了一对龙凤胎，乔力腾很快杀了只大山羊，麻利地剥下羊皮，将婴儿裹在羊皮里。雪莹微微睁开疲惫的双眼，看到丈夫怀中两颗圆圆的小脑袋上长着密密的黑发，红扑扑的小脸上长着可爱的小嘴，自己的脸上露出了满意的笑容。

乔力腾吧孩子放在雪莹身旁，高兴地出了毡房门，爬到了高高的乌兰达坂顶上，高兴地举起双手向着达坂后白雪皑皑的大雪山高声呼喊着："我乔力腾有孩子了！"喊声震动了四面环抱的雪山峻岭，回声在山间和河谷里回响。他回到毡房内，看着两个婴儿和羊皮一起抱在雪莹的怀里，对雪莹说："你真好，一肚子给咱生了两个，真不知怎样感谢你，你脑子灵，就给咱们的孩子起个名儿吧！"看着乔力腾那高兴的样子，雪莹那张疲惫的脸上微微露出笑容。再看看怀里的两个婴儿说："咱命苦，出身卑贱，世代与人为奴，荣华富贵一类的名字咱起上会被别人笑话的，不如就按咱现住的地名乌兰达坂，给这俩孩子各带上两个字，以后不论走到哪里，都会想起这块地方，男孩叫达坂格尔，希望他能长得像这乌兰达坂一样雄伟高大，女孩希望她以后出落得像这乌兰达坂下这片草原一样好看、美丽，就叫她乌兰丽雅吧！"

乔力腾听完后连声称好说："你性格温柔，而且聪明，给俩孩子起的名儿意思好，叫着也顺口，那以后就按你起的名儿叫……"

二十年后，乔力腾一家人跟随王爷出了南山，顺着党河游牧到了敦煌的北大湖，毡房扎在清水坑子北边的坂滩上。每天晨出晚归，在清水坑子周围的草滩上牧放。此时的达坂格尔和乌兰丽雅兄妹一个出落得伟岸雄壮，一个变得美丽动人。每天日出前兄妹二人各骑一匹马，领着牧羊犬赶着一千多只羊去滩里牧放。清水坑子北边张家梁子一带的牧场长着一人多高的牧草，羊群进去后，只有风吹过后才能看到羊在里面吃草，真所谓"风吹草低见牛羊"的优质牧场。

西北方向有座特别高大的土梁，名叫"南梁"，从东面的斜坡上策马可上到顶上，向东北隐隐约约望见三个墩子那片雅丹群；往南可看到断断续续的汉代古长城的残墙和五里一燧、十里一墩的影迹；朝西能望见大、小西梁的众多雅丹远景；正北能隐约看见疏勒河两岸的片片胡杨林，河北岸有个叫羊桥子的地方，住着为数不多的安西人，只有几十户人家，大都是零星散庄，有部分农田依靠着疏勒河水浇灌，周边全都是湖滩，他们过着半牧半农、宽裕而又散漫自由的生活。

村西头有一独门独院，住着一户姓柳的人家。老两口只有一个独生女儿，女儿出生时正是深秋季节，九月的寒霜染红了西湖的红柳，真是好看！柳氏就给孩子取名红儿，长大后大名就叫柳红。

那个柳红，不但人长得标致秀气，而且天资聪慧，受母亲的调教，从七八岁起就学针线茶饭，还有一副银铃般的嗓子，还跟着母亲学会了好几首西部民歌呢，长到十六七岁时出落得楚楚动人。

西湖这个地方，由于家家地多、牛羊多，日子都过得宽裕。有许多青年小伙子都看上柳红的漂亮、聪慧，有事没事总要到柳家庄门前来转转，后来有许多媒婆到柳家提亲，可那个倔脾气的老柳给谁家也不答应。

田里的农活全都是老柳两口子干，柳红每天赶着一百多只羊在滩上牧放，她对滩里的地形很熟悉。有一天早晨，她赶着羊群顺着树干和树枝搭的那座本地人称"羊桥子"的小木桥到了河南边的滩上放牧，不知不觉地随着羊群到了张家梁子北边的那片大草滩上。

那个张家梁子，其实是个很高很大的大土梁，高二十米左右，从西面有个斜坡能上到顶上。柳红一会儿就顺着斜坡上到了最高处那个有两间房子大的平顶上往四周慢慢地看着，惊喜地自语道："这一带我还从未来过，这里的草真多啊，可就是离家太远！"

看着看着发现老南的草滩上有群羊正向这边移动着。大约一小时后，羊群已离她不远了，好大的一群羊，少说也不下千只，都是长着犄角的长毛山羊，两个人各骑一匹马，一黑一白，那匹黑马像匹黑色的缎子在阳光的辉映下闪着耀眼的光泽，那匹白马就如一团雪白得刺眼，后面跟着三只狗。柳红看到了这一切觉得好奇，自己在这滩上放羊都好几年了，可从未见过这么大的羊群，她就站在高高的雅丹顶上望着那群羊……

不大一会儿，那群羊散开在滩上吃草，那两个人骑着马来到了雅丹下向上看着顶上的柳红。

柳红向下面喊问："喂，你们是从哪儿来的？我怎么从来没见过你们？"

"我们是从南山下来的蒙古族牧民！"乌兰丽雅用生硬的汉语回答着柳红。柳红觉得好奇，这么大的姑娘了，怎么说话就和小孩学着说话一样，就招着手喊道："从西边可上来，这顶上可凉快啦！"

乌兰丽雅和达坂格尔到西面把马拴在一丛红柳上，顺着斜坡上到高高的雅丹顶上。那个异族青年头戴一顶白色的旧毡帽，健壮的身体、黝黑的脸庞，眉宇间亮着英气；那个女青年头上围着个天蓝色丝巾，丝巾的两个对角打在前额上，在微风中随着长长的刘海一起飘动，白里泛红的脸上长着一对善良、漂亮的大眼睛，一笑脸蛋上露出两个诱人的酒窝。

柳红看到这两个年轻人的样子心里特别好奇，生怯怯地问："你们家的羊怎么这么多？"乌兰丽雅说："这还不算多，以前在肃北南山要比这群羊多几倍呢，现在只有这一群了，还有一百多匹马和一大群骆驼在大西梁那边放着，可全不是我们家的！"

柳红问："那是谁家的？你们怎么在牧放？"

乌兰丽雅回答道："是茂尔罕王爷家的，我们是他家的奴隶。"

就在柳红与乌兰丽雅对话时，忽然达坂格尔用手指向西北天际说："不好，天气要变脸了，咱们快赶羊回家！"

她俩同时向西望去，只见西面天空中黑云翻滚着向东移来。乌兰丽雅对柳红说："快下去收拢你的羊群赶上回去，你一定从很远的地方来的，我们从来没见过你。"

柳红连忙赶着羊群朝北向回家的路上快走，快到干河沿时下起了大雨，她冒着雨把羊赶回家时天都黑了，湿漉漉的头发和衣服都贴在脸上、身上。

由于今天她走得太远，又加遭到大雨，肚子饿得咕咕乱叫。换上干衣服后吃饭时对老柳说："爸，你能买匹马让我骑着去放羊吗？"

"这些年你是怎样放羊的？今天突然要我给你买马？"老柳双眼一瞪用生硬的语气问。

柳红边吃边说："前些年近处有草，草也多、也杂，咱们才几十只羊，可近几年已经一百多只了，别人家的羊群也逐渐大了，附近的牌坊梁、双窑儿、北夹湖这些地方有咱们西湖好多羊群在放，草场已经没前几年那样好了，今天我赶着羊过了河到南滩去放，老南的张家梁子一带草场可大啦，草也好，你没看今天咱家的羊肚子吃得多饱，不过南滩太远，我来回跑着费事，你就给我买匹马行吗？"

老柳只顾抽着烟袋，一直不吭声。

坐在炕沿上的柳红妈开口了："孩子说的也是，你这个老苫财，咱就这么一个独生女儿，你守着钱财，死了还能带进棺材里去吗？"

第二天老柳到村东头温家的马群里挑了匹四蹄踏雪的枣红马牵回，从此柳红就骑着那匹四蹄踏雪的枣红马，赶着羊群去南滩上放牧。

雨后的天气格外晴朗，湛蓝的天空上飘着大朵大朵的白云，胡杨、红柳、百草就像刚用水洗过一样，分外新鲜。羊群慢慢地向南边走边吃，柳红骑在马背上心情特别好，手握长长的牧羊鞭。马儿慢慢地向前走着，她在马背上想：那两个自称是蒙古族人，那蒙古族人是什么人？乌兰丽雅说的什么王爷呀、奴隶呀又是什么意思？

她的羊群离张家梁子不远时，耳内传来悠扬的马头琴和歌声，看见他俩在雅丹顶上坐着，歌声就是从雅丹顶上传来的。她在想：他们是什么关系？是不是小两口？好像不是。到底是怎么回事？上到雅丹顶上问问不就知道了？她在马背上慢慢地向雅丹靠近……

乌兰丽雅站起挥动着手里的蓝丝巾向下面的草地上喊着："快上来吧！这上面真凉快。"

她上到雅丹顶上后，乌兰丽雅向前拉着柳红的手说："你今天也骑马来放牧，你的马真骏。"

柳红说："是匹好马，骑上真舒服，是我爸昨天才给我买的，对了，前阵子我在离这不远处听到你们俩拉琴、唱歌，歌词虽然听不懂，可音真好听，你们能再唱一遍让我听听吗？"

乌兰丽雅说："我们蒙古族人最喜欢唱歌，但是你听不懂意思。"柳红说："听不懂意思不要紧，只要好听就行！"

乌兰丽雅对达坂格尔说："咱们就给她唱一首让她听听。"

柳红说："我就想听前阵子你俩唱的那首。""好，我们就唱给你听：南方飞来的小鸿雁啊，不落长江不呀不起飞，造反起义的嘎达梅林是为了蒙古人民……"

乌兰丽雅的声音清脆嘹亮，达坂格尔的声音高昂沉厚，一曲《嘎达梅林》在他俩的配合下唱得真好听。

这是柳红第一次听蒙古族歌曲，听完后她不由自主地鼓掌称好说："你们能把这首歌用汉语教给我吗？我很喜欢这首歌。"

乌兰丽雅说："那得把蒙古族语译成汉语，你真的想学就等我们译出汉语后再教你！"

柳红说："那你们回家后很快译出，明天来就教我好吗？"乌兰丽雅笑着说："没想到你对蒙古族歌这样有兴趣，好！明天来一定译好教你。"

"喂！姑娘我想问问你，你昨天说的什么王爷呀、奴隶呀是什么意思？你们俩又是什么关系？能讲给我听听吗？"

乌兰丽雅慢慢地用汉语给柳红解释了她的提问。

柳红听后说："明白了，你们说的王爷就和汉族人中的大户、地主差不多，你们是给王爷家拉长工、干苦活的，那再告诉我你俩到底是什么关系？"

乌兰丽雅微笑着问柳红："那你看呢？"

柳红摇了摇头说："不知道！"乌兰丽雅说："那猜猜！"

柳红又摇了摇头。乌兰丽雅认真地说："那是我哥哥，我们是孪生兄妹，你再仔细看看。"

柳红把达坂格尔看看，又把乌兰丽雅看看，看得达坂格尔都有些不好意思了，果然看出他俩眼睛、眉毛等多处都有相似之处。

柳红点了点头对乌兰丽雅说："你们俩命真好，每天都能在一起放牧，我可真羡慕你们。"

达坂格尔坐在雅丹顶上望着蓝天上的朵朵白云发呆。

乌兰丽雅问："你们家在什么地方？家里有什么人？生活好吗？"

柳红用手指向老北能隐隐约约看见的树影说："你看，那有树的地方就是我的家，有树的北边是条河叫疏勒河，我家的房子离河沿不远，我经常在河边给羊饮水，家里有三十多亩地和四头牛，地上的活我爸妈干，我就一直放着自家的这一百多只羊。"

乌兰丽雅问："你多大了？叫啥名？"

柳红说："我今年十九，叫柳红。"

柳红问乌兰丽雅："你们多大啦？叫什么名字？"乌兰丽雅说："我们二十一了，我哥哥叫达坂格尔，我叫乌兰丽雅。""你们家几口人？"柳红问道。

乌兰丽雅说："我们家四口人，阿爸、阿妈，还有我这哥哥。"说着从自己脖子上取下一个用丝绳挂着的精致的小木佛双手递到柳红手里说："我们很高兴认识你，我们蒙古族人都信佛，这是我阿妈给我的，今天送给你，咱们交个朋友，这个叫护身佛，你戴上会逢凶化吉、平安吉祥。"

柳红看乌兰丽雅诚恳、热情的样子，就把那个护身佛戴在了自己的脖子上。

盛夏的牧场上百草茂密、鲜花绽放，丛丛红柳喷射着鲜艳的花朵，玉带般的疏勒河悠悠荡荡地向西流淌着。

早晨柳红赶着羊群过了羊桥子向南滩上走来，她骑在马背上看着羊边走边吃草，心里想着昨天的事，那兄妹俩多可爱啊！乌兰丽雅给的那个小木佛真的有她说的那么好吗？边想边用手从衣领内掏出小木佛仔细看着……

快午时，已离张家梁子不远了，老远就看到雅丹顶上站着两个人。柳红想：他们每次都比我来得早，肯定他们离这不远。乌兰丽雅看到柳红后站起挥动着手中的蓝丝巾放声喊着："柳红姑娘，快上到顶上来！"

乌兰丽雅微笑着对柳红说："柳红妹子，你今天来得真早！"

柳红笑着说："没你们早，不知你们早晨起得早，还是我离这远，我是天刚亮就赶羊出圈的。"

说着从手里的背包里掏出一个白森森的包子递到达坂格尔眼前说："尝尝我们汉族人的鸡蛋韭菜包子！"达坂格尔不好意思地点了点头，说了声谢谢。

又给乌兰丽雅掏出一个递到手里说:"别客气,背包里还有。"乌兰丽雅接过包子咬了一口对达坂格尔说:"哥,快吃呀,愣着干吗?他们汉人的包子真香,咱们还从没吃过这么香的包子呢!"

柳红看着自己的羊群向东移动,对他俩说:"你们慢慢吃,我下去拦羊。"柳红下到雅丹下翻身上马背到东边的草地上,把羊拦了个头朝西,又来到雅丹顶上一看,他俩把包子全都吃了,兄妹俩连连说:"谢谢!谢谢!"

柳红风趣地说:"先别说谢的话,你们答应给我教歌,歌词译好了吗?"

达坂格尔说:"译好了!"

柳红说:"你俩谁教我?"

乌兰丽雅说:"就让我哥教给你,他的音相当准,他不但是个勇敢的骑士、优秀的驯马手,而且还是党河南山出名的歌手,他的歌唱响了党河两岸、雪山南北,我们牧区的人都喜欢听他的歌。"

柳红望着达坂格尔说:"谁教都行,既然你是出了名的歌手,那就你教吧!"

达坂格尔说:"那先得听听你的嗓音再说。"

柳红说:"那你说怎样才能试出我的嗓音?"

达坂格尔说:"我先把音符从低往高用声'啊'一遍,然后你学着我也'啊'一遍。"

柳红模仿达坂格尔的音"啊"了一遍后,达坂格尔和乌兰丽雅同时惊喜地说:"你的嗓音真亮,而且低音沉厚、中音强稳、高音嘹亮,是块唱歌的料,你原来唱过歌吗?"

柳红说:"我跟妈妈学了几首西部民歌,闲时常唱,对歌曲很感兴趣,不过我觉得你们蒙古族歌曲的粗犷豪放别有风味,尤其唱在牧野里更好听,如果你觉得我唱歌能行,就请你给我教几首你们的蒙古族歌,我一定把它唱好!"

达坂格尔听后点了点头说:"好,我一定教你,那现在就开始,我唱一句你就跟着唱一句。"

"远方飞来的小鸿雁啊,不落长江不呀不起飞,造反起义的嘎达梅林是为了蒙古人民……"

柳红不但长得漂亮,而且还是个特别聪敏的姑娘,又有天然的女高音嗓子，还唱过民歌，有些唱歌基础，所以学得认真、领会得快，连着跟着达坂格尔唱了几遍就基本上掌握了歌的音律。微风轻拂着牧草，羊儿像珍珠般散开在草地上。

乌兰丽雅看了看西边大西梁上空的太阳说："好了，时间不早了，咱们慢慢赶羊回家吧，改天再学好吗？"

柳红望着他们兄妹俩，微微点了点头，转身从雅丹顶西面的斜坡上走下。柳红赶着羊群在马背上自己回忆着歌词、哼着音律，不知不觉离疏勒河沿不远了……

翌日，太阳照进疏勒河两岸绿色的胡杨林，夏天的胡杨枝叶茂密，在阳光的照耀中显得生机盎然，红柳枝上的碎花，如同团团喷放的火焰，给古老苍凉的北大湖带来生机。疏勒河好似巨大的彩练摆动着她那婀娜多姿的身段自由地飘动着向西而去……

柳红的羊群过了羊桥子向南走着、吃着，她在马背上哼唱着新学的蒙古族歌。不觉已到了张家梁子。达坂格尔和妹妹乌兰丽雅坐在高高的雅丹上唱着蒙古族歌，乌兰丽雅的丝巾在她手中挥舞着。柳红上到雅丹顶上，乌兰丽雅说："柳红姑娘，你今天来得比往天早，你不是说你没去过清水坑子吗？那儿有水，到中午咱俩赶着你的羊群去那儿饮水，顺便到我家的毡房里坐坐，我们的羊群让我哥看着好吗？"

柳红想：那个清水坑子听人说是个淡水湖，湖水清澈、水质好，可就是没去过，就问达坂格尔："远不远？"

达坂格尔说："不太远！"顺手指着老南断断续续的雅丹群说："就在那儿。"

柳红说："行！现在刚来，你再教阵子歌，教完后就依丽雅姐说的，我俩到清水坑子走一趟，顺便把我的羊饮饮。"

土梁、沙丘、芦苇、红柳、野麻环抱着湛蓝色的湖泊，羊儿喝足了水，在东边的草滩上去吃草。乌兰丽雅和柳红牵着马来到湖西北的坂滩上，老远看到一顶白色的毡房，两个人正在毡房门前剪羊毛。她俩把马拴在棵胡杨树干上，乌兰丽雅拉着柳红的手向毡房走去。

"阿爸、阿妈，你们看谁来了？"霜染两鬓的乔力腾和有点驼背的雪莹听到了女儿的声音，站起一看是乌兰丽雅领着个汉族姑娘已到他们的身后，忙放下了手中的羊毛剪子望着她俩，把柳红从头到脚细看了一遍，看得柳红都不好意思了，就低下头。

雪莹连声说："这位汉族姑娘长得可真漂亮，一定是你们说常在张家梁子滩上放羊的那个叫柳红的姑娘吧？"柳红点了点头说："阿妈可好？"乌兰丽雅拉着柳红的手说："快到房里坐坐。"

乔力腾看到眼前的一切对雪莹说："这样热的天气，快取奶茶让她们喝。"乌兰丽雅一口气喝了两碗，柳红却尝了一口双眉就蹙成个八字。雪莹在一旁看着柳红的样子说："姑娘喝吧，你们汉人不习惯喝奶茶，喝惯了还是挺好的，它营养好，能润喉解渴。"

柳红望着雪莹慈祥诚恳的眼神，皱着眉头喝完了那碗奶茶。

那一时期从南山游牧而来的牧民都分布在北大湖这片广袤、荒凉的草场上。他们的到来给沉寂了千万年的大地注入了生机和活力，给大地绣上了一幅幅美丽的草原风景图。在当时那段岁月里演绎着段段难忘的故事；在那段岁月里不管是蒙民、安西人，还有敦煌人在民间有这样的传说："大西梁、小西梁，清水坑子的好姑娘。北牧滩，燕儿窝，清水坑子的姑娘多！"我想那肯定是形容乌兰丽雅和那些美丽、漂亮的蒙古族姑娘的。

由于他们的羊常在一片草地上牧放，渐渐地达坂格尔与柳红在一起学唱歌，异族之间的爱情在各自的心中萌动了。聪明的乌兰丽雅看他俩那种热情和眼神，他俩到一起的时候就推说要去拦羊，策马向老西的那片胡杨林走去……

老柳和老伴只管摆弄地里的农活，见到女儿每天早出晚归，羊儿体肥膘壮心里可真高兴。可清水坑子住着蒙古族牧民的事，西湖老些的人大半都听说了，可就是他俩还不知道。

有天下午，柳氏从东面本家取什么东西时看到一伙女人在一起叽叽咕咕地议论着什么，待她走到离她们不远时那伙人停止了议论，很快分散了，并且用一种难以形容的眼神望着自己，顿时柳氏心中起了谜团，开始对女儿的一切注意起来。有天傍晚，柳红的羊回来得很晚，她圈好羊、喂上马，自己没吃就睡了。

柳氏进到她屋里摸着女儿的头说："红儿，你咋没吃就睡了？是那儿不舒服？快给娘说说。"柳红说："没病，就是不想吃，觉得困倦，就想睡……"

后来在南滩上放羊的人传出柳红和一个蒙古族小伙子常在一起……

数月后，盛夏已过、秋风瑟瑟，排排大雁向南飞去，芦苇苍黄、白露为霜的季节悄悄地来到北湖，这些话像疾风般吹到了西湖，吹到了羊桥子那边的老柳耳朵里。

一天傍晚羊进圈后，柳红又没吃就回屋睡下。老柳憋着一肚子闷气推开女儿的门问："你这几个月在南滩上放羊都干了些什么？"

柳红慢吞吞地说："没干什么，我很困就想睡觉。"

老柳气得半夜没合眼，推醒了老伴问起人们说自己女儿和牧民的事，女儿的私事当娘的肯定先知。柳氏心想：纸里包不住火，雪里埋不住死人。于是就对老柳说出了原委，并说："女儿已有身孕快三个月了，咱们先按着再说！"

老柳是个倔强、脾气暴躁的人，听完柳氏的话气得满脸发青，嘴唇不住地发颤，一跟头栽倒在地，嘴里大口大口吐着血。柳氏忙下炕把老柳扶起擦去了嘴边流的血迹说："事已至此，咱还是想想办法，暂时先把这件丑事按住……"

老柳气得浑身发抖，瞪了柳氏一眼怒气冲冲地出了房门，到后院取来赶牛的皮鞭推开了女儿的睡房门，点上灯叫起了女儿，什么都没说照头照脸一顿乱打。

柳氏听到女儿屋里的喊叫声、骂声、哀求声连忙赶去拦挡，可气疯了的老柳哪里肯听老伴的话，照着老伴的头上就是几鞭子，边抽边骂："都是你养的好女儿，你一直宠着她，看你把她都宠成什么样子啦？"嘴里不住地骂着，用手推开老伴，不停地在女儿的头上、身上抽打着，边打边骂："今天我非打死你这个丢人现眼的东西，不然你还让我的老脸往哪放？"

无情的皮鞭抽在柳红白皙娇嫩的脸上、身上划出道道血痕，柳红双手紧抱着老柳的腿，满脸泪花和血混在一起，嘴边流着殷红的鲜血，颤抖着发出微弱的哀告声，可老柳丝毫没一点同情，口里喘着粗气用打断鞭鞘的鞭杆继续抽打着。满脸血泪模糊的柳红栽倒在地上，身上的衣裤被鞭杆打得到处是血迹。只见红润的小嘴一张一合地翕动着，妈妈，妈妈，快救……快……救救我……倒在一旁的柳氏上前又去挡时，老柳手里还握着半截鞭杆突然栽倒在地，嘴里吐出一团鲜红的血球……

天亮后，发现女儿不见了，柳氏拖着鞭痕累累的身子到村子周围到处寻找，直到天黑连个人影都没找到。

两天后，村西头的一个牧羊的许老伯来告诉柳氏说，他在西面牌坊梁南边那段河湾里饮羊时发现岸边的一丛红柳上浪着一个人，你去看看是不是红儿那孩子。找了两天的柳氏都快急疯了，听人这么一说，头顶"嗡"地一下子，眼前乱冒金星，两腿软的站立不住，倒在地上，脑海里尽是女儿的身影，她标致的身材，白里透红的脸上总是带着微笑，乌黑闪亮的秀发，说起话柔声细气地多么可爱，可刚刚开始活人怎么会是这样呢？或许那丛红柳上浪住的不是自己的女儿，我得赶快去看看。她鼓起劲，三步并作两步顺着河沿向下游寻去，离牌坊梁不远处的河湾里，老远就发现岸边的一丛红柳上浪着什么东西。柳氏加紧了脚步到跟前一看果真是女儿，便一手拽着红柳一手把女儿从水里拖了上来，紧紧地抱在怀里大声哭了起来，边哭边说："你年纪轻轻怎么就走了，我们老了靠谁？"深秋的安西西湖冷风嗖嗖，柳氏怀抱着湿淋淋的女儿不由得全身哆嗦，一直哭到太阳落山后才偷偷地背着回家来。一看老柳躺在炕上昏迷着，嘴角还流着血，连忙到柳红的大伯家叫来了她大伯。勤劳善良的柳氏用自己的私房钱让她大伯托人买回一口红底白花的棺材，雇了几个小伙子在朦胧的月色中抬着棺材到离村子十里外南面三个墩子那片雅丹群走去……

此后，每日黄昏后柳氏就流着泪上到门前的那个小土岗上向三个墩方向张望。

达坂格尔和妹妹每天都站在张家梁子顶上向北面的滩上瞭望，可就是一直没望见柳红和她的羊群。兄妹二人好像丢了魂似的，谁也不说话，可心里却忐忑不安，总觉得有不祥之兆，特别是达坂格尔更是心急，临回家时对乌兰丽雅说："妹妹，咱们明天早点出圈！"聪明的妹妹已猜出哥的意思，只管点头……

第二天，东方天际上刚露出鱼肚白的时候，他们就赶着羊群出圈了，一直向北走去。路过张家梁子都没停，一直向老北的树影那里走着。中午时分到了河边，见一老伯正赶着几十只羊在河边饮水。兄妹二人拴好马，靠近到河边那个老伯跟前，乌兰丽雅礼貌都称了声："阿爸，你在饮羊？"那老人把兄妹二人打量了一番后用地道的安西话说："你们有什么事？"

乌兰丽雅问："这几天你可曾见到柳家姑娘在哪面滩上放羊？"

老年人说："我们这共有四家姓柳的，他们每家都有姑娘，不知你们问的是哪个柳姑娘？"乌兰丽雅说："我们问的那个柳姑娘是个独生女儿，她有匹枣红马，常骑着在南滩上放羊，你可知道？"

那老伯把他俩又打量了一遍摇了摇头，慢吞吞地说："你们问的那个柳姑娘她已经死了！"听到老伯这样一说，兄妹二人都愣在那里，达坂格尔好像当头挨了一棒，眼前直冒金星。

乌兰丽雅问道："老阿爸，她是怎么死的？"

老伯长长地叹了口气说："可怜那个柳姑娘，她是投河死的。"

乌兰丽雅接着问："人呢？"那老伯叹了口气，用手指着东南方向的三个墩说："就在那片雅丹群。"乌兰丽雅牵着哥哥的手，回头翻上马背把羊群拦了个头朝南。走了一段后，达坂格尔把马勒了个头朝东，用鞭策马，只见那匹大黑马抖起长长的鬃毛，仰头嘶啸，四蹄挖着地面飞一般地向前狂奔。妹妹一看哥哥朝着三个墩奔去，也加鞭催马疾风似的跟了去……

三个墩已清楚地出现在眼前，紧跟在后面的乌兰丽雅只见哥哥不住地用短鞭抽打着大黑马，大黑马犹如一朵乌云向前方飘动着。乌兰丽雅到三个墩时，只见大黑马在一棵胡杨树上拴着，浑身是汗，大张着鼻孔，哥哥已上到一个墩上四处寻望，自己也拴好马四处寻觅。兄妹二人在这片雅丹群里一会儿转到这儿，一会儿转到那儿，焦急地找着。一会儿乌兰丽雅发现雅丹群北缘一座高大的土梁，土梁南面有一孔窑洞，窑洞前有一条东西走向古老的大车道。她穿过大车道钻进窑洞看了看，发现那孔大窑洞西壁上还套着一个小窑，她又钻进小窑洞看了一遍。出了窑洞从土梁的西边绕到土梁背后，突然发现紧靠窑洞后面的阴坡下有一小小的土丘，是刚埋不久的新迹，她便很快爬到土梁上寻视着哥哥。这时的达坂格尔正在大车道以南的那片土梁中寻找。

乌兰丽雅望不见哥哥，就站在高高的大土梁上尖声细气地喊着："哥哥，你快到这边来！"喊声在这片古老的雅丹群中回荡，达坂格尔听到妹妹的喊声便很快地向乌兰丽雅喊声的方向跑来。到了土梁下望着妹妹用手指的方向转到了土梁北边。同时，妹妹也下了土梁，她用手指着那座新埋的小土丘。达坂格尔望着土丘，什么都没说就跪在地上用手刨土，乌兰丽雅也跪下刨。兄妹二人的双手都被压在土丘上的红柳和白茨戳破，两双血肉模糊的手不住地向下挖着，达坂格尔哭着说："柳姑娘，都怪我不好，害了你……"幸好埋得不深，终于挖到了棺盖上。兄妹俩看见血红的棺盖"哇"地哭了起来，边哭边用手不住地刨着棺盖周边的土。乌兰丽雅突然停下拉着哭声对达坂格尔说："哥哥，再别挖了，人死不能复活！"

达坂格尔把脸贴在棺盖上号啕痛哭，乌兰丽雅硬拽起哥哥，取下头上的丝巾跪在棺盖上，把那个红底白花的棺盖擦得净净的，脱下了身上的那件漂亮的天蓝色蒙古族式长裙盖在棺盖上。

达坂格尔也脱下身上的那件紫红色长袍，取下脖子上的护身佛压在袍下，用手往上面填土。

兄妹二人把棺盖上填好土后，又在附近抱了些大土疙瘩压在小土丘上面，慢慢地离开那儿，牵着马三步一回首，五步一停地望着那个埋有柳红的小土丘向西走去……

太阳临降入地平线时，血红的残阳映红了西边天际，空中飘着一大朵玫瑰色的云岚，那朵镶着深红色的云彩渐渐被夜幕吞噬……

半个多世纪过去了，三个墩的那孔窑洞依然还在，门前贯通东西的古车道仍有车马过往，窑洞前坂滩上的那口老井还在，水质还是那么清纯爽口。无论是跑滩打猎的，还是过往的车马行人都要奔三个墩这孔窑洞，夏天乘凉、冬天避风御寒。

六十年代末，六辆四大套胶轮大车装满干草从安西的垒墩子滩上往敦煌回走，距三个墩不到三里路时，西北方向的天空乌云滚动着迎面而来，工夫不大西风卷着雪花已飘散四野。车夫们挥动着长鞭，大车疾驰在古道上，很快进入三个墩的那片雅丹群。到了窑门口，停车后车夫和跟车的很快卸了骡马、取下行李钻进窑洞避风雪，收拾搭锅做饭。饭后，都取开行李休息，因人多大窑拥挤，有人说："谁去套窑睡？"可谁都听说过套窑闹鬼的传说，都不愿进套窑，一脸胡子的车夫老段说："哪有活的怕死的道理？叫黑子去睡，他胆子大。"

看大窑里已躺满了人，他心想也是。就抱着行李借着火光钻进被烟熏得漆黑的小套窑，铺开行李睡下了，一天的车马劳累便很快地就进入了梦乡……

"呜——啊——"的哭泣声似吟似唱的音律中带有悲哀、怨恨的声音传入耳内。朦胧中一女子身着红衣绿裤坐在身边,乌黑的长发披在肩上、脸上,白皙娇嫩的面孔上血泪纵横,一双泪汪汪的眼睛泪珠不断地落在胸前的小木佛上,带血的嘴唇不时地开合而翕动着,就是听不清她在说着什么,双手捂在胸前瑟瑟发抖……

　　突然窑外传来马的嘶叫声,把他从梦中惊醒,坐起后眼前的那个红衣女子不见了,只见那常年被烟熏黑的四壁和外面大窑里传出的鼾声,便自语道:"是不是真遇上鬼了?"便穿上衣服走出窑门往外一看,风住雪停了,一弯残月闪着寒光高高地立在最西边那座高高的雅丹顶上,再看看北斗星已转了八十度,估计已是半夜,大青马不停地用前蹄抛着地面,想是槽里的草吃完了,就取过草袋给几个槽里都倒上草,钻进套窑睡下。想想前面的梦境自言自语地说:"人们传说中三个墩窑洞的丫头鬼肯定就是她,那个西湖被屈死的柳姑娘阴魂未散,但是并没有人们传说中那么可怕,因为听到的声音虽说凄厉,可并不难听;虽说长发乱了些,可那张带有血痕的脸上带着善良、哀怨。"一点睡意都没了,就穿好衣服到大窑里取过马灯靠着窑壁,腿上盖着皮袄看着一本苏联小说《钢铁是怎样炼成的》,但怎么也看不进去,满脑子尽是那红衣女子的身影。

　　天麻麻亮时,他转到土梁后一看,果然阴坡的土崖边有一口破旧的棺材,头东脚西,半截露在外面,大部分已没了颜色,只有少部分还能看到红漆的余迹,棺材的北侧旁被风撕开一道长长的、深深的土槽,他知道安西是世界出名的风库,尤其冬、春两季风卷黄沙满天飞,紧靠花棺材北边阴坡下这道深土槽就是个过风道,不定哪年土槽被风撕宽,这花棺材就会翻在土槽之中。

　　他转到车边取出铁锨,挖着周围的土把棺材埋好堆了个新土丘,在附近铲了些白茨和野麻压在上面,抱了些从土梁边掉下的土块压在小土丘的周围。然后坐在旁边想着:这口棺材肯定是那个柳红姑娘的,离有人烟的地方这样远,还会有谁把人往这儿埋?她用泪水滴着的小木佛可证明她的身份。关于她的传说早已听到过,可事后多年过去了,今天却让他在梦中梦见了。据说入殓时,她妈只给她换了身单衣,想想多少年过去了,风吹雨淋这棺材顶上的大部分土都被风吹去,大半截棺材都露在外面。常言说:"生死之一理",她死得多么悲伤凄惨，死后又没留下个人，谁给她修坟祭墓？她的哭声是带着她的冤屈，微微张着的嘴巴是向人诉说着对封建社会的不满，双手紧紧捂在胸前瑟瑟发抖的样子说明这冷月寒天的，她的房子已避不了风寒，想叫路人给她修修房子。

好了，你的意愿已实现，就别打扰人睡觉了，别怨天也别怨地，只怨你生在那个封建时代，是封建势力把你一开始的喜剧变成了悲哀凄惨的悲剧。可我是从湖里路过这儿，你的故事我早已听人说过，对于你短暂一生所做也非常同情。我已给你修好了房子，一会儿吃过早饭我们就要套车回敦煌。因这一月多我们在老东的垒滩上挖甘草路过三个墩，为了避风雪才住在这儿的，没想到传说中的故事却在梦中出现。可惜你只在阳间生存了不到二十年，人世间美好的生活才刚刚开始，却让无情的封建势力把你逼上绝路。这方圆几十里没人烟，想给你烧上些纸钱也不方便，你的事我记着，到清明节那天我在我们那边面向北方三个墩的方向给你一定烧上几沓纸钱，你到冥市上买套新衣，还有你们女流所用的东西，把自己收拾得漂亮一些，在阴间找回你未了的心愿。别了，可爱、美丽的柳红姑娘⋯⋯

"呔！黑子！"他正在埋着柳红姑娘的坟前祷告着，从土梁南面窑门外传来喊声，就把新修坟堆望了一眼，绕过土梁向窑洞前走去。

那伙人正在往冒着热气腾腾的滚水锅里下挦面，那个满脸胡子的车夫老胡看到黑子满身土尘的样子风趣地问："黑子，我以为你昨夜让那个丫头鬼拉走了，饭都快熟了一看没你了，你去干什么了？"

年轻车夫小季笑着说："一定是被那个女鬼拉出去幽会，天一亮女鬼怕太阳躲走了，他却沾着一身土回来的⋯⋯"

大家听完小季的风趣话都"哈哈哈哈"地笑了起来⋯⋯

黑子他抛着浑身的尘土，望着热气喧天的大锅前围着几个人老鹰展翅似的往滚锅里下挦面（拉面），顺手猫腰往锅下加了两朵干红柳说："小季可真的猜着了，昨夜我可真的梦见了鬼！"

"那你快讲讲鬼长什么样？害怕不害怕？"小季和众人催着说。

黑子把所有的人都望了一圈，然后不紧不慢地把昨夜梦鬼的事从头到尾讲了一遍。大家津津有味地听后小季手一挥说："咱都去看看！"黑子站在窑背坡上用手指着前阵子他埋好的小土丘。

窑门前人们端着瓷碗吃着红辣子拌咸韭菜的宽板子捋面，老车夫老段吃罢顺手从锅里舀出一碗冒着白气的面汤放在眼前的一个大土疙瘩上，掏出一支黑褐色的工字牌卷烟，猫腰从锅下抽出一截正在燃着的红柳把烟点着，吧嗒吧嗒地吸着，顿时一股子冒着蓝色气体的香味直钻鼻孔，他面部表情很愉悦，听抽烟的人有句顺口溜：饭后一袋烟，强如做高官。他望着这十多张老幼不同的面孔说："黑子前阵子埋了那个花棺材可真有其物，二十多年前，也是个冬天，天上也飘着雪花，我们一伙四挂车装着高高的梢子（红柳）从鸣沙梁向回走，路过这三个墩子在这窑里过夜，天亮后我发现我车上的一匹大青骡子挣断缰绳不见了，我就跟踪在这片雅丹群找着寻着无意，发现了咱们住的这窑北边的阴坡下那口破旧的花棺材，棺盖顶上前半部分还有土压着，后半截的没土和侧面的土已被风虐去。我还站在旁边仔细看了看，棺板也只有一寸厚，红色的油漆和白色的花朵虽已褪色，可还是能辨别出红漆的余迹。我自从赶车到现在都过了二十年了，几乎每年冬天都赶车下湖拉柴，听东来西往的车夫、走南闯北的牧人、狩猎者们传说，这三个墩子窑里闹鬼的故事，知道的人只要不遇上恶劣的天气，哪怕多赶二三十里去羊肠子弯井上投宿，也不愿在这三个墩子卸车、过夜……"

第四十四回 雪停后归心似箭 横巴浪雪墙阻拦

杜娟听完他讲的这个传奇故事，双眉紧蹙深深地叹着气，晶莹的泪珠如断了线的珍珠落在胸前。

他说："你怎么了？故事毕竟是故事，你何苦触景生情呢？以我说你是戏台底下流眼泪——替古人担忧。"

"不！不是我替古人担忧，这故事我也听人断断续续讲过，何况传说的人多，是件有根有据的传奇故事，你今晚给我讲得很详细，更何况离现在还不到半个世纪又不是多么古老的传说。你想想那个柳红姑娘，天真、善良、美丽大方，可她的结局确实让人感叹、惋惜。我与她同属女流之辈，那份同病相怜、同忧相愁的心情是应有的，更何况我这个人看得书也多，是个多愁善感的性格，我怎不替她伤心落泪？你不是已修好了她的坟，并祈祷许愿给她烧纸钱？"

他说："对！是我在她的坟前许过愿。"

她问道："你这不是在哄鬼吗？你想想你们家离北大湖百余里之遥，即使你烧再多的纸钱还不被一路上那些车辗马踏的、少儿没女的、含冤屈死的孤魂野鬼抢了去，她能拿到手吗？"

他问："那依你说怎样才行？"

她说："三个墩那里虽说我没去过，可曾在西滩上放羊时，那边放牧的人给我指过的，我想我一定能找到的。惊蛰节马上就到，过了惊蛰一月就是清明节，你对柳红姑娘的那份心愿我替你去还。到清明头一天，我买好纸钱背在背包里，黎明前就赶羊出圈去趟三个墩，因那儿太远，不然天黑前回不了圈，行吗？"他点着头说："好，娟子，那就拜托你辛苦一趟！"

"汪汪汪"的狗吠声打断了他俩的说话，他们同时抬头望着门外，启明星已从胡杨林的东方升起。他向着东方伸了伸双臂，自语道："难熬的一夜又过去了！"他把锅架在火上说："娟子，看来今天真的是天晴了，你该赶着羊回去了。由于沙尘暴加暴风雪，把你阻在这黑树窝都三天三夜了，今天你想吃什么？我这就做。"

她在一旁点着头说："雪后的天气很冷的，羊在雪地里肯定走得慢，我怕冷。跑湖的人都说下雪不冷消雪冷，我也知道你的黄羊肉快要完了，你能再给我煮一次黄羊肉让我吃吗？"

他笑着说："好，我的傻妹妹，咱俩能在这暴风雪中挺过，人和羊都安全无损是多么庆幸的事，今早我就多煮些，吃饱后你顺利地赶羊回去。"

黎明前的夜是那样黑暗，雪后的冷风不时地透过柴房墙，火苗扑烘扑烘地舔着锅底，从锅盖边冒出团团白气，肉的香味随着气团直钻鼻孔。

她坐在火堆旁一边烤手一边若有所思地说："这样香的黄羊肉吃的机会可是不多了，咱俩在一起的时间可能也不长了。"

他听到后说："为什么？"

"一来你不是说惊蛰要回去种地，二来我这次回去不知要发生什么意想不到的事，真让人发愁、担心。昨晚我已想了好几次，可还是没想出什么良方。"

他问："你有什么好愁的？"她说："你在这待多长时间是无人过问的，可你没替别人想想吗？我到这都三天三夜没回家，畜牧队长肯定要追问这几天怎么没回去，我怎样回答？但绝对不能说实话，你想过没有孤男寡女几夜同住在一个小柴房，他们会说些什么，我就是有百张口也说不清，到时候会给我带来天大的灾祸。说假话吧，还没想好词……"

他叹了口气说："我怎么没替你着想，可你说的有道理，尽管你我都是清白的，可在这个特殊的岁月里，你我的身份是受不了这样的风浪，那只好撒谎才能躲过这次难，幸好这次无情的暴风雪没把你的命夺走，更何况羊也没受到任何损失，这给你撒谎带来很大的优势，那就靠你多年在这滩上放羊所遇到的此类事件的经验去发挥你的智慧应付了。"

她听着慢慢地点着头。

他安慰着说："好了，先别想那么多，我觉得肉熟了，咱们吃！"

太阳还没露脸时，他出去到门前通往林子的路上，拖去挡在路口上的小胡杨树，她拿着牧羊鞭把羊赶着出了林子，拦了个头朝北，趟过冰河。他站在河沿上望着她一瘸一拐地向北走去，直到她的影子消失在北边那片芦荡后才转身进了林子。

冬不下雪不冻，春不刮风不消，这是本地人对季节变化所总结的常识。自暴风雪过后，几乎每天都刮风，天气渐渐变暖，疏勒河北岸向阳的坚冰一天比一天消得多，太阳红的那天下午就有一小股水顺着冰上流淌，但一到夜间就冻住了。多年的规律，按季节河水不定哪天就要融冻，大股的水就会推着疏勒河冰块向下游涌来。疏勒河在河西走廊也算是条大河，它从玉门南边的祁连山流出，经玉门、过安西，到安西的西湖这一带就有好几百公里流程，白天融化的细流，流到西湖就很大了。

上次车下来，车夫老吴对他说："队长说了，再拉一趟就不拉了，家门上的劳力开始备耕都快半月了，只等惊蛰一到就套耧播种，要用车上的骒马拉耧套耙，你掌握着再打够一车就行了，最后的一车你拣好的红秧子打上。"他扛着镢头翻过老南那片柴草稀疏沙砾戈壁，在一片小盆地里找到了比门头还高的红秋子柴，虽说走路远，可高柴好打，两天就打够了一车了。

他吃过早饭，躺在铺上看书，可怎么也看不进去，总觉心里乱糟糟的，想着这都几天了，杜娟姑娘怎么没到这一带来放羊，在河边饮水？这几天都在惦念着她，心里乱是猜测。是不是编慌没成功，无法说清暴风雪中的一切，连队正在开会批斗她？或者是畜牧队长看到羊和人都完好无损，得到了领导的同情和信任，调她干别的什么工作去了？但愿是后者。因为我俩的心里实在，好人会有好报的，再别杞人忧天。

自己给自己宽了宽心，仍在铺上躺着取过书翻了几页，总觉心里不踏实，又合上书放在一边，提着水桶顺着林间通往河沿的小路向河边走去。到河边时太阳红红的高悬在当空，北边的河湾里流着一小股清凌凌的消冰水，把桶放在河畔，上到北岸上一个高高的沙丘上环视着四野，在这片旷野里只能看到远处的雅丹体，还有片片胡杨林、高高的芦苇荡、连绵起伏的沙丘、鲜艳的红柳、南滩上的老原始森林和奔跑的黄羊群，可就是望不见杜娟的羊群，心里空落落的，好像丢了魂似的，满脑子都是她的影子。应该说她不会有大事，但这都好几天了，怎么没来？到底发生了什么？真让人担心，不由自主地向着畜牧队那个方向走去。

走了一个小时左右，眼前一条深达十多米、宽二三十米的古河道挡住了路。他便顺着河岸向西走，走着走着看到了一个斜坡通往河道底上，到了斜坡不远处，看清了从这边斜坡下到河床底还有对岸也有个斜坡，他判断这儿可过到对岸。

走到跟前一看，斜坡上有深深的车辙、马蹄印，对了！这就是人们所说的叫的"横巴浪河斜路口"，听车夫们说，从敦煌到西湖那个横巴浪河斜路口是这一带的必经之路，轻车过时牲口都相当吃力，若是重车必须要用两套车上的骡马挂上长套才能拖过去。他环视着这个横巴浪河斜路口和路口两侧的干河床，心里暗想：好险的地势，胆小的人到这古河床地肯定要害怕的。

他从南岸的斜坡下到河底，顺河床向两侧望去，狭窄的河床两面是陡峭的崖壁，如同进了另一个世界，一种恐惧的感觉油然而生，便很快地顺着通往北岸的斜坡上到对岸，跟着大车道往前走，车道是穿行在长满碱柴、红柳、苦豆的坂滩上，弯弯曲曲一直向北延伸。走着走着发现杂乱的马蹄印和汽车轮子扎在残雪上的轮胎印，心里一惊想着：一定是杜娟遇到暴风雪后，它们畜牧队和连队的人在这个滩上寻找过她。他边想边上到不远处的一个沙丘上向北张望着，隐隐约约望到一片平房，上空还有面红旗在寒风中飘动，他自言自语地说："再不能往前走了！"

跑了一天的他回到黑树窝时黄昏已近，燃起火做了锅萝卜面片，吃过后就睡了。那一夜不知怎的就是睡不着，心里乱得好似一团乱麻。

自从初冬救她上岸直到雪停后送她出林子，一次次的隔河投信过来；给自己疗伤、弹琴唱歌、跳舞；风雪夜倾吐她内心对自己的那片真情……

一幕幕浮现在脑海里。如果没有发生意外，绝不会好几天不到黑树窝来。越想越睡不着，就穿好衣服燃起火，坐在火旁两只手翻来覆去地烤着……

"叭叭叭"的响鞭声传入耳内，他走出房门望着布满星空的苍穹，看到三星已平西，透过林子，东方的地平线上启明星正在升起。他长长地叹了口气说："天亮了，这么漫长的冬夜一眼没眨，到底为啥？"自己也说不清。车停在卸车场子上，马车夫老吴还没下车就大声喊着："呔！黑子，快起来帮我卸牲口，今晚的天气冷得歹（相当冷）！"

他连忙往火堆上架上柴，来到车旁说："吴叔，你快进房烤火，我一个人卸。"

他麻利地卸下牲口，给拉了一夜车的骡马添上草料，进到屋里小心地问车夫："吴叔，你又赶了个夜站，不知又是什么原因？"

车夫笑了笑说："没什么原因，咱们今冬的罪已受够，这是最后一趟，装上就可以回家了。今年冬天天气特别冷，不是风就是雪的，尤其前几天那场沙尘暴加暴风雪，门上的人都几天没出工，在家待着。不知你这个罪是怎么受过来的？下湖前，大牛圈上套车的人多，还有人说不知黑子那家伙还活着没有？说句实话我也挺同情你的，也很喜欢你。这些年几乎每年冬天都是你打柴，我赶着车往回拉，咱俩可以说是老搭档了，你勤快也聪明，干什么活都操心，可遇上难处了，别灰心丧气，想法找上个媳妇过日子……"

他很久没听到这样的知心话，觉得他说的都是实话，听着很感动，便从房顶上的红柳筐里取出几块上次煮熟没吃完的黄羊肉烤在火上说："你烤热后慢慢吃，我去给马加料。"

老吴吃着烤热的黄羊肉对他说："黑子，麻烦你今天去一趟农十一师团部商店，车下来前，队长还有和咱们一块玩篮球的那伙人听人说十一师商店的绒衣、绒裤每套才八元钱，而且还不收布票，敦煌的商店里一套要收十六元。共带了十二套的钱，我这就把钱给你，你看想骑哪匹马就拉过来加上料，去趟十一师商店。昨夜我赶了个夜站，今天在湖里休息一天，明天再装车，我一夜没合眼，觉得很困想好好睡一觉。"说完就倒在铺上打起了鼾声。

他想：真乃天赐良机，昨夜正愁好多天都没见杜娟的面，担心她会不会出意外，再说只有今天一天的机会了，明天就要随车回敦煌，再能否见上她的面可就是个未知数了。今天我可以骑着马上他们兵团团部，路过十一连畜牧队顺便打听她的消息。

他便从四匹骒马中挑出一匹拉外套的枣红色骟马，那匹骟马体形高大，力大胆也大，浑身上下如霜后的红枣一般好看，他牵过那匹马，取过料袋在门前的老胡杨树下加上料……

马吃饱后，牵到河边饮过水，跨上马背趟过冰河向北走去。过了横巴浪河斜路口，走在长满碱柴和红柳的坂滩上，环视着四周，看看能不能看到杜娟的羊群，看着看着发现老东北方向的一片胡杨林边有群羊。他便挥着缰绳头子催马奔去，离那羊群不远时，发现放羊的不是她，只好勒转马头向北走去。走着走着又发现西面的芦荡边有群羊，近前一看又不是，真失望！又往前穿过一片低凹的草甸子时，看到了畜牧队那片建筑物，同时也发现了杜娟的羊群，花豹站在一个沙丘上"汪汪汪"地叫着，不一会儿杜娟也上到了沙丘上。是她！没错，他认得出来。

策马到沙丘北面，杜娟从沙丘上下来依在他身旁小声问道："黑子哥，你怎么到这儿来了？"

他望着她蜡黄的脸，长长地叹了口气问："娟子，你没事吧？这几天可让我担心坏了，今天终于见到你啦！我悬在心里的那块石头终于落地了！我明天就要回敦煌了，今天车夫让我去你们团部买绒衣，你们团部在哪儿？远吗？"

她用手指着老西北的戈壁沿子上隐隐约约能看到的一片建筑物，上面还能看到几面红旗在飘。她问："看到了吗？"

他点头说："还远着呢，至少还有二十华里路，你先在这放着羊，我去团部买上绒衣，过来咱们再见。"

她想了想说："我估计你可能就这几天要回敦煌，准备给你的书还有几件东西都在羊房里放着，你去你的团部，这儿离我们畜牧队不远，我把羊往我们羊房子那儿赶，到房子上取上东西后我再赶着羊到南面去放，咱们在横巴浪河沿的斜路口西边那棵老弯脖子胡杨树下见，那儿离畜牧队远，没人上那儿去。"

他跨上马背顺着一条古道一直向团部驰去，穿过十一连连部有条通往团部的简易公路，他催马疾奔，只听马耳后呼呼呼的风响和马蹄挖起路上的碎石残雪。

团部大院门朝南开着，院内盖有两排砖房，迎面是个舞台，砖墙上用白石灰写着斗大的字"将文化大革命进行到底""阶级斗争要年年讲、月月讲、天天讲"……院内西边那排房子有一个门上挂着个白门帘，上面印有一个显目的红十字，往北隔着一个门，门帘上印有农十一师商店。

进去一看，货架上摆满着各种商品，柜台里面站着一个梳着长辫子的姑娘，脸上挺文静，她把他从头到脚打量了一番，操着浓浓的天津口音问："你是哪个连的？我怎么没见过？"

他和杜娟相处了几个月，从杜娟那儿学会了天津话，就用天津话说："我是十六连的，在我们连畜牧队牧马，离团队最远，从没来过团部，今天给战友们代着买几套绒衣，我的马就在团部门口的电杆上拴着。"

她听到他说着流利的天津话问："听口音你也是天津来的？"

"对！是天津来的第二批！"他回道。

她笑了笑说："我是去年才来的，咱们还是天津老乡呢！"

他点了点头说："你给我取十二套绒衣、绒裤，我还远，还得赶路呢！"

她从柜台后面取出了一团细绳很快地六套一捆，捆成两件扎牢，帮着他提出团部大门搭在马背上，他刚跨上马背准备挥动马缰催马时，她说："天津老乡，有空再来！"

他心里惦念着杜娟，不住地催马向南奔去，路过十一连队时，一伙人正在打篮球，没敢往跟前去就勒马向西绕了个弯路向横巴浪河走去。抬头望望太阳已偏西，眼前也没正路，就在红柳、芦苇中缓慢向前走着，老远处传来了狗的吠声，在马背上向着狗吠的声音张望，隐隐约约地望见横巴浪河不远的一片胡杨林边有群羊，就催马向那边走去。到跟前，就见她从胡杨林中走出说："你可真快！我的羊刚到这时间不大。"他从马背上下来，一只手牵着马缰，一只手拉着她的手往前走了段，在横巴河斜路口旁的那棵粗大的弯脖子胡杨树旁的树干上坐了下来。

他问："娟子，你快说说，雪停后我送你过冰河后，这些天你遇上了什么麻烦？脸色怎么这样黄？"

"唉！"她长长地叹了口气说，"只要没让沙尘暴卷走，让暴风雪冻死，能活着就是万幸啦！脸色不好是我生病了，刚刚好了些，自从你把我送过冰河后，到横巴浪河斜路口就遇上了麻烦。"说着用手指着眼前那深深的古河床说："就是那儿，那棵大树我们都叫她路标树，是我走你那儿的必经之路——横巴浪河斜路口。"

"路口的北坡上被一座一人多高的雪墙挡住，我想肯定是前一天咱们在黑树窝那夜的西风雪把西岸上的雪卷入河内的斜坡上形成的雪墙，我四周看了一遍，除返回的路能走，别处都是十多米高的峭壁，就返回上到南岸，向黑树窝那个方向望去，盼望能看到你。可只能望见隐隐约约的黑树窝，试着大声向南喊了几声，可偌大的湖滩你也不可能听见，就又下到河底，羊在雪墙下围作一团，真的叫我进退两难。好不容易避过了暴风雪，都几天几夜没赶羊回去，今天天晴了，想着早早赶羊回去，可遇到这么大的麻烦，心里可真急，就从羊群中穿过到了雪墙跟前试着往前刚走了几步，雪已深到大腿根了，又退了回来，叫着花豹用手指着雪墙。花豹好像明白了我的意思，顺着我刚走过的方向向雪墙扑去，翻过雪墙上到了北坡上，我又叫它返回，我就连爬带滚地领着花豹往返好几次，终于在雪墙上趟出了一条窄窄的羊肠小路，羊才一个跟一个地顺着小路穿过雪墙从斜坡上到对岸。"

第四十五回 | 归队后偶感风寒
众战友医院来探

　　她喘了口气接着说："我在落满雪的柴稞间缓慢地赶着羊群向前走着……忽然不知从什么地方传来'叭叭叭'的三声枪响，我就环视着四野，发现老东面的胡杨林那个方向有几辆汽车向我这个方向驶来，工夫不大，汽车的马达声也听清了。我只管赶着羊往前走，边走边向四周望着，又发现西南方向的芦荡边缘有好多匹马也向我奔来，随之又看到正前方畜牧队那边的田间道上有许多辆拖拉机迎面向我开来。汽车先到，从第一辆车上下来许多人，我们连长和畜牧队长从驾驶室下来很快到我跟前，用手拂着我大衣和帽子上的雪，我感动得哭了。畜牧队长掏出手绢递给我安慰着说：'别哭，我们都来找你，可终于找到你了，算来都四天三夜了，由于暴风加雪我们无法出门，就这样我带着一个排的小伙子在附近找，可风雪太大，把我们阻回连部。昨夜雪停后我们连排领导就组织人马，天亮后散开在滩上找你，这不，你看！还有七连的车和人马。'

　　畜牧队长越说我越哭，不一会儿西边骑马的几十个人都跳下马背，丁红梅第一个从马背上跳下冲开人围跑到我跟前，什么都没说抱着我湿透的棉大衣，脸贴在我脸上哭了起来，当时我心里可真激动，就大声痛哭了起来，围在一堆人中有许多女的也跟着哭，男的都在抹泪，一时间哭声连片，在荒野上发生了一幕让人难忘的片段。

　　连长也在抹泪，后来还是连长发话了：'同志们再别哭了！只要人和羊都能安全回来就好，大家都能放心了。丁指导员你快抱小杜上驾驶室，快回去换上干衣服，这么寒冷的天气别冻出病来。畜牧队长，你派上几个人赶着羊群后面来，大家都可以回了，今晚让食堂给咱们烧红烧肉，宰几只羊，从团部取几箱酒来，咱们再请上七连的战友们一块好好会餐一顿，给小杜压惊。'

　　由于过了横巴浪斜路雪墙那阵子人心急，来回在雪墙上几趟出了一身汗，上到北岸的坂滩上冷风吹来感冒了，浑身像散了架似的，一点力气都没有，还发着高烧。丁红梅一直在我身边守着，她给了我两片阿司匹林吃上都不管用，反而不住地打战。她让我先在羊房炕上躺着，不一会儿她把我抱进连长的吉普车，坐上驾驶室飞快地向团部开去。

第二天中午，我从昏迷中醒过来，睁开眼一看，病床上空吊着个瓶子，正在给我输液体，丁红梅高兴地笑了。三天后我觉得好了，要求出院，可丁红梅说再输上两天液，又让拿她的小圆镜让我看，我对着小圆镜一照，啊！我的脸怎么这么难看，就这样我又住了两天，丁红梅就开着吉普车和我一块回来的。"

"那他们问没问你，都四天三夜没回去，在哪儿避的暴风雪？"他问道。

"问过，是在医院的那几天，丁红梅不分昼夜地守在我身旁，和我聊天时问过，我就编了个善意的谎言，说出事那天太阳快要落山，突然从东面刮来沙尘暴，正好我赶着羊群过横巴浪河，一看不好，怕风暴卷走羊群，就连忙把羊顺着斜坡赶到古河床底上，顺着古河床一直向西赶，边赶边观察着地形，那段河床是南北走向的。过了一个河湾有一片稠密的胡杨林，河床的东壁上有一个凹进去的天然洞窟，我赶紧把羊圈到崖壁下的胡杨林里，看准了那个天然洞窟，捡了些干柴堆在洞窟旁。一霎时风卷黄尘，天空如同夜间，待沙尘暴过后我就在洞窟内燃起篝火看着羊群，幸好我每天下滩时食堂大师傅都给我多装几个馒头。裹着唯一的一件大衣，花豹紧挨着我守在火堆旁，一直坚持了三天三夜，风雪停住才从古河床里把羊赶出。"

"丁红梅她信了吗？"他问道。

她点着头说："我给她讲时她很激动的样子，还夸我跑滩几年挺有经验和主意的，如果不是很快赶羊下到那深深的古河床避风，后果就不堪设想。"她接着说："自从起了沙尘暴后连里和排级干部听畜牧队长说你没回来就召开了紧急会议，连长在办公室的地上转来转去嘴里念叨着说：'小杜放羊挺操心的，表现还不错，不论咋说她也是咱们兵团的一名战士，如果有个什么闪失我可怎么给上级交代？还有怎么向她的妈妈交代？咱们待风小后一定要出动全连人马，不行就叫上七连，不惜一代价一定要找回小杜！'她还说找到我在坂滩上，人们都集中在周围，两个连共六辆汽车、八台拖拉机、六十多匹马、二百多人集中在一起，大家都在为你担心，看着你当时拖着湿大衣哭的样子，战士们都感动得陪着你落泪，都说你是好样的。"

在我第一夜住进团部医院昏迷不醒时，丁红梅她害怕了，把电话打到连部，连长和畜牧队长连夜赶到团部，和团长都到医院了。团长说让医生把最好的药输上。我醒了后的第三天，连里开着汽车拉着我原来在文艺宣传队时的那些演员们，提着红糖、白糖、饼干什么的来看我，熟悉又陌生的面孔，有的握着我的手，有的把脸贴在我的脸上，望着我的眼睛在流泪，我的眼泪不由自主地顺着耳边流在枕头上，当时真的很感动。在医院的那几天，我躺在病床上，把我到农建师这几年的经历从头回忆了一遍，就像电影一样一幕幕浮现在眼前。这次自然的暴风雪过后，他们动用两个连的车辆人马冒着雪后刺骨寒风、踏着积雪寻找我，找到我的那个场面，好像我又不是他们的敌人了，而像我是他们最疼爱的女儿，这到底是怎么回事？

　　还有丁红梅她也不像原来了，原来她是我心中的大姐，这次好像变成了我的妈妈。我没事的时候他们不把我当回事，当我遇上难时他们好像还挺重视的。我好像是他们家的一件什么重要东西，不然他们对我丢失会动那么大的干戈？我回去后他们又杀猪又宰羊的，两个连的人在我们连的大食堂里又是吃又是喝的，还都说是给我压惊。

　　据我在团部住院时来看过我的那伙小姐妹说那天晚上他们啃着热腾腾的羊肉、喝酒的那场面更是壮观、热闹，举起酒碗都说为了小杜安全归来，有的带着醉意举起碗对着众多的人大声说："为了我们军队的宝贝女儿安全归来，大家共同干杯！"还有和我在文艺宣传队演过节目的周丽丽，她也端着酒碗对众人说："为了我可爱的小妹妹娟子姑娘归来干杯！喝完后我给大家献上一首现在最流行的歌《见了你们格外亲》来表达咱们边地军垦姐妹的情谊……"

　　据说那晚为我接风压惊的酒宴上好多人都喝醉了，倒在食堂的大餐厅，后来都是用汽车送回七连的。

　　就在我住院期间，我们连长、营长和团长看望我时，团长说："小杜，你是好样的！能在罕见的暴风雪中发挥咱们兵团战士的优良作风，不惧暴风雪，用你的智慧和勇敢战胜了那么大的困难，能自卫并没让国家财产受到损失，假如换上另一个女孩，那会是怎样的后果？你们连长和畜牧队长对我汇报你的情况，我听得出来你的表现很不错嘛！"又对站在我床前的丁晓梅说："丁指导员，你的文笔好，把小杜冒着生命危险保护咱们兵团羊群的事迹写一篇报告文学，在咱们十一师办的《军垦战报》上发表，一定要写得真实、生动。据我们掌握咱们十一师就有相当一部分像小杜这样出身的战士，对他们要有新的认识，要让他们相信党、相信组织，激发他们积极向上的信心，咱们共同建设好祖国的大西北！"

团长、营长他们临出病房前都站在病床前安慰着我，祝愿我好好养病，早日康复。首长走后，丁晓梅笑着对我说："娟子，看来你的命运转折已经快了！"

第四十六回 ▌生离死别乃无常
　　　　　　悲歌一曲两情伤

她说着说着往他身边移了移，紧依在他身旁说："黑子哥，虽说咱俩同龄，可你就要比我成熟，你看的书比我多，经历比我丰富。在黑树窝我灰心失望、走向人生低谷时，你开导我的话想起都是对的，你借用了毛主席的一句话：'我们的同志在困难的时候要看到光明！'你是一个年轻老成的人，你的人生哲学我刚开始读，我一定要继续读下去……"

他接话茬说道："古人曰，成大器者必先受到筋骨之苦！'如春秋时的百里奚也曾给人放过羊，孔夫子在陈州经受断粮之苦，韩信受过胯下之辱，历代名人、伟人他们大多都在年轻时受过罪、吃过苦，你在这个年龄，又是个女的，能在这片荒滩上不分寒暑地单独一人走过几年，已经历了别人没有的经历，有位名人说过'经历就是财富'我相信他的话。"

她点着头说："黑子哥，你懂得可真多，我真羡慕你的才华，可惜你明天就要离开这个北大湖。"

他接着说："是的，虽说几乎每年冬天都在这北大湖打柴，可到明年冬天，这么大方圆几百公里的湖滩，还不知下年冬天车夫还要拉我去别的什么地方住湖打柴，以后见面的可能性不大了，或者可以说是没有了，希望你经历了这场沙尘暴、暴风雪后时转运来，正如丁红梅说的一样，找一个真正属于你的那一半，好好生活下去！"

她沉默了半天两眼一瞪说:"那咱们的情感咋办?"

他笑了笑说:"傻妹子,你咋还提那过了的事,在黑树窝避风雪的时候我都给你说过,根据咱们的处境是绝对不可能的,咱俩这辈子只能说是有缘无分,你就把它当成一个梦,梦醒来就什么也没有了。"她说:"你说得有些太轻松了吧?"

他笑着说:"好了,别再说了,你看太阳都偏西了,你我都得回去!"说着站起从胡杨树干上牵着马准备走。

她忙上前拉着他的手哭了:"你救了我两次命,我的真情你不领,可这是我的初恋啊!反正我这一生心里都有你,我这几天都把咱俩的事想了几遍,根据你的性格,我已判断出咱们的结局,人都说世上只有男光棍,没有女光棍,你不要我,将来是剩不下的,我在替你着想,你怎么办?古人说:'受人点滴之恩亦当涌泉相报',可怎样才能报答你的救命之恩呢?我给你准备了几件小礼物,礼物虽小情意重,都在我这个小包袱里。"

说着取过了一个花格子布小包袱,打开包袱里面是方方正正的一件红布包裹,用针线密密地缝着,双手递到他手上叮嘱着:"带回敦煌,回到家再打开,里面有封信。"

他说:"你也太客气了,还送什么礼物?说真话你的那颗炽热的心我就当作离别的礼物带上了。"

她说:"这个礼物你一定要带着回去,你是个聪明过人的人,你回去打开看看就能猜出内涵。"

他接过包袱架在马背上,用绳子把它和绒衣捆在一起,牵着马向南走去。

刚走没多远听到她的喊声:"黑子哥,等等!我往前送送你!"

他一手牵着马一手拉着她的手,直到横巴浪河沿的斜路口。他说:"我的好妹子,再别送了,人都说送君千里终有一别。"

说罢他跨上马背顺着斜路口催马上到了南岸,可又听到她尖厉的喊声,他勒马立在南岸回头一看,她站在北岸上,一只手挥动着说:"黑子哥,你挺喜欢音乐的,我给你唱支歌好吗?"

他立马南岸望着她,长长的秀发在寒风中飘舞,唱着那支流传已久的古老民歌《走西口》,歌声中带着悲哀、期盼,如天籁之音传到了南岸,最后是带着眼泪放的歌喉。

他在马背上静听着这支撕人心肺的歌曲，望着她一手拨着河畔的红柳和胡杨枝，一手向后捋着被寒风吹散遮在脸上的秀发。

不由想起前一个月多有一天在南滩打柴时一群羊缓缓向南滩移来，一小时左右时，羊群已离他不远，可羊群后面没跟人，她放的那群羊他见过多次，并有些都很面熟，群中有那么十来八只花母羊，那些花母羊下的羊羔也是花的，再就是领头的那只体形高大，长着盘了两圈半的羝羊（公羊），可羊是她放的那群没错，人呢？还有花豹咋都瞅不见？

当时心里纳闷，就上到附近一个高沙丘上在羊群过来的方向寻视，可啥都没发现，就向前走了一程上又到一个高沙丘上，还是没发现任何迹象。于是就大声向四周喊着，工夫不大花豹从北面的红柳丛中向他奔来，离不远时花豹连吠连摇尾巴，到跟前用嘴叼着他败絮在外的破棉裤腿，只管向北捞。

当时他看懂了花豹的意思，是它的主人出了啥事，他用手在花豹头顶拍了两下，向北快步走开。花豹穿行在杂乱的红柳丛中，跑上一阵子回头把他望望，吠上几声，他的直觉告诉自己，多半是她出了啥事，便顺着花豹引的路飞快地向前跑着。

跑着跑着见花豹在一个长满红柳的沙丘旁立着，沙丘下的她平平地趴在沙坡下。他忙上前跪倒捞着翻过身，只见两个眼窝和鼻孔、嘴上都沾满着沙子，忙用衣襟把脸上擦净，喊着她的名字，可只见她两眼微微睁了睁，长长地出了口气，嘴里发出细弱的声音："我在哪儿？"

他判断肯定是病了，连忙背起往小柴房走去，到了柴房把她放下，让她躺在行李上，用手在额头上一摸烧得厉害，这么冷的气温头烧到这个程度，多半是重感冒。忙架上小铁锅烧了锅滚水，倒进脸盆用热毛巾在她额头上敷，过了半小时左右，用手一摸烧已退下，苍白的脸颊上泛出红色，望着他眨了眨眼。

他问："今早上你咋啦？怎么趴在沙坡上不省人事了？"

她好像在回忆着，过了一会儿，她有气无力地说："前两天就感觉不对劲，也没去团部医院，就硬扛着，都好几天没上南滩来放羊，就在我们连部附近放着，今天我觉得可以了想见你，就赶着羊群向南放来，过了横巴浪河那个斜路口就感觉浑身乏力，羊群在前面走着，我在后面跟着，步履艰难地向前走着，可走着走着到了一个沙坡下往上走时，头晕眼花眼前一黑就栽倒在那儿。"

他问："你饿吗？"

她摇了摇头，听话音她有病都几天了。

"你这几天吃药了吗？"

"感冒这个病我从来都没吃过一粒药，全是扛过来的。"

"根据你发烧到这个程度，是相当严重的了，你先躺着，我烧开水！"

水滚后，他从墙上的提包内取出一个小瓶，里面是他常外出时备的阿司匹林，那药是治感冒相当有效的，水开后给了两片让喝上。

她说："这阵子我觉得浑身发冷，我的羊不知跑哪里去了？我担心的是我的羊群。"

他说："别怕，你多喝上些开水，我给你再用热毛巾敷上几气子，你先脱去大衣，睡在被窝里，把你的大衣和我的皮袄都压在身上，我再把火架大，出上一身汗就松了。羊我去南滩找，我可是个放羊娃出身，你就安心地睡吧！"

南滩上，羊全下到东边那道古河道啃吃着杂草，他把羊圈在一起慢慢赶出河床向黑树窝方向赶来，约两个小时候到了那片稠密的胡杨林畔，羊群在林畔吃着枯黄的胡杨叶片。

他向小柴房走去，到门前卸车场子上听到柴房内传出鼾声，心想肯定是那两片阿司匹林起了效，听那一声轻，一声重的鼾声，这阵她睡得正香，别惊扰，让她好好睡上一觉。又退出林子去西面林畔拦羊，又一个小时多把羊拦到离柴房不远处，羊群散开寻着吃芦草、青茨。

他到卸车场子上听不见鼾声了，进了柴房门，只见她还静静地睡在被子里。

"喂！醒醒！"他轻声喊着。

她微微睁开眼睛望着他，从被窝里坐起。只见她满脸都是汗水，头发湿漉漉的，脸色恢复了原来的红润。从铺上坐起来好像精神多了。说："这一觉睡得出了一身汗，线衣都湿透了，我觉得我好了，我的羊群呢？"

他望着她那精神的样子说："以后有病就趁早去医院，你们看病方便，尤其你单独在外跑湖滩的，自己的身体自己得注意，你这个有娘没老子的，我对你很同情。"

她哭了，哭得很伤心。

他边架锅边想，我说话的没意，她听话的倒起了意，多半是我后面的那句，她是想起了她过世的爸爸。

他劝着说："再别哭了，打起精神，一定要像咱们常见的胡杨一样顽强地活着，这都后半晌了，我想咱们的肚子都饿了，你有病刚松，想吃啥我做。"

她边擦着泪水边说："我好几天啥都不想吃，今天真的饿了，你的酸汤羊肉面片我吃过，挺好吃的！"

他从筐里取出块黄羊肉切了半碗多，用清油炒好加上水，多放了几片姜，薄薄的下了一小锅，把汤调得酸酸的给她舀了一碗，看着她吃得真香，连吃了两碗。

她说："好多天没吃上这么可口的饭，吃得真香！"

吃罢后她说："你还真行，不亏你出外多年，经验比我多。今天若不是你把我从那沙坡后背来，可能再也见不到天上的太阳和月亮了。"

他说："再别说那样悲观的话，我觉得太阳已不高了，你先躺在铺上歇会儿，让汗干干，我出去把羊收拢送你过河，按天黑前赶到畜牧队。"

他赶着羊群和她一块儿过了冰河。

她说："你回柴房去吧，都一天了，你的柴没打成，为了我忙乎了一天，早点歇着，我觉得我现在好多了，腿上也有劲了，别担心，不会有事的！"

他站在河北边的高岗上想着她可真不容易，一直目送她消失在茫茫的湖滩里……

凄凉委婉、含情动人、如泣如诉的歌声如同她那手指随着音律在他心上揪动，只见她不时地用手向后拂着被风卷在脸上的秀发。啊！多么动人的画面，他被那副画面感动、吸引，不由自主地策马返回，到对岸她的身旁翻下马背，用手梳理着被风卷起贴在她流满泪水脸上的秀发，望着那流泪的双眼，含在眼眶里的泪珠止不住地涌了出来，带着颤抖的声音对她说："好妹子再别哭！""这算是离别，又不是永别，何必呢？"说完挥泪跨上马背催马过了那个难忘的横巴浪河斜路口。勒马回首，只见她挥动着手，乌黑的秀发随着风忽而卷起，忽而落下……

在马背上的他自语道："生离死别是人世间最最悲痛的事，今天我才真正读到了生离的内涵。"

第四十七回 ｜ 寒冬过后暖风吹
一路颠簸把家归

　　九九艳阳天给初春的大地增添了光彩，太阳照在身上暖融融的，那四大套马车载着高高一车红秧梢子准备离开黑树窝。临行前，他放了把火把那个看上去原来像个"A"字形的小柴房现在看着倒像个硕大的鸟巢点燃了，车夫问道："哒！黑子，你咋把房子烧了？"

　　他说："这一带柴打得太远了，明年再说……"

　　胶轮大车在坑坑洼洼的碱土便道上左右摇摆着向西前进，他坐在高高的柴车上望着黑树窝那边，白色的浓烟从林子中冒上天空，被微风吹飘在黑树窝上空渐渐消失。马蹄声碰击着古道，大车的胶轮被重重的一车柴压得发出"咯咯吱吱"的声音，熟悉的参照物不时地被抛在后面。

　　快到中午时到三个墩窑门前的那段古道上停下，车夫老吴说："黑子，下车撒尿，让牲口歇歇，我给咱到井边打桶水灌满水壶路上喝。"

　　车夫从车上解下水桶向古道南面的老井口走去。

　　他从窑洞的西面绕到后面，看到柳红的坟丘旁几丛干枯的芦苇在微风中摇曳……

　　大车上到公路上显得更加高，车夫顺着绳索爬到车顶说："黑子，你替我赶上，这几十里我赶累了，今天天气好、太阳红，我铺开行李睡一觉。"

　　高高的路基，平直的公路上不时有从柳园那边来的汽车，也有从敦煌开往柳园的车辆。他甩动着长鞭，在首套的那匹大青骡子的耳旁震响，车轮的咯吱声消失了，只听马蹄撞击在沙石路面上发出的"哒哒哒"的声响和辕马打着响鼻声。西湖的胡杨林、赵家房儿、鹰窝梁……那些参照物一个个退出视线，张家梁子出现在视线内，车行到和张家梁子对直时不禁想起了曾在那片湖滩上放过牧的蒙民：达坂格尔和乌兰丽雅兄妹，还有西湖的汉族姑娘柳红，他们的故事在脑海里翻动，隐隐约约好像那个雅丹顶上三个人站立远眺，达坂格尔举着白毡帽在向他挥动，柳红和乌兰丽雅各执着天蓝色与红色的丝巾也在挥动……

他们渐渐消失在视线里，只见那座古老高大雄伟的雅丹静静地立在原地，蓝天上几大朵白云如同一群白鹤悠悠地向黑褐色的东天山余脉方向飘游而去。

走了一阵清水坑子的那片雅丹又出现在视线内，离路不远碱墩子也映入眼帘。他挥动着长鞭，环视着四野，到处望不到边的红柳、胡杨自语道："敦煌这个北大湖可真够大的，在这片广袤的荒野里不知曾发生过多少感人的传奇故事！"

太阳的余晖照射在敦煌最北的那片绿洲上，公里碑上刻有"108公里"的字样，车到站了，公路西边不远处有一大车店。

翌日，天刚拂晓，车夫就起来喂牲口。他和面做饭，饭后继续赶路。中午时分到达大牛圈，离大牛圈不远时，老远就看到球场上篮球在空中飞舞。他帮老吴卸了车用镢头把挑着行李，老远一看球场上的人们都穿着单衣在打球，他想几个月没玩过篮球，想放下行李去玩阵子，真眼热。可自己还穿着棉衣，看了看浑身的旧棉衣被柴稞挂得到处都吐着白絮，顿时产生了自卑感，又看到牛圈的土打墙上用石灰写的大幅标语"阶级斗争要年年讲、月月讲、天天讲"，把视线移到球场里……

阳春三月已显得春意中带着盎然生机，树上的叶芽已吐出绿色，路边的向阳处，冰草和苜蓿已露出黄黄的嫩芽，暖暖的春风拂在身上真惬意，和北湖的寒冷形成了鲜明的对比。他一路看着光秃秃的田野和零星村庄，好像有几年没回家的感觉，走着、看着来到自家大门前，一看大门上吊着锁，想着爸妈他们去干活还没回来，就把行李放下坐在上面等。不大一会儿，爸妈回来了，老远就看到爸驮着背扛着铁锨，妈在后面走着，他忙迎了上去，看到他们脸上愁云密布，菜色的面孔就问："爸妈，你们收工了？"妈看到儿子回来，抓住他的手从头到脚看了一遍，愁苦的面孔绽出踏实的笑容。

妈做了一锅面条，他和爸妈，还有两个上学回来的弟弟算是吃了顿团圆饭。

春天对农民来说是希望的季节，也是最忙的季节。早晨，当他还在梦中时，"嗡嗡"的上工钟声把他从梦中惊醒，紧接着爸在院子里喊："快起来往大牛圈走，看今天队长给你调啥活，别迟到，迟到要扣工分的！"

他很快地从被子里坐起，一看枕头边放着一套补好的单衣，是妈昨晚熬夜在煤油灯下补的，穿上后向大牛圈走去。

第四十八回 ┃ 告别北湖隔一夜
南湖筑路又一回

太阳刚露出地平线，大牛圈门口已站满了人，只听队长给社员们安排活，已安排的五个一伙、八个一群都扛着铁锨走了，安排完后就剩他一人了。

队长说："你回去准备一下，公社通知每个生产队要派一个强壮劳力，以公社为单位，全县都有去南湖修公路。大概三个月，明天中午在公社集中，由水利局的卡车送你们去南湖，一会儿到保管那儿在库房挂上一百斤麦子连夜磨上。"

队长说完，他依然站在原地，想说春季正是缺粮的时候，多数家庭都缺粮，出外费粮，自己刚从北湖打柴一个冬天回来又调上去南湖修公路，能不能换个人去？可在这个以阶级斗争为纲的年代，说出怕惹祸牵连父母，就没开口。

有啥准备的，昨天从北湖带来的行李还没打开，下午把面磨上，明早往车上一装就行了。

第二天早晨，在屋里找了两本书和碗筷装在一个黄背包里，把琴取过来放在炕沿上。忽然看到炕头那个鼓鼓的小包袱，便想起杜娟说的话。他解开了包袱的对角，拆开缝住的红布包裹，上面是一本长篇小说《柳暗花明》，正是他想看的《一代风流》第三卷，下面是一套崭新的草绿色女式军装和一个马莲花色的丝巾，再下面是一件水红色的毛衣和一条黑色的锦龙花达尼裤子，最下面是一双白色的回力球鞋。

那件水红色毛衣和黑色的锦龙花达尼裤子好面熟，慢慢回忆起，就是她在黑树窝跳了独舞穿的那套。

见物生情，不由得想起在篝火旁跳舞的情景，又想起她在横巴浪河沿递过包袱时说里面有封信，便在包袱里翻找，最后从那件草绿色军装的口袋里找到一封信。

　　娟丽的字行：黑子哥，你别笑我痴，按你的话说就当做了个梦。你我的离别是命里注定，你的聪敏、胆大、心细、多才多艺、诚实我确实敬佩，虽说得不到你，可我心里早已得到了你，知足了！这本长篇小说是咱们都读过的一套，唯这第三卷你还没看过，我看你嗜书如命，你就好好读吧，读完惠存着留个纪念。那套军装是去年连队发的，没舍得穿，那件水红色的毛衣和黑色锦龙裤是我最合身，也是我最满意的一套，送给你。我还有换身的衣裳，再说好的穿上让谁看？那群羊和花豹它们又不会欣赏。你爱打篮球，那双白色的天津回力球鞋是我写信让我妈从天津寄来的，42号，我觉得合你的脚，你就穿吧！我也孑然一人，就送给你这几件东西略表心意，我的衣裳你又不能穿，我送给你干啥？你是个精明人，你慢慢去猜想，有句话说：天涯何处无芳草，天各一方，各自保重。——娟。

　　一辆破旧的解放牌卡车，载着满满一车筑路民工向南湖驰去。灰蒙蒙的天气，风卷着黄沙，沙尘弥满天空，车上的人都用衣裳、被子蒙着头。两个多小时后，忽然在荒漠戈壁盆地里出现了一片绿洲——南湖。真有一种"山重水复疑无路，柳暗花明又一村"的感觉。车停在了一条东西走向的水沟北边，离水沟不远处有一院坐西望东的独门庄院，那就是他们郭家堡公社的临时驻地——孙书记家。

　　孙家庄门前有一个打麦场，场的东面有两条路：一条向东南的是通往南湖公社的；一条往西北的是通往古阳关和国营和社办林场的。庄院的大门向东开着，离南墙不到三十米有一东西走向的芦苇沟，北面不远处能望见东西走向的大沙丘，沙丘边有断断续续的残墙，那儿就是汉代的龙勒城遗址。

　　孙家院内有一座西上房和两个耳房，南北书房都齐全，是一座传统的四合大院。除了有二十平方的天井，别处的院棚都搭得严严实实，大灶设在南耳房，民工们都打地铺，一字形地排在四间北房前和东街门道两侧。

　　第二天，由两个公社派来的领导带着民工们到孙家庄西北方向的绿洲边缘，那儿是从南湖通往西北林场的必经之路，东边紧靠一座十多米高的大沙梁，西边是一道南北走向的峡谷，谷下有一股清水向北流淌，峡谷西面不远处的沙石岗上有一残缺的烽燧台，本地人叫"墩墩山"，其实它就是史书上有名的"阳关"古烽燧，诗人王维的西出阳关一诗就作于此地。

公路就要从峡谷东岸的大沙梁西头通过，四十多个民工在大沙梁的西头挖了一下午。由于沙坡高陡，第二天早晨到工地一看，从上面流下的沙把昨天下午挖的坑全部流满，就和没干一样。

后来两个领导找本地孙书记商量从上游引一股子水，从沙梁边过，用水把沙坡往西边的峡谷里冲。办法可真有效，四十多人分成三组，三班倒制，不分昼夜终于在十天后把那个大沙坡冲开了十多米宽的路基，若那些劳力用铁锹挖、用车拉，恐怕一月都挖不开那十多米高的鸣沙梁，看来智慧的力量是相当大的。

南湖比东部敦煌虽说相隔七八十公里，要比东部春来得早。因这儿是个低凹的盆地，树叶已经吐绿，孙家庄南墙根的芦苇沟里的芦芽已露出一尺多高的黄绿色嫩芽，争先恐后地从枯黄的旧芦苇中冒出。

他白天在工地上修路，傍晚到南墙根的芦沟沿上读杜娟给的《柳暗花明》。书中的景物如同亲眼看见，人物栩栩如生，每天看的那章如同和他们在一起生活、一同奋斗。镇南村的胡家姐妹胡杏、胡柳；南关的区苏、区桃，三家巷里的周家弟兄……在广州起义的那段峥嵘岁月里，一个个惨遭不幸，倒在了反动军阀的枪口下。广州城的朱光里沙基路大罢工，白云山黄花岗……多么熟悉的地方啊！半月后随着书中的他们一起从广州起义到失败，后续有幸存者，有烈火烧不尽，春风吹又生……

隔上两三天晚饭后，领导组织民工学习毛主席语录，会前唱几首革命歌曲，领导也知他是有文化的人，会唱歌也会弹琴、吹笛，所以开会前让他给大家教歌。由于这次筑路来自全公社四十多个生产队的人，都不太熟，又加大部分都是年轻人，所以人们的情绪都比较稳定，心情相对也好，但领导刚来时的第一次会上就宣布了三大纪律、八项注意。经过近两月的日夜苦干，端午节前夕终于完成了沙土路基工程。

路基完成后，从家门上调来各队的四大套马车，车都卸在孙家庄门前的打麦场上，每天从南面十公里外阿尔金山的山谷里往路基上拉块石。他就跟着他们队的那辆车，也就是去年冬天在北大湖拉柴时车夫吴宝善赶的那辆。当他第一天跟车，坐在马车上时老吴笑着说："你又和我做搭档了，太好了！你会赶车，鞭子也打得好，又勤快！"

他接过长鞭在里套的大青骡子耳旁响响地甩了两鞭，紧跟在浩浩荡荡的车队后向南面的阿尔金山脚下驶去。

石块从山谷里装上，来时下坡车速很快，一天拉两趟，工地上专门有人把卸下的块石往松软的沙基上摆开铺平。整个路基铺平后，紧接着拉碎石子铺在路面上，自从车来后，孙家庄更热闹了，八九十个人都在一个灶上吃，一个院子里开会学习唱歌。

有天晚饭后，他和同村的刘景拿着琴和笛子向西下到了峡谷底，从独木桥上过去，上到西岸向着那座高耸的沙石岗顶上走去。就在太阳快要落下地平线时，两个人上到了那座残缺的烽燧顶上，这沙石岗的确高，烽燧虽说经历沧桑，面临颓废，可仍然那样高大、雄伟。四周的黄胶土被世代风雨剥蚀，可层层分明，露出的节节芦苇和胡杨树枝在晚风中瑟瑟作响。就像一个年老体壮的武士，风袭日晒的身躯在夕阳中显出他历经沧桑的肤色——黄中泛红。

烽燧顶上是个制高点，可俯瞰四野。东南的南湖绿洲尽收眼底，绿洲的老东南有一片烟波浩渺的湖泊，茂密的芦苇在水泊畔随风起伏，那就是汉武帝时期暴利长智获天马的渥洼池；西南是阿尔金山，山体高大，顶上白雪皑皑，如同一幅巨大的屏障横亘东西；西边是看不到任何参照物、起伏如浪的沙丘戈壁；北边可隐隐约约看到青黛色的天山余脉。

那东北没有任何参照物的远处就是他去年冬天打过柴的北大湖，王维的诗忽然从耳畔响起：劝君更尽一杯酒，西出阳关无故人，便转身向西眺望，那起伏似浪、一望无垠的旷野正是历史的荒原，在那里曾是如雨的马蹄、似雷的呐喊、碰击的兵器声、飞溅的鲜血。眼前这起伏的沙浪就是他们的英魂和身影。

这里也曾骆铃叮咚、胡笛声声、羌笛悠悠，瘦马嘶鸣的丝绸古道通往波斯、罗马黑海之滨的丝绸之路南道的起点。

历史如烟云，可烟消云散后沉淀下的精华将永远载入史册。如血的夕阳就在一半落入沙海戈壁时才看到了真正的长河落日圆。

在此时此地环视着四野有种感慨万千的思绪涌上心头。夜幕悄悄降临，月出了，十五的皓月从峡谷东面的大沙梁旁滚出，把银辉撒向荒野、沙岗。夜色中他遥望东北方向的苍穹，想起那块苍穹下的疏勒河畔的杜娟，不由得坐在烽燧顶上的残墙上为她弹了一曲如泣如诉、如恨如怨的《长相依》……

此时，夜风轻轻吹上烽燧，刘景说："咱们回吧！太晚峡谷里的独木桥不好过！"他说："别忙！别怕！不就是那座独木桥吗？怕就下水过！"

他看了看四周说："我想了一首诗，慢慢吟给你听听：古关顶上观苍凉，昔日鼎盛今渺茫。多少勇士化沙丘，注入史册永难忘！"站在烽燧顶上望着明月，凉风阵阵从脸上吹来，向西望着起伏如浪的沙海戈壁，月光把沙浪的东坡照得洁白闪亮，仿佛看到出征战士在阳关外这片荒沙间和敌人浴血奋战、舍生忘死的的场面。

又吟一首："祁连雪、阳关霜，出征将士怒满腔。胡笳羌笛怨杨柳，黄沙烟雾弥战场。残刀断戟沙中埋，临死转身面故乡。"

吟完后，刘景说："我还不知您还会作诗，而且作得可真好。""好什么呀，这还不是望景而叹。"

他和刘景恋恋不舍地走下烽燧，顺着沙岗下到峡谷里，望着月光下闪着白浪的流水和那座独木桥，想着万一掉下水中把琴鼓浸湿可就把琴毁了，于是就脱光衣服，两人手挽手把琴举过头顶，踩着河底的鹅卵石在漫到胸前的河水中从西岸上到了东岸，回到孙家庄时，他们全睡了。

这一夜他怎么也睡不着，望着天井上空的繁星和柔和的月光，回想着那沙岗上的烽燧和四野的一切景物。虽然千年的雄关城堞荡然无存，可那座残缺的烽燧就是阳关的见证。战士戍边苦，何日返故乡？

由不得想起北大湖疏勒河畔的牧羊女杜娟，她现在还好吗？夜深了，月亮已到天井西边的院棚上，只有星星点点的月光从柳梢空隙里筛下，星星眨着疲倦的眼睛一闪一闪……

朦胧中，仿佛在梧桐露绿、红柳吐蕊的疏勒河畔。杜娟手执着牧羊鞭矗立在河畔，隔着清澈的河水向南岸那片稠密的黑树窝凝望，瀑布般的秀发在春风里一会儿吹在眼前，一会儿吹在脑后。

杜鹃送给的那本《柳暗花明》已读完，来时带的两本已是看过的，正想着有什么好书读，又想起杜娟送给的那包袱里的那封信上说："我送给你的衣服，你穿不成，为什么送给你，你是个精明人，你自己去猜。"他给她说过自己的家境，她明知道他身下只有两个弟弟，可这样艳丽的女装他们也穿不得，可她说那两套衣服是她最心爱的，也是最合身的，她能舍得送给我，到底是什么意思？让他百思不得其解，这边想想，那边想想，想着想着入了梦乡……

第四十九回 ▎孙家庄杜娟托梦
破裤子鸿雁替缝

他坐在队里的那辆四大套马车上，穿着一身蓝色的新衣裳，车夫老吴甩着长鞭，鞭声在里套大青骡子的耳畔响起，只见骡马笼头上都挽着鲜红的彩绸。

他问老吴："吴叔，今天咱们去哪？"

老吴笑着说："你和我搭档都几年了，不是在北大湖拉柴就是在南山拉石头，今天给你拉媳妇！"

"到哪儿去拉？"他问。

老吴把长鞭又甩了两下说："别急，到了你就会知道！"

车停在一座独庄大院门前，只见院子里摆着许多桌凳，穿红挂绿的男女老少脸上都绽放着笑容，由一伙姑娘们簇拥着一个穿着一身红装的姑娘向大门外走来。那红衣姑娘蛾眉皓齿、清秀端庄，微微低着头上了车，就在迎亲车刚走开时，忽然从院墙外的柳荫下出来一个衣着褴褛的女子疾步向车后走来，到了车后用手把遮在脸上散乱的秀发向后捋了捋说："让我也去送送这位新娘子！"说着挤上了车。

车走着走着进入了一片沙漠，和阳关烽燧西边那起伏如浪的地形很相似。老吴甩动着长鞭，鞭声在旷野上空回响，马蹄挖起团团黄沙，马车好似在浪中颠簸，车上的人们都紧靠在一起，走着走着被前面一座横亘的大沙梁挡住，车夫的鞭子打得震耳欲聋，拉套的三匹骡子前部直立，可车轮陷在软绵绵的沙坡上，一动不动。老吴从车上跳下看了看车轮下的细沙，对车上的人们说："沙坡太陡，的确上不去，麻烦大家都下车，待我赶过这大沙坡咱们再坐！"车上的人们听车夫这么一说就准备下车。

忽然，人伙中一老成些的妇女说："大家先别急着下，咱敦煌有个老规矩，新娘子不到男方家，半途脚不能落地的！"

她的话刚讲完，车后坐的那个褚衣女子先跳下车，伸出手向着新娘子微笑着说："妹子，我来背你！"

那新娘子趴在她背上，她背着她一步步吃力地向大沙坡爬去。这时老吴已把车赶过大沙坡，人们重新上到车上，只见那褚衣女子背对在车后，让新娘子上了车，可那褚衣女子却没上车，反向大沙坡下慢慢地消失在沙坡后就倏尔而逝了……

虽然梦中视物恍惚，可那个褚衣女子不就是杜娟吗？又看看新娘子和那褚衣女子的长相和身材极像，若不是服装各异，很难分辨出她们的身份。他忙用手推了推新娘子说："快喊！是她背了你，怎么能把人家抛在大沙梁背后？"那新娘子尖声细气地向着大沙梁喊着："妹子，快回来！"他也大声喊着："杜娟！杜娟！"

喊着喊着就惊醒了，睁开蒙眬的双眼一看，大家都睡得好好的，从大门道那边的地铺上传来震耳的鼾声。他长长地叹了口气，再看看东面孙家大门顶外的天空已泛出鱼肚白，启明星闪着刺眼的亮光，天要破晓了。他再也没睡着，躺在铺上回忆着梦境中的每一个细节。睡意全无了，黎明前的曙光已从街门上空的那片院棚间把亮光投进黑沉沉的孙家大院内，只听庄南的芦沟里传来阵阵蛙鸣和蟋蟀的啼叫声。

他在被子里躺着，望着东方天际上玫瑰色的晨霞，想起那远在疏勒河畔的牧羊女杜娟，可能这会儿也准备放羊出圈，开始一天的晨牧了。她那难忘的身影清楚地出现在脑海，又想起昨夜的那场梦，分明是她托梦给自己。那场迎亲场面是虚设的，是她躲在树荫后窥视着，当那个红衣女子走出她家街门时，她看得仔细，所以才走出树荫要送她一程。车被大梁挡住时，她镇定自若地提出亲自背新娘子翻越大沙坡，当艰难地背着新娘子上到沙坡顶上，走到车后让新娘子坐上车时，反转的瞬间把被风吹乱的长发向脑后拂过去，露出了白皙的面孔，两眼把自己深深望了一眼，熟悉的面孔和眼神，她就是杜娟，转身向大沙坡返去……

她送衣服的心意是希望自己能早日娶上媳妇，那个人和她一模一样的她才安心。天亮了，只听孙家庄门前的打麦场上人喊马叫，车夫们开始套车，去阿尔金山脚下的戈壁上拉碎石。一辆跟一辆的四大套马车向南疾驶在沙土路上，不时传来赶车的吆喝声和长鞭的"叭叭叭"声，车轮的辗扎和马蹄挖起的沙土似一条巨大的土龙向南山坡翻腾……

五月的南湖到处是一片深绿，水渠沿上、路旁、地埂、沙梁畔盛开着各种鲜艳的野花，地埂上苦菜花的茎秆上黄色的花朵在阳光下闪着耀眼的金光，在微风中摇曳。路旁簇簇马兰花罩着薄尘，可它顶着露珠默默开放，虽然花朵不大，可它朴素、幽雅，紫色的花蕊闪着夺目的艳光，老远就能闻到它的馨香味。

傍晚，他和刘景走在田埂渠旁、路边欣赏着那些奇花野草，处处引人注目。记得刚来不久，用水冲了大沙梁时有天上夜班，领导派他上树砍柳梢，借着朦胧的月光砍完了那棵大白杨树上的柳梢后，下树时不慎把裤腿挂在树杈上，那条裤腿被扯破到裤裆，趁着月光把柳梢捆成一捆一捆的，别人搬去在沙梁坡的水沟沿挡水。干到天亮后下班时，仔细一看裤腿已成两半，一起的同伙都开玩笑说："你怎么穿着裙子干活？"他幽默地说："这样凉快！"收工回来时，他走在最后，就在进院门时遇上了孙鸿雁，她手里提着把镰刀，把他的裤腿斜瞄了一眼向大门外走去。

第五十回 ▍山穷水尽疑无路
　　　　　　柳暗花明到南湖

他上了一夜的夜班回来睡得正香，觉得脚上好像有人在摇动，他睁开疲惫蒙胧的睡眼一看，太阳从天井照在铺上，已经中午了。脚下站着孙鸿雁，手里仍提着镰刀，是她中午收工回家了，她把院子里睡着的人扫视了一圈，看着上了夜班的这伙人都在酣睡，用手比画着他的裤腿。他明白了她的意思，便脱下那条破裤子，她很快地拿在手里，瞅了瞅院墙根酣睡的民工，很快转身向她的睡房门走去……

"喂！大家快起来吃饭！"灶房的管理员喊醒了大家。他坐起一看脚下放着裤子，取过来一看已缝好了那个长长的口子，仔细一看针脚又密又匀，穿上后拿着碗向伙房走去。同伴看到他的裤子原封照旧问："咱都睡了，你的裤子是谁给你缝补的？"他风趣地笑着说："可能是王母娘娘的哪一个女儿下凡缝的……"

刘景用眼睛向南房门斜乜了一眼说："大白天仙女是不会下凡的，恐怕是这南湖阳关来的仙女所为！"

"哈哈哈哈……"满院的人都笑了。

有一次，也就是前一个月左右发生的事。他枕下常放书的那儿，一本《青春之歌》不见了，他把行李都翻了一遍就是没找到，便试探着在几个爱看书的同伴间问，可谁都说没拿。那本书是这次走南湖路过县城时在新华书店发现的一本好书，当时身上仅有一块钱，可定价是一块八，就向同在书店的刘景借了一块买了那本《青春之歌》。

《青春之歌》不翼而飞，他心中闷闷不乐，他猜想偷走他书的人就在这几个爱看书的人中。

恰巧有一天他生病了，是热感冒，还挺严重的，向领导请了病假到南湖公社医院买了一小瓶阿司匹林回来，在家歇着。那药可真管用，服后睡了一觉醒来出了一身大汗，汗退后觉得轻松了许多。

就在养病的那两天，趁人上工地不在时把所怀疑的那几个人的铺下都翻了一遍，可就是找不到自己的那本《青春之歌》，真失望！

盛夏的南湖盆地到处是一片葱绿，好像一幅浓浓的水彩画。它和敦煌东部不是一个水系，东南山坡下那片碧波荡漾的黄水坝水库日夜不息地灌溉着农田。洋葱都馒头般大了，小麦都出穗了，过几天就是端阳节，要是在家就能吃上妈做的端午米糕了……

可这儿是大灶，看来是吃不上了。

有一天，车赶得快，下午老早就拉回第二趟碎石，卸车后躺在铺上从枕下翻取这几天看的一本短篇小说，可发现了那本丢失的《青春之歌》，并且下面还多了一本苏联小说高尔基的《母亲》，心里一惊说："怪了，真是塞翁失马！”就把《青春之歌》压在褥子底下，翻着那本厚厚的苏联小说，看着那上面字数长长的苏联人名。

翻着翻着从书里掉下一张纸条来，上面写着：

> 对不起，你的《青春之歌》是我趁你们上工地时偷偷拿走的，这些天我已经看完了，物归原主。我住的南房窗户有一个小洞，可窥视到对面北房墙根地铺上的你经常看书，看来你也是个嗜书如命的人，你刚来时看着一本厚厚的书，前些天你又看着一本新书，我就瞅了个机会偷来看看。你不知我也喜欢看书，咱俩交个书友，咱们换着看，我屋里有一箱读完的初中课本，还有十几本长篇小说，你先看这本苏联小说，待你看完我仍然趁你们都上工地时偷偷在你枕下放一本！好了，先不说这件事，告诉你，明天就是端阳节了，我爸到县上开会还没回来，我妈说她明天一早去我外公家营盘大队，说有什么事。今天我在我妈的指导下已做好了红枣大米糕，想请你来尝尝，明天午睡时别睡得太死，待你们院子里的人都睡着后到我家伙房来，我等着。
>
> 鸿雁

看完纸条后看看周围的同伴都没注意，顺手揉成个小纸球装进口袋。

太阳从西边那高岗上的古烽燧旁恋恋不舍地落入沙海。

“嘟嘟嘟”，从大门外传来汽笛声，是孙书记从县上开会回来了，饭后他叫去了我们的两个领导在上房里谈论着什么……

翌日，也就是端阳节，大家起床后，领导召集全公社的民工和车夫们开了个短会，张连长什么也没讲，指导员席文对大家说：“今天是咱们敦煌人的传统节日，这个节就得在这南湖过了，我和连长商量了，那就是百忙中过一个革命化的端阳节，但上半天仍然上工，午饭是鸡蛋汤、油饼。米糕嘛，咱没米，就免了。孙书记说下午在他们公社的大队开一个联欢会，邀请咱们参加！”

大家听后都高兴地说：“这还差不多！”很快地套上车向南面的阿尔金山下的戈壁赶去，十二点左右就拉回了一趟碎石料。

一进孙家院子就闻到浓浓的清油香味，伙房门前的桌子上摆着三大盆黄亮柔软的油饼。管理员对大家说："今天是端阳节，连长说了，尽量往饱里吃，不收大家一两粮票。"自从到南湖快三个月了，没吃过一顿炸油饼，大家拿着油饼香香地吃了一顿午餐，一顿难忘的午餐！

大队院子坐北向南有一个不大的舞台，舞台上空悬挂着一条红色的横幅"红湖公社暨东方红公社筑路结工联欢庆祝大会"。院内挤满了人，台上摆着一个长条桌，桌子上铺着一个粉红色的新床单，桌后的椅子上坐着红湖公社书记、主任和红阳大队孙书记和夏主任，还有东方红公社的张连长和席指导员。

先是公社书记讲话："今天召集大家，包括东方红公社的筑路民兵连全体人员共同开一个庆祝大会。昨天我们从县上开了五天会刚回来，我们红湖公社的几个大队书记都参加了，县上领导对这次全县各公社在红湖（当时在"文革"前期，全县的公社都改带有革命化的新名）帮咱们在近三个月修通了通往国营和社办林场的公路，最突出的就属东方红公社民兵连，他们干群同心，还有咱们本地的孙书记全力协助，利用水的优势不分昼夜，不到半月时间冲走了横拦在路基上的大沙梁，创造了筑路史上的奇迹。他们离咱红湖相隔近百公里，能到这偏僻的地方不辞辛苦、纪律严明、实干加巧干，提前完成这次筑路工程，这都是党的领导好，大家辛苦了！我代表红湖公社党委向你们说声谢谢！下面由红阳大队孙书记安排的文艺节目演出和篮球友谊赛，让大家过一个革命化的传统节日！"台下人头攒动，掌声不断。

接下来在欢快的器乐声中上来一个衣装整洁、眉清目秀的姑娘，她就是孙书记的三女儿孙鸿雁。她站在台口恭恭敬敬地向台下行了个鞠躬礼，声嗓嘹亮地对着扩音说："红湖公社红阳大队暨东方红公社筑路民兵连文艺联欢庆祝大会现在开始，请欣赏舞蹈《红湖儿女庆丰收》！"十多个青年男女从后台上来，随着音律一幕，欢快的丰收舞展现给台下的群众……

孙鸿雁二次到台口报幕："下面请听我们大队的快板大王夏亮说一段他自编的《智移大沙梁》！"那个叫夏亮的四十岁左右，他手拿竹板，流利地把东方红公社水冲大沙梁和筑路过程都编了进去，诙谐幽默的词句听得人们入神，人伙中有许多叫好、鼓掌。张连长和席指导员更是乐得闭不上口。

他和刘景一个弹琴，一个吹笛和红阳大队的宣传队乐队一块奏乐，坐在台上右侧的凳子上看到台下密集的人群那高兴的样子，不由得心情也格外愉悦。

孙鸿雁在那个叫夏亮的快板王退场时的掌声中出现在台口，面带笑容地对台下讲："今天既然是联欢会，就请来自远方的东方红筑路民兵连给大家表演一个节目！"

席指导员从后台走到黑子跟前，嘴对着他的耳旁说了句什么。

他放下琴走到台口向观众行了个军礼说："红湖的父老乡亲及东方红筑路的战友们，大家辛苦了！我给大家唱一首胡松华唱过的《赞歌》！"器乐前奏结束后，"从草原来到天安门广场……高举金杯把赞歌唱……"他那粗犷豪放的歌喉和原唱一模一样，场下台上响起震耳的掌声。

台下有人喊着："再来一个……"他握着琴又上到台中央，用琴弹奏了《地道战》影片中的两首插曲，清脆的琴声把人引入地道战中。

接下来的节目一个比一个精彩，有小合唱《长征》组歌、《十送红军》《过雪山草地》《到吴起镇》等经典歌曲和欢快的舞蹈表演，最后一个女声独唱是电影插曲《洪湖水·浪打浪》，演唱者是孙鸿雁，还有她们文艺宣传队的几个姑娘伴唱、二重唱。虽说那时经济落后点，可她们的服饰漂洗得干净，看着她们个个都有不同风格，并且唱得特别动听。

一曲《洪湖水》听得动人心弦，电影《洪湖赤卫队》的韩英和赤卫队员们在洪湖芦荡连片的那些镜头闪现在脑海。她们唱得认真、音准，嗓音甜美也自信。这也难怪，当时"文革"期间，敦煌地面把全县十一个公社的名称全改上新名，称全国山河一片红。

敦煌最东头的五墩公社改称曙光公社；紧靠五墩的郭家堡改为东方红公社；三危改为先锋；肃州改为东风；杨家桥改为卫东；孟家桥在敦煌西边缘，靠西戈壁称红边公社；吕家堡叫红敦；转渠口叫红光；黄渠叫永红；党河叫红旗；南湖改成了红湖……红湖的名字和湖北省的洪湖是谐音，所以南湖人听到人称他们是红湖就高兴、自豪。

一曲《洪湖水·浪打浪》把台下的观众引到电影中去，仿佛听到了韩英委婉动情的歌声，好似看到千里洪湖岸边的芦苇荡与碧波荡漾的洪湖水泊、四处莲藕……

就在人们还沉浸在歌声中的洪湖岸边时曲终了，孙鸿雁在台口深深地向台下的观众行了个鞠躬礼说："文艺联欢会节目表演到此结束，我代表红湖和东方红的全体演职人员向广大革命群众表示最热烈的致敬……"讲完举起双手鼓掌，台上台下掌声四起，同时夏主任来到台口对观众讲："下面有咱们红湖和东方红的一场篮球友谊赛，请大家欣赏！"

就在文艺演出快结束时，孙书记已安排了人把大队部门前的篮球场打扫干净。这个球场地理位置选得好，紧靠球场的西边有一南北流淌的水渠，渠两边的白杨树枝繁叶茂。这时是下午四点多，盛夏的此时是相当热的，可紧靠水渠的篮球场却被高达二十多米的钻天白杨树遮得凉凉的。虽说球场没硬化，可扫得干净，洒得湿湿的，用石灰画的边线、中线、三秒区清晰刺眼。

人们从大队院走出到了球场，球场四周围了好几圈观众。一个脖子上挂着哨子的年轻人站在中线上，听说是孙书记亲自请来红湖中学的体育老师当裁判。

前半场，东方红以 40:28 暂时领先红湖，中间休息时，席指导员也是球队队长换下了黑子，后半场红湖以 80:64 胜东方红，当时红湖比东方红领先四分。最后五分钟时，东方红的球友们要求把黑子换上场，席连长在黑子耳边小声说了句什么……哨声响后，他在篮下三秒区外跳起单手投篮进了一个悬球。球到对方手里，在他们篮下，对方一个球员投了个擦板，可球在篮环上转了一圈没进。这时篮下都争着抢球，他把球盯准，就在球滚下篮环那瞬间猛地跃起，把球揽在手里传给了自己队员，向自己篮下跑去，刚过中线，那带球的队员又把球传到他手里，这时篮下只有对方一个后卫守篮。他带球到三秒区线后猫腰猛地把球拍了一下，球从对方后卫的头顶上弹过，紧接着他从对方右侧跃起揽球在手，一个三大步跃起，球从指尖上滚进了篮环。球场四周的人被他带球过人的超高球技惊呆了，这时哨声随着周围的掌声同时响起，裁判员说："全场时间到！我宣布双方总分都是 108，平局！"

第五十一回 ┃ 烧石灰祁连山峡
打山柴百四戈壁

　　翌年一个阴历四月初，六挂四大套胶轮马车上载着行李、灶具铁锤钢钎等物资，坐着三十多个强壮劳力向祁连山腹地东水沟驶去。由大队书记李多宽负责在东水沟的中段选了小河西岸一个布满石灰岩的山脚下，搭起临时房屋，炸石垒窑。

　　六挂马车拉着六个打柴的小伙子，顺着弯弯曲曲的峡谷河谷出了东西横亘的祁连山脉，进入人们所说的一百四戈壁一直向南驶去，平坦宽阔的戈壁向南是个上坡，只见路旁零星的野生植物。越往南柴稞渐多，直到太阳不高时，南面的大雪山清晰地映入眼帘，走着走着雪山下的青石山，蒙古人称嘎秀山已经不远了，路两侧的沟岔纵横，车轮下的戈壁碎石已变得大了许多，望着南面不远的嘎秀山，判断眼前的这些沟岔纵横的深沟险壑每到夏秋雨季山里的雨水汇聚在各个山沟形成洪峰巨浪向北面倾斜的一百四戈壁汹涌而下。经过多次冲击而形成的，沟岔两岸长满着一门头多高胳膊粗的拐枣黑柴、霸王麻黄等，还有叫不上名字的野山柴。头一挂车是车夫头吴宝善赶着，眼看太阳就要沉下时，车停在了一条宽阔的干河床上。他说咱走得够远的了，我看已经到柴茬上了，都下车，咱就在这一带打柴。

　　那晚就在干河床西岸一个背水台子上宿了一夜，第二天和车夫们一起打柴，按天黑六挂车都装满。

　　翌日，车走后，大家动手，从周围拖来大朵的柴秧子，黑子指挥着搭了一个坐南向北的简易柴房。

　　山柴比起北大湖的红柳好打得多，不用砍，只要用镢头在柴的主干上使劲一拽，粗壮高大的山柴只听"咯吧"一声脆响就倒下，打着比较轻松。隔两天车才能返回。四个年轻农民加两个兰州知青。那两个知青是从兰州插队到敦煌来的已两年多了，一个叫石运祥，一个叫高峰。这两个知青身体在他们同时来的八个中身体最好，那时的生产队长往外调人，是咸菜缸里往出捞茄子，专拣软的捏。他俩来敦煌插队两年，已出过几次外了，其中叫石运祥的那个去年冬天还赶着骆驼车在北大湖拉了一冬柴。叫高峰的那个不但干活踏实而且对文学艺术很感兴趣，来时带着几本书和一支笛子，知识青年都是初中毕业的学生刚来敦煌大都是十五六岁的半大小伙和丫头。两年后，在各方面都得到了锻炼，身体也长了。这山柴要按本地人来说相对要比北湖的红柳要好打，可没打过山柴的这两知青，就觉得难打。簇簇山柴蓬稞相当大。大的有两三间房那么大一丛，他们握着镢头在庞大的山柴周围转了几圈，无处下手，只好拣蓬稞小的打，相应每天打的柴要比其他四个本地青年打得少，第一次柴拉到石灰窑，一看六挂车里两个知青供的柴比其他四挂少。车夫把话带到戈壁上对六队和二队的两个知青说："书记说，你俩供的车柴比其他四挂车装得少，别的人每天记10分，你俩记8分。"

听完这话，这俩知青满脸怒气的对车夫说："你到窑上对书记说，我俩不打了，要到家门上去混那8分工，也太气人了，没看每次出外苦活累活就调我俩。"

车装走后，黑子他本身就有耐吃苦、乐于助人的品行。望着两兰州娃被山柴挂破的衣裤，垂头丧气的样子，就起了同情怜悯之心。对他两说：别生气，既然来了，就要坚持下去，我提议从明天开始咱六个人合伙干。我们几个都有打山柴的经验，其实这山柴比北湖红柳打起容易，只不过你俩没经验。我们四个往下打你俩整理，车来任他们装这山里有的是柴，保证也给你们和我们一样都记10分工。

有天半夜大家都睡熟时，最先是黑子听到的河谷里传来哗哗哗的流水声。他连忙穿上衣裳出了柴房顺着水流声望去，朦胧的月光下古河床里洪峰巨流里飘浮着柴稞向北面戈壁涌去。

忙进柴房唤醒了其他五人，大家都瞅着河谷的洪峰巨浪，高峰说：黑子哥，挺有经验，咱搭房子时几个人都说把房子搭在河床边的岸下，可就他一个人执意要咱们把房子搭在高处，如不听他的话，咱几个今天晚上都给龙王爷当了女婿。

其中一个小伙子说：黑子哥你别看年岁不大，也就比咱几个大上几岁，可他出外下湖已经好几年了，可称得上是老江湖了，经验比咱多。

天亮后那河谷里的水不见了。

有天下午他们正在打柴，从南面嘎秀山坡下来了群羊，后面一匹铁青马背骑着个头戴白色毡帽的蒙古族牧民，羊群散开在沟壑间吃草，那蒙古族牧民有四十到五十岁之间，黝黑的脸上堆着笑容，下马后把缰绳搭在马背上，走到靠南边打柴的知青高峰身旁，叽里咕噜说着蒙古族语，那高峰听不懂，就领到黑子跟前，那牧民又说起那听不懂的语言，只听黑子也用蒙古族语和他对话，大家都放下手里的活围过来凑热闹。

后来黑子对大伙说，咱收工回房，大家和那蒙古族牧民一起来到柴房后，让他背靠行李躺着歇会儿，黑子对大伙说："你们烧锅我和面，咱让牧民朋友尝尝咱汉族人的抒面拌咸白菜……"

白森森的宽板子抒面拌上黑绿色的咸白菜和红辣子，浇上晒好的黑醋，只见那牧民吃得津津有味满头是汗。直伸大拇指，走时和黑子对了几句大家都听不懂的语言。

第二天黑子对大伙说，咱们使劲打，攒下柴，咱上趟嘎秀山，让大伙领略蒙古族的生活，看看嘎秀山的秀丽风光。那蒙古族牧民大叔邀请咱们去他们毡房去玩。

有天车从石灰窑上来装好柴在戈壁上宿了一夜天亮后赶着走了。黑子对大伙说，咱今天不下滩，柴已攒下能装十来八车，咱们专门上一趟嘎秀山去玩。

听人说看山跑死马，一直瞅着那雪山脚下青黛色的嘎秀山没多远，可跑了少半天才到山根，嘎秀山东西连绵，一直向西延去，他们顺着一个山脊向上攀爬，用了大约一个小时终于登上山峰，气喘吁吁地坐在山峰上向北望去一眼望不透的戈壁，转身看南面还有更高的山峰，歇了一阵从南坡下去进入山谷，顺着山谷漫无目标地边走边仰头望着高峻多姿的嘎秀山，走着走着又从山谷转到了山的北坡，临出谷口的脚下，沙土中长着黄绿色的小葱，高峰说谁把葱种到这深山里，说着拔了一根用嘴嚼着说真有葱的味儿，而且这味还挺浓的呢。黑子说：这叫沙葱，是一种野生植物，因是野的长老葱籽落下，随风飘摇在漫山遍野，每到春夏天雨水落下，它就会发芽自生自长，山谷里只要下面有沙土的地方常能碰见，说着走着，到谷口不远处一个拐弯处，眼前出现了大片茂密的沙葱，大家都开始拔，每人拔了碗粗的一小捆，出了谷口沙葱不见了，看看太阳已有一树梢高了。黑子对大伙说咱得赶快往柴房上走，来时都走了少半天时间，走得慢天黑找不见咱们的柴房，可就麻烦了，这戈壁上有狼，于是大家走一阵跑一阵，因为是下坡子戈壁，走得快按太阳落总算回到了柴房，还是早晨吃的肚子，这都一天了，两个知青都躺在行李上不动弹了，黑子和面其他三个烧锅，吃过饭已很晚了，倒下就打起呼噜……

第二天太阳都老高了，大家才睡醒，大伙都说这嘎秀山真远。想不到一天才折回，高峰对他说，黑子哥，你原来去没去过嘎秀山？

他说："曾去过三次，不过都是在东南方向。"

高峰说："那咱拔的沙葱怎么个吃法？"他说留一个人和我烧锅和面，其他人去漫戈壁找着收沙鸡蛋，这戈壁上沙鸡成群，是一种野鸟，比鸽子略小些，这个季节正是它们产蛋的季节，小心别跑散迷了方向。面和好，等着他们就坐在行李上弹起琴……

沙葱拌鸡蛋做馅的水饺。蘸着碗里的红辣子和黑醋，都说吃着香，尤其那两个兰州知青，吃饱后，问他，黑子哥，你怎么知道沙葱和沙鸡蛋拌饺子馅的？

一个叫二顺的小伙子说："黑子哥，他都几次了，这个季节都到这一百四戈壁南的这些沟里打柴，因麦子种上全大队由书记带领绕石灰，因他体子好，会打柴，所以他对这一百四戈壁和嘎秀山熟，这一带是蒙古族牧民们的夏季的场，嘎秀山的东段山低草多，蒙古族牧民们常在这一带放牧，他的蒙古族语就是前几次打柴时和蒙古族牧民在一起学的。"

"噢。"两个知青望了望黑子说，"怪不得那天来的那个牧民的话你能听懂，还和人家对话呢。并让他吃了咱们的咸菜拌拌面，他还伸着大拇指夸黑子哥呢。难怪好多人都说黑子哥是个老江湖……"

由于离南面的大雪山近，只要见雪山这边的嘎秀山上空有黑云翻滚，肯定要下雨。这比气象台的天气预报还准。如遇上雨天，白天还好说，因为是夏天，雨落在身上还凉快，如夜间下雨可就麻烦了，每人只好头顶被子，坐在四面透亮的柴房，外面大下，房内淅淅沥沥地小下，待天明个个都成了落汤鸡。

自从六个人在黑子的组织下在一起打柴，每次车装得满满高高的，并且还剩余一弯一弯的，车夫再没带话说二队六队的车装得少，两个知青的情绪慢慢稳定了，并且每天晚饭后就抱着黑子那把琴学琴，因他们识五线谱，很快摸到技巧，水平不断上升。几个人团结在一起白天打柴，傍晚坐在柴房门口自娱自乐，觉得日子过得还挺快的。

不觉半个月已过，有天快中午时，正准备收工，从东南方向的戈壁上来了群羊，高峰望着远处的羊群对大伙说：是不是上次来过的那个蒙古小伙，大家都蹲在一大丛麻黄旁乘凉，工夫不大听到了狗的吠声，石运祥站起上到附近的一个小石岗上望了阵子，来到麻黄丛旁说：好像是上次的那群羊，马还是那匹青马，但人不是上次的那个胖牧民，那马背上的人头上戴的不是白毡帽，好像是围着蓝丝巾，丝巾在微风中飘舞。

黑子说：咱先歇阵子，这晌午太热，咱这离山远草多也杂，羊肯定吃着要来……

隐隐约约除了狗吠声又夹杂着歌声。越来越近，歌词听不懂，音律能听得出是西部歌王王洛宾的名曲《在那遥远的地方》。

高峰说：这人的嗓子真亮，是个女声。大家都听得入迷。便从麻黄丛下站起，一看马还是那匹铁青色的骏马，可马背上唱歌的换了个人，是个蒙古族姑娘，她发现麻黄丛下六个人时停止了歌声，策马向前慢慢走来，那蒙古族姑娘白中透红的圆脸，一双明媚动人的大眼睛，头发都编着细而长的许多根细辫子，头上天蓝色的丝巾，对角结打在眉前和刘海在风中忽飘忽落，而两个知青相互望了望，石运祥对高峰说：只听说过蒙古族姑娘漂亮，今天才真正看到。

那姑娘不但美丽而且大方，显着蒙古族的憨厚朴实，从马背上下来，脸上带着羞涩，微低着头。说了句什么话谁也听不懂，都呆在那里，这时高峰把黑子用肩顶了下示意让他和那个蒙古族姑娘搭话。黑子也说了句什么，只见那蒙古族姑娘一只手按在胸前向黑子弯下了腰，好像汉族人鞠躬，黑子用手向柴房的方向指着，那蒙古族姑娘一手牵着马跟着他们回到了柴房前，把马拴在一丛山柴上。进了柴房那姑娘坐下后把柴房里望了一遍，把目光停在柴墙上架的那把琴上，黑子把一碗凉茶递给他，对大伙说留下一个烧锅我和面，其余四个你们到戈壁上去收沙鸡蛋……

第一锅煮熟，黑子对石运祥说：小石头，你把这第一碗水饺让给她远方的异性朋友，乌云其其格吃，把黑醋和红辣子调好。大伙听黑子这么一说又好奇又高兴都望着乌云其其格，望得她不好意思地低下头把碗接在手，黑子对她不知说了几句什么，她才开始慢慢地把饺子用筷子夹着放到醋和辣子调好的碗里蘸着慢慢地品尝，刚吃第一个时只见浓眉紧蹙，可吃着吃着舒展了紧蹙的双眉。

接着一锅连一锅的饺子煮熟后大家都开始吃，她边吃边打量着这伙年轻人狼吞虎咽的样子，笑了，一顿沙葱和沙鸡蛋包的水饺，都吃饱后，望着那姑娘还慢嚼细咽地品味，她看到大家都望着她不好意思地放下碗，红着脸向大家点了点头，和黑子又说了串听不懂的话，但他俩的对话最后三个字都说三三三，出了柴房门跨上马背向东南吃草的羊群去了……

那个姑娘走后，两个兰州娃好奇地问：黑子哥，你认识那个姑娘吗？她对你都说了些什么？他望着两个青年说：不认识，我问她们的毡房扎哪儿了，她叫什么名字，她说她叫乌云其其格。她还对我说毡房离这有二十多里，在咱们的东南方向嘎秀山南坡的谷地上，是给生产队放羊的，还说，咱们往东南走十来八里路那儿的柴比咱们现在住的这高也多，还有许多被洪水冲入河谷的山柴，大堆大堆的不用打就能装车，最后还说请咱们去她家玩。

两个知青如同听神话，听完后说："黑子哥，那咱把这些柴装完后，挪到她说的那儿去行吗？"黑子笑着说：你俩是不是想着那个美丽热情的蒙古族姑娘了，石运祥腼腆地笑了笑说：你不听她说那柴多而好打，咱就省力了嘛。

一天下午太阳快落山时，土塔的六挂马车赶到柴房，大家齐动手给六个车夫帮着包了一顿沙葱拌炒鸡蛋的水饺。车夫们吃罢后都说这几个年轻人做的水饺比咱家门上的鸡蛋韭菜水饺还香。

黑子对车夫们说：咱明天把车装上，我们就挪地方，因为这房子附近的柴已被你们拉光，下次车上来向着东南方向来，我们在新搭的房子上用个长木杆上面挂个红背心，给你们做路标，以免那一带沟岔丛横找不见我们，最好在太阳落前赶到。

黄昏后的一百四戈壁，一片静谧，偶尔听到南面戈壁传来野狼的嗷叫，上弦的大半个明月在嘎秀山顶上悬着，给山体戈壁洒上白色的亮光，嘎秀山背后的大雪山在月光的辉映中如同一道白色的幕帐挂在天边，多么美的夜景啊！

吴宝善和黑子坐在离房子五六十米的干河床沿，吴宝善从帆布包里掏出块熟牛肉递到黑子手里说：这是咱队里那头老黄牛死了，肉分给各家，雪儿去了兰州，你婶子她也不爱吃大牲口肉，就我一人吃，我知你爱吃肉，就给你带了几大块。

他闻到了肉的香味，就不客气地吃了起来，连吃带说真香，吴叔你对我真好，这么远的路还记得我。

吴宝善边抽着工字牌卷烟，边望着他狼吞虎咽的样子，笑了笑说：这些年我出车多数时间是你跟车，咱都成老搭档了，说心里话，我挺喜欢你的。前年冬天你住北大湖黑树窝时搞到的那只大黄羊我也吃过，还送我一只黄羊腿子，雪儿娘俩都吃过。

吴宝善从衣袋里掏出烟盒，抽出一支黑褐色的卷烟点着后抽了一口说："今晚我带你到这个干河沿的无人处，有件事想和你聊聊。"黑子望了望吴宝善说："大叔我知你是个好人，就咱俩，有啥话都能说。"

你今年都二十几的人了，也该找个媳妇了，咱土塔年轻人里头我对你特别喜欢，你勤快、干活有眼色，又有文化，前几年不瞒你说我两口子还打过你的主意，心想我两口子只有一个女儿，在全大队的青年人中选一个招到我家防老，我看你和雪儿常换着看书，挺合得来，可你婶子说："那小伙子，再啥都没说的，就是肉皮子黑些。"我说："你没听人说黑汉鳖牛铁青马，他们都是力大而最有耐力的。男人吗，有几个白的。"女人听后点点头说："你说得没错，可这只不过是咱俩的想法，但不知道人家是咋想的，可我们是白想了一回，咱们没这个缘分。"雪儿学习好，后来招了干去兰州上班，现在已结婚都一个孩子了，可你的事我两口子还经常议论，你婶子还说那么好的个小伙子，眼看都二十好几了，可还听不见有啥动静。

他静静地听着，吴宝善叹了口气，然后又掏出了支卷烟燃着吸了几口又接着说："不过今晚我告诉你有个茬，说给你考虑考虑，就是咱们临上山的前几天，我家里来了个不认识的年轻媳妇子，领着个四五岁的男娃子，我问她家在哪儿，她说婆家在党河三号桥，娘家在南湖，我端相着这个人好面熟，可就是在哪儿见过，一时记不起来。根据她说话的声音和模样猛地想起，去年咱修了南湖公路，住在孙书记家，孙书记的三丫头孙鸿雁和眼前这个年轻媳妇长相特别相似，说话的口音也很像，只不过这个微胖些。我两口子和她聊了阵子，才知道她是孙书记的二丫头，他说南湖离咱们这边远，没多的个亲戚和熟人，还是她妹子，乘她回南湖浪娘家时，偷偷地把心事说她，打听到土塔三队的马车夫老吴和黑子好，让老吴在中间说话。听那媳妇的话音，湖南孙书记的三丫头，孙鸿雁看上你了，想把你招去南湖守她们家那滩子。"待吴宝善说完后，他吃惊地望着吴宝善说："吴叔，你是不是说醉话呢？这怎么可能？"吴宝善长长地叹了口气，说："你这个小伙子，真是个属牛的，真犟。不过既然她姐访到我家，总是有一定原因的，我和你婶子都说这是件找上门的好事，你身下还有两个兄弟，不定能成。再说，本身你家成分高，找个媳妇阻力就大，岁龄越大难度就更大，你好好考虑考虑……"

那一夜他一直考虑着吴宝善对他说的那件事，回忆着去年夏天南湖修路的前前后后，开始水冲大少梁上夜班，砍柳梢挂破裤腿，是孙鸿雁给他背过众人的眼缝补的，《青春之歌》是她偷去的，约他端午节的响午去她家耳房吃米糕，临回前那场篮球赛结束后，看着自己汗流满面的样子，她有意从自己身旁擦身而过时把一个花手绢偷着塞进自己的裤兜里，从这一切证明她是有那么个意思，她标致的身材，白净的面孔，勤劳、朴实，还读过中学，能歌善舞，是个好姑娘。可虽说都二十出头了，但考虑问题还和幼稚的孩子一样。她也不替她父亲想想，但她对自己的那片心是诚的。再说虽说还有两个弟弟，但都还在上学，家里唯自己是个强壮劳力，得挣工分，年终分粮一家人还得生活。最后决定不招。

第五十二回 ▎夏季牧场遇牧民
嘎秀山中结友情

第二天凑合天亮，六挂装满山柴的马车起程了。车走后他们六个打柴的用面汤泡着馍吃饱后，打起行李，带上简单的几件灶具，向东南方向乌云其其格说的柴多处走去，走一程歇会儿，走一程歇会儿，越走脚下的沟汊越多，越

敦煌牧歌 DUN HUANG MU GE

深，到处长着房子般大小的山柴丛，望着嘎秀山也越来越近，高峰和石运祥两个知识青年，由于年岁青，又加从来没背着行李走这么远的路，只见白嫩的脸上满面通红，汗珠从脸颊往下滴着，那个叫二顺子的说："黑子哥，我看咱们都走了少半天了，眼前这干河床两岸柴比咱们先打过的那个地方多，又高，咱就在这打吧！"他说："咱先把行李放在这崖畔上，我再观察一下。"大家就背靠在石崖上取下行李，坐下歇息。他看到端南的戈壁不远处有一石堆基坐大顶上小，有一房子多高，石堆的上空还飘舞着五颜六色的绸布，便对其他几个说："咱到那儿去看看，几个人同时也看到了南面的大石堆。"

比房子还要高的一个用块石垒的圆形石堆，石堆下的四角各栽着一个直径碗粗的立木，堆顶上也栽着一根立木，堆顶上的立木上挽着羊毛绳和四周的立木各相连，绳索上拴着五颜六色的彩绸，在风中飘动，大家都爬到顶端，说这叫什么上面可真凉爽。

高峰用草绿色的军用帽边擦汗边问："黑子哥，这叫什么，你能说得上吗？"

他把大伙望了望笑着说："这叫敖包，这一百四戈壁上不止这一座，它可以说是蒙古族人做的地理标志，是那些牧民们无论是远行的、打猎的，凡路过这都要在这敖包上放一块石头，所以年长日久这个敖包就会越来越大，越来越高。咱们看过的电影片《敖包相会》的敖包就指的咱脚下这个块石堆……

"严格地讲，敖包是蒙古族人供奉神物的地方。敖包是用石块、泥土、柳条或者用松柏枝等垒堆衬砌而成的塔形建筑，通常建在草场中心地带的高处、湖畔或滩中比较开阔显眼的地方。

"蒙古族人的敖包分山岗敖包、道路敖包、隘口敖包、滩中敖包、湖畔敖包等，每年阴历五月中旬，他们在不同部落不同地点的敖包前进行祭奠活动。祭敖包的人们来到敖包前的空地上下起帐篷，妇女们早已做好了庆祝敖包集会的一切工作，这种活动就是最后演变成的'那达慕会'。

"活动一开始，健者赛马、勇者摔跤、神者射箭，娱神而自娱。同时还要进行拔河、跳舞和踢毽子等各项体育活动，这些活动都由旗王、部落首领主持，对优胜者献于哈达以奖励。祭奠敖包之际，旗王、头人等亲自主持会议，协调处理民事案件及部落间的重大事宜。

"参加敖包集会暨'那达慕会'的牧民，无论男女老幼、贫富都不空手而去，都自愿带一些酥油、酪蛋、砖茶、羊肉、酒之类的东西，主持也不计较，将这些物品集中起来让大家吃掉，无论民族、性别，这是规矩也是习惯，谁也不拿回家去，如果吃不完剩下就撒到敖包上让野生来吃，这种习惯从成吉思汗时代一直延续，不过近些年搞文化有些淡化。"

二顺又问：黑子哥，那个蒙古族牧羊姑娘对你说的那个柴多的地方还远不远了？

他说：快了，她对我说就在这个敖包往东不远。这块地形和先住过的地形相似，不过沟岔深了些，的确柴多也高。

他依然选了块和上次搭了房子相似的地方，南墙紧靠着枝叶茂密一大簇麻黄，大家动手砍柴的砍柴，搭的搭，很快搭起了临时的住房。柴房的东面崖壁下是条很宽很深的河床，除了长着高大的山柴，而且河床的浪湾里，发了洪水落下大堆大堆的山柴。

二顺高兴地说，上次车夫把咱送到先住过的那儿，说到柴茬上了，这回听了蒙古族姑娘的话，咱找到柴堆上了，大伙瞅着河谷都笑了。

那时吃粮依然紧，带来的干粮都是剥麸面（面磨到最后收的粗面）烧的。一晾干后掰不开，只好用卵石砸开泡上吃。这一带比上次住的地方柴丛密，柴丛下随处就有沙鸡下的蛋，靠南面嘎秀山也近，漫山坡上只要下罢雨过几天，沙葱就一弯弯地透出绿色。

黑子他虽说是个年轻人，可经常出外，打柴是他干活中最多的干事，夏天在南山打山柴供烧石灰，冬天住北大湖打红柳供社员们冬天取暖，冬天在零下四十度的气温下，在北大湖住着四面透亮的简易柴房，夏天在这戈壁滩上晒得发晕，风里雨里已适应习惯了野外生活，而且做饭的手艺也好，他组织大家在一块打柴，留住了两个知识青年。对大家说每天收工时分开走碰见沙鸡蛋就收上，每天下工大家都把帽子里收得满满的，他用少量清油把沙鸡蛋炸过烧沙鸡蛋汤，泡干粮，沙鸡蛋面片，饺子馅。沙鸡蛋成了他们主要调味的原料和副食。

一个晴朗的上午，天空没一丝云湛蓝的天空只有群群沙鸡从头顶飞过，他们几个正打在兴头上，只见镢头在阳光下闪着锃亮的白光，大朵的山柴，整理成尽力挑起的柴沓，忽然听到狗的吠声，黑子对高峰说：你上到南面的那座小石岗上去看看哪儿狗在吠，一会儿高峰从高岗上返回说：黑子哥，南面戈壁上一群羊，后面跟着黑褐色的马。

"别管他咱刨咱的柴，一会儿就到这儿的。"他抡起锃亮的镢头只见一棵棵山柴倒下……

吠声愈来愈近，好大一群山羊，连吃着山柴秧子连向北移来，一匹高大的黑褐色骏马上骑着一个头戴白毡帽的蒙古族汉子，在马背上自由地随着羊群缓慢地向前走着，离他们一百多米时，他勒马向着他走来，高峰说：黑子哥，我看是上次咱们在西面住时见过的那个蒙古人，说话间那人已策马到了跟前。

是的，就是第一回见到的那个蒙古族牧民，他认下了这几个打柴的，下马后把缰绳搭到马鞍上，和黑子说着听不懂的蒙古族语。

黑子对高峰说，你去西面沟里把他们几个喊来，这也快中午了咱和这蒙古族朋友回柴房做午饭吃……

香喷喷的沙鸡蛋拌沙葱馅的饺子，吃得那蒙古族牧民满头是汗，只见他对黑子竖起大拇指，说着听不懂的蒙古族语，吃饱后，让他躺在行李上歇着，大家都还忙着包饺子，黑子边吃边和他对着听不懂的蒙古族语。他歇了阵子，待大家伙都吃罢后，他起身出了柴房门，向着黑褐马吃草的方向去了……

那蒙古族牧民走后，二顺说：黑子哥，那个蒙古人好胖，我看这两兰州娃加一块还没他重，他都和你说了些什么？

是的，蒙古族牧民他们的主食就是肉，他们吃肉和咱们汉族人吃面粉一样，肉吃上就发胖。他夸咱们的饺子吃着香，我问他叫什么名字，他说他叫东山巴特尔，他还说他的大女儿前些天在戈壁上碰见过咱们，并给她包饺子吃，她还对她阿爸说如再碰到咱们，请咱们几个去她家玩。这东山巴特尔还给我说了他们住的地方。

大伙一听高兴得只管拍手。黑子对大伙说：那咱们都鼓劲打，多攒下柴哪天车走后咱们去趟蒙民那儿转转去看看他们牧民是怎样生活的。

太阳还没冒花，黑子就起来架锅，待那两兰州娃起来时，锅已沸了，大伙开水泡黑面干粮吃饱后，下滩了，两人一组，一个往下刨一个整理，大伙一个比一个干得欢……

有一天车装满柴走后，大伙都说："黑子哥，你说的话该兑现了吧？"

黑子看着同伙激动的心情，对高峰说：把琴和笛子带上，咱说走就走，按东山巴特尔说的方向，一直朝东南盯着嘎秀山背后大雪山顶上有一连三个高峰的方向走去，太阳到当天时，他们到了嘎秀山的北面缓坡戈壁上，可南北走向的山谷一个连着一个，不知进哪个谷口，黑子顺着每个谷口慢慢地瞅着，发现有一个谷口比其他谷口宽，谷口的沙土上有密密麻麻的羊蹄印，并且谷口西坡有块石垒的一个约有一人高的石堆，手一招对大伙说顺这个谷口进。

弯弯曲曲的山谷走了两个多小时，才出了这段嘎秀山，山南又是一个戈壁，戈壁南面就是大雪山，他们出了南山口坐下，歇着，两个兰州娃说：这东山巴特尔他们住得好远，这阵子我们肚子饿了，只听见肚内咕噜咕噜地在叫。

他站在高处寻视着，蒙古族人的驻地，可什么影迹都望不见。

二顺说：我看二回头走，回咱柴房，做抒面吃。

黑子沉思了阵子，记起东山巴特尔说过穿过嘎秀山向西折，站起手一挥，向西南指着，大家便顺着嘎秀山南坡向西走去，走了一个多小时，到了一个凹进的山湾，那片地势明显低，老远就看到那山湾的绿草甸子上有几顶蘑菇似的白色毡房，对！就那儿肯定是东山巴特尔他们的毡房，向着毡房方向走去，离毡房不远时眼前一大股清粼粼的泉水从南向北流着，几只大狗狂吠着迎来。

高峰和石运祥惊恐地靠近黑子。

黑子说："大家别慌。"他们停在水沟的东面，狗在西面仰头狂吠。老远看到从对面毡房内出来一个蒙古族姑娘。

那蒙古族姑娘看见水沟对面的六个陌生人，喝住那几只大狗，来到沟沿，问着什么，只听黑子也说着听不懂的蒙古族语，那姑娘用手向下游指着，他们几个顺水而下到了一座小木桥边。

那蒙古族姑娘带他们进了那顶白色的毡房，让他们坐在地毯上。从一个大木桶里舀出奶茶，让大伙喝，他一连喝了三碗，只有两个兰州娃，紧蹙眉头不肯喝，那蒙古族姑娘看出那两个不想喝的意思，便从一个铜壶里倒出清茶让给他们，他看着这个蒙古族姑娘和去过他们柴房的那个牧羊姑娘极像，只不过这个比那个个子略高，略瘦一些，皮肤很白。就用蒙古族语问，有个叫乌云其其格她家住哪？那蒙古族姑娘微笑着对黑子说了好几句听不懂的蒙古族语，出了毡房从水沟沿畔的草地上牵过白马，翻上马背，向西驶去。

大伙问：黑子哥，这蒙古族姑娘和你都说了些什么？她把咱让在这毡房里她却骑上马上哪儿去了？

他把大伙望了望笑着说：你们没和蒙古族人交往过，可我和这些人打交道已几次了。既来之则安之，这个名叫白云其其格的姑娘和在戈壁上咱们给吃了饺子的那个乌云其其格是亲姊妹，并且是双胞胎，她说：他爸也认识咱们，今天咱来得不巧，她姐放羊去了，她爸和她妈今天到西面山谷放牛去了，她这几天有病，在房子上，这会她骑着马去给她爸妈告知房子上来客人了。

大家都说：这都半下午了，还是早晨开水泡黑面干粮吃的，这阵都饿得只听肠肚在打架。黑子也觉饿了都大半天了，一路漫戈壁和水冲过留下的沟壑，这座嘎秀山都横穿到山南走了不少难走的路，不但饿了也觉得累了，看看吐鲁哈（支锅的圆铁架）后面的墙根支着个小碗橱，拉开碗橱门，见里面盘子里满满一摆黄黄的大饼，端出放在大伙眼前说：先吃上些压压饥，待主人回来再说……

太阳已担到西山头，此时从几个方向赶来的牛群，羊群、马群、驼群都在毡房东边的水沟沿饮水，他们都站在毡房门口看着牛羊的咩叫、马匹的嘶鸣，驼群踏起土尘牧归的这个热闹场面。

白云其其格和爸妈把马拴在水沟沿的草甸子上，向毡房走来，当东山巴特尔看到黑子这六个年轻人时，快步上前把黑子抱住，手在背上拍着，那亲热的样子，好像久别了的舅舅见到外甥娃一样亲热，而后招呼着进了毡房，和黑子说着听不懂的语言，不一会儿乌云其其格赶着羊群从一条山谷里到水沟边饮羊，饮罢羊后把羊群赶进木栅栏圈好后进了毡房看到曾在一百戈壁上给她包吃饺子的六个年轻人脸上泛出两朵红云，高兴地笑着，给大伙点头，看样子是渴了，在木桶里舀着喝了两碗奶茶，对娘说了几句听不懂的话，娘对东山巴特尔说了句什么，只见东山巴特尔从毡房走出。

咕鲁哈下的干牛粪火舔着锅底，锅盖边喷出的白气，肉香味和干牛粪的异香味弥漫着毡房。

大块的肥山羊肉用个大木盘盛着摆在大家眼前，只听东山巴特尔满面笑容地给黑子说着什么。黑子对大伙说：你们不是喊叫着饿吗？这么肥的羊肉只管往饱里吃。

乌云其其格一家人望着这伙年轻人吃得津津有味，从锅里捞出熟的又下了一锅生的，姊妹俩各端一个银碗给大伙敬酒，敦煌的这四个年轻人各喝了两碗，可那两个兰州知青说他们不会喝，但那姊妹二人看来一定要他俩喝，只见她俩双手端着酒碗用蒙古族语唱起了她们蒙古族人的敬酒歌，歌词的大意是：金杯呀，银杯呀，斟满酒双手举过头……无奈那俩知青各喝了一碗，顿时满脸通红。

乌云其其格到黑子面前说了串听不懂的什么话，黑子对大伙说：她知道咱们有琴和笛子，要喊来他们这个山湾仅有的五户人，在她家毡房前的草甸子上来开篝火晚会……

草坪上，蒙古族人的马头琴发出浑厚的音律和琴琴笛子清脆的声音融合在一起别有一种独特的音乐氛围，篝火周围的人们随着器乐的旋律兴高采烈地尽情跳着、唱着……

那夜，他们六个就宿在东山巴特尔家的毡房，他们一家去别的毡房投宿，由于一天的戈壁山路跋涉大伙都累了，又加美美地吃了顿蒙古人的手抓羊肉和乌云其其格姊妹俩敬的高原青稞酒，再加上那场篝火晚会唱着跳着已很晚了，他们在毡房里香香地睡了一夜。

早晨他们醒来的时候咕鲁哈下的牛粪火还在燃烧，锅里冒出诱人的香味，白云其其格一个人在门前的草坪上坐着，看到黑子从毡房走出，起身近前说了串听不懂的蒙古族语，黑子招呼着大伙到泉边洗脸，待他们返回毡房时，她已把房内收拾干净，从锅里捞出冒着热气的肥羊肉，看着大家都吃饱后，对黑子说着蒙古族语，大伙依依不舍地离开了那山湾，一泉清水和草坪上五顶白色的蒙古包……

太阳快中午时他们回到了柴房，进房一看一片狼藉，锅被掀翻扣在地上，行李遍地皆是，大家惊恐地望着眼前的一切，有人说：咱昨夜没回来这儿来贼了不是？黑子摇了摇头，在门口人常走的沙土中仔细看了阵说：是狼来过咱这，你们来看这有狼爪印……

每到下午收工回来，别的人还可以，唯有那高峰和石运祥说，这打柴的活就是累。

黑子说：坚持，我觉得咱们快要结束这打柴的任务了。算来夏止已过，听老农说夏止过后麦根就死了。离割麦的时候最多也就十来八天了。

晚饭后，是大家最轻松和最惬意的时候，黑子弹着琴高峰吹笛，大家唱上一阵革命歌曲，也算是一种娱乐吧。

罢了二顺又问：黑子哥，我看那蒙古人都憨厚，尤其那个乌云其其格，我们都看出她对你有那么点意思。

他也看出那个乌云其其格的确有那么个意思，可想想自己的身份，和别人不一样，自己对自己说：就当和她交个异族朋友，就知足了。再别瞎想。

黑子双眼一瞪说：都别瞎说，蒙古人你们不了解，他们那个民族就有好客的习惯，你们没看，那深山湾里就住五家人，长年累月多见不上外人尤其咱汉族人，他们好客热情，祖祖辈辈都是一样的……

和那些牧民交往讲究诚实，如谁要欺骗，耍奸心，他们就再也不会理他的。

有天快中午的时候，乌云其其格的羊群向着他们打柴的方向移来，乌云其其格从青马背上取下一个褡裢（中间开口两头装东西的长口袋）递到黑子手里，不知他俩叽里咕噜地说了些什么，只见乌云其其格，低着头流着泪，牵着马赶着她的羊群向南面嘎秀山的方向走了。

回房后大家都问：黑子哥，你今天说了些什么，咋把那蒙古族姑娘给惹哭了，那褡裢里装着什么咋那么重？

他对大伙说：我就对她说咱们就要回敦煌了，她就不高兴了，很可能是相中咱们中间那个兰州娃了，褡裢里装的是肉干，大家都从褡裢内出掏出晒得柔柔的牛肉干放在嘴里一嚼，越嚼越香，是熟牛肉晒的。

六挂车按太阳落山赶到戈壁上，车夫头吴宝善对大伙说：窑上李书记给你们捎话说，再拉一趟就都撤回家门上收黄田（割麦子），窑上只留两个老成些的看窑。

第五十三回 ｜ 八万儿女齐动员
　　　　　　　 党河峡谷现平湖

　　水是人类生命之源，人类的一切都离不开水，自然水就成了人类生存的基础之源，中国的耕地占世界耕地的百分之七，却养活着世界四分之一的人口，人口与耕地非常不协调，其中重要的一条就是受水的限制，耕地不能扩大，人口不断增加，而人口的增加速度大大超过了生产增长速度，形成人多为患。到全国全部实行合作化时，人口比新中国刚成立时增加了三成，而耕地面积却只增加了一成，二者比例失调，就是因缺水造成的。

　　一九六九年初冬调集全县各个社的部分民工到党河口北边的戈壁滩上，由临时水库指挥部的规划安排下，开始了水库的筹建，每个公社划一片修干打垒的房子（既在戈壁上向下挖两米深五米宽六七米长的坑，向阳处挖成台阶开一南门，顶上是从家门上用牛车，马车拉去的梁檩椽子做屋架，而后上面铺上柳梢，再铺上麦草，最后再撒上沙石）。工程指挥部的房子是从家门上拉去的土块修建的平房，坐落在西面一座小秃山脚下。敦煌修水库从古至今还是第一次，是一次惊天动地的大事，水库的益处是起到冬春闲散水和夏秋季洪水的合理利用。

　　预测库容量约5000立方米，属国家划分的"大（2）型水库"，按当时的经济势力清挖出300多米长，20多米深，20多米宽的大坝基坑，用机械打山洞，根本都不敢想，唯一的出路是土法上马，打人海战术。

　　翌年春节过后除去南湖公社（不是一个水系）全县十个公社加上农建十一师黄墩子营，二千多人汇集在党河口北边的戈壁上。指挥部派下的施工员都是土生土长，经过培训的农家子弟，他们责任性极强，二十四小时坚持在工地上。由于人工清基20多米深度下有水，最下层民工穿着高筒水鞋，下面的一铣沙石需要十几个人的手才能转出基坑，三个月轮换一次，艰辛的劳动强度，使民工们一个班次下来，已筋疲力尽，有些体力弱、年岁大些的坚持不了三个月，有的病倒有的逃回。

艰巨的清基工程结束后，紧接着从东山坡拉运沙石筑坝体，全是人拉架子车，紧接着打输水洞，排沙洞等，工作面增多，其间为了提高工效，减轻民工劳动强度，水库工地开展了流动红旗竞赛，发挥大家的智慧和积极性，加快了工程进度。指挥部每月的流动红旗评比一次，三月一大评，年终一总评，一年中能得到三次大评，年终总评，一定是尖子连。

这水库工地上十一个连还数郭家堡连队，每次被评为尖子连，流动红旗多时在郭家堡连队大院上空飘舞。这个连年年多次被评为尖子连，一直坚持到水库一期工程结束，其间关键是有一个真抓实干的秦连长，他在修水库之前曾多次受公社委托，带领企业工作人员在北山开磷肥矿，南山开青盐矿，西湖挖芒硝，在盐池庙办过硫化碱厂。他有一套带人的办法，也可以说他有相当高的领导艺术。水库开始，公社指派他上水库领人。兵马未动，粮草先行。他顺党河口往下在距水库十多里的西千佛洞对面的河床上，看了块背水台子有开垦价值，派了几个年岁老成些的民工，垦荒种菜，由于是沙土地离水近种出的各种蔬菜比家门上的还好，首先给民工的伙食改造创造了有利条件。

他还有一个特长，会拉二胡，利用下班休息时间，搞文艺活动，活跃民工情绪。水库上调来的民工，大多是年轻人，有爱好文艺者，去时随带着自己的乐器，他把那些文艺爱好者组织在一起，隔三岔五地利用晚饭后，在连部大院搞了个简易舞台，在舞台上表演些短小精悍的节目，让民工们欣赏。又在舞台前的平地上栽上篮球架，篮球在当时是年轻人相当喜爱的一项体育活动。让喜爱篮球者玩，他其中就是个篮球爱好者。还常邀请其他连队的球队来他这比赛，他手下的这伙球员球技还属比较强的一支，在他带领的那个连队，不光工效高而且文艺和体育活动也搞得格外活跃，在他的影响下，其他连队也组织民工照着他的样子搞业余文艺体育活动。这样调解了民工的情绪，水库工地上除了繁重的体力劳动，还给人们带来了愉快，总觉得日子过得快，有些人说，没觉得三个月已到该换回家了⋯⋯

时光在流逝，大坝在增高。

一九七一年的深秋，家门上的劳力全部投入忙忙碌碌的割谷子，收高粱入库进仓的生产中。一个吃过早饭的上午，一辆四大套马车上装着行李坐着八个年轻人，从家门上出发了，他们是去水库换人的。

秋风萧瑟，大雁南归，路两侧的田地里，玉米叶随风摇曳，树上的黄叶到处飘落，车过了七里镇，吴宝善把长鞭递到黑子手里说：这段公路上车少行人也不多，你给咱赶上，我有点感冒，靠在行李上睡一觉，赶快点，按天黑前到水库……

赶车的有个口诀：前半站不跃，后半站不饶。意思是前半站牲口吃得饱，赶紧了怕把牲口挣下病，后半站放心赶，因一路上牲口连拉带尿，肚子空了，牲口不会有啥问题，这个赶车的常识，农民都懂。

只听鞭声叭叭的震响，黑子瞅着驾辕的枣红色大骟马，浑身像红段子般好看，前面拉长套的三匹骡马，各种色泽在阳光下闪着耀眼的光泽，心里想着吴宝善不愧是老车夫，把骡马喂的膘肥体壮，长鞭无论落在哪匹牲口的身上车速立马就快了起来。

上了沙枣墩梁，四野开阔，北望是一望无垠的戈壁滩，南边起伏连绵的鸣沙山是唯一的参照物。前阵子，几个年轻人说说笑笑，尤其那三个兰州知青，还唱着歌，后来都东倒西歪地靠在行李上睡着了。

过南湖店他也觉得瞌睡了，便吼了段秦腔《周仁回府》。

吴宝善睡醒了，接着车上所有的人都坐起，那个身体羸弱的女知青贾莉，尖声细气地问："吴叔，佳（佳：兰州土话）你们的水库好远哪，都走了一天了，怎么还不到呢？"

吴宝善手指着西南方向的岩石山说："不远了，就在那座山下。"

太阳就要沉入地平线时，车停在郭家堡公社民兵连的大院，正好是下午下班时间，民工们扛着铁锹、钢钎、铁锤向大院走来，上期调来的两个兰州娃一看是自己队上的，飞快地跑到车旁，拉着这次换他们的三个知青的手，好像久别重逢的战友般亲热……

黑子和一体格好点的男知青高峰分到三排，三排是用架子车往大坝上拉沙石的活最重，几个有的分在一排和二排在输水洞往出运石渣，两个女知青安排在大坝上洒水，毕竟是一个队上的，过几天晚饭后他们聚在一起，上到东山坡上，有的说："这水库上活就是重，这儿干一天，比家门上三天干的活都多，怪不得有人装病有的偷偷在公路上挡个汽车往回跑。"

三个知青唯那个高峰的体格好，勉强能撑得住，可那两个女的没干上一个星期脸上就变形了，尤其那个叫贾莉的，原本就体单羸弱，满脸憔悴，拉着哭腔对同伙说：像这个干法别说三个月，我看我难得熬过半个月，说着双手捂在脸上呜呜地哭了起来，黑子他们一块来的几个他一句你一句劝着，可越劝她越哭。

第二天，他们同伙中的那个男知青高峰下工后去了趟连部，反映了贾莉的情况，正好有个茬，食堂管理员家里老母病重，要请长假回家门上侍候老母。连长就让贾莉去食堂当管理员。

食堂里的管理工作对于贾莉来说干着要比在大坝上洒水就轻松多了，具体就是新换上来人带的面粉，挂秤进账，领出的饭票出账，她记的账，数据准确账面清晰，字体工整，很快熟悉了业务，和食堂的大师傅们相处得还挺不错。

黑子和同伙高峰在一个班拉了半月多架子车。有天排长对黑子说：连长说要在全连抽调一部分人去输水洞口砌斜坡，听说你砌石技术好，咱们三排抽出六个人……

晚饭后，他们新换上的八个人乘着月光，爬到东山顶，在一块闲聊。黑子望着脸色红润的贾莉笑着说：小贾，管理员的这份工作如何？

贾莉咯咯咯地笑了说：这工作好，一不让太阳晒二不出大力，别说撑三个月就是三年也没问题。大伙都笑了。

另一个女知青对贾莉说：你的这份工作还是高峰去连长那说的情，你可不能忘了你高哥的好处……

高峰望着满脸严肃的黑子说：黑子哥，听说你要被抽出输水洞口砌斜坡，你给咱排长说说，把我带去当小工，咱俩去年在一百四戈壁打过柴，咱们还挺能合得来，再说拉那架子车的活也太累人……

砌石是个眼巧技术活，本来就有砌石基础的黑子和高峰砌的那段不论是速度和技术要求，现场跟班的几个施工员非常满意。

下班的路上，高峰说：黑子哥，你的砌石技术可就是好，那几个施工员和技术员都在夸奖你，咱们现在干的这技术性的活，出不上拉架子车那么多力，黑子笑着说，那就咱好好干……

一个太阳即将落山时，连长站在食堂门口说：一会儿农十一师的球队要来咱们连，要和咱们连赛一场篮球，球队上的人都抓紧吃，按黑赛完。

农十一师黄墩营，他们的人基本整齐，全是二十多岁的支边青年，不像农民，岁数相差甚大，有四五十岁的壮年，也有十六七岁刚出校门的学生。

他们是从各大城市来黄墩子垦荒种地的支边青年。特别喜欢打篮球，搞文艺活动。他们在场上球传的花，动作迅速，投球姿势规范，也准，在党河口水库上十多支球队中的一支劲族。

郭家堡的这个篮球迷连长，也务习了那么十来个球艺好的，选了五个先上场，他站在场外观战，有一土塔的球迷到连长身旁说："这次我们土塔来的一个叫黑子的人家可是下过苦功夫的，篮球玩得极好。"

连长把那土塔球迷望了一眼说："你说他打得多好，我又没见过，这场对手可却实厉害，咱们连和人家赛了好多次，只赢过一场，绝对不能轻视。"

前半场在哨声中结束，十一师黄墩营以 62 比 52 胜郭家堡。其间休息那几分钟，土塔有几个球迷到连长身旁却说让黑子打下半场，因为这几个是曾和黑子打过篮球，可连长没见过，总有些不信。但连长望着给自己推荐黑子的几个球员，说："那就依你们几个，下半场把他换上，我也上，就当今天再输给那伙天津娃……"

哨声清脆的响起，中线上裁判的球抛在上空，那个天津娃个子和黑子高低差不多，但没有黑子弹跳力强，黑子猛地跃入高空，用手指轻轻一推，球落入秦连长手中，人们都向郭家堡篮下跑去，传来传去，最后落入连长手中，连长跳起一个擦板球进入篮环，发球权到对方手里，他们的球传得花而且快，很快的传入对方篮下进入对方篮环。可球到郭家堡球员手里，就不如对方快，甚至中途被对方截去，明显要比对方弱，可只要球在郭家堡球员手里，在自己篮下，十投就有九准。下半场的二分之一时间过后十一师的那伙天津娃明显体力不支，这时郭家堡的连长要求暂停，到场外对自己的球员说：乘他们体力弱势时，咱们一鼓作气，传球动作要敏捷，快而且稳，争取多投几个，把比分拉小。

黑子原来就玩得好，可现在球技又提高了许多，无论抢篮板球还是传球，带球过人，投篮那娴熟的动作，发挥得都相当到位，已有敦煌中学，梁老师教出的篮球队员的风格，最后三个球全是他投准的。最彩的一个球，也就是全场时间到的前一刻，是在三秒区外的五步之外跃起投进的，球连蓝环都没撞。

全场结束后总分郭家堡队以 106 比 100 胜于农建十一师黄墩营，对方那伙天津娃上前主动和黑子握手拥抱，表示友好。从此黑子成了十一师那伙天津娃的球友。

输水洞口开在大坝西头的西山脚下的低凹的向阳坡上，太阳照在身上暖融融的，不像从戈壁上拉着架子车往坝面上运沙石没那么冷，砌斜坡的那伙人只上白天的正式班，不上夜班，二十多人分开在洞口的两侧砌斜坡，有天上午，高峰对他说：黑子哥，你砌石的技术可就是高，我不论给你滚什么形状的块石，你都能端详着砌上，而且砌出的坡面规范，常受到技术员和施工员的夸奖，前几天连队开会，会上连长还表扬过你，看来有个技术特长就是好，我也想学学这门技术，你能教教我吗？

行啊，这砌石可不比你在一百四戈壁学琴，琴那乐器只要识谱便很快就能入门，这砌石要用眼力和力气。不过世上无难事只怕有心人，只要你有这个兴趣我一定教你……

一天晚饭后，连长说：今晚农十一师黄墩营邀请咱们连的文艺爱好者去他们连队开一个联欢晚会。

黄墩营的驻地和郭家堡较远，郭家堡驻地在大坝东南的山凹里，黄墩营驻地在坝北的戈壁上，连长带着所有的文艺爱好者，参加了那场联欢晚会，因两家常有篮球赛，大家都已熟悉，连长的二胡，黑子的琴琴，高峰的笛子还有两把二胡，加入了十一师的乐队，人家乐队比郭家堡的强，除了其他乐器，还有一台扬琴，两家各出一个节目，报幕员是十一师的一个女青年，身穿一身草绿色的新军装，头戴一顶军帽，腰系皮带，有那么个支边青年的风度，清脆流利的普通话，在扩音器里分外响亮。

节目一个接一个的表演着。郭家堡的贾莉，别看平时少言寡语，弱不禁风的样子，可她跳起舞来动作娴熟，舞姿优美，让人看着眼花缭乱，台下掌声不断……

黑子那夜失眠了，是他在看到黄墩营的那个报了幕的女青年想起在北大湖疏勒河畔的黑树窝住湖打柴时遇到农建十一师牧羊的杜娟。那段风雪交加的日子，临别时送给他的礼物中就有一身崭新的女式军装，不知她现在是否还在牧羊。回忆的镜头一个接一个地在脑海中闪过。

前年夏天修南湖公路，有天夜里她托梦给自己，自己也知道在北湖离别时把话说断，但她希望让自己找个心仪的女人，和她相似的人，可她太幼稚了，那只是她对自己的梦想，梦想和现实并不是一回事。

男大当婚，女大当嫁，这是亘古不变的规律，不是不想找个对象，而是自己已没那个奢望。但纠结的心理使他不得不考虑这件人生的大事。

原想，这水库上是青年男女云集的地方，又加刚开始计划生育政策的下达，实行晚婚，结婚年龄推迟二十几岁的大丫头到处都有，水库上调来的很多，前些日子，看上了本公社的一个，和舅舅的女儿是同宿舍的，试探着让表妹去给说，那丫头经表妹介绍，听本人说没啥问题，她也看上了自己，而且还把家门上带来的一罐大肉炒酸白菜偷偷地送来。可她回了赵家后，情况变了，估计是家里不同意。

第五十四回 | 总干渠群英上阵
为相亲屡走背运

数年后，也就是一九七六年秋收前，水库第一期工程结束，紧接着，开始从水库到沙枣墩梁下的总分闸，这二十多公里的总干渠开始了，这二十多公里。水在旧河床流淌，要把总干渠修成，水从干渠流淌减少渗漏，连接两年，他被调往总干渠四次，一次三个月，一年间半年就在总干渠。渠上不像水库，全县的人住的没那么集中，因为是渠道，各公社各分一段，各居一方。郭家堡的工段正好分在西千佛洞东面的戈壁上。

那是一个新历六月底，他一起和十个青年男女被送去西千佛洞的那段总干渠换人。这次去连长换了，新上任的连长是个河南籍人名叫芦林，是上过大学的，此前在一个大队当书记，此人中等个子，戴着副眼镜却精神，操着一腔河南话，组织领导艺术高，他在连部大院的篮球场用北边卵石砌了个面向南的简易舞台。组织有文艺细胞的青年男女，每个排一个演出队，进行表演竞赛，那时兰州知青已大部分被调到渠上，那个连长不但在工地上组织能力强，调配有一套，而且懂音律，喜欢唱歌，工程进展顺利，民工们情绪也舒畅。

有天早饭过，连长对黑子说：工委上要个泥水匠，说是工委大灶要重修，小商店要换个大门大窗，还有医疗点要重新翻修粉刷，我知道你的手艺好，给你配个小工和你同班的甘善文，去公委上干那些泥水活。

工委离连队不远，只隔着西千佛洞的那个河湾，那些活干着自由，比起工地上挖沙石开渠轻松得多，有些人眼热着说：你倒好，成天领着人单扇门（甘善文的绰号）也没人喝喊你们……

在工委上那乱七八糟的零碎泥活干了二十天后，连里分出一个排开始搞预制构件。平展的戈壁上，开始打水泥砖（预制衬渠的水泥板），他们那个排承受了那个任务。一个三米长两米宽的铁板，混凝土就在那个所谓的灰盘上由八个小伙对头铣搅拌，搅匀后用架子车拉着往模具里倒，排长调给黑子的活是专门下模具一手拿着个小铁锤一手拿90度的角尺，负责把模具校正，一个兰州知识青年叫米娜的紧跟着提着一个废机油小铁桶，用刷子蘸着废油往模具内侧刷，她和他是一个排的，都在业余文艺圈内，已经基本熟悉，她略高的中等个儿，白净的脸上，配着一双不大但长而细的眼睛，经常穿着套当时最时髦有点发白一身绿色军装，文静的脸上很少露出笑容，平时总少言寡语，但跳起舞来动作娴熟，有专业舞蹈演员的风姿，会唱歌，大都是电影插曲，可嗓音低，算是个中音嗓子，她和他的工作经常在一块儿，七八月的西千佛洞戈壁滩上，有风还热的可以，无风烈日照在身上，如同火炽一般，他边下着模具边望着她一刷刷地刷动。灰盘上那八个小伙子躬着腰搅拌混凝土，人们都热得顺头顺眼的往下滴汗，不时用袖头擦着汗水……

她开口了，喂你的琴可弹得不错，今晚饭后，你变个调，用 F 调弹，让我随着你的琴律唱段歌行吗？你也知我嗓音低，其他调高音上不去。

他痛快地说行。不过这炎热的天气热得人发闷，不如你现在就唱支驱赶这闷热的天气和烦闷。不然让这骄阳把人烤得晕倒呢！

你想听啥歌？她用那双细而长的柳叶眼睛，把他望了望，继续躬身刷油。

他说："洪湖随想曲"，《洪湖赤卫队》韩英在牢房唱的那段，月儿高高挂在天上，秋风阵阵湖水浩荡……一首洪湖随想曲从她那清润的歌喉内发出。他边用角尺在模具的内角量着边说。她手中的油刷刷刷停停好似在给曲中伴奏着节拍，一首悠扬的洪湖随想曲融入戈壁滩上的热浪之中……

五年的水库一期工程，全县的劳力基本上都轮换过好多次，尤其青年劳力占绝大多数，水库上去的大龄男女多不胜计，男大当婚，女大当嫁，这是自有了人类就亘古没变的自然规律，在此之前，离京都遥远的大西北，孤悬在大漠之中的这片绿洲上，男女之间，还在封建，如有青年男女单独在一块儿说句什么话，背下就会遭到各种传言。可现在随着结婚年龄的推迟，再者全县的人在水库工地几年内，渐渐地冲破了那以前的封建观念，也有不少年轻人开始也学着谈起恋爱。而且谈成的还不少。

他在更深夜静的时候也时常考虑自己的事。想着自己再过两年就三十了，难也罢还是得想方设法成个家，如再逛过两年是个什么概念。俗话说"有亲的亲顾，没亲的断路"，正好舅舅的女儿刚从门上调来换他们大队的人。

傍晚，干打垒房子内闷热至极，大家都坐在大院门口球场边上乘凉，下弦的弯月如同切薄了的西瓜牙，高悬在西千佛洞前的古柳树梢上，表妹到他的房门前，瞅了瞅坐着一边乘凉、聊天的人伙，压低了声音对他说："表哥：我上来时我妈给我装了一袋好吃的，到我那来趟。"

朦胧的月色下，兄妹二人坐在离房子不远处的一个小沙石岗上，她从袋里掏出黄澄澄的长把梨递过，说：表哥，时间长了没见上你，你的对象有茬没？

他吃着香脆的长把梨，望了望她只管摇头。

她说：在水库上时我给你介绍的那个，人家孩子都两岁了，他长长地叹了口气说：我的情况你全知道，这两三年也让亲戚朋友试着问过几个，可他们都是同样的答复，说嫌我们家成分高，其中只有一家还有考虑的余地，是孟家桥公社杨家堡的和我同岁，人长得粗笨，就那她妈说当时婚嫁的三转一响、四大件都要（缝纫机、自行车、手表、收音机）。少一件都不行，而且必须是名牌的，缝纫机是蜜蜂牌的，自行车是飞鸽的，手表是上海牌的，和媒人回家后，对爸妈说起此事，爸说：不管人长得咋样，关键是哪有那么多钱去买那些东西，自家成分是高，可自己的眼力也不低，那丫头我压根就没看上，听爸的话，我就打了退堂鼓。

一个晚饭后，表妹到他的房门口说：让和她一块去趟工委小商店，从连部向西面的古河床断崖上有条弯弯曲曲的羊肠小道下到十多米深的古河床，路过河湾的那片杏林上到对面河床顶，到了工委小商店，表妹买了一元钱的水果糖，返回的路上对他说：这次我给你看了一个和我同房子住的丫头，论长相没说的，成分和你一样，我想上次在水库给你介绍的那个，我看人家是看上了你，可后来人家家里人反对，嫌你成分高就没成，这回这丫头比我大一岁，你明日上工时我指给你看……

翌日，全连的人全部都在总干渠上衬砖，表妹说的那个丫头，围着个桃红的围巾，他看了一眼，和表妹说的一样，论身材和模样都没说的，但精明的表妹也把自己介绍给了那个桃红头巾。两人在伙房门口打饭时互相望了望，那桃红头巾的目光望着他那强健的身体，面带矜持地把友好的目光投向了他……

有天晚饭后，在表妹的安排下，他和那个桃红头巾，坐在房后的小沙岗上，谁也不开口，沉默了好大阵子。

那桃红头巾终于开口了："请问你有妹子吗？"

他被问得一头露水，慢腾地反问："你问这啥意思？"

桃红头巾说："你我都老大不小了，是该谈婚论嫁了，我这段日子，一直留神着你，不论衬渠还是你们在大院里玩篮球我常看，你的篮球玩得好，晚上演文艺节目我也坐在台下看，你的琴弹得好听，对你影响特好，我也知你和我同是高成分家庭出来的，咱们的经历相同，我也很同情你，为什么我只问了你一句话，可你没答复我。

"那你听我说说我们家庭的情况，我姊妹弟兄八个，五个哥，两个姐，我最小，人家都叫我垫窝子（最后一个生的）。大哥，今年都三十七了，三年前贵贱找不下个女人，就招了一个，比他大三岁的半苴子寡妇，那个寡妇已有两个孩子，我大哥去了她家。二哥今年已三十五了，由于年龄大，又加他脾气古怪，生性倔强，瞎好找不下个对象，现在还单身一人，我看他是光棍打定了。爸妈一看兄妹们都已够论婚年龄，头发都愁白了，可天无绝人之路，我们那儿一个有文化的老伯，他给人保媒多年了，看着咱们高成分的人找对象太难，就成了战国时期苏秦张仪式的人物。像咱这种高成分的家庭中有男有女，求到他门上，他就用对换的方式从中说媒，后来求他的人越来越多，他又出了新招，不像原来的两家对换，开始三家、四家，甚至更多。各家的男女由他在每个对方都情愿的情况下，不限于非得张家和王家对换，而是插花对换，这样，对谁家都好，避免两家对换造成不良后果，说太亲了是非多。那老伯不愧是个老秀才脑子灵。去年结了婚的我三哥和四哥，是我爸就求到他门上，用我的两个姐姐插花给我换来两个嫂子。这样我们家除了那个脾气古怪的二哥，我们别的姐妹兄长中好歹都有了着落，现在就剩我五哥和我还没轮上，我爸妈正在求那个保媒的老秀才解决我和我五哥的事了。这几年的水库上自己谈得人渐渐多了，我出外时爸妈一直叮嘱不让我和人谈对象，特别是我爸，那倔强脾气，我每次出外他都满脸严峻地给我办交代：我也知你们这些年轻人出外到一块都兴自己谈，我可给你说清楚，不是不让你谈，你也知你五哥都已到找对象年龄了，指望着你给他换个媳妇，你如谈上个没有姐妹的对象，我打断你的腿。"

那晚他想着那桃红头巾的话，自语说：那她不是给我出了道无法破解的难题吗，我身下是两个弟弟，用什么和人家换？只好打退堂鼓。

有次和邻公社五墩的两个球友打完球后，在一块聊起找对象的事，那俩球友比自己还大一两岁，他们的处境和自己没多大差别。

另一个叹了口气，望着夜空，眨着眼的繁星说：既然老天已有安排，再也别等待了，只要对方是个女的就赶紧找。不然以后咱都得排到光棍的行列。

还有一次，那是个下午上工刚到工地，从总干渠工段最西头来了一支球队，芦连长到工地对篮球队长说："你们球队的回连部，党河的球队来了……"

那支球队也算是总干渠上十个公社中一支劲旅，和郭家堡旗鼓相当。轰轰烈烈的一场球赛后，最终郭家堡以 88 比 86 胜党河，只相差一个球。

球赛结束后，黑子端着个大茶缸，约了党河球队的后卫（那后卫苗条个儿，黑性模样，黑子打前锋，在球场上是近距离对手，球场外算是朋友）一块儿上到球场西面不远的一个小沙石岗坐下。

那时找对象已成为大龄青年的首要难题，三句不离找对象的话题。黑子对那球友说："咱俩在球场上都遇到几回了，看来咱俩能说得来，今天我约你到这儿想问问你，你们那里有没有合适的丫头，相端（物色）着给我牵个线。"

那球友听罢黑子的话，长长地叹了口气，表情很沉重的样子：今天我给你喧喧（聊）我的姑妈，她家和我在一个生产队上，她家的独庄子就在西边紧靠戈壁沿子的土崖头湾里。

姑妈一共生了八个孩子，头手子（最大的）和第二个是丫头，以下六个全是儿子，姑爹家成分高。两个表姐都已出嫁，大表姐嫁得远在南湖，二表姐嫁到和我们一个大队，大表哥今年都二十八了，打听着给找个对象都七八年了，到现在还没找下，最小的那个小表弟今年都上初一了。

　　这里我先喧喧小表弟，姑妈连生了两个女子，总盼着生个娃子，可自从大表哥生下后，接二连三的全是娃子，倒让姑妈发愁了，这六个和尚咋拉扯大？小的时候还好经佑（拉扯），那时两个表姐还未出嫁，家里的吃呀，穿呀有两个表姐帮着还可以，自从两个表姐先后出嫁后，随之表哥们也都大了，吃得也多了，衣服也容易破了，忙得姑妈晕头转向的，愁绪涌满着姑妈和姑爹的心头。

　　正好有个茬，有个拉达子（不亲）亲戚，他们家生的全是女子，一共七个，打听着要抱个娃子，那拉达子亲戚是从很远的黄渠芭子场来的，来时骑着个大黑骟驴。那亲戚是个大个子中年女人，剪发头，宽脸盘，大嘴巴，两片厚厚的嘴唇，左嘴角上长着个黑痣，操着一口河西话，还挺健谈的。只见她下驴时手里提着个鼓鼓的包，和姑妈进了上房，不知她俩嘀嘀咕咕地说了些啥，太阳快落时，姑妈把小表弟用手拉着进了上房，那女人一见到小表弟满脸堆笑，忙从包里掏出一大把水果糖塞到小表弟手里，笑眯眯地蹲下一只大手捏住小表弟的小手手说："你跟我走，我家里还有一大脸盆糖和好多好多的饼干，全让你吃。"

　　两岁多的小表弟就让那个大个子女人的一把水果糖哄着趁夜里驮到咱们敦煌北端的那个偏僻荒凉的黄渠公社的芭子场大队。

　　小表弟跟着那伙丫头把那个大个子女人喊妈，一天天在长大，八岁那年他家最小的一个丫头比他小一岁报名去学校上学前班了，小表弟对妈说："我也要上学！"那女人说啥也不让他上学，倒跑去给生产队队长说让他去给队里放驴，每天挣二分工（全劳力挣八分工），无奈就每天拉着个驴去放。那女人抠得扎，只放驴不说，还得带放着驴捡回一筐子柴，若筐子捡不满，不是喝就是骂，动辄就用笤帚把子打。

　　小表弟给我喧过，那女人下手可狠啦，不论哪儿都打，他最怕打到头上："有一天，放罢驴回来她嫌柴筐子没捡满，一把揪住我从耳朵上拧住，我两只手紧紧抱着头，那次打过后我的尻蛋子让打肿了，腿也打瘸了。第二天把驴拉到没人处去放，脱掉裤子一看到处都是紫色的印子，伤心地哭了。想着我这个妈好狠心，那么一伙姐姐和一个妹妹，就别说打，就没捣过一指头。就连最小的妹妹比我还小一岁都让上学了，唯独不让我上学，还说娃子家能拉住驴，女子拉不住驴……"

有一天太阳刚落，一伙和他大小差不多的娃们在一起玩，玩着玩着和一个比他大一岁的娃娃打起了架，别说小表弟比那娃娃小，可那娃吃了亏，被小表弟搡倒在地骑在身上挨了一顿乱揍，可那娃娃翻起后把身上的塘土抛了抛，跳了几个蹦子连往回走连骂："把你这么个驴日的，抱疙瘩（抱养的），你等着我明天叫来我哥看咋收拾你！"

自从挨了打的那娃骂他是"抱疙瘩"后，心里起了端倪。那天晚上一夜都没睡着，满脑子全想着他在这个家里妈对他的看法和对待那姐妹七个们有着明显的差别。

为了证实那娃骂的"抱疙瘩"是真是假，第二天下午太阳快落时他拉着驴往大圈走，老远瞅见喂牛的大伯背着一捆子苜蓿正在进大牛圈的大门，那大伯心慈面善，小表弟对他影响好，等老伯把牛喂上，他便上前试探着问："大伯，人家骂我是个'抱疙瘩'，你知不知道？"

那大伯是个好心人，看着这么大个娃娃成天拉着个驴，再提着个大筐子，每天往大牛圈拴驴时，大圈门口就放着满满一筐柴，怪孽障（敦煌话：意为可怜）的，再说那个大个子嘴角长黑痣的婆姨做人缺乏道德，外号母老虎，这附近的人都知道，老伯早就看不惯她对这个娃的虐待。

老伯把小表弟叫到牛圈内的墙角，瞅瞅四处无人，便悄悄地把小表弟的身世告诉了他，小表弟听着听着心里想着：怪不得这个妈那样待他，原来她是个后妈。

老伯继续说："你没听过人都说：云里的日头，后娘的指头。"

听老伯这么一说，一天都不想在这个家待了，就问老伯："你能说上我的亲妈是谁？我爸叫啥名字？他们到底在哪里？我想找我的亲妈去！"

老伯一看这娃虽小，可脑瓜子还挺灵，就对小表弟说："咱这芭子场在敦煌的最北头，你妈家在老南老南离鸣沙山不远的李家墩，你妈叫啥名我不知道，只听说你爸姓刘，叫啥也说不上。"

小表弟问："老伯你知不知道走李家墩的路？"

老伯说："咱们芭子场东边有条大沙河，顺着那条大沙河向南一直走就能到李家墩，因为李家墩也在大沙河西边不远处，你一路上边走边问人，他们会告诉你的……"

九岁多的小表弟第二天早起便从大牛圈上拉上驴往东面大沙河方向走去，离河坝不远处一个渠沿上长满了青青的冰草，他看这里离人庄子远，跟前无人便把驴拴到一棵沙枣树上，向东下了河畔一个头朝南，如同脱离了狼窝的小羊羔撒腿就跑，跑上一阵子回头瞅瞅，只怕那个妈追上来。前面还跑得欢，毕竟娃娃家腿腿上没长力，后来就只好走。

眼看太阳不高时，他的腿上没劲了，又加一天没吃东西，只在一个有水的渠沿上爬下喝了一肚子凉水。就在他饿得浑身无力时，老远望见一个人背着一捆子柴从大沙河心向东走着，便鼓足劲赶上那个背柴的人，到跟前一看是个老大娘，那老大娘发现身后跟着个半大子娃娃，转身看看就要落下的太阳，又瞅瞅空荡荡的大沙河，心想：怪了，这娃娃是哪里来的？

小表弟问："大妈，你们这儿是不是李家墩？"

"不是的，我们这儿是雷家墩，你问那个李家墩干啥？"大娘反问。

那老大娘边向东面的河畔上走边和小表弟喧着，后来从小表弟的口中得知了原委。就对小表弟说："娃娃，听着你真孽障，你跟着大妈到我家去吃过晚饭，就睡在我家，你说的那个李家墩还远得歹（敦煌方言，意为很远很远）着呢！明天再跑快些按天黑差不多就能到李家墩！"

第二天天刚亮小表弟被院子里说话的声音吵醒，翻起身就走。刚到大门口被那老大娘叫住说："娃娃你先别急着走，我正在烧锅做拌汤，等拌汤烧熟你喝饱肚子，我再给你烙上两个死面饼子你拿上路上饿了吃。"

小表弟和大娘的几个娃娃喝饱了拌汤，拿着两个死面饼子出了大门向西一拐向大沙河走去，钻过了城西的大桥洞子顺着大沙河一直向南……

按太阳落山前终于跑到了李家墩，在一个农庄街上问人刘家在哪里？他问的那个农庄虽是李家墩大队，可不是他要找的姑妈那个队，他问了话的那个人对他说："我们这儿没有姓刘的！"小表弟见人就问，可谁都说没有。

恰巧，二表姐就嫁在那个队上，二表姐正在厨房做晚饭，她的两个娃娃跑进厨房说："妈妈，农庄街上一个没见过的野娃娃见人就问刘家在哪儿……"二表姐倏然想起小表弟，连忙出了厨房到大门外，看到家门口站着些人，都向当街走的那娃娃望着。那娃娃背身向南走着，二表姐快步追上一看，这长相和走手和几个兄弟极像，就问："你叫啥名？"小表弟望着二表姐，生怯怯、慢腾腾地说："我叫让娃子。"

啊！二表姐心里一惊，这不就是娘抱给人的那个垫窝子娃吗？怎么会出现在这儿？"走，跟我走，我就姓刘！"二表姐拉着小表弟的手，在二表姐家吃过晚饭，二表姐说："走，我领你去你要找的那个刘家……"

昏暗的煤油灯下，姑妈正在给那个表哥补裤裆。"当！当！当！"的敲门声惊动了姑妈，姑妈放下手里的活，开了大门一看是二女儿领着个半桩子（半大子）娃娃。进了睡房门，灯光下端详了一会儿，认出就是抱给人的让娃子，抱走时才刚会走路不久，这会儿都长得到人的下巴那么高了，险些认不出来了。

听人说娃娃的嗅觉是相当灵敏的，能闻出母亲身上的气味，这可能就是人们所说的血浓于水的缘故吧！

小表弟贴到姑妈身边只管哭，姑妈也哭，小表弟好像多少冤屈都用哭声和眼泪来表达，二表姐跟着也流泪……

可刚找回家的小表弟在亲妈的屋里住了一夜，第二天后晌（半下午），芭子场的那个妈找来了，她一进院子就被小表弟瞅见了，只管往屋里躲。

只听那女人尖噪噪地把姑妈骂了一阵子。姑妈把小表弟从屋里拽出来，领到那女人跟前厉声喝道："快跟你妈回去！"小表弟自己的身世也已经知道了，说啥也不往那女人身边去。

姑妈想着已经说好抱给了人家，让人家领去也合乎情理。当时心一横从墙角捞过笤帚，一手拉着小表弟的胳膊，笤帚把接二连三地在小尻蛋子落下，边打边骂："你这个碎遭哈瘟的（骂娃娃的土话）今天不跟上你妈回去我就打死你！"

姑妈狠心地打着小表弟，姑爹上前去拦挡，弟兄们都看着这惨不忍睹的局面，大表哥上前夺过姑妈手里的笤帚。

这时姑妈哭了，哭得比小表弟还伤心，小表弟抬头望着姑妈，姑妈低头瞅着跪在脚下双臂紧抱着双腿的小表弟，小表弟用眼斜瞄了当院立着的那个妈，双手把姑妈的腿箍得更紧了，浑身不住地在发抖。

那女人看到眼前的这情景，心想着听人说亲的彻底亲，不亲的没连心，就是硬领着回去，他还是要往他亲妈跟前跑。

她一看大势已去，就地跳了几个蹦子，满脸怒气，丢下一句："你们骗人！"

姑妈用手背擦着脸上的泪，赔着个笑脸，心平气和地说："大妹子，你先消消气，娃娃不懂事，你也看到了，这个碎遭瘟他死活不肯跟你去，让我咋办？"

那女人眼珠子转了几转，恶狠狠地对姑妈说："这娃我不要了，原归你，可我抱去都经佑了这么大了，容易吗？他真的不跟我去也罢，那你得把他这些年在我家吃的粮食算给我，不然我就到法院去告你！"

这时姑爹说话了："你算就算，算算多少？"

那女人扳着指头算了半天说："我算你那娃到我跟前都五年零七个月了，每年按四百斤算，一共两千二百八十斤麦子。"

姑妈强赔着笑脸说："这年月吃了上顿没下顿，谁家家里有那么多麦子？"

那女人眼珠子转了转，嘴角的黑痣抖了抖说："缺粮我也知道，那就把粮折成钱也行！"

姑爹说："那你再算算，看能折多少钱？"

那女人扳着指头算了半天说："我算着每斤麦子两角八分钱，一共六百多元，你给我六百元整，咱们就算扯平了！"

姑爹对姑妈说："那你去开开箱子，把咱们攒下的那些钱全都取出看够不够？"

姑妈慢腾腾地从屋里出来，拿着一沓票面大小不一的钱数了一遍六百不到，还差十几元，就对那女人说："还差个十来元。"

那女人眼珠子一瞪说："六百就六百，少一分都不行！"

姑妈望着大表哥说："你去你二姐家借上些。"

工夫不大，大表哥回来拿着三张五元，一张两元的钱递到姑妈手里。

那女人从姑妈的手里接过那沓票面最大是五元，最小的是角角钱，新的旧的都有，指头上蘸了些唾沫低着头把那沓数了三遍才装进了衣兜，把藏在姑爹身后的小表弟狠狠瞪了一眼，转身搞着两个脚后跟向大门口走去，临出门时使劲把大门扇扳了一下，门扇发出"叭"的一声破响。

那女人走后，一家人都默不作声，院子里恢复了原先的平静。

姑爹一锅子接一锅子地抽着旱烟，不时用眼瞅着小表弟，他在想：这个垫窝子的回来给这个原本就多难的家里又加了个负担。本来就缺粮，又多了一张口，这还不说，老大都超龄了，老二、老三、老四都够说媳妇的年龄了，可由于成分高，老大的媳妇至今没着落，箱子里的那五百多块钱是这些年的积蓄，是准备下给老大说媳妇的彩礼，今天让那芭子场的女人全拿走了，这真是雪上加霜。大姑爹蹲在院子里，连抽烟锅带叹气。

小表弟让五表弟领到学校，没报学前班，直接报了一年级，由于他比同级学生大个两三岁，又加他脑子灵光，老师教的一听就懂，一学就会，期末考试竟在全班得了第一名，教他的那个老师看着他学习认真，人也聪明，让他跳了一级直接让他上三年级。小表弟成绩一直很好，并写得一手好字，老师对他很器重。

有一次家访，那老师来姑爹家喧了一阵对姑爹说："你这个娃娃脑子灵光，德行也好。俗话说三岁看大，七岁看老，很有可能成大器。不过他那名字好像不太那么配这个娃，给他改个更好的名字吧！"

姑爹对老师说："看来你还挺器重这个娃，你的学问深，那你就看着给改上个字！"姑爹家的表姐、表哥的名字都是个单字，小表弟报名上学时就按小名"让"字叫着。

老师说："把那个'让'字改为'越'字，超越的越……"

今年小表弟已上初一，他的学习成绩一直在班上名列前茅，他不光学习好，就连那几门副课都各有特长。

"好了，小表弟先喧到这儿，再说我那大表哥。"他长相英俊，体格强健，各类农活都干得都好，可今年都二十八了还没说下个媳妇，给了芭子场那个女人的五百多元钱就是姑妈平时省吃俭用积攒下准备事情成了给女方家的彩礼钱，你也知道现在这个行情，彩礼就得五六百元，媳妇没找下，钱也没了，这让姑妈一家两头子作难，愁得姑爹姑妈头发都白了。

姑妈是他们家最大的一个，从小在外奶的指教下，干啥都能指住事，干地里的活也泼辣，尤其做锅灶的活手艺特别好，不论是面条还是拌汤，他做出的特别有味好吃。我吃过姑妈做的饭，除了做一般的吃头，还有一个特长就是会打点心，她用一个平底子锅打出的点心比商店买的还香。

从一家人口里抠下的白面，她就黑天半夜地打点心，点心打好，用麻纸包成长方形的包，上面再贴上巴掌大的一方红纸，访上个说媒的，给媒人送上两包，让媒人给女方家送两包作为礼物。你也知道一般给人送礼不是一包七角八分钱的白糖就是一盒一元钱的饼干，姑妈的点心包就算是重礼了。

勤劳善良的姑妈像一个虔诚的教徒一样，不知把多少包点心送给媒人和女方家，可就没打动一个女方家的心，原因是人家嫌他们成分高。

今年正月十五，姑妈家来了个远房亲戚，他们家在郭家堡公社的大泉湾大队，是郭家堡东头最远的一个大队，那远房亲戚给大哥瞅过几个对象都没成。这次他来对姑妈说："这一回我给老大瞅下的这个丫头家和我家在一个大队，那丫头的爸和我还挺投脾气的，要说那家的丫头今年刚十八，苗条个子，身段也受看，白净的瓜子脸一双毛茸茸的大眼睛，两个毛盖子（辫子）又黑又长，都在尻墩子（屁股）上用着。"

一家人听着都对那个丫头都很感兴趣。姑妈满脸笑容地对那亲戚说："听着这次你打听下的这个比以前你给我娃问过的哪一个都好，那还要请你给我们多费心。"

姑爹把烟锅装满烟叶双手递到那亲戚的手里，掏出火柴给点着。那亲戚吧嗒吧嗒接着抽了两锅子烟，把烟灰磕掉，好像有些难为情的样子，把姑爹和姑妈望了望，又把大表哥望了望，吭吭巴巴地说："那丫头的长相的确没说的，不过就有个小毛病，我事先给你们得说清楚，以免以后怨我。"

姑妈听着听着好像话里有话，就说："你尽管说，咱们都是亲戚嘛！"

那亲戚啃巴了半晌吞吞吐吐地说："不过那丫头养过娃。"

当时一家人满脸的笑容立即消失了。那天亲戚走后姑妈一家人都在沉默之中，可大表哥的心绪更是复杂。

这件事对姑妈家来说是一件大事，需要慎重考虑才能决定。姑妈打发

（派）大表哥利用中午休息和晚饭后去通知了姑妈的几个妹子和我爸他们老弟兄几个，说是明天下午收工后来姑妈家。

那晚的家庭扩大会议除了大表哥，别的都是上一辈，是姑妈第一个发的言："我今晚请咱们老姊妹来是关于我老大的事……"

姑妈把前几天郭家堡大泉湾那个亲戚说的事告诉了姊妹们，还望姊妹们给出出主意。

老姊妹几个他望望你，你瞅瞅她。姑爹掏出烟袋只管往烟锅里填烟叶。开始谁都不言传（说话），后来他说这样有理，你说还是再考虑考虑，各自说着各自的立场和看法。

待大伙争论了一阵子消停下来时，大表哥的小姨娘（姑妈最小的妹子嫁到邻村的西滩大队，是西滩大队的妇联主任，她生性开朗，胆大泼辣，能言善辩。从生产队妇女队长升为妇联主任都五年了，头脑相当灵活）说话了："我听了大姐所说的情况及刚才大家各执一词，不论啥观点和啥说法，总而言之都是替大姐着想，为大侄儿操心。"

说罢望着大表哥说："大侄子，今天这个家庭会议的内容你最清楚，都是为你。你一直不言传，你说说，你准备咋办？"

大表哥把大伙望了望，又把目光移在小姨娘的脸上，最后低下头慢腾腾地说："那她可是养过娃的，让咱们这儿的人知道了多丢人。"

"养过娃的咋啦？女人天世下就是养娃的，要我说一个女人家没结婚就养娃的确不是件光彩的事，可也有一方面的益处，她养过娃能证明她有生育能力。有的女人结了婚一辈子都不生养只能抱养，若把她娶来，咱们就放心了以上我说的这一点。你说让咱这儿的人知道怕丢人，你再想想那大泉湾在敦煌的最东北的湖滩沿子上，离咱们相隔几个公社，还隔着敦煌城近百里路，咱不说谁知道？还有，她作为一个女人占有身材和长相的优势，哪个父母、儿女都希望娶上个长得体面的媳妇，谁心里都高兴也顺眼顺心。还有一点，你家儿子多，几个都够娶媳妇的年龄了，你当老大不结婚，下面几个咋办？再说钱也紧，我也知道你妈给你攒下说媳妇的钱全给了芭子场那女人，她一个丫头家养过娃，人人都嫌弃就掉了价，有个正常丫头的一半彩礼就可以娶来！"

"我是你尕姨娘，婆家离你家只隔着那道西干渠，你们家十回有事九回我就知道，这些年我那憨厚老实的大姐为了给你找个媳妇不知费了多少心，不知把多少包点心送出去了，连一个都没问成。据我知道，自从开始托人问，大多数女方家不说丫头长得如何，都嫌你家成分高，都回绝了。有几个丫头没提成分高低的话，可那几个不是长得扁溜溻水（不圆泛）就是龇牙咧嘴的，长得太难看，谁看着都不顺眼，还有一个长相还凑合能看过眼，但是个好吃怕动弹，嘴还不饶人的狼牙子、母夜叉（敦煌土话：嘴上厉害），像以上这几个谁都不想要，你们说是不是？

"还有两个寡妇，一个是离了婚的，咱们一打听，那女的是个没家教的，蛮不说理，和婆家的小姑子、小叔子动辄不是骂仗就是打架，就公公婆婆她都骂，是男方家不要离掉的。另一个寡妇是男的在七里镇东头的公路上出了车祸死了，那寡妇人长得倒还不错，也会过日子，生了两个娃后已经结扎了，就那她还不愿离开她那个家，说是要招男的进她家门，要我说只有对比才能分出好赖，娶大泉湾的那个丫头总比招给那个结扎了还带着两个娃的寡妇强吧？大家都想想我说得是不是实话，在不在理？大家都考虑考虑，以我的观点郭家堡的大泉湾那个丫头比以上哪一个都占优势，对咱们有利！"

那尕姨娘的分析和对比的确有道理，可那倔强的大表哥就是没表态，事情就那样到现在还撂着，我都一直替大表哥发愁。不过依我看形势正在转变，但愿我大表哥能找上个如意的媳妇，也好替换我那憨厚勤劳的姑妈。

黑子听完了那球友说的事，长长地叹了口气："看来哪个地方都一样，成分成了找对象的困难。"

九月的西千佛洞东西走向的总干渠上，红族飘舞，民工们紧张有序地进行着衬砌水泥砖的工作，每一个有衬砌技术的人配一个小工分段衬砌，兰州女知青米娜，给他当小工，他俩前面一段在预制厂打砖时就在一块干过一月多，因俩人都有文化知识，而且都有看书的嗜好，再者都有文艺特长，所以能说在一块，有天下午，边干活边闲聊。

米娜看看近处没人，望着正在矫正砖的黑子压低了声音："你都二十好几的小伙子咋还不结婚呢？"

他说："和谁结？你插队到敦煌都三年了，女方一听说我的成分都不愿意。"

"我就不信那个邪，你如能看上我，咱俩把这段渠修完就领结婚证。"她语气坚定地说。

他边矫正脚下的水泥砖边望了望拿着铁锹往前拥沙石的她笑了笑说：你是不是昨晚没睡醒，说梦话呢？

她两只细而长的眼睛一瞪说：谁说梦话呢？是真心话，我已够结婚年龄了，作为女人都说的共同一句话，嫁汉嫁汉，穿衣吃饭。你体格强健，有文化知识，说话谦和技术又好，咱俩都有共同业余爱好的特长，能说在一起。我想和你在一起一辈子都有靠手，这件事我已想了多时了。我爸妈就是因脾气不和、爱好不同常在家吵吵闹闹，在我十二岁那年他俩离婚，后来我爸又给我找了个后妈，那后妈待我一点都不关心，我想碰上你这么个心仪的人不容易，只不过你的成分高，不一定成分不好的人就不是好人，你把这件事好好考虑，我可说的是真心话。

晚上他躺在被子里，想着米娜昨天说的话，自语道，真的天上能掉下馅饼？但根据她的话，好像她真的有那个意思。可后来想来想去，自己对自己说，凡事都得考虑后果，别想那么好，天上绝不会掉下馅儿饼来，除非那眼睛有毛病的兔子没留神，碰死在树桩上。假设按她的话去做，会是个什么样的概念？

后来自己提醒自己，决不能按她说的那样往下走。再说这么多年来敦煌插队的知青换了好多批，一批批待上几年都陆续招工招干走了。像她想的那种事，已发生了几起，结婚后生了孩子，招工招干表一下来屁股一扭就回了大城市，最后受罪的就是本地青年。

思前想后，最后再次提醒自己，打消这个念头。

一个晚饭后的黄昏，他和表妹上到房后的那个小石岗顶上，把米娜所说的话说给表妹听，最后表妹的意见和他相同。只好在米娜面前打退堂鼓了。

第五十五回　花好恰逢月圆夜
　　　　　　瓜熟终有蒂落时

临结工也就是国庆节过后，全部停工撤回家忙秋收的前些日子，一个黄昏后，表妹约他取房后那常去的小沙岗，表妹对他说：哥，还有个茬，不定这个能成，她是咱们临公社五墩的，可离我们大队不远。虽不是一个公社可常见面是和我很要好的朋友，比我大两岁，因她姊妹名字都是单字，我一直叫她岚。她到渠上已两个多月了，在收工休息时去过她们五墩连队，她也来过咱们这，她是个篮球迷，有次你们在大院和转渠口公社赛球，她看完那场球后偷着问我那个穿紫红背心上印有 18 号的是哪个大队的，叫啥名字？我试着问她，你问他干吗？她对我说：我看他的篮球打得好。说完嘿嘿地低着头笑了笑，以我看她对你有好感。听说工程还有几天就要停，乘还没撤前，明天中午咱俩走趟工委商店，到时我把她也约去，你自己先把人看看再说。

午饭后工委商店里挤满了人，表妹和他站在门口等了不大一会儿，从东面工委大门口过来一个丫头，表妹对他说："工委大门口向这走来的就是，你往西走走，站在篮球架下仔细看。"老远看到她上身穿着件褪了色的粉红色底确凉衬衣，下身是条淡灰色软料凡尔丁裤子，长裤崭新的折痕笔直的料子，脚上穿着双洗得发白的解放鞋，走路步履轻健，梳着两条担肩短辫，长长的刘海在微风中摆动，她那身衣服配上标致的身材，看着顺眼。转眼间已到商店门口和表妹搭话，他看着她那高挑的个子自语道："真乃一个运动员胚子！"白净的莲子脸在粉红色的衬衣映辉下如同怒放的桃花，刘海下的一双大眼睛如同秋水，和表妹说话间微微一笑，脸颊上露出两个浅浅的酒窝，挺招人喜欢的，心里暗暗高兴。想着这不是在做梦吧，抬头望了当空的太阳，自语道大白天太阳都红朗朗的绝对不是在做梦。可不知人家是啥成分。

回来的路上，在西千佛洞门前河湾里的那片杏林里，表妹掏出糖给他，他先问，人家是啥成分？

表妹说：贫农，他一听这两个字，心里一惊，"啊！"的一声把含在口里的糖都吐了出来，惊慌地问表妹，这你不是让我过了个眼瘾吗？表妹微微一笑又掏出块糖递给说：哥，你咋这么怯阵，不一定贫下中农家的丫头咱们就找不来，你先别慌，我把她的情况给你说说，咱再分析能不能成。

她们家在巴尔湖畔，小时我俩放羊常在那片湖滩，割芦草也都在那片滩上，后来上中学时，因我们大队离咱们公社远，离五墩公社近，就去五墩上学，所以我们是中学同学。她有个和你相同的爱好，喜欢打篮球，是五墩中学女子球队的主力队员，她就是看过你打球后产生了对你的好感。

她家除了爸妈有两个哥都已娶上嫂子了，她爸人实诚、憨厚，她舅家是高成分，她妈上过学，是个通情达理的人。下面四个都是女的，大姐出嫁了，二姐已够结婚年龄已经有主了，她也够年龄了，属蛇的比我大两岁，都二十四了，下面还有一个小妹子上中学，虽说他们家成分低，家庭情况还算好，只要她本人有意，那咱们慢慢来，我在中间给你俩搭桥牵线……

秋风瑟瑟，一串串大雁从头顶上飞过，向着南方飞过鸣沙山顶一直向南飞去……

一个风和日丽的早晨，太阳从沙枣墩梁旁缓缓升出地平线，湛蓝的天空没一丝云彩，工委大舞台前站满了各公社修渠的民工，台上的领导总结了全年的总干渠工程情况，表彰了几个先进公社。而后是各公社的精彩文艺节目，蹬台表演，前面的三个篮球场进行着公社与公社的篮球赛，表妹对他说：你弹你的琴，啥时挨上五墩女篮上场你可一定要再看看我给你介绍的那个五墩丫头。

两个季度的苦干，民工们都觉累了，今天这个结工大会后，都放松了心身，喜欢看节目的都站在舞台下观看着精彩的文艺节目，篮球爱好者们把三个球场围了好几圈。

五墩与三危的女篮正在进行中，表妹和他也挤入人圈，那个岚虽说个子比他略低，可在那球场上十个女球员中算个子高的一个，打篮球个子高相对有优势，她球技全面，尤其投篮的动作和姿势非常优美，投球也准，心里想，真的能把她娶来，那可就心满意足了……

深秋的西千佛洞门前的古河湾里，那些粗壮的奇榆古柳在山风的呼啸声中，片片枯叶像上了年岁老人的泪飘落在树下。河湾里的杏树林在寒霜的涂抹中渐渐由黄变红，山风从林中穿过，深红色的杏叶发出窸窸窣窣的声响，犹如它们之间低声细语的再谈论着什么……

表妹和他顺着崖壁上的崎岖小路下到古河床下，穿过杏树林时，表妹顺手摘了片红叶拿在手里，转身问：哥，你见那个五墩岚都两次了，你觉得她怎么样？听说后天全工地都要撤人，在这总干渠见面的时间可只有一天了。

他把表妹望了望说：第一印象不错，在工委大院门口向小商店走来时，随便的衣裳和那双洗得发白的草绿色的解放鞋，穿在她身上，是那么合体，看来她爱干净，第二次是工委开了总结会那天，咱兄妹俩特意看了那场她们五墩和三危的女篮赛，输赢不说，我一直盯着她直到球赛结束，从她抢篮板球、带球和传球，能看出她的集体观念极强，从跃起投篮的动作和姿势，非常优美，说明她很爱美，总体来说，她在篮球这个人人都喜欢的体育运动中，她有一定的球艺和球德。

表妹听后觉得表哥对岚很感兴趣，说：那我约她明天晚饭后老地方（连部北面的沙岗上）让你俩见见面……

一路边走边聊，不觉来到工委商店，表妹买了包瓜子，另外又买了把棕红色的木梳和一个小圆镜递到他手里说：这两件东西你带着，如果对方有意你就送给她，如没那个意思你先装着……

五墩公社连队北边的戈壁上表妹和岚漫步目无目标地向远处走着，表妹问：岚，你在我跟前打听的那个紫红色背心18号是啥意思？是不是看上人家了？岚低着头用脚踢着脚下的戈壁石，只管嘿嘿嘿地笑，小声反问：你咋知道的？

表妹说：你的心思能瞒过我的耳目。实话告诉你老同学，你打问的那个人可是我姑的儿子，我的表哥。啊！是嘛，怎么会这么巧，岚惊奇地望着表妹，岚说：既然是你的表哥，那你一定知道他的详细情况，我正愁没个熟人去打听，你就说说他的情况。

表妹一五一十地把他的情况告诉了岚，最后说：我表哥都见你两面了，第一次是在工委商店门口，第二次是你们和三危的那场球赛，他对你很在意。

岚说：你表哥他除了篮球玩得好玩得精而且还是个多才多艺的人，又会做木匠活，又是泥水匠，爱看书会奏乐器能唱歌，如能和他在一起是个靠手也不寂寞，咱女人嘛，像和你表哥这样的人过在一起一辈子都踏实。

表妹说：你可想好，我前面给你都详细说了，他们家可是高成分，和你们的成分不相称。

她说：我找的是对象又不是找成分，你我都已看出这场政治风暴快要结束，我不管那么多。

是的，你眼力高，如果不是我和表哥有血缘关系，早和表哥结婚了，根本就挨不上你，表妹半开玩笑半认真地说。

那是一九七六年阴历九月下旬的一个傍晚，下弦月犹抱琵琶半遮面时隐时现地从云团旁把清辉洒在鸣沙山上，洒在西千佛洞背后的戈壁滩上，三个人坐在小沙岗上，表妹望着云层说：咱都到这总干渠上快四个月了，不知家里爸妈和姊妹们他们都怎么样了，说着拿出瓜子袋放在面前抓出把递给岚说：同学别客气，瓜子嗑不饱是人的心。望着她薄如蝉翼的粉红色的确良衬衣，在秋风中飘动，用手在岚的胳膊上摸着说：天气凉了你咋还穿这么单，当心感冒，咱三人约到这谁都知道，你俩的情况一个是同学，一个是表哥，你们互相基本有所了解，我回去给你取件我的外衣，你俩慢慢聊。

在忽明忽暗的月色中，他俩往近靠了靠，他从衣袋取出小圆镜和木梳递了过去，盯着岚的眼睛，她接过羞涩地把小圆镜和木梳贴在胸前，向着他微微一笑点了点头。随后掏出一个花手绢递在他手里，当他碰到她的手绢时，好像触了电似的，顿时只觉心里紧张，但还是鼓了鼓勇气把手绢和她那软绵绵的手和手绢一同攥住。

寂静的夜晚没一线杂音，只能听到对方急促的呼吸声，她把头靠在他那宽厚的胸脯上。

他用手轻轻地抚摸着她那双短辫。

这时从连部方向向沙岗走来一个人，是他的表妹……

因庆节过后总干渠上的人全部撤回，家门上正忙着搞秋收，他被调上和五个年纪较大的老农套着六对牛在赵家园子东的坑窝子地耕地，那天下午，刚套上牛正在犁地，忽然天气变阴，零零星星的雪点落了下来，一个老农望着阴霾的天空说：我算着离立冬还有十天，今年这么早怎么就下起雪了，说着冷风飕飕从西北方向刮来，风卷着雪花拂拂扬扬地越飘越大。这是公元一九七六年的第一场雪，一个说：我看这场雪下大了，眼睛都迷得睁不开了。

倏然"嗡嗡——嗡——嗡嗡"紧促的钟声从大牛圈方向传出。钟声不像平常敲得相当紧，是让人们到大牛圈集中的钟声，他们几个连忙卸了牛扛着犁往大牛圈走去。

大牛圈上牛房门前的棚下，站满了从地上赶到的人们，只见大队书记和队长正在摆弄牛门子墙上的广播，一会儿书记对大伙说：公社来了电话，由大队干部和生产队长组织在一起收听广播。

广播里一女播音员用标准的普通话讲着："在党的领导下一举粉碎了祸国殃民的'四人帮'集团。"

播音员说的是一件振奋人心的好事。

不久生产队重选队长，会上大队书记讲，这次选队长不论成分，只要踏实能干，计划性强的人都可以选，那次会上竟有许多人提他做队长的候选人。

时间不久，上面下了红头文件，摘题四类分子的帽子，一律称呼社员。收音机广播里传出郭兰英的歌声，有些电影《洪湖赤卫队》《南征北战》等陆续上映。

翌年初春，算来已到九九的第六天。农谚说：七九鸭子八九雁，九九黄牛遍地转。大地开始解冻，新的一年开始了。

柳树梢上的叶芽已迫不及待地吐出一串串黄绿色的嫩芽；向阳的地坡埂凹里的冰草也争先恐后地从黄土中探出尖尖的黄芽；苜蓿芽如同倒立的锥尖把地面顶得一坨坨隆起。柔和的春风轻轻地拂在身上、脸上真有一种惬意之感。蔚蓝的天空飘着几丝白云，一排排一队队咕噜雁（即大雁，因它们边飞边伸着长长的脖子嘴里发出咕噜咕噜的鸣叫，所以敦煌人叫咕噜雁）向莫高窟鸣沙山方向飞去，发出咕噜咕噜的鸣叫声。

春天是农民最忙的季节，也是怀有希望的季节。春风拂动着门前小渠沿边的那棵细叶柳树梢，枝头两只喜鹊叽叽喳喳、喳喳叽叽从这个枝头跳到那个枝头叫个不停。

他正坐在院内北墙根的旧板凳上聚精会神地看着一本长篇小说《战鼓催春》正看到精彩处。倏然从大门外传来一串清脆的自行车铃声。他合书在手出了大门一看，表妹正在支放她那辆崭新的飞鸽牌自行车。

他把她让进了南房，妈一见娘家侄女就满面笑容地问起舅舅家的事，表妹和妈聊了阵子，从背包掏出两包白糖和两块砖茶放到桌子上对爸妈说："姑父姑母，你二老先歇着，中午休息就这么两个小时，我还有几句话给表哥说说，赶下午上工还得回去。"

柳树下表妹对他说："哥，今天我抽空来你家一趟，一来看望姑姑和姑父，二来告诉你一个好消息，正月十五那天黄昏岚来我家，说是和我玩，和我住了一宿，她在我跟前打听你最近忙着干啥，怎么没到我家来？还说啥时我走你家把她也带上，听话听音，锣鼓听声，自从去年冬初'四人帮'被粉碎以后形势慢慢好了，你思想上做个准备，争取早一天把岚娶过门给我当嫂子。"听罢表妹的述说，他望着她兴奋的眼神说："这件事还少不了妹子你从中周旋。"她笑了笑自信地说："不是你的说啥也得不到，是你的撵也撵不走……"

第五十六回　抓经济西湖开矿
　　　　　　小知青力争向上

敦煌是河西走廊最西端在戈壁、沙漠、碱滩环抱中的一片孤悬的绿洲。从敦煌地形图上看到敦煌绿洲犹如硕大的白纸上滴了一滴墨水，显得十分渺小，可空旷广袤的四周本地人按方向称东、西、南、北四大湖，与其说是湖，不如叫它湖滩更为确切。

泛着白硝的碱湖滩里蕴藏着数量巨大的芒硝，芒硝是一种无机化合物，是化学工业、玻璃工业、国防、医药、造纸等多种工业的原料。

动荡的十年里，农民只靠田地里产的那些农作物，连肚子都难以填饱，每年青黄不接的季节多数家庭断粮，经济二字无从提起。

穷则思变，后来干部们都想着法子，除了种地，再搞些副业，增加农民的经济收入。

春播后，土塔大队的六挂四大套马车载着各队的强壮劳力和锅碗等生活用品。在书记李多宽的带领下浩浩荡荡地向西北方向的西湖深处驶去。两天后在一个地名叫"青盐池"的地方停了下来，这儿五十年代县上办过盐矿，高大雄壮古老的雅丹群西南方有一低凹的水泊，面积有三四亩。水泊西面有孟家桥公社姚家沟大队的一群牛和一群骆驼在这一带放牧。据放牧的人说，这水泊中间有一眼自喷井，井是五十年代地质队勘察石油时打的探井，这片水泊水质清纯，人畜都可食用。

李书记看中此地，带领大家把原来盐矿工人住过的破房子重新翻修，芒硝矿驻地就设在青盐池，那片水泊北边高阜处的一片平地上。

第二天，三十多人带着钢钎、炸药包、洋镐、铁锨开始爆破碱盖，一时间隆隆的炮声震醒了沉寂了不知多少年的西湖，硝烟与碱土弥漫着天空。把震裂的碱盖用架子车运往远处，用铁锨铲除，最后用扫帚扫净硝上层的碱土，下面便是和冰一样白亮的芒硝结晶体。用洋镐刨下后，用架子车运到附近的平滩上，倒成一垅一垅的，经过日照风化成粉状，装进麻袋用公社机站上的拖拉机运到柳园，上火车运到南方工业城市，可获得相当大的一笔资金。

敦煌地面上掀起了开硝矿的热潮。偌大的湖滩到处皆能听到隆隆的爆破声。李书记是个心强、计划周密的人，大家在青盐池北面三华里处开挖碱盖，他却每天吃过早饭，背包里装着干粮和水壶，有远无近地寻找新的矿点。

有一天黄昏，晚饭后大家都觉得很累了，都开始睡觉，可李书记还没回来，直到有的人都打起了鼾声李书记才回来。

他那兴奋的表情都写在脸上，如同哥伦布发现了新大陆似的，绘声绘色地说他今天在离青盐池十公里之外的正东方向发现了一个矿点，面积大，储藏室也大，不过碱盖较厚，很有开采价值。

翌日，李书记召集大伙开了个会，意思是很快占据那个矿点，因为来西湖采矿的人不少，他昨天就碰到了几伙人带着铁锤、钢钎还有炸药包到处探矿。他说："咱们这三十多人兵分两路，东面那一路由高强暂时领导，早饭后立马行动，行动要快！"

新矿点在青盐池东面十里开外，南面有断断续续的零星雅丹。离矿点不远处有一座用碱块垒的羊房子，羊房门前有一口土井，深约丈余，井水清澈，可就是味苦且涩，含碱量过大，难怪这个羊房子空着，一定是水不好，牧羊的移到别处去了。

为了开采这个矿点，无奈硬着头皮用这个井的水做饭，吃饭后这十多个人全闹肚子，感觉肚子稍有点不舒服就得很快解裤带蹲下，若稍微一慢就拉进裤裆。人说好汉子撑不住三泡稀屎，这话一点不假。一星期后大伙的眼窝都陷了进去，干活无力。

无奈，高矿长去了趟青盐池，把情况汇报给了李书记，李书记去附近的矿点上买了几瓶止泻药，带来让大伙服用，那药也顶用，服后慢慢可以了。

在这个矿点干了十几天后，见到滩上一个放羊的老者说，这一带草好，就是水不行。他用手向羊房西南不远处的一座高十多米，长二十多米的一座独体雅丹说："你们所住的那一带，跑滩的、放牧的都叫何家梁，我原来在这一带放羊，草好水不好，羊不上膘，后来挪到老北的疏勒河畔，你们住的房子是我们生产队调人垒的……"

四月下旬的西湖每天都刮风，经过炮炸过的碱盖，大伙用架子车运往远处，不知沉积了多少年的碱盖，尘土飞扬，每到下工时，个个都灰头土脸的，只见两个眼珠子转动，本地农民还算可以，唯有四个小知识青年，每到收工后拖着沉重的腿跟在人群后面，显得十分无力。这批知识青年来自敦煌城，是最后一批上山、下乡知识青年，全是十五六岁过点的中学毕业学生。黑子帮助他们争取来了十分的工分。

五月的西湖，百草悠闲地从前一年的枯叶丛下冒出嫩芽，胡杨树枝上的叶片才有指甲片大小，老远望去还和冬天没多大差别，若是杭州的西湖已是桃红柳绿、春意盎然，风光宜人的景象。

春天频繁的狂风渐渐有所收敛，烈日下的西湖干燥酷热，可早晚温差极大，早晨冷得穿着棉衣棉裤，中午热得只能穿线衣、衬衣。

自从评工分结束后，那四个知青比原来信心高多了，调啥活干啥活，尤其对装炸药、放炮特别感兴趣，尽管装炮、放炮是其他人收工后多余干的活，可他们几个小知青相互之间都争着干，因为他们感觉好奇。本地农民想放炮的还争不上。高矿长看此情景就让他们四个轮流搞爆破，他还能省一分调人的心。

一个晚饭后的黄昏，那个叫汪洪亮的知青叫上他的同伴和黑子说："咱们上一趟何家梁，想听听你弹琴，我们也想跟你学！"十多米高的土梁（学名叫雅丹）从东头的斜坡上爬到顶上，居高临下凉风嗖嗖环视四野，夜幕苍茫，凉风送爽。几个小知青说："咱们下湖都这么长时间了，只顾在硝坑埋头挖硝，今天咱们攀到这雅丹顶上别有一种登高望远的感觉……"那是个阴历十六，皓月如同一个巨大的银盘缓慢地从地平线滚出，把清辉洒在广袤空旷的荒野里。清脆的琴声，电影《地道战》的插曲伴着初升的皓月在夜空响起，余音融进了空旷的荒野、湖滩。

汪洪亮说："下湖前我们几个的老爸听说湖里生活艰苦，特意给我们从城里特意送来了铁盒红烧肉罐头和鱼肉罐头，我们都没舍得吃，今晚我们都带着，咱们几个吃掉算了，可没带上筷子！"

黑子说："只要有罐头，你们先弹琴，我去去就来！"他从斜坡上下去，在一大簇红柳上折了几根筷子般粗细的红柳条，拿上来用小刀削成筷子。那年月各种物质食品都很匮乏，农民每年只有端午节、国庆节、春节这三个大节日，每家才能分上数量不多的几斤肉，其他时节别说吃肉，就连见都见不上肉。

四盒罐头没觉着让五个人风扫残云了。那几个知青说："老哥，你是个好人，评工分那晚上不是你替我们说几句公道话，工分如何能十分？"

他说："小事一桩，何足挂齿？你们去年冬天才下的乡，咱们相处时间短，对我了解太少，告诉你们这几个小兄弟，我家原本是高成分，虽然受到些影响，但有个做人正直的信念。你们刚开始干活，属于锻炼阶段，以后干活学点脸色，找找技巧。刚刚开始学着活，谁都一样。劳动的开端是艰辛的，耐着性子，跟着大人们学，慢慢就会干了。和我同龄中读过书的人不多，幸运的是我上过六年学，喜欢看书，前几批下乡的知识青年，有兰州的、七里镇的和我关系都算不错，和两个兰州知青在祁连山南的一百四戈壁打过三个月柴，七里镇知青和兰州知青在党河口修过水库和总干渠，那几批下乡的知青岁数大小和你们都差不多，这个西湖西端和新疆接壤，气候与新疆也相似，特点是冬季特冷，夏季炎热，春季风多，秋季蚊子多，外出要比家门上受罪，但可以锻炼人的意志和素质。你们也看到我比你们大上个六七岁，这敦煌周边的山峡、湖滩、戈壁都去过，所以锻炼出了现在这样强健的身体，风餐露宿的野外生活过惯了，什么活都难不住，希望你们好好干，三个月一到，家门上就会调来换咱们的人……"

很快，那四个小知青脸上肤色让西湖的风和太阳给镀上一层黝黑的色泽。有一天晚饭后，高矿长对大伙说："大家都看到了，咱们的炸药和雷管、导火线已经快用完了，还有部分人的面也不多了，需要回家门上办这些事，经过我再三考虑，决定让这四个知青中去一个，毛主席教导我们'知识青年到农村去接受贫下中农再教育很有必要，农村是个广阔的天地，到那里是大有作为的……'我也就不指名道姓了，四个中必须去一个！"

"我愿去！"这时四个中体格最差的那一个叫汪洪亮的开口了。

那个叫汪洪亮的知青不知是正长个子还是怎的，反正干活不太那么紧凑。他中等个子，浓眉大眼，两眼之间的距离比任何人要宽，胖乎乎的脸蛋，厚厚的嘴唇，让人看着有副诚实憨厚的感觉，和人交往礼貌好，说话谦和，爱看书，平时不善言表。他父亲是敦煌城里大众食堂的厨师，家里除了父母还有个十四岁的妹妹在校读书。

翌日吃过早饭，黑子帮他套上硝矿上唯一的交通工具——毛驴车说："一路上操心，万一遇上狼就卸下车栏杆自卫，千万别慌，发挥智慧……"

从硝矿到家这一百多华里路全是下湖拉柴、放牧人走的羊肠便道，根本就谈不上路况二字。由于是空车，汪洪亮赶得快，中午时分就进入了人们所说的土道门。

他边赶着毛驴边观赏着这一带的地形地貌，路两侧全都是高低分散的大土梁，实际按学名叫"雅丹地貌"，大小不同、高低不等、奇形怪状的风蚀土梁，有的高达二十米左右，有的比房子还矮，路就在这不规则的雅丹群中绕着穿行，这种地貌在东面的安西布隆吉有一大片，坐在走酒泉、兰州的车上，公路就从那片雅丹群中穿行而过，布隆吉雅丹地貌在世界地理志上就已显名，从安西布隆吉一直向西到敦煌境内玉门关以西这段横跨安西、直到新疆的罗布泊东畔。这近千里的荒漠、戈壁、湖滩，类似布隆吉那样的雅丹断断续续在敦煌的东湖、北湖、西湖都有许多的雅丹奇景，比布隆吉的雅丹更为奇特、高大、古老、神奇、雄伟！有独体的，有群体的，土门道这算是较大的一片雅丹群体。车轮下全是软绵绵的黄沙覆盖着车辙，毛驴拉着相当吃力，走走停停，停停走走，汪洪亮好奇地观赏着有的像艨艟大船；有的像倒立的斜塔；有的像蒙古包；有的像硕大的蘑菇……

大约用了两个小时才走出这个叫土门道的雅丹群，前方是平坦的碱湖滩，眼看太阳离落山不远了，他看着平坦的碱土路，用短鞭促赶着毛驴，太阳即将落入地平面时，老远瞅到了二道泉子南面石岗梁上那高高的烽火台，赶他到二道泉子时，开车马店的老伯正准备睡觉，他卸了车把毛驴喂上，挤在车夫们睡的大炕上。

第二天，老早起来烧了些开水，泡了两个干粮，吃过套上毛驴向敦煌最西北的那片绿洲——芭子场赶去。

芭子场地埂渠旁的树上叶子一片嫩绿，地里的小麦都一拃多高了，虽说这离西湖一百多里，可相差如此之大。

下午四点多已赶到土塔地面，他用短鞭不时地催促着毛驴，离三队大牛圈不远时，路北的一块谷地里，一伙妇女正在薅草，其中一个扎着短辫的女知青田瑞芳站起对正在埋头薅草的五个女知青说："大家快看！大路上赶毛驴车的那不是汪洪亮吗？"她这么一说，其他几个撂下手里的铲子从谷地里出来跑到大路上，大伙瞅着他浑身的尘土，脸上和帽子上都被尘土罩了厚厚的一层，她们如同久别重逢的兄妹般亲热，都摘下头巾从他身上往下抛土。

一个梳着剪发头的女知青郝丽蓉说："我看咱们认错人了吧？这人不会是从土星上下来的外星人吧？"

汪洪亮瞅着这几个同点（住一个知识青年点）的女知青，生动活泼地和他开玩笑。他笑了，露出两排洁白的皓齿，把那张骏黑的面孔显得更加黝黑。

一个高挑个子的女知青王润芝鼻孔里发出"哼哼"的两声，眼珠子一转说："我看着他倒像是从非洲来的。"

一个脸蛋圆圆的，扎着两个羊角短辫叫白冬玲的女知青说："我看洪亮这张脸将来难得找上个媳妇。"

"哗哗哗……"的笑声停后，他两眼珠子瞪着这几个女知青。

那个圆脸盘叫白冬玲的认真地说："我说的是实话，我是在替你担心，你晒上这么黑，哪个姑娘能看上你？这次下湖赶紧买个草帽戴上。"

他露出洁白整齐的牙齿，向那圆脸盘女知青跟前靠了靠，对她小声说："你再别事先替我发愁，谢谢你的关心。快把路让开，我还要到大牛圈卸车喂毛驴！"

第五十七回 | 汪洪亮雅丹遇狼
连环炮众兽惨伤

毛驴车载着面袋子、油瓶、咸菜罐子、炸药口袋、导火线、雷管、钢钎等乱七八糟的东西满满装了一车，吃力地行走在通往西湖的路上，赶到二道泉子车马店时已近黄昏，只见店门口的卸车场上卸着两挂装满梢子（红柳）的马车和三套空着的牛车。

汪洪亮卸了毛驴从车里取出草口袋倒在一段空着的槽里，把毛驴拴在桩上。进屋后和了面，乘着前面几个车夫刚下完面的面汤还热着，开店的老伯帮他在灶膛里添了几朵干红柳。一天的赶路又渴又饿，宽板子抒面拌咸韭菜，吃饱喝足后倒头就拉起了鼾声……

"叭——叭——叭——"的马鞭声把他从梦中惊醒，睁开惺忪的睡眼，用手把眼角揉了揉，坐起一看长长的大炕上就剩他一个人了。很快地穿上衣裳走出房门，只见看店的老伯拿着个秃扫帚正在扫槽，他上前问："老伯，这天刚蒙蒙亮，这几挂车怎么都不见了？我正想问问有没有和我同路的？"

老伯说："你问什么我知道，那两挂马车是黄渠清水大队的，昨天从湖里上来的，他们拉着梢子（红柳）是回家的，向东南芭子场方向走了，还有那三挂牛车是黄渠公社伏羌大队的，他们去老西南的月牙湖拉芦苇的，你说你要去西湖何家梁，是走正北这条路，今天没伴儿，你快给驴上料，他们吃过饭的面汤还热着，泡着吃上些干粮，吃罢赶快出发，你走的这条路我前几年赶马车时下湖常走，从二道泉子到何家梁这段少说有七十多里路程，一路没一段像样的路不说，中途那个土门道，是个马夹道，常有狼出没，有一灰褐色的长鬃苍狼，胆子极大，有一次我的车装着高高的一车梢子，那段路辙被流沙掩盖，车轮下常被软绵绵的黄沙壅阻，只好歇歇走走，走走歇歇，车速极慢，可就在车停的瞬间，突然从路旁一个土崖旁窜出一匹灰褐色的长鬃苍狼向拉外套的大灰骡子扑来，只听大灰骡子吱吱地怪叫着，撅着尾巴猛向前扑，待我回过神发现大灰骡子肚子下面的苍狼时，赶紧举起长鞭向狼打去。鞭梢还没打到狼身上时，那家伙已飞快地向土崖后逃窜了，我顺着绳索从高高的梢子车上溜下来，到外套骡子跟前一看，大灰骡子的一只后腿上的一块肉被狼叼走了，血从伤口里不住往外流淌，那只伤了的后腿提悬着不住地发颤。我很快脱下衬衣撕破，裹住了伤口，用细绳扎好，凑合着拉回那车梢子，把一瘸一拐的大灰骡子拉去找兽医，到兽医站让兽医清洗后上药，又绑扎上纱布，那头大灰骡子是我车上最得力的一匹牲口，它一直瘸了半年多才能凑合拉车了。好了，我也别再啰唆了，娃娃你一路赶快些，一定要赶太阳落山前赶出土门道，据我估计，一路上只要不出啥麻达，按太阳落山前能赶出土门道。"说着，那开店的老伯帮他套上车，目送他向北走去……

太阳从中天移到西边时，平坦的湖滩除了一簇簇红柳和零星的胡杨再无任何参照物，土门道那片雅丹群隐隐约约进入了视线，他耳畔响起了二道泉子车马店老伯的话，那只灰褐色的长鬃苍狼。

走着走着，那片南北狭长的水泊已到眼前，这季节正是湖水泛潮的时候，湖畔边的车辙里全是黄绿色的潮水，毛驴怕水不敢向前，无奈他挽起裤腿下到水里，一手牵着驴缰绳，一手舞着短鞭吃力地向前赶着，大约一个小时才走出那片潮水湖。

土门道那片雅丹群清晰地映入眼帘，黑子的话在耳边响起：若万一遇上狼就卸下车栏杆自卫……他停下车撒了泡尿后，抽出车厢里的钢钎，撬下了一边的车栏杆放在车上。他继续扬着短鞭催促着毛驴，约半小时后进入了那片雅丹群，毛驴大张着鼻孔，耳畔的汗水不住地往下滴，车轮下尽是软绵绵的黄沙。他一手扬着短鞭，一手在车后推助，走上不到三米就不动了。他向西面天际上望了望，太阳已经不高了，耳畔又想起二道泉子看店老伯的话，顿时一阵紧张、恐怖的心情涌上心头。向前望去看不到雅丹群的尽头，心里紧张、恐慌，用短鞭猛抽毛驴，用手使劲推助，还是走不了两三米就走不动了。

毛驴浑身被汗浸透，站下时顺肚子下不停地滴着汗水。短鞭不停地落在毛驴背上，那毛驴好像是在给他使性子，两耳竖直，喷着响鼻，腰子一弓猛地向前一使劲，只听"咔嚓"一声，发出木头断裂的声响，毛驴从车辕里冒了出去，车辕落在了地上。他上前一看，是右边的一片夹板子从穿绳索的卯孔处断裂了，这夹板子可是毛驴牵引车的重要部件，夹板子一坏车无法前进。他只好卸下毛驴拴在车辕上，向西方望着快要沉入地平线的太阳，心想：看来今天是无论如何也走不出这个土门道了。

忽然发现路西不远处有一棵不知干枯了多少年的老胡杨树，四周尽是从树体上掉落的枝干已被风蚀雨淋，外表的皮已脱落，白森森的躺在还未倒下的枯树四周。这个季节，有早穿皮袄午穿纱，围着火炉吃西瓜的说法。早晚的温度还是相当低的，他准备就地守着毛驴和车过夜。这时，二道泉子车马店老伯的话又清晰地在耳畔响起，听人说狼在夜间怕火。他便把干胡杨枝拾着往车旁抱，就在他抱着第三抱胡杨树枝往车旁走时，"嗷——欧尔……"一个拉得很长的声调传入耳内。

说实话，他还没见过狼，可在电影里见过。刚才听到的嗷叫声和电影上的狼嗷叫声极相似，他心想：不好，今天真的遇上狼了！便很快地把怀中那抱胡杨枝干抱到车旁撂下，顺手操起五尺多长的车栏杆，机警地环视着四周。

"嗷——欧尔……"又一声长调传进耳内，声音是从路东的雅丹群中传来的，那声直钻向天空，余音在雅丹群中回荡。紧接着一匹灰褐色的长鬃苍狼拖着长长的尾巴从一巨大的土崖旁向他和毛驴窥探着。土崖原本就是灰中带黄的颜色，在夕阳的平射中变成了红褐色。狼走在大土崖下浑身的毛色显得更加清晰。它不慌不忙地向他走来，他举起车栏杆向它大吼一声，狼停止了前进，后退坐地蹲在了原地。

毛驴竖起刀子般的两只大耳，嘴一张发出"戈几—戈几……"的鸣叫声。这声音虽然比狼的嗷叫声大，可狼却没有丝毫的惧意，依然蹲在原地。狼是一种既凶残又聪明的动物，它不用站起身子就能匐在地上快速地向前移动。

他看着狼还在远处蹲着，总觉得他与它之间的距离在缩短，不由得向后退缩了几步，脊背撞在路旁的土崖壁上，土块从崖壁上滚落下来。他想：人说狭路相逢勇者胜，不能后退，只能前进。他便举起车栏杆在土崖上击了一下，大吼一声，狼看到对方手中那根胳膊粗的车栏杆有些怯意，便稍往后退了几步，仍然面向他蹲了下来。他猫腰捡起脚下从土崖上掉下的一个土块向它掷去。土块在空中划了个弧线落在它头上冒起一团土，狼闭着眼睛傲慢地把头摇了摇，如一个雕塑品一样一动不动。他接二连三又掷了几个土块，狼仍然没动。

这时，《水浒传》中景阳冈武松打虎的画面在脑海里浮现，自己给自己壮着胆：武松手中的哨棒打折后赤手空拳能把兽中之王老虎都能打死，狼在兽中算老几？今日凭着这手中的车栏杆打不过这只狼就把男子汉的脸丢尽了，他正在想如何对狼下手。盯着离他只有不到十米的这个"雕塑"，只见他两眼眯成一条细缝。他惊奇地发现蹲在对面的这只脖子上长有长长鬃毛的灰褐色苍狼，白灰色的肚子上吊着两串长长的乳头，竟是只母狼。他和它对峙了约两支烟的工夫，它忽然站起掉转头向着路西面的乱土崖中走去。

他自语道："它到底还是怕人！"长长地出了口气，两腿一翘坐在车上。可他的判断错了，太阳的余晖中，狼在一个较高的大土崖顶上昂起头发出"嗷——欧——尔——"的嗷叫声直插天空，在雅丹群发出回声。狼的长啸其实是在向周围的同伴发出的信号，他们在单独捕猎遇到困难时就会向同伴求助。长啸了一阵子后拖着长长的尾巴仍然来到它原来蹲的地方停了下来，好像它就是这雅丹群的主宰者。

这时，从远处传来断断续续的嗷叫声，凡来的狼不论大小都要先到这只母狼面前，互相用鼻子嗅一嗅，然后蹲在它的后面。它好似接受着同类的礼拜，很有可能狼族们仍然保持着原始社会的母系制，眼前蹲着的这头长鬃母狼是它们的头狼，首领。看来大西北的狼果真有群体聚集的战斗风范。一只、两只、三只……拖拖拉拉地从西面、东面和北面的三个方向来的狼都依前后顺序排在了这只母狼身后，还有只淡灰色的大狼，后面跟着七只乳毛发亮的小狼崽子，它们伸着血红的长舌，露出一排排白森森的牙齿，眼睛里透出贪婪、凶狠的邪光。

他机警地盯着眼前的一幕，十六、十七、十八、十九，已经来到二十只过了，还能听到远处隐隐约约的嗷叫声。他倒吸了一口冷气，自言自语道："不好了！"人说：独虎怕群狼！这时他突然感到这头毛驴和自己不一会儿就成了这群饿狼的晚餐。又冷静一想：自己还不到十七岁，刚刚开始活人就这样让狼吞噬了，爸妈老了谁照管？不！决不能就这么走了，这样走了太遗憾，无论如何也要拼死一搏。

此时，夜幕悄悄地降临了，暮色下高大雄伟的雅丹群显得阴森恐怖，如同在魔鬼城里站着。他两眼机警地怒视着前方绿光闪烁的狼群，一只手紧攥着车栏杆，又怕车栏杆万一打折又咋办？一只手伸到车厢里摸那根钢钎，两眼始终没有移开过狼群中那些贪婪凶狠的众多眼睛，钢钎没摸到，可手指却触到了那盘导火线上。倏然想到了炸药，就凭他在硝矿上学会的爆破技术，况且车厢内装炮的物资全都有。前一阵子让眼前的这群狼把人吓晕了，只想着用车栏杆和钢钎与狼搏斗，把炸药的事忘了。

为了麻痹狼群的警惕性，他很快地从草袋里掏出两把麦草燃着，上面加了些干胡杨枝，一股子浓烟中火苗越来越大，狼群看到火光自觉地向后挪动二十多米。他接着又在火堆上摞了几根干树枝，火光变大，狼群又向后退了几步。他趁此机会从车厢里取出装炮用的厚塑料袋，麻利地往里面填炸药、接导火线、装雷管，酒瓶般大的炸药包装好了四个摆在脚下火堆旁的顺手处。

这时，狼群依然移到了原来蹲的那个位置上，黑影中一片绿色的怪光闪烁着。为了再次麻痹狼的警惕，他把身后的土块拾了几个放在脚下，猫腰拾起一个向蹲在前面那只硕大的母狼头上掷去。在火光的映辉中，那母狼头上的土块化作一团尘土消失了。他一连又抛了三个，狼依然未动，显然是它在轻视对方，第四个土块掷去后，那母狼抖了抖头上的土沫，昂首发出一声凄厉的怪叫，紧接着狼群中发出一片嗷叫声试探着向前移动，这很可能就是母狼发出的进攻号令。

这时火光已微弱，只见前面一片黄绿色的光柱向前移动。他看着离他只有十米左右时，猫腰把导火线移到火堆上，口里念叨着："狼族朋友们，你们和我不友好，我也就对不起你们了！"先下手为强，后下手遭殃，这个概念倏然闪现。猛地猫下腰拾起一个冒着白烟的炸药包向狼群中抛去，紧接着接二连三地一口气投完了脚下火堆旁冒着白烟的那四个炸药包，就地趴倒。在隆隆的爆炸声和狼群中发出杂乱的嗷叫声中，那片绿光不见了，仍然恢复了前阵子的寂静，浓浓的炸药味钻鼻孔，狼只知道猎人的铁夹子和猎枪的厉害，这一个炸药包的威力可炸起炕大的一坨一米厚的碱盖，威力相当大，今天晚上它们才初次领教到炸药的威力。

他往火堆上摞了剩余不多的几个干树枝，前阵子的惊吓、紧张出了一身汗，他一手紧握着车栏杆警惕地环视着夜色中的四周，侧耳细听着动静。可除了毛驴吃草的声，漆黑的夜静得一点响动也没有。他怕狼群复来，便卸下一片车帮板架在火堆上，趁着亮光又装了六个炸药包放在火堆旁。

漆黑的夜空像扣着个大锅，除了这堆篝火外再无一点亮光和响动，左等右盼天没有亮的意思。火势弱了，他又卸下另一块车帮板架在火上，真所谓心上有事嫌夜长。他自语道："今天这个夜怎么这么长啊？"

就在他急不可待地盼着天亮时，"叭—叭—叭—"的马鞭声传入耳内，侧耳细听南面车道上传来马掌撞击地面的声响。就在此时，他环视着四野，忽然发现东面突兀的雅丹群上空露出一片鱼肚白，他长长地出了口气，自语道："天终于亮了！"

"叭叭叭"的响鞭声，马脖子下系的铜铃发出清脆声和马的嘶鸣声打破了黎明前的沉寂。他判断是从二道泉子方向来的马车，当时心里一亮，叹了口气说："这就不要紧了！"

车越来越近，他看出是三挂四大套马车，一个跟着一个向他这个方向赶来。

"喂！你怎么把车停在路中间？"第一挂车上跳下一个大个子车夫，操着浓浓的河西腔问道。接着后面的车上也跳下两个车夫，手握长鞭向他那堆即将熄灭的篝火前走来。此时他如同见了亲人一般，激动得含在眼眶的热泪止不住的涌出，顺着胖乎乎的脸颊往下流。

那个大个子车夫一看是个满脸稚气的半大娃娃，边给他擦泪边问："你的车怎么了？"他指着拉成两截的驴夹板，大个子车夫立刻明白是怎么回事。此时天已微亮，他又用手向前方指着，车夫们把目光移向前方，晨光中眼前不远处，血泊中横七竖八躺着许多龇牙咧嘴的死狼，有的炸去了半个脑袋，有的炸破了肚皮，身旁堆着一堆带血的肠肚，有的有头无身，有的只有后半截，没了头。三个车夫惊恐的眼神又向四周环视了一圈，最后把惊奇的目光投向汪洪亮那胖乎乎的脸上。数了一下和七只小狼崽算上是十七只，还有一只大公狼离得有十米开外的土崖下侧身躺着，肚子下沾满污血的伤口，长长的肠子一头在肚子里，一头长长地拖了好几米，丑陋的雄器和肠子堆放在一起，上面沾满了污血，是只深灰色的大公狼，真乃一片狼藉，加上那只大公狼一共十八只。

前面那挂车的大个子车夫说："咱们把架子车上的东西全搬到我的车上，用绳索把架子车拴在马车后面拖上，毛驴拴在架子车后面，你们两把这摊死狼装上，绕道上何家梁……"

一路上，大个子车夫问他昨晚到底发生了什么事，这些狼是怎么死的？他从头到尾把事情的经过告诉了大个子车夫……

此时已到中午十二点，矿点上的人们起身从硝坑里走出去房子上做午饭吃，那高矿长口里念叨着："昨晚我还没睡着，听见东南方向传来隐隐约约的炮声，是不是有人偷着占矿点？"

黑子说："不可能，这么大个湖滩，用得着偷着占吗？"一个老成些的农民说："我睡意轻，那远处的炮声我也听见了！"人们边往房子里走边议论着昨晚的炮声……

当他们正在房内吃着午饭时，杂乱的马蹄声和清脆的铜铃声加上车夫的长鞭声和吆喝声惊动了房内吃饭的人们，有人猫腰走出低矮的羊房子一看，三挂四大套的马车已停在房子东边的空地上，除了三挂没见过的四大套马车，还有一挂车后拖着的没帮板、没栏杆的平板架子车和一头毛驴。那头黑色的大骟驴不就是何家梁矿点上唯一的一头交通工具吗？是前几天汪洪亮赶着回家拉东西的那头，怎么在这挂陌生的马车后用绳索拴着，人呢？

由于昨天一夜和那群狼搏斗，连惊带吓在马车上和大个子车夫聊了阵子后感到十分困倦，就倒在车厢里睡着了。那个大个子车夫也看出他疲惫不堪的样子，就把皮大衣盖在汪洪亮的身上，此时他鼻孔里还在发出阵阵鼾声。

"喂！你们是哪儿的车？我们的毛驴和架子车怎么在你们的车上拴着，赶毛驴车的人哪儿去了？"高矿长站在门前喊着问那几个车夫。

"我们是孟家桥公社杨家堡大队的，你问的那个赶毛驴车的人在我的车厢里睡着了，你来认认是不是！"那个大个子车夫操着浓浓的河西腔回道。

高矿长看到了车厢内的洪亮。

这时，大个子车夫在皮大衣上拍了拍："娃娃，快醒来！到你们的何家梁硝矿了……"

这时大伙儿都围在车周围，汪洪亮揉了揉惺忪的双眼坐起一看，同伴们都伸着脖子瞅他，想起昨夜发生过惊心动魄的那些场面，不由得泪珠顺着脸颊滚落下来。

大个子车夫向高矿长说明了事情的原委。

"喂！快点往下卸狼！"后面车上的两个车夫向着人群喊着。听说卸狼，大家都觉得惊奇，走到后面车跟前一看，两挂马车里全装着龇牙咧嘴、污血遍体的死狼，胆子小的只管往后退，人们都还没见过这么多的死狼，有的人不论死狼还是活狼，活了几十岁还未见过一只。不知死狼从何而来。

在车夫的吆喝声中，大伙连抬带拖地卸下了那两车死狼。大个子车夫说："好了，你们的人、驴、车、狼全交代给你们，我们还要赶着去老北疏勒河沿的贼庄子湾装梢子去！"

这时，汪洪亮走到大个子车夫身旁说："大叔，你们先别急着走，先卸了骡马喂上，吃了饭再走！天刚亮从土门道到何家梁都几十里路程，肚子也饿了！"转身对黑子说："老哥，你把我袋子里的面倒上多和上些，让这三个大叔吃饱了再走，是他们帮了我，若不是他们我还在土门道待着呢！"

咸韭菜、红辣子拌宽板子捋面，车夫们吃饱后收拾套车，车套好临走前那大个子车夫摸着汪洪亮的脑袋说："娃娃，有闲工夫到我们孟家桥杨家堡家里来玩，我有三个娃娃和你大小差不多！"转身又对高矿长说："你叫上几个老成些的把狼皮剥了，把肉煮熟晾成肉丁慢慢吃，这天气渐渐热了放不住，狼肉性热能祛风寒病……"

就在大个子车夫举鞭驱赶骡马时，汪洪亮说："大叔，你先别急着走！"说着拉着黑子的手说："老哥，听那大叔说狼肉能治病，咱抬两只让他们拉去！"

他和黑子顺手从狼堆上抬着往车上装了两只。"叭——叭——叭——"河西车夫的马鞭甩得可真响，只见车后扬起一团尘土，很快地向北面的疏勒河沿驶去……

高矿长骑着毛驴去了趟青盐池，把汪洪亮用炮炸狼的事告诉了李书记，李书记亲自赶着毛驴车来何家梁拉死狼，李书记用手拍着汪洪亮的脑袋说："人都说自古英雄出少年，此话不假……"

经那三个河西车夫的口一传十，十传百，土塔硝矿上的知识青年汪洪亮独斗群狼的故事传到了挖硝的、赶车的、打猎的、放牧的人耳中，年轻娃娃成了西湖的传奇人物。过上些日子就有陌生人来拜访汪洪亮，打猎的枪杆上挑着兔子、野鸡，住湖打柴的带着新鲜蘑菇……他们临走时都竖起大拇指夸道："想不到这个娃娃智慧还不少！"

有一天，从二十里外的疏勒河北牧滩来了一个头发花白的放牛老伯带着一包熟牛肉干，他左看右看地说："我观这娃头大面额宽，尤其两眉之间宽于常人，长得奇异，在土门道遇到狼群，大难不死，必有后福！"

青盐池那边有个叫李长森的人，是个老秀才，六十岁左右，在土塔矿上记账、干零碎活。他擅长说书，当时晚上只点个煤油灯，再没别的文化娱乐活动，青盐池附近几个矿点上的人还有孟家桥放牛放羊的人，今晚他们请上去，明晚你们请上去，弄不好还争不上。他们请去给泡上浓浓的酽茶，递上"工字牌"的卷烟，聚精会神地听他说书。尤其说《七侠五义》《三侠剑》那些剑侠小说，说得生动逼真，有些人听上了瘾，每晚听不上老李说书就睡不着觉。后来，老李把汪洪亮和群狼搏斗的故事编成书说，书名是《抓经济西湖开矿，土门道知青遇狼》。

日月如梭，月缺月圆。不觉湖里的百草枯黄，胡杨树叶由绿变黄，隔三岔五头顶的天空就有成群成队的咕噜雁从北面的马鬃山方向飞过头顶，伸着长长的脖子，口里发出"咕噜—咕噜—"的鸣叫往南面的阿尔金山飞去。秋天悄悄地来到西湖，硝矿上的人已换了两茬。

家门上的社员们忙着收拾割高粱、掰玉米、掐谷穗、收拾场活、粮食入库。据会计报到今年的粮食，不管秋夏都增了产。十一月二十号是每年生产队分红的日子，人们都盼望着这一天的到来，会计提前算好了全年的各项收入和开支。当会计在会上公布完总账后，又按花名册宣读着所户所挣的工分，然后按劳动日带的钱和粮。

当会计说出今年一个劳动日所带一元二角时，会场里一片掌声，掌声停后一个平时爱开玩笑的中年人说："大家先别激动，可能是会计把算盘珠子拨错了，咱们大家慢慢回忆一下，这都十多年了每个劳动日带的不是五毛就是六毛，今年猛地增加了一倍，我怀疑会计的账有问题。"这时会计严肃地说："我也原以为算错了呢，又算了两遍数据属实，今年的劳动日值增高的原因明显是硝矿那股子钱收入数量大。"

春节（敦煌人叫老年），大队院内的小戏台装饰一新，由本大队文艺宣传队和部分有才艺的知识青年合排的舞蹈、歌曲等文艺节目登台表演，活跃了乡村文化生活。篮球场上的小伙子们把原来穿过屁股上补了补丁的旧裤子不知放到哪儿去了，全换上了崭新的红绒裤、绒衣，并且还印上了显目的白色阿拉伯数字，兴致勃勃地争夺着篮球。大丫头、小媳妇们棉衣裳都罩上了色泽鲜艳的外套，把原本就漂亮的脸庞显得更加美丽动人。娃娃们口里含着糖果在人伙里追逐嬉闹，老年人脸上的皱纹乐得像怒放的菊花般好看……

第五十八回 ▎耐酷暑勤学苦练
　　　　　　 入考场金榜题名

端阳节，李书记回了趟家，来时两个毛驴车装满着面粉、油、醋、新鲜蔬菜，还有半个猪，捎话让何家梁那边的友矿场的高强赶上毛驴车到青盐池去取。高强赶着毛驴车从青盐池拉回菜、肉等东西，大伙欢呼着："还是过年时吃了顿肉饭，都快半年没见肉了，今天好好让做饭的给咱烧一锅红烧肉解解馋……"

高强与洪亮有些交情，对汪洪亮说："车里有个黄背包，李书记说那个背包是他们知青点上一个女知青带给你的！"汪洪亮在车里的面粉、油瓶、蔬菜等乱七八糟的东西里翻找着那个不大的黄背包，解开扣带，满满的装着一摞教册。

他一本一本地翻看着，看着教册封面的题目。倏然，从书中掉下一页白纸，袖珍的钢笔字迹：

　　洪亮，我的同学，也是在校时的同桌，咱两家都住在小北街一个小巷子里，也算是邻居吧？更巧的是咱插队又分到同一个生产队的知青点上。在校时你的成绩一直都好，前些日子我从收音机上收到消息，听播音员的口气秋后高考开始的可能性很大，所以我回了趟城，搜集了有关高考的资料，一直等着没人下西湖，端阳节李书记下湖时给你带去，好好复习功课，再别胡来。传说你去年在雅丹用炮炸死了十余只狼，真是替你捏把汗。

　　看来天无绝人之路，自从我从收音机上听到恢复高考的消息后，兴奋得几夜都没睡着，想进趟城，可队长不给请假，只好装病，让咱们知青点上的点长王润芝给队长说，才请了三天假。你也知道土塔到敦煌城三十多华里路，我是一步一步跑去的，到家后躺在床上就和瘫痪了似的，我对我爸妈说起高考的事，她们很支持。我妈是敦煌中学的数学教师，她有门路，给我找了各样一册复习提纲带回土塔，我一直在复习，重要部分都做了笔记，有两本我正在复习，下次有人下湖我再给你带去。好好复习！玲，端阳节。

　　六七月份的西湖，刮一阵子风还可以，如果没有风就如同在硕大的蒸笼里生活，人说"七月流火"这个成语用到西湖再也现实不过了。

　　硝场上老田和汪洪亮一老一少各拿着个笤帚从一垄垄的硝垄上往下扫着风化后白如细面的硝粉。汪洪亮边扫边背诵着教材，背着背着忘了就从衣兜里掏出教材看上一眼，装进兜里继续边扫硝粉边背教材，收工回到房子上，老田和面，他边架锅边看教材，就连晚上睡下都在小声背教材。

　　老田是个好心人，他看到汪洪亮这样用功复习功课，感动地对汪洪亮说："娃娃，每天下午三点上工那阵子天气太热，上工时你抱上两个西瓜，带着你的书去南面的那个大土梁的背阴处操心读书，渴了就打着吃西瓜，你的前途要紧，我一个人干，到五六点天气热得可以了你再来咱俩一块干，这矿点就咱两个人，高强他不会知道的……"

　　封冻了十年的全国各高校考场终于解冻了，考场内外人头攒动，拥挤成群，都抱着希望能有好成绩……敦煌中学的教室全成了考场，经过数日角逐，考试分数列成红榜，每个考生的各门成绩和总分都在榜上，考生们都挤在榜前查找着各自的成绩。

　　汪洪亮各门成绩都合格，尤其数学成绩在同级考生中分数最高，几门功课加在一起高出了总分数线 20 分。汪洪亮的爸妈望着胖乎乎的儿子，脸上露出了实在的笑容，他爸问："亮亮，你插队后，队长调你出外，听说你在湖滩学得不像话了，炸狼，我以为你把你学的知识都抛到脑后了，这次高考怎么考那么好的成绩？"汪洪亮把爸妈望了望神秘地说："这次考试多亏了一个人暗中帮忙，不然我让土塔三队队长经常调往山场湖滩，都快成个野人了，谁还有心复习功课。"

他妈悄悄地问："咱家里没外人，你快说说是谁暗中帮你？"

汪洪亮笑着说："咱们巷子东头住的老白家你们记得吗？"

"记得，怎么了？"他对妈说。

"就是那家有个常扎着两个羊角辫子的丫头子，大人娃娃都叫她玲玲，插队我们分在一个生产队的知青点……"汪洪亮把白冬玲往湖里带教材的事说给了爸妈。他妈说："俗话说，远亲不如近邻……"

汪洪亮的爸是敦煌城有名的厨师，在大众食堂上班，烧得一手好菜，一个星期天的黄昏后，他妈去了巷东头请来了老白一家，满满的一桌香喷喷的菜，老汪和老白相互猜着拳……

"文革"十年动乱中，城市、商业、邮电、金融、税务、旅游、机关等各行业严重缺乏人才，考试结束后，各单位领导都争着要成绩优异的考生，尤其是金融单位，准备在考生中选数学成绩优异者择优录用。奇怪的是土塔三队十个知青中四个就被各银行要去，除过汪洪亮，还有两个姓王的，还有一个就是搞到高考复习资料的白冬玲。

两个姓王的男知青一个分到中国人民银行，一个分到工商银行，汪洪亮分到农业银行，白冬玲分到农村信用社，他们的命运从此转折，汪洪亮他们几个从此在敦煌金融界开始了他们的金融生涯。

也就是自那年起，农民的生活一年比一年好过了，各方面都出现了新的变化……

图书在版编目（CIP）数据

敦煌牧歌/边牧著. --北京：团结出版社，2017.8
ISBN 978-7-5126-5326-9

Ⅰ．①敦… Ⅱ．①边… Ⅲ．①长篇小说－中国－当代
Ⅳ．①I247.5

中国版本图书馆CIP数据核字（2017）第162371号

出　　版	团结出版社
	（北京市东城区东皇城根南街84号　邮编：100006）
电　　话	（010）65228880　65244790
网　　址	http://www.tjpress.com
E－mail	65244790@163.com
经　　销	全国新华书店
印　　刷	三河市京兰印务有限公司
装帧设计	成都天恒仁文化传播有限责任公司

开　　本	170mm×240mm　　1/16
印　　张	21
字　　数	330千字
版　　次	2017年8月第1版
印　　次	2020年1月第2次印刷

书　　号	ISBN 978-7-5126-5326-9
定　　价	73.50元